따뜻하게
안아
줘

따뜻하게 **안아줘**

초판 1쇄 찍은 날 | 2016년 8월 16일
초판 1쇄 펴낸 날 | 2016년 8월 24일

지은이 | 김선민
펴낸이 | 서경석

편 집 책 임 | 조윤희
편   집 | 이은주
            최고은
디 자 인 | 박보라

펴 낸 곳 | 도서출판 청어람
등록번호 | 제387-1999-000006호
등록일자 | 1999. 5. 31
어람번호 | 제5-451호

주소 | 경기도 부천시 원미구 부일로 483번길 40 서경B/D 3F
        (우) 14640
전화 | 032-656-4452 팩스 | 032-656-4453
http://www.chungeoram.com
E—mail | chungeorambook@daum.net

ⓒ 김선민, 2016

ISBN 979-11-04-90903-0   03810

따뜻하게 안아줘

김선민 장편소설

도서출판 청어람

목 차

프롤로그

엘리베이터 벽에 등을 기대고 선 마리는 층 표시부를 빤히 바라보았다.

3……, 2……, 1……, B1……, B2.

[지하 2층입니다.]

지하 2층 주차장.

목적지에 도착했지만 마리는 좀처럼 발이 떨어지질 않아 그 자리에 가만히 서 있었다. 이 문을 나서는 순간 받게 될 스트레스를 생각하니 발끝에서부터 짜증이 밀려와 절로 미간이 구겨졌다.

"하아……."

긴 한숨을 내신 마리가 손으로 콧방울을 살짝 쥐었다가 놓고 바짝 마른 입술을 혀끝으로 쓸었다. 느릿하게 눈꺼풀을 깜박이던 마리는 이내 다짐한 듯 주먹을 단단히 말아 쥐고 엘리베이터를 빠져나왔다.

또각. 또각.

인적이라곤 찾아볼 수 없는 고요한 주차장.

마리가 신은 하이힐이 만들어낸 서늘하고 바짝 날이 선 소리가 주차장 안에 울려 퍼졌다. 마리는 손에 쥐고 있던 휴대폰을 들어 최근 통화목록에서 모친 심덕희 여사의 이름을 찾아 전화를 걸었다.

"엄마. 저예요, 마리."

마리는 다른 손에 들고 있던 스마트키를 눌러 잠겨 있던 차 잠금장치를 해제했다. 그러곤 트렁크 앞에 서서 주차장 천장을 둘러보았다. 한 라인에 최소 서너 개의 CCTV가 달려 있었고, 사각지대는 거의 없는 듯했다.

"다른 남자를 알아봐 줘야 할 것 같아요. 홍준영 씨는 여자가 있더라고요."

숨겨둔 여자가 있거나 나중에 바람이 나더라도, 나한테 걸리지만 말아달라고 그렇게 누차 했건만. 그것도 내 구역 안에서, 내가 일하는 건물 안에서, 내가 데리고 있는 직원과 바람이 나다니. 간도 크지, 홍준영. 무례한 인간은 싫다고 진즉에 말해줬건만. 뒷감당을 어찌하려고…….

"부탁드려요, 엄마."

통화를 마친 마리는 트렁크를 열어 골프백은 꺼냈다.

보자……. 뭐가 좋을까? 아무래도 드라이버가 좋겠지? 드라이미샷으론 세미프로 수준의 비거리가 나온다는 걸 홍준영한테도 애길 해줬던 거 같은데.

마리는 골프백에서 드라이버를 꺼내 들고 몸을 돌렸다. 그러곤 주차장 기둥 벽의 구역 표시를 확인하며 성큼성큼 걸었다.

C-8 구역이라고 했었나? 주차해 둔 곳도 참 C-8 스럽구만.

C-8 구역에 주차 중인 잘빠진 쿠페 한 대가 바운스를 타고 있었다. 마침 옆자리도 비어 있어서 스윙하기 딱 좋은 자리. 차에 가까이 다가선 마리는 비포장 길을 달리고 있는 듯 연신 꿀렁대는 차를 바라보며 헛웃음을 터뜨렸다.

진짜네. 진짜였어. 진짜…… 회사 주차장에서 그 짓을 하고 있다니.

직원들의 수군거림에 무슨 재미난 일이 생겼나 해서 물어본 게 화근이었다. '실장님 별일 아니에요'라는 말에 뭔가 촉이 왔고, 집요하게 캐묻자 같은 부서 최 대리가 마지못해 털어놓은 대답.

"실장님 애인분이랑 이태은 씨가 지금 주차장에서……."

애써 삼킨 그 뒷말은 더 이상 듣지 않아도 뉘앙스만으로 파악이 가능했다. 괜찮냐고 물어오는 직원들에게 고개를 끄덕이는 것으로 답을 대신한 마리는, 달달 떨리는 입매에 잔뜩 힘을 주고 애써 침착함을 유지하며 자리를 벗어나 이곳까지 내려온 참이다.

어쩌면 지금 이 순간을 기다려 왔는지도 모른다. 심증은 있는데 물증이 없는 상황이 되풀이되어 잔뜩 신경질이 나던 참이었기에 차라리 잘된 일이라고 생각했다.

차 유리창에 제법 짙은 선팅이 되어 있었지만 살짝 블러 처리를 한 것처럼 유리창 너머의 실시간 상황이 꽤 잘 보였다. 남자의 허벅지 위에 올라탄 여자가 허리를 뒤로 젖혀 등을 대시보드에 기대고 있는 것도, 남자가 여자의 가슴을 욕심껏 움켜쥔 채 엉덩이를 치켜들고 연신 움직이는 것도.

"오빠 더 빨리!"

"하으읏!"

쾌락에 젖은 남녀의 목소리가 앙상블을 더하자 지켜보던 마리의 입매가 점점 더 굳어져 갔다. 차체가 심하게 요동칠수록, 드라이버 그립을 쥔 마리의 손아귀에 잔뜩 힘이 들어갔다. 어깨에 힘을 풀고 차분히 숨을 내쉰 마리는 제자리에서 스윙 연습을 한 번 하곤 준영의 차 운전석 유리창을 향해 드라이버를 휘둘렀다.

팟!

다시 한 번.

팟!

다시 한 번 더.

팟!

네 번째 샷을 날리기 위해 팔을 치켜드는데 조수석에서 준영이 마리의 이름을 외치며 뛰쳐나왔다. 바지도 채 올려 입지 못하고 벌겋게 남세스럽게 그곳을 훤히 드러낸 채로.

마리는 눈썹을 구기며 드라이버를 바닥에 내팽개쳤다.

"마리 씨!"

주섬주섬 바지를 추켜 입은 준영이 바닥에 기듯이 꿇어앉아 마리를 올려다보았다. 그사이, 태은도 조수석에서 나와 옷매무새를 가다듬으며 놀란 토끼 눈을 하고 마리를 바라보았다. 못 견디게 못마땅한 이 상황을 마주해야만 하는 피곤한 현실에, 마리는 숨을 고르며 이를 악다물었다.

"이 주차장에 CCTV가 몇 대인지 알아요?"

마리의 물음에 두 사람은 대답하지 못했다.

"그럼, 이 회사에 직원이 몇 명인지는 알아요?"

이번에도 그 둘은 대답하지 못했다.

"여기 주차장이 두 분 침실 아닌 건 알죠? 오다가다 누군가 볼수 있단 것도 알 테고. 지금 이 회사 곳곳에서 두 사람이 하고 있던 그 짓거리에 대해서 이야기하고 있는 거 알아요? 유명 인사 됐어요, 두 분."

"마리 씨……."

싸늘한 얼굴로 그를 바라보던 마리는 꿇어앉은 준영을 지나 태은 앞에 섰다. 마리는 흐트러져 쏟아진 앞머리를 손가락으로 빗어 넘기며 태은과 눈을 맞췄다.

"여긴 내 구역인데, 교양 없이 뭐 하는 짓들이지? 니들 침대에서 물고 빠는 건 상관 안 해. 근데 이건 너무하잖아. 내가 뭐가 되겠어. 안 그래?"

눈을 질끈 감은 태은의 눈꺼풀이 심하게 떨리고 있었다. 마리는 숨을 고르며 태은의 어깨를 다독였다.

"니들이 이렇게 날 망신 주면 어떡해. 내가 어떻게 나올 줄 알고?"

"실장님……."

태은이 마리의 손목을 움켜잡으며 눈물이 그렁그렁한 눈으로 바라보았다. 마리는 태은의 손을 탁 쳐내고 몸을 돌려 준영을 바라보았다.

"우리, 자존심은 챙기자. 좀."

하얗게 질린 준영의 얼굴을 보며, 마리가 옅게 웃었다.

"그리고 양심도 같이 챙기자. 어?"

마리는 드라이버를 집어 들었다. 헤드가 조금 망가지긴 했지만 홀인원 기념으로 아버지에게 선물 받은 고가의 드라이버이기 때문에 두고 갈 순 없었다.

"홍준영 씨는 두 번 다시 볼 일 없고, 이태은 씨는 내일 봐요."

"실장님, 그럼 전……."

"이태은 씨 안 잘라. 안타깝게도 나한텐 인사 권한이 없잖아? 하지만 본인이 나간다고 하면 붙잡을 생각은 없어. 그 정도 각오는 했겠지? 상사 약혼자랑 바람을 피우면서 그 정도 각오도 안 했을까?"

타액에 젖어 번들거리는 태은의 입술을 보는 순간, 속에서 구역질이 올라왔다. 누가 더 잘못하고 누가 덜 잘못한 것 없이 둘 다 혐오스러울 뿐이다.

"유미리 씨."

"한 번만 더 내 이름 부르면, 평생 콘돔 걱정 없이 살게 만들어주고."

마리의 협박이 어쩌면 협박에 그치지 않고 실행으로 옮겨질 수도 있다고 생각했는지, 준영이 흠칫 놀라 뒷걸음질 쳤다.

"차 수리하고 계좌번호 남겨."

"아, 아닙니다."

"잘 생각했어."

마리는 두 사람을 그 자리에 남겨두고 자신의 차가 주차된 곳으로 향했다.

뭐 하나 쉬운 게 없네. 이번엔 결혼하나 싶었는데 결국 또 이렇게 끝이 나버리는구나. 인상 선하고 부모에게 사랑 듬뿍 받고 자란 것 같다며 우리 심 여사가 무척이나 마음에 들어 했는데. 이걸 어쩌지……

잔잔한 파도처럼 고요하게 일렁이던 가슴속에 폭풍우가 쓸고 지나간 듯 엉망진창으로 헤집어졌다. 아무렇지 않다고, 별일 아니라고 아무리 다독여 봐도 헝클어진 마음은 쉽게 잔잔해지질 않았다.

결혼을 약속한 사이다. 아니, 첫 만남부터 결혼을 전제로 시작했다. 덕희의 마음에 쏙 드는 사윗감을 고르고 골라 만났고, 실제로 준영은 덕희에게도 살갑게 굴었다. 마리는 그것만으로 충분했다. 더는 바랄 게 없었다. 그렇게 석 달간 지내온 사이다.

바람을 피우고 있는 것 같긴 하지만 나한테 걸리지 않는 이상 크게 상관없을 거라 생각했다. 넉넉하게 한 3년쯤 덕희에게 행복하게 사는 모습 보여주면 그만이니까. 자신과는 다른 이유로 그

역시 결혼이 급한 사람이었기에 이 결혼을 깰 만한 행동을 섣불리 하지 않을 거라 생각했다. 결국 이 모양 이 꼴이 나고야 말았지만…….

갈 길이 급한데. 이렇게 시간 까먹을 때가 아닌데.

차에 올라탄 마리는 룸미러에 얼굴을 비춰 보았다.

침착하려 애썼는데 흥분했나 보다. 눈에 핏대가 서 있었다. 가뜩이나 하얀 얼굴이 핏기 하나 없이 창백해 보이기까지 했다. 저런 인간들 때문에 귀중한 시간을 쪼개어 감정을 소비하고 있다는 것만으로도 자존심이 상했다. 사실 무엇보다 가장 화가 나는 건, 감정을 컨트롤하지 못하고 있는 것.

입술을 질끈 깨문 마리는 차에 시동을 걸고 핸들을 손에 쥐었다.

이 주차장에 차를 댈 때마다 지금 이 순간이 생각나겠지. 저 드라이버를 쥘 때마다 생각날지도 모른다. 피가 거꾸로 솟는 듯한 기분에 발끝에서부터 머리끝까지 열이 올랐다. 아무리 심호흡을 해봐도 손끝이 떨리고 심장이 미친 듯이 뛰었다.

사이드미러로 두 사람이 서로를 애틋하게 챙기고 있는 모습을 보았지만, 마리는 입술을 꾹 깨문 채로 힘껏 액셀을 밟았다. 바닥을 거칠게 긁는 타이어 소리만이 주차장을 가득 메웠다.

기승언.

어젯밤, 오늘 맞선을 보게 될 상대방의 이름을 처음으로 듣게 된 마리는 자신의 귀를 의심했다.

기승언이라면, 내가 알고 있는 그 기승언이 맞는 건가? 그 남자가 맞선을 본다고?

덕희를 통해 얻은 정보라곤 맞선 상대의 이름 석 자와 맞선 장소뿐이었다.

그렇다면, 만나보면 알게 되겠지. 그 기승언이 내가 생각하는 그 기승언인지 아닌지.

마리는 약속 시각보다 10분 일찍 약속 장소에 도착했다. 서두를 생각은 없었는데 어쩌다 보니 서두른 모양새가 되어버렸다.

실은 30분 전에 도착해서 20분 동안 주차장에서 버티다가 나온 참이다.

토요일 오후 H호텔 커피숍 안은 맞선의 메카답게 깔끔하게 차려입은 남녀들로 가득했다. 직원의 안내를 받아 자리를 잡은 마리는 같은 공간을 가득 메운 맞선 남녀들을 살펴보며 시간을 죽이고 있었다.

이미 조건을 맞춰 보고 자리에 나온 남녀들.

좋은 느낌을 주고받는다면 머지않아 저들은 결혼식을 올릴 것이고, 조건만으로 채워지지 않는 무언가가 있다면 새로운 만남을 기약하며 미련 없이 헤어질 것이다. 세상이 많이 변했다고 해도, 여전히 사람들은 결혼을 꿈꾼다. 결혼의 목적은 저마다 다르겠지만.

"유마리."

테이블 가까이로 누군가 다가오고 있다는 게 느껴지던 찰나, 누군가 자신의 이름을 불렀다.

언젠가 들어본 목소리였다. 중저음 톤에 나긋나긋한 음성.

마리는 옅은 미소를 지으며 고개를 들었다.

"오랜만이야."

기승언이었다. 마리가 생각했던 그 기승언이 맞았다.

"앉을게."

그를 마지막으로 봤던 게 십 년 전.

그사이 그는 안전한 남자가 되어 있었다. 언제 봐도 참 잘생긴 얼굴은 그대로였는데 전보다 이목구비가 한층 더 또렷해져 그렇게 느껴지는 것 같았다. 흔적처럼 남아 있던 쌍꺼풀은 그대로였고, 눈은 한층 더 깊어진 듯했다. 씨익 웃을 때 생기던 눈 밑 아래 인디언 보조개도 여전했고, 콧날과 턱선 역시 예나 지금이나 유려했다. 잘나고 잘난 그중에서도, 어딘가 개구져 보이는 살짝 올라간 입매와 얇은 입술이 유독 눈에 들어왔다.

거기에 더해진 그 사람의 향기.

성숙한 어른의 향기라고 해야 하나. 섹시하고 관능적인 짙은 머스크 향이 후각을 자극했다. 생글거리며 미소 짓고 있는 얼굴과는 무척이나 상반된 향이지만, 어딘가 모르게 속을 알 수 없는 그의 눈빛과는 굉장히 잘 어울리는 향이었다.

"그렇게 빤히 쳐다보면 좀 쑥스러운데."

능글거리는 것도 여전하네.

마리는 고개를 저으며 피식 웃고 말았다.

"오랜만이에요."

십 년 전, 승언은 스물한 살이었고 마리는 열아홉 살이었다. 승언의 막냇동생인 정언이 마리와 동네 친구 사이라서 오며 가며 마주칠 때마다 가볍게 인사를 나눴던 사이.

그렇게 친구의 형으로 스쳐 지나가는 인연인 줄 알았는데, 이렇게 맞선 자리에서 마주 보게 되니 기분이 묘했다.

"상대가 너라는 얘기 듣고 반갑기도 하고 놀랍기도 했어. 넌 이런 거에 관심 없을 거라 생각했거든."

마리는 미소를 지으며 어깨를 으쓱였다.

"그건 저도 비잖가시예요."

서로가 '이런 자리에 나올 줄 몰랐어'라고 말할 수 있을 만큼 아는 것이 많은 사이는 아니었지만, 그래도 알 수 있다. 서로가 이런 자리에 나올 사람들이 아니라는 것과, 이런 자리를 좋아하지 않는다는 것쯤은 말이다. 두 사람의 사이에 그의 동생이자 마리의 친구인 정언이 존재하기 때문에, 그동안 알게 모르게 접했던 서로에 대한 정보만으로도 추측 가능한 것이었다.

　마리의 입장에서 승언은 결혼 상대로 완벽한 조건을 갖춘 남자였다. 가까운 사이는 아니지만 적어도 생판 모르는 사이는 아니니 덜 부담되고, 덕희를 통해 들은 바로는 가업을 이어받을 사람이 아니라 생활도 자유로운 편에 속했고, 형제간의 재산 전쟁도 없을 거라 했으니 속 썩을 일도 없을 것이다. 일부러 끼워 맞추기라도 한 듯 완벽하게 맞아떨어지는 조건이 마리의 구미를 당겼다.

　"차부터 주문할까?"

　"전 애플티로 할게요."

　마리가 메뉴를 정하자 그가 살짝 손을 들어 직원을 불렀다.

　"주문하시겠습니까?"

　"애플티랑 아메리카노 주세요."

　직원이 자리를 떠나자, 그는 다시 마리를 바라보았다. 무슨 생각을 하고 있는 건지 쉽사리 짐작할 수 없는 표정. 옅은 미소를 띠고 있었지만 약간의 혼란스러움이 내재된 눈빛이 마리를 점점 긴장하게 만들었다.

　"왜 그렇게 봐요?"

　"신기하잖아. 너랑 내가 이렇게 마주 앉아 있는 거."

"그렇긴 하죠."

마음이 급한 마리와는 다르게, 그는 어쩐지 여유 있어 보이기도 했다. 한 걸음쯤 뒤에 서서 그저 이 자리를 호기심 가득한 눈으로만 바라보고 있는 제삼자 같다고나 할까.

마리는 그런 그에게 반드시 확인하고 넘어갈 것이 있었다. 더 이상의 시간 낭비를 하지 않기 위해서는 피해갈 수 없는 질문.

"이 자리가 어떤 자린지는…… 알고 나온 거죠?"

승언은 쉽게 대답하지 못했다. 그의 대답을 기다리는 그 짧은 순간에도 마리는 입안이 바짝 마르는 것만 같았다.

"무슨 생각으로 여기까지 나온 건지, 물어봐도 될까요?"

그사이, 두 사람 앞에 차가 놓였다. 그는 따뜻한 커피잔을 손에 쥐며 빙긋 웃었는데 그게 어떤 의미인지 알아차릴 수가 없어서 마리는 조바심이 났다.

"솔직하게 말하는 게 좋겠지?"

마리가 고개를 끄덕이자 승언이 허리를 곧게 세웠다.

"자의 반 타의 반이야. 그렇다고 등 떠밀려 나온 건 아니고, 이 자리에서 널 만나보기로 결정한 건 오직 내 선택이었어. 결혼을 전제로 한 만남이란 것도 이미 알고 있었고, 맞선 상대가 너라기에 일단 나오긴 했는데…… 솔직하게 말하자면 지금 이 순간에도 난 아직 결정하지 못했어."

"그 말은……."

"이 자리에서 당장 결혼을 결정하고 싶진 않아. 그리 간단하게 생각할 문제가 아니잖아?"

그는 아주 다정하게 말했지만, 결국은 완곡한 거절이었다.

"넌 이 자리의 목적이 무조건 결혼인 건가?"

그는 다시 한 번 확인하듯이 마리에게 되물었고 마리는 고개를 끄덕일 수밖에 없었다. 마리는 새어 나오는 한숨을 간신히 참으며 아무렇지 않은 듯 찻잔의 손잡이를 만지작거렸다.

그의 솔직한 대답에, 순간 가슴이 쿵 내려앉는 것만 같았다. 혹시나 했던 기대감…… 기승언이라면 나쁘지 않겠다고 생각했던 것들이 혼자만의 생각이었단 것에 얼굴이 화끈 달아오르기도 했다.

물론 그도 이 자리에 나오기까지 많은 고민이 있었을 것이다. 반대 입장에서 생각해 보면 그의 망설임은 충분히 이해할 수 있는 부분이었다. 하지만 상대의 입장을 이해하는 시간을 줄이고자 맞선 상대 조건을 좁히고 좁혀서 고른 건데, 결국 헛걸음을 한 게 되어버리니 허탈함이 밀려드는 건 어쩔 수가 없었다.

마리는 헝클어진 마음을 차곡차곡 접으며 마른침을 한 번 삼키고 평정심을 되찾았다.

"거절하셔도 괜찮아요."

마리의 말에 승언의 미간이 살짝 좁아졌다.

"결정은 빠를수록 고맙죠. 제겐 그다지 시간이 많지 않거든요."

여자 나이 스물아홉.

앞길 창창하고 하고 싶은 것도 많을 나이에 결혼을 서두르는 이유는 오직 하나, 엄마.

6개월 시한부 선고를 받고 이미 9개월째 멀쩡하게 버텨내고 계신 엄마의 소원을 이뤄주기 위해 마리는 결혼을 서두르고 있었다.

이런 식으로 그동안 까먹은 시간이 너무나 길었기에 더는 지체할 수가 없다. 무엇이 되었든 빠른 결정을 내리고 그다음을 준비해야만 했다. 마리에겐 아쉬움이나 안타까움에 젖어 허비할 마음의 여유 같은 게 없었다.

"왜 그렇게 결혼을 서두르는 건지 물어봐도 되나?"

"말해주면, 결혼해 줄 거예요?"

농담처럼 꺼낸 단도직입적인 마리의 말에 그가 어색하게 웃었다.

"엄마가 많이 편찮으세요. 엄마 돌아가시기 전에 결혼해야 해요."

"결혼했으면 해요도 아니고, 결혼하고 싶어요도 아니고, 무조건 그 전에 결혼해야만 한다는 거야?"

"네. 꼭 그래야만 해요.

"내가 거절한다면……."

"다른 사람을 만나야겠죠."

마리의 간결한 대답에 찻잔을 입술로 가져간 그의 눈매가 슬며시 가늘어졌다. 마리는 시큰해진 코끝을 손끝으로 지그시 누르고 다시 승언을 바라보았다.

"그러니까 거절하셔도 돼요. 부담 갖지 마세요."

"네 대답이 너무 시원해서 너한테 뭐라고 말을 해야 할지 모르겠다."

그에게 부담을 주고 싶지 않아서 한 말인데 마리의 말에 머릿속이 더 복잡해진 모양이다. 이마를 문지르고 있던 손끝이 어느새 턱으로 내려와 있었다.

사실 이 상황에서 그가 자신에게 할 대답은 정해져 있었다. 그저 가장 예의 바르고 상냥한 거절의 말을 찾고 있는 것이다.

"그 상대가 누구여도 상관없단 말인가?"

"상관없어요. 최소 3년 동안만 결혼을 유지해 준다면."

주치의가 길어야 1년이라고 했고, 그가 맨 처음 선고했던 1년이란 시간이 이제 얼마 남지 않았다. 우리 심 여사는 강한 여자니까 분명 더 건강하게 살 거다. 그래서 결혼 3년 유지 조건을 내밀었다.

적어도 3년은 건강하게 살아 계셨으면 하는 마음에 결혼하고, 임신하고, 아이를 낳고, 그 아이가 아장아장 걸어가 심 여사에게 안기는 그 순간까지는 꼭 선물하고 싶은 욕심. 마리는 그래서 하루라도 빨리 결혼을 하고 싶었다.

어차피 언젠가는 하게 될 결혼. 세상 사람 눈치 보지 않고 평범하게 살아보는 게 꿈이었던 우리 심 여사를 위해. 그런 그녀의 자랑이고 싶었던 마리는 그녀로부터 평생 받기만 해온 사랑에 이렇게라도 작은 보답을 하고 싶었다.

승언이 손끝으로 찻잔을 가볍게 두들기며 마리를 바라보았다. 혹시, 고민 중인 건가 하는 헛된 희망을 갖게 만드는 그의 아스라한 눈빛에 마리는 숨을 죽이고 그의 입술만 바라보았다.

그가 테이블에서 멀어지더니 소파 깊숙이 등을 묻었다. 여전이 시선은 마리에게 고정되어 있었고, 마리는 이제 침을 삼킬 수도 없을 만큼 가슴이 뛰고 손끝이 저릿했다. 허공에 묶인 시선이 갈피를 잡지 못하고 사정없이 휘둘렸다.

"미안하다, 마리야. 난 당장 결정할 수 없어. 고민과 생각이 필요해."

그는 다시 한 번 정중하게 거절했다. 어쩌면 자신의 제안을 받아들여 줄지도 모른다고 혼자서 착각해 놓고, 그의 미소에 속은 기분이 들어 마음이 아렸다.

하지만 그는 분명 다른 남자들과 달랐다. 자신의 제안을 덥석 물고 머릿속으로는 다른 셈을 하며 기만하던 남자들과 그를 비교하고 싶지 않았다. 거짓일 수도 있지만, 그는 진심으로 고민하는 것 같아 보였다. 그것만으로도 고마운 일인데도, 괜히 아쉬운 마음이 들었다.

그였다면 좋았을 텐데.

따뜻한 눈으로 날 바라봐 주는 사람이라면, 더할 나위 없이 좋았을 텐데.

역시나 욕심이었어.

그동안 마리는 자신의 제안을 거절한 남자에겐 뒤도 돌아보지 않고 돌아서곤 했다. 하지만, 그에겐 그게 잘 되지 않았다. 자꾸만 미련이 남았다. 조금 더 설득해 볼까? 하는 구차한 마음까지도 들었다.

절박하긴 하지만 그에게 부담을 준다고 해서 해결될 일도 아니고……. 값싼 동정심에 기대어 어떻게 해보는 건 정말 자존심 상하는 일이니까. 그건 정말 내가 바라는 게 아니니까.

"이따 같이 저녁……."

"저 먼저 일어날게요."

마리는 자존심이 바닥을 드러내기 전에 먼저 일어나기로 결심하고 자리에서 일어섰다. 그러자 승언이 놀란 눈으로 마리를 바라보았다. 마리는 그런 그를 향해 손을 내밀었고, 승언은 마리와 마리가 내민 손을 번갈아 보았다.

그의 시선이, 어쩐지 조금은 차가워진 것도 같았다. 조금 전까지 자신을 바라봐 주던 그 눈빛이 아니었다.

차라리 이게 나을지도.

훈훈한 마무리까지 바란다면 그건 정말 욕심이잖아.

"오늘 만나서 반가웠어요."

그는 끝내 마리가 내민 손을 잡지 않았고, 마리는 손을 거둔 후 핸드백을 집어 들었다.

"이대로 가겠다고?"

"계속 이렇게 있으면 괜한 희망 갖게 될까 봐……. 좀 더 애원하면 내 제안을 받아 주지 않을까 하고 기대하게 될까 봐, 마주 보고 앉아 있을 자신이 없어요."

마리의 솔직한 대답에 그는 속을 알 수 없는 눈빛으로 그녀를 바라보았다. 그의 시선을 마주하고 있자니 순간 뺨이 뜨겁게 달아올라 마리가 먼저 시선을 피했다.

"많이 절박하기 한데…… 그래도 자존심 조금만 챙겨갈게요."

모든 부탁에는 거절과 승낙이 같은 확률로 존재한다는 걸 받아늘여야 하는 순간이었다. 그는 거절할 자격과 승낙할 자격 모두를 갖춘 사람이니까, 그의 결정을 존중해야 했다.

"죄송해요. 무례하게 굴어서. 오늘 나와줘서 고마워요. 다음엔 좀 더 좋은 자리에서 뵐 수 있음 좋겠네요."

승언을 향해 고개를 꾸벅 숙여 인사를 하고 돌아서서 커피숍을 나섰다. 걸음을 내디딜 때마다 쿵쿵 심장이 발밑으로 내려앉는 것만 같았다. 말로 설명할 수 없는 허탈함에 가슴이 휑했다.

수없이 반복되어 왔던 상황인데 오늘 유독 왜 이럴까.

늘 그랬던 것처럼 다시 다른 사람 찾아보면 되잖아.

마리는 승언을 보며 잠시나마 설렜던 순간들을 털어내려 고개를 가로저었다.

결혼.

언젠가 하게 되겠지, 라고 생각해 본 것이 전부였다. 진지하게 만나는 사람도 없이 나이 서른이 넘어가고, 동생이 먼저 결혼하고 싶다는 얘기가 나온 후로는 가족들의 은밀한 압박이 들어와도 승언은 능구렁이처럼 빠져나가곤 했다.

종종 맞선 제안이 오긴 했지만 잘 응하지 않다가 이번엔 정말로 빠져나갈 구멍이 없어서 자연스럽게 나와본 자리였다. 집안 어른들께 한 번쯤은 '나도 결혼을 위해 맞선을 보긴 봅니다'라는 선전용이었는데, 상대가 유마리였던 것이다.

그쪽은 무척 결혼이 급한 입장이라고 했다. 마냇동생인 정인과 같은 나이면 이제 스물아홉인데 뭐 얼마나 급하겠나 싶기도 하고, 마리라면 적당히 자리 정리하고 상황을 마무리 짓기도 수월하지 않을까 하는 얕은수를 굴리다가, 이 자리에 임하는 마리의 진지한 태도에 뺨을 한 대 얻어맞은 기분이 들었다.

예상치 못했던 '맞선'이란 자리의 무게.

마리는 진지했다. 간절해 보이던 마리의 모습에 승언은 몹시 후회했다. 마리에게 좀 더 진지하게 대하지 못한 것에 대한 미안함이 승언을 꼼짝할 수 없게 만들었다. 마리가 커피숍을 나서고도, 승언은 여전히 자리를 떠나지 못한 채 맞은편 빈자리만 뚫어져라 바라보았다.

"그 상대가 누구여도 상관없단 말인가?"
"상관없어요. 최소 3년 동안만 결혼을 유지해 준다면."

차게 식은 커피를 한 모금 삼킨 승언의 이마가 구겨졌다. 마리의 그 말이 자꾸만 머릿속을 떠돌았고 어느 순간부턴 낯선 남자 앞에 앉아 있을 마리를 상상하게 되었다. 그런 상황을 상상하는 것만으로도 보사라, 상상만으로도 대체 왜 불쾌한 건지 알 수가 없다.

미안하단 말에 미련 하나 없는 얼굴을 하던 그녀의 모습이 뇌리에 박혔다. 팔짱을 끼고 있던 승언은 뻣뻣해진 목덜미를 꾹꾹 주물렀다. 방금까지 눈앞에 앉아 긴장한 얼굴로 있는 힘껏 미소 짓고 있던 마리의 얼굴이 자꾸만 떠올라 머릿속이 복잡했다.

❋

가구 디자이너인 승언은 5년 전 독립을 했는데, 평범한 2층 주택을 얻어 1층은 작업실로, 2층은 집으로 개조해서 살고 있다. 30년 이상 된 오래된 주택이지만 외형은 거의 손을 대지 않았고 내부만 직접 손을 보았다.

2층에서 1층으로 연결되는 외부 계단을 통해 작업실로 내려가던 승언은 대문을 열고 들어오는 정언을 발견하고 손을 흔들었다. 그러자 정언도 승언을 발견하곤 달려 들어왔다.

"형!"

"왜 왔어."

맞선 본 다음 날, 이른 시간부터 자신의 집에 찾아온 속셈을 잘 알 것 같아서 승언은 퉁명스럽게 물으며 도면 작업 중인 책상 쪽으로 걸음을 옮겼다.

승언은 주로 원목 가구를 만들었다. 주로 만드는 가구는 다이닝 테이블, 1인용 소파, 벤치, 침대, 장롱 등 나무로 만들 수 있는 모든 가구들이었다. 나무를 고르는 것부터 디자인과 도장까지 직접 주문자가 관여하는 백 퍼센트 주문 제작도 하고 있지만 가로수길에 자리한 쇼룸의 월세 마련을 위해 틈이 날 때면 작은 나무접시도 깎아서 팔았다.

승언이 만드는 가구에서 가장 중요한 부분은 실용성과 기능성이다. 장식적인 요소는 과감히 배제하고 가장 가구다운 가구, 기본에 충실한 가구를 만들고 있다. 트렌드와는 상관없이 자신의 길을 소신껏 가고 있지만 그것이 곧 트렌드가 되고 있었다. 핸드메이드를 향한 지나친 숭배가 또한 한몫 단단히 거들기도 했다.

부자들이 대저택에 고가의 명화를 걸듯, 어느새부턴가 유행처럼 승언의 가구를 들이고 있었다. P건설 회장인 아버지와 S대 미대 조소과 교수 어머니를 둔 가구 디자이너라는 후광이 존재하기에 가능한 것일지도 모른다. 그런 현실을 부정할 순 없었다.

승언은 가구장이를 꿈꿨다. 가구를 작품으로 만드는 가구 예술가가 아닌, 진짜 실생활에 쓰이는 가구를 만드는 가구장이.

시작부터 끝까지 모두 승언의 손을 거쳐 탄생하는 가구들은 짧게는 10일에서 길게는 3주의 시간이 소요된다. 오직 하나의 가구를 위해 그 긴 시간 정성을 쏟아붓는다. 디자인을 하고, 도면을 그리고, 나무를 고르고, 재단, 연마, 도장, 조립 그 모든 과정을 대부분 혼자서 해내고 있었다.

"하고 싶은 말 있으면 빨리하고 가. 형 오늘 바빠."

승언이 먼저 선수를 치자, 정언이 피식 웃으며 승언의 표정을 살폈다.

"할아버지께서 이번 팔순 잔치 때 손주 며느리 얼굴 볼 수 있는 거냐고 물어보시는데, 뭐라고 답해 드릴까?"

그럴 줄 알았다. 안 그래도 그게 궁금해서 쫓아왔을 것 같더라니.

정언의 초롱초롱한 눈망울을 보며 승언은 고개를 가로저었다.

"강손은 아직이고, 둘째 손주 며느릿감은 보실 수 있을 거라고 전해드려."

"아! 이 말을 빼먹었네! 할아버지께서 말씀하시길, 형 두고 아우가 먼저 장가드는 건 썩 내키지 않는다고 하셨는데. 형 생각은 어때?"

네가 기어이 매를 버는구나.

호들갑을 떨며 약 올리듯 이죽거리는 게 얄미워서, 승언은 결국 정언의 이마에 꿀밤 한 대를 놓았다.

승언의 연년생 동생인 둘째 태언이 5년 동안 사귀었던 여자친구와 결혼을 하겠다며 일찌감치 집에 공표를 해둔 참이다. 반대까진 아니지만, 할아버지께서 그래도 형이 먼저 결혼하는 게 보기 좋지 않겠냐고 하시는 바람에 본의 아니게 중간에 끼인 승언의 입장이 난처했다.

집안 자체가 대놓고 결혼을 재촉하진 않았지만 무언의 압박만으로도 승언은 심리적으로 위축되고 있었다. 자신 때문에 태언의 결혼 진행이 늦어지는 것만은 분명하기에 미안한 마음도 있지만, 그렇다고 해서 대책 없이 결혼을 결정할 순 없는 노릇이었다.

"마리랑 얘기 잘 안 된 거야?"

정언의 질문에 승언은 말을 아끼며 미소로 답을 대신했다. 눈치 빠른 정언은 역시 단번에 이해한 듯 피식 웃었다.

"하긴. 결혼을 전제로 누군갈 만난다는 게 쉬운 일은 아니지. 형이 그 자리에 나간 것만 해도 기적이라고 본다. 할아버지랑 작은형도 내심 놀란 것 같았거든. 노력하는 모습 아주 보기 좋아! 훌륭한 작전이었어!"

정언이 손을 들어 하이파이브를 시도했지만 승언은 그런 정언을 노려보았다.

"넌 마리랑 연락 자주 하고 지내?"

"한 달에 한두 번 정도?"

"그럼 아주 친한 사이는 아니구나?"

"친한 사이지! 정기적으로 연락하고 지내는 친구는 내가 유일할걸? 유마리는 친구가 많이 없어. 나나 되니까 걔 옆에 남아 있는 거야."

"좀 더 자세하게 얘기해 줄래?"

"왜? 유마리에 대해서 궁금한 게 많은가 봐?"

느물거리며 장난을 거는 정언에게 또 한 번 손이 나갔지만, 이내 정언이 자세를 바로 고쳐 잡았다.

"성격 탓도 있긴 한데, 어렸을 때부터 원치 않는 관심을 워낙 많이 받고 자라서 그래. 아이들 사이에서도 늘 이슈의 중심이었거든. 형도 알지? 마리 어머니 친모 아니고 계모인 거? 마리가 예쁘장하고 똑똑해서 가뜩이나 시기하는 애들이 많았는데, 딱 물어뜯기 좋은 약점을 발견했으니 가만히 두고 볼 리가 있나."

마리의 가정사에 대해서는 이미 알고 있었다. 자세한 부분은 최근에 맞선을 보게 되면서 모친인 주연을 통해 설명을 듣긴 했지만 세간에 알려진 소문들은 부풀리거나 각색된 부분이 많은 듯했다.

"지금 생각해 보면, 애들이나 어른들이나 똑같아. 그 어린아이한데 별소릴 다 해댔지. 아닌 척했지만 마리 그때 상처 많이 받았을 거야. 자존감도 높고 자존심도 강한 애라 겉으로 내색하는 법이 없어서 사실 나도 그땐 잘 몰랐어. 그냥 쟤 독하다, 라고만 생각했고."

승언의 기억 속에도 마리는 항상 흐트러짐이 없었다. 기죽어 다니는 건 본 적 없고, 늘 반듯하고 꼿꼿한 모습이었다.

"계모나 세컨드라고 놀리면 사정없이 머리채부터 잡고 흔들었는데, 중학교 들어가고 사춘기 지나면서 논리를 갖추게 된 후로 몸싸움은 안 하더라. 대신 말로 조져놨지. 그 후론 아무도 못 덤벼. 마리는 다들 어려워하는 존재였어."

정언이 묘사한 마리와 맞선 날 보았던 마리는 잘 매칭이 되지 않았다. 머리채를 잡고 흔드는 유마리라니. 승언은 그 모습을 상상하다가 저도 모르게 미간을 구겼다.

"참고로 걔 성질머리 보통 아니야. 한번 돌면 미친년이 따로 없다니까?"

"야, 기정언."

"말이 너무 심하다고 그러려는 거지? 근데 진짜야. 그렇다고 내가 형한테 거짓말을 할 순 없잖아?"

"마리는 친구라는 자식이 자길 미친년이라고 하고 다닌다는 걸 알아?"

"절대 말하지 마. 걘 정말로 날 죽일 거야."

그 와중에 두렵긴 한가 보다.

승언은 마리를 대신해서 정언의 팔뚝을 주먹으로 툭 쳤다.

"근데 마리 좋은 애야. 착하…… 다고는 치미 양심에 찔려서 말 못 하겠다."

이 자식이 끝까지.

승언이 또 한 번 주먹을 꽉 말아 쥐자 정언이 손사래를 치며 상체를 뒤로 물렸다.

"어머니가 편찮으셔서 결혼을 서두른단 얘길 듣긴 했는데, 형이랑 맞선을 보게 될 줄은 진짜 몰랐어."

"마리가 어머니랑 사이가 좋은가 봐?"

"좋은 정도가 아니라 남다르지. 마리 어머니는 마리를 낳지만 않으셨지, 친자식보다 더 귀하게 길러주셨다고 하더라고. 잘은 모르겠지만, 애틋함이랄까? 그런 게 있는 것 같아. 마리가 어머니 얘기할 땐 완전 다른 사람이 돼. 어머니를 진심으로 아끼고 사랑하고 있다는 게 느껴져. 그리고 아까 말했잖아! 계모, 세컨드 소리 했다가 머리채 잡힌 애들도 있다니까?"

각별한 관계라. 효심이 지극하다고 해야 하나?

인생에 있어서 어쩌면 가장 중대한 일이라고도 할 수 있는 결혼을 어머니를 위해 서두를 만큼이라니. 승언의 입장에선 쉽게 짐작할 수 없는 크기의 마음이었다.

"마리 조건만 보고 달려들었던 남자들 꽤 됐어. 최근에는 결혼 직전까지 가서 엎어지기도 했고. 얘기 들을 때마다 안타깝더라. 마리가 조급해하니까 옆에서 지켜보는 나도 사실은 불안해. 유마리는 진짜 좋은 남자 만나야 되는데……."

정언에게서 마리에 관해 듣게 될수록, 머릿속의 생각들이 하나 둘 가지치기가 되어가며 정리가 되는 듯한 기분이 들었다. 어렵고 복잡하기만 했던 것들이 점점 단순해지기 시작했다.

어렵게 생각할 것 없다는 생각.

난 지금 유마리가 어떤 사람인지 궁금하고, 다른 남자에겐 보내고 싶지 않다는 것. 분명해진 그 두 마음만으로도 승언은 내내 답답했던 속이 뻥 뚫리는 듯한 시원함을 느꼈다.

"더 궁금한 거 있어?"

"아니."

승언이 고개를 젓자, 정언이 나지막하게 한숨을 내쉬었다.

"나머진 마리한테 직접 들으면 될 것 같아."

"뭐? 그럼 마리를 다시 만나보겠단 소리야?"

대답을 대신한 승언의 미소에 정언은 짐짓 심각한 표정으로 승언을 바라보았다.

"유마리에 대한 단순한 호기심 때문이라면 그만둬. 결혼하기로 결심하기까지 마리 고민 많이 했고, 자기가 선택한 길 곧 죽어도 갈 애야. 어설픈 동정이나 훈수 두려는 거면 미리 양쪽 뺨 내놓는 게 좋을 거다."

"그런 거 아냐."

"그런 게 아니면?"

"궁금해. 유마리가 어떤 사람인지."

그녀가 어떤 삶을 살아왔고, 왜 결혼을 선택한 것인지에 대한 궁금증은 아니다. 오직, 유마리가 궁금할 뿐. 그녀가 어떨 때 웃고, 어떨 때 행복해하고, 어떤 걸 좋아하고, 진짜로 원하는 게 무엇인지 같은 사소하지만 가장 중요한 것들이 궁금했다. 그것들이 알고 싶었다.

"더 솔직히 말하자면, 만나보고 싶어."

한 번 더 만나게 되면 모든 것이 명확해질 것만 같은 기분.

자꾸만 시도 때도 없이 눈앞에 아른거리는 이유는 그녀를 만나야만 확실히 알 수 있을 것 같았다.

"형이 지금 마리를 만나보겠다는 말 하는 게…… 결혼을 전제로 한 그 만남인 거지? 형, 괜찮겠어?"

"안 괜찮을 건 뭐야. 이렇게 고민만 하고 있으면 답 안 나와."

더 이상 이리 재고 저리 재며 머리 굴리는 건 그만하고 싶었다.

그녀를 다시 만나야만 했다. 미안함이나 후회 같은 거 남지 않도록 진지하게 다시 한 번 그녀와 만나고 싶었다.

❋

토요일 오후 2시 H호텔 커피숍.

마리는 커피숍 유리문에 비친 제 모습을 다시 한 번 확인했다. 그러다 문득 2주 전 이곳에서 만났던 기승언이 떠올랐고 저도 모르게 웃어버렸다.

그래도 참 반가웠는데…….

그래서 그의 거절이 유난히 더 마음에 남았는지도 모르겠다. 좋은 사람이고, 욕심이 나는 사람이었기에 더더욱.

마음을 바로잡고 커피숍 문을 열고 안으로 들어서자 익숙한 분위기가 느껴졌다. 이제 제법 낯이 익어 눈인사를 건네는 직원에게 가볍게 고개를 끄덕이고 걸음을 옮기는데, 낯익은 한 남자가 마리의 눈에 들어왔다. 그 남자는 마리의 시선을 피하지 않고 더욱더 빤히 쳐다보고 있었다.

기승언. 그 남자였다. 그는 입매를 부드럽게 휘며 말갛게 웃었고 장난스럽게 손을 흔들어 보이기까지 했다.

뭐지? 여기에 그가 왜 또 있는 거지?

마리는 그 자리에 우뚝 멈춰 서서 어깨에 멘 핸드백 끈을 손에 꼭 쥐었다.

설마, 날 만나러 온 걸까?

아니겠지. 다른 사람과의 약속이 있다거나, 혹은 다른 맞선이 약속되어 있거나…….

혼란스러운 마리와는 정반대로 그의 표정은 평온하기 그지없었다. 이내 그가 휴대폰으로 누군가에게 전화를 걸었다. 여전히 마리에게 시선을 고정한 채로.

그때, 마리가 손에 쥐고 있던 휴대폰이 진동했다. 마리는 발신자에 적힌 그의 이름 석 자를 확인하곤 그와 자신의 휴대폰을 번갈아 가며 보았다. 승언이 어서 받으라는 듯 턱짓을 하자, 마리는 무언가에 홀리기라도 한 듯 멍한 얼굴로 통화 버튼을 눌렀다.

"……여보세요?"

[오늘은 내가 먼저 왔어. 다시 보니까 반갑지?]

그의 말에, 마리는 심장이 쿵 내려앉는 것만 같았다.

2화
두 번째 맞선

마리와 승언의 앞에는 오늘도 애플티와 아메리카노가 사이좋
게 놓였다.

"여기 왜 나왔어요?"

"너 만나려고."

마리는 말을 잇지 못했다. 그의 대답에 뭐라고 대꾸를 해야 좋
을지 떠오르질 않았다.

"무슨 뜻인지 모르겠어요. 솔직히 헷갈려요."

승언은 이 자리가 어떤 자리인지 정확하게 알고 있을 것이다.
첫 번째도 아닌 두 번째니까. 그럼에도 그가 다시 자신의 앞에
앉아 있는 이 상황을 어떻게 받아들여야 할까.

"결정하기까지 시간이 조금 걸렸어. 처음부터 기다려 달라고

부탁했어야 했는데, 미안해. 다신 기다리게 안 할게."

그의 다정한 말투와 옅은 미소에 가슴이 사정없이 뛰었다. 아니, 전혀 예상하지 못했던 재회의 순간부터 지금까지 계속 두근대는 중이다.

"그럼 제가 생각하는 그 결정이 맞는 건가요?"

"그러니까 이렇게 너랑 마주 보고 앉아 있는 거겠지?"

일주일 전, 덕희에게 오늘 있을 만남에 대해 이야기를 듣게 되었다. 놓치기 아까운 자리라고 했던 맞선. 양가 어른들 사이에선 제법 진지하게 결혼 이야기가 먼저 오가는 중이라고도 했다. 두 사람 만나보고 별다른 일 없으면 진행하고 싶다고 말할 정도로 진행이 무척 빨랐다. 안 그래도 갈 길 바쁜데 참 잘된 일이라고 내심 생각하기도 했었다.

그런데, 이 자리에 기승언이 다시 나올 줄이야.

"처음 만났던 그날, 거절하신 거라고 생각했어요. 다시 만나게 될 거라곤 상상도 못 했는데."

내내 흐트러짐 없는 시선으로 자신을 바라보는 승언 때문에 마리는 뺨이 뜨겁게 달아올랐다. 지금 숨을 제대로 쉬곤 있는 건지 모를 정도로 긴장되고 입술이 바짝 말라갔다. 당황하고 있는 제 모습이 너무 여실히 그에게 보일 것만 같아서 난감하기도 했다. 예상하지 못한 순간을 마주한 탓인지 머릿속은 블랙아웃 상태. 지금 무슨 소릴 하고 있는 건지도 모르겠다.

"왜 마음이 변한 거예요?"

"네가 궁금해서."

.

그의 간단명료한 대답에 찻잔을 쥐고 있던 마리가 움찔했다.

궁금하다는 건, 호기심 같은 걸까?

"일시적인 호기심이나 장난 같은 거 아냐. 음. 이걸 뭐라고 설명해야 할지 모르겠지만, 그게 내 진심이야. 난 네가 궁금해. 널 만나보고 싶어."

마치 자신의 속내를 읽기라도 한 것처럼 그의 말이 이어졌다. 더 이상의 구구절절한 설명은 필요치 않은 그의 진실된 눈빛. 그 정도면 충분했다.

결혼을 결정하기만 한다면 상대방이 이 결혼에 응하는 이유 따위 크게 상관없다고 생각했었다. 그런데 그건 진심이 아니었던 모양이다. 어차피 '좋아서'가 아니라면 '나쁘지 않다'도 괜찮다고 생각했는데, 그 정도의 시작도 충분하다고 여겼는데, 단지 자신에 대해 궁금해서 생각이 바뀌었다는 그의 대답에도 마음이 심하게 요동쳤다.

"그럼 우리 곧 결혼하게 되나?"

마리가 고개를 끄덕여 대답하자 그는 여전히 평온한 얼굴로 마리를 바라보았다. 이미 어른들 사이에선 결혼에 관해 제법 구체적인 이야기들이 오고 갔을 것이다.

그는 지금 어떤 마음일까. 난 이미 마음의 준비가 끝났는데, 저 남자는 정말 괜찮은 걸까?

"넌 어때? 정말 나 괜찮겠어?"

오히려 내가 묻고 싶었던 말인데

승언의 말에 마리의 입가에 미소가 걸렸다.

"이 정도면 나쁘진 않은 거지?"

"제가 퇴짜 놓으면 어쩌려고 그렇게 당당하세요?"

"그럴 리가. 그런 눈으로 날 쳐다보면서 퇴짜를 운운한다고 내가 그 말을 믿겠어?"

확신에 찬 말투였다. 그건 네 진심이 아니야, 라고 단호하게 선을 긋는 말투에 마리는 또 한 번 웃었다.

어차피 퇴짜 놓을 생각 같은 건 없었다. 더 이상 까먹을 시간이 없으니까. 그 누가 되었든지, 심 여사가 골라온 남자라면 그냥 믿고 가볼 생각이었는데 다시 한 번 기승언이 등장해서 이야기가 묘하게 흘러가고 있었다.

그는 팔짱을 낀 채로 테이블 앞에 바짝 다가와 앉아 대놓고 마리의 얼굴을 바라보고 있었다. 장난기 가득한 눈동자와 시선이 닿는 순간, 마리는 머릿속이 하얘지는 것만 같았다.

그렇게 웃지 마라, 제발.

승언은 마리를 바라보았다. 시선이 닿으면 금세 피하기 일쑤지만 그래도 포기하지 않았다.

특별한 일이 생기지 않는 한, 나와 결혼하게 될 사람.

그렇게 생각하니 자꾸만 웃음이 나고 가슴 한구석 어딘가가 간지러웠다.

예쁘게 잘 자랐네. 나한테 시집오기 아까울 만큼.

뭔가 생각이 많아 보이는 표정에 저 자그마한 머릿속엔 대체 어떤 생각들이 가득할지 조금씩 궁금해졌다.

"저기."

"어?"

"호칭을 어떻게 해야 할지 생각해 봤는데."

"오빠라고 해."

마리는 승언의 제안이 마음에 들지 않았는지, 고개를 갸웃거리며 슬쩍 웃었다.

"오빠…… 라고 누굴 불러본 적이 없어서."

"그럼 편한 대로 불러."

"승언 씨라고 할까요?"

"그것도 좋다. 거리감 느껴지고 괜찮네."

오빠가 좋은데. 승언 씨는 뭐야.

하긴, 십 년 전에도 딱히 호칭은 없었다. 마리가 '안녕하세요' 하고 인사하면 '마리 오랜만이다. 더 예뻐졌네?' 그 정도 대화가 전부였으니까.

"싫어요?"

"상관없어. 뭐라고 부르든."

"그럼 일단 승언 씨라고 할게요."

이 정도면 적당히 알아들어 주길 바랐는데.

승언은 아쉬움을 뒤로한 채 한발 물러서기로 했다.

"아직 그 동네 살지?"

"네. 승언 씨는요?"

"난 분가했어. 혼자 살아."

마리가 고개를 숙이며 작게 웃었다.

대체 어느 포인트에서 터졌는지는 모르겠지만, 얘가 의외로 응큼한 구석이 있는 것 같았다.

정언이에게 미리 들었던 말과 다르게, 오늘 본 마리의 모습은 차분 그 자체였다. 성질머리가 보통이 아니고, 한번 돌면 미친년이 따로 없다더니 딱히 그래 보이진 않았다. 자리가 자리인 만큼 신경 쓰고 있는 걸까.

찻잔을 손에 쥔 마리는 향을 음미하곤 찻잔에 입술을 가져갔다. 생기가 도는 붉은 입술이 눈에 띄었다. 한 모금 머금고 있다가 천천히 삼키는 모습을 지켜보며, 승언은 저도 모르게 침을 꿀꺽 삼키고 말았다.

"마리야."

"응?"

네, 라고 대답하려다가 무의식중에 '응'이라고 한 것 같다. 귀여웠다. 한쪽 눈썹을 치켜세우며 눈을 깜박이는 모습이 매력적이었다.

"여기 오기 전에 무슨 생각 했어?"

승언의 물음에 마리가 옅게 웃으며 잔을 내려놓았다.

"오늘 만나게 될 남자는 또 어떤 남자일까……. 이번 남자와는 결혼할 수 있을까?"

마리가 순간순간 지어 보이는 어딘가 지친 듯한 표정이 신경 쓰였다. 몇 번이고 반복되었을 이런 자리에 앉아 있는 동안 마리는 어떤 기분이 들었을까.

"승언 씨는요?"

"오늘 만나는 유마리랑 정말 결혼을 하게 되는 건가? 하는 생각."

솔직히 잘 실감이 나질 않았다. 마리를 만나 이야길 나눌수록 비로소 결혼이라는 것이 점점 더 구체적으로 다가오는 것 같았다. 오늘 이 두 번째 만남으로 인해 우린 결혼까지 가는 급행열차를 탄 거구나라는 생각이 들었고, 지금 일어나고 있는 모든 일들이 모두 현실이라는 게 놀라울 따름이었다.

마리에 대해 많이 아는 것은 아니지만, 승언이 알기로 마리는 원래가 상냥하거나 다정한 아이는 아니었다. 그렇다고 해서 딱딱하거나 건조한 아이도 아니고, 솔직하고 당찬 아이였다.

정언의 말로는 성질머리가 있기는 하지만 옳고 그름 정도는 분간할 줄 아는 아이고, 그 정도에 따라 유마리에 대해 사람들이 편견을 갖는 것 같다고 했다. 마리는 그 상대가 누구냐에 따라 유연하게 대처할 줄 아는 똑똑한 아이라고.

그 설명을 듣고 나니, 승언은 마리에 대해 더 궁금해졌다.

"곧 결혼하게 될 거예요."

"그러게. 진짜 그렇게 되겠지."

마리는 다시 찻잔을 입술로 가져갔다.

승언이 다시 마리와 만나보기로 결정한 후, 양가 어른들 사이에 다시 결혼 이야기가 오고 간 것으로 알고 있다.

스물한 살과 열아홉 살. 동생의 친한 친구. 가끔 마주치면 인사기 전부였고 가까워지진 못했다. 승언이 군에 입대해 제대할 때쯤 마리는 유학을 떠났고, 마리가 유학에서 돌아왔을 땐 자신이 분가를 하여 본가 동네에 올 일이 자주 없었다.

아주 자연스럽게 멀어졌다. 물론 가까웠던 적은 없었지만. 그렇다고 개인적으로 연락을 하고 지내는 사이도 아니었기에 우리 사이엔 히스토리랄 것이 없었다.

그런데, 그런 유마리와 내가 결혼을 하게 된다. 생각할수록 놀라운 일이다.

저녁 식사는 승언이 미리 예약해 둔 프렌치 파인다이닝 레스토랑에서 하게 되었다. 다행히 숨 막히게 부담스러운 파인다이닝이 아니었다. 오너 셰프가 모든 요리를 하고, 백 퍼센트 예약제로 운영되는 곳으로 마리도 종종 들어본 적 있던 유명한 곳이었다.

이 식당 단골이라던 승언의 말이 사실이었는지, 승언이 자리를 잡자 오너 셰프란 사람이 직접 나와 반갑게 인사를 건네기도 했다.

"여기 지난번에 우리 처음 만났던 날도 예약했었어."

"진짜요?"

"근데 네가 그냥 가버렸잖아."

"그땐 마주 보고 앉아서 밥 먹을 기분이 아니었거든요."

마리의 솔직한 대답에 승언이 웃음을 참지 못했다.

"이거 내가 만든 거야."

"이 식탁이요?"

"여기 있는 다이닝 테이블이랑 인 체어 모두. 시기 벽 신반도."

승언의 말에 마리는 식당 곳곳을 둘러보았다. 모두 원목으로 만들어진 가구들. 그가 가구 디자이너라는 사실은 이미 알고 있었지만, 알고 봐도 놀라웠다.

"그래서 일부러 여기 온 거예요? 나한테 자랑하려고?"

승언은 당연하다는 듯 고개를 끄덕이며 웃었다.

그는 제법 유명한 오더 메이드 가구 디자이너다. 정언의 말로는 집 겸 공방인 곳에서 주로 작업을 하고 가로수길에 위치한 쇼룸에서 판매를 한다고 했다. 기승언 작가가 만든 가구 하나 정도는 집에 두는 게 요즘 트렌드란 건 정언이 설명해 주지 않아도 익히 알고 있는 사실이었다.

"나 나름 유명한데."

"그래요?"

실은 마리의 방에도 그가 만든 가구가 몇 개 있었다. 그런데 자랑하고 싶어 하는 그에게 사실대로 말해주고 싶지 않았다. 마리는 다시 한 번 식당 곳곳을 둘러보았다. 기승언 작가 가구로 이 정도 채울 정도면 가구값으로만 수천은 들었을 것이다.

그가 이곳에 단골인 이유를 조금은 알 것 같았다. 자신이 만든 가구를 많이 사주었으니 많이 팔아주고 싶은 마음이 드는 게 당연지사. 물론 이 식당의 가격도 만만치 않지만 말이다.

"샴페인 한잔 할래?"

"좋아요."

식전 빵이 나오기 전, 그는 샴페인을 한 병 주문했다. 이렇게 좋은 날엔 와인보단 샴페인이 더 당긴다는 그의 말에 마리는 조용히 웃었다. 그가 별 뜻 없이 꺼낸 '좋은 날'이란 말이 자꾸 귓가에 맴돌았기 때문이다.

승언은 P건설 기창진 회장과 국내 최고의 국립대 조소과 교수 한주연 교수 사이에서 태어난 3남 중 장남이라고 했다.

P건설은 매년 신뢰받는 기업, 살기 좋은 아파트상, 한국 건축 문화대상, 대한민국 토목건축대상, 퍼스트 브랜드상 등 온갖 좋다는 상은 싹쓸이하는 유명 건설 기업이었다. 주택 사업 분야에 있어서는 단연 독보적인 기업이고, 최근엔 전 세계 곳곳에 랜드마크 건설을 목표로 일반 건축 시장에도 많은 공을 들이고 있었다.

상고 출신으로 평사원부터 시작해서 기업 CEO 자리까지 오른 창진은 경영 성공신화를 논할 때면 빠지지 않고 등장하는 기업가였다. 기업 M&A를 통해 몸집을 키우다가 15년 전 지금의 기업명으로 새롭게 시작해서 탄탄대로를 걷고 있다.

승언은 창진의 회사에 대해 속속들이 알진 못한다고 했다. 일찍이 부모님께서 앞으로 살길은 니들 스스로 알아서 찾아가라고 교육을 하신 덕에 창진의 회사 일을 가업이라고 여기지 않았다고 설명을 더했다. 아예 영향을 받지 않았다곤 할 순 없지만 승언을 비롯한 형제들에게 창진의 회사 일은 관심 밖의 일이었다고도 말했다.

승언의 첫째 동생 태언은 국내 최대 온라인 서점 인문학 파트 북큐레이터 일을 하며 종종 TV에 출연하기도 하고, 막내이자 마리의 동네 친구인 정언은 다큐멘터리 영화 감독 겸 여행 작가라는 설명도 빼놓지 않았다. 삼 형제 모두 가업에 얽매이지 않고 각자가 하고 싶은 일을 하고 있었다. 기업은 전문 경영인 체제로 운영 중이라고 P건설에 대해서 간략하게 설명해 주었다.

식사 중간중간, 마리는 고개를 끄덕이며 그의 설명을 들었고 이내 자신의 집 소개도 해야만 했다.

15년 전, 마리의 부친 유진석은 조모인 박명선 회장에게 맞섰다는 이유로 핵심 인사에서 철저하게 배제되어 자연스레 경영 서열에서 밀려났고, 알짜배기 계열사는 박 회장 외가 식구들이 장악했다. 그 이듬해 그룹에서 완전히 나온 진석은 5년 전 새로운 사업을 시작했다. 마리는 유학을 마치고 돌아와 진석의 아래에서 일을 배우는 중이다.

애초에 이 결혼은 뭘 얻기 위한 결혼이 아니었다. 덕을 볼 것도 없고, 덕을 바랄 것도 없는 딱 맞는 수준의 결혼. 게다가 마리의 부친과 승언의 부친은 경제인 모임에서 가까워진 사이로 이미 꽤 오래전부터 관계를 유지해 오고 있었으니 더할 나위 없이 완벽한 만남이었다.

종종 다른 집안에서 상황과 여건에 떠밀려 억지로 정략혼을 하는 길 봐왔기 때문인지, 그에 비하면 승언과 마리의 만남은 아주 훌륭한 시작이라고 생각할 만했다.

그래도, 마리는 가슴 한 켠에 아직 불안한 마음이 남아 있었다. 집안이 정해준 여자와의 결혼 같은 건 관심조차 없을 것 같은 기승언이라서, 이미 한 번 자신의 제안을 거절했던 기승언이기에……

"푸아그라 별로야?"

"그다지 좋아하는 게 아니라서요."

"미안. 먼저 물어볼 걸 그랬다. 다른 걸로 바꿔달라고 할까?"

"괜찮아요."

푸아그라를 좋아하지 않는데, 하필 샐러드와 함께 나올 줄이야. 푸아그라가 프렌치 파인다이닝에서 빠질 수 없는 재료라는 걸 알면서도 딴생각에 잠겨 빼달라고 말할 타이밍을 놓쳐 버렸다. 밥상머리에서 깨작거리는 성격이 절대 아닌데, 도저히 입에 안 맞아서 먹을 수가 없었다. 샴페인으로 입안을 헹군 마리는 포슬포슬한 대구구이를 소스에 듬뿍 찍어 입에 넣었다.

"야심 차게 준비했는데. 망쳤네."

승언이 머쓱한 듯 웃으며 손끝으로 턱을 쓸었다. 그 모습을 보는데, 가슴이 두근거렸다. 그가 이 식사에 무척이나 공을 들이고 있다는 느낌을 받아서일 것이다. 그는 오늘을 좋은 날로 만들기로 작정한 듯했다. 그의 배려 덕분에 마리는 점점 마음이 노곤해졌다.

메인 요리로는 트러플 소스를 얹은 송아지 안심이 나왔다. 커트러리와 포크로 고기를 조각내던 마리는 아까 무슨 얘길 하다가 못 했었나, 곰곰이 생각하다가 문득 떠오른 생각에 '아!' 하고 승언을 보았다.

"혹시, 원하는 거 있어요? 조건이랄지……."

첫 번째 맞선 자리에서 마리가 언급했던 조건은 3년. 그러니 이번엔 공평하게 그의 요구 사항을 들어줄 차례였다. 마리는 입안에 고기 한 점을 놓고 꼭꼭 씹었다.

"연애하자."

"연애요?"

"어. 연애."

그는 샴페인 한 모금을 머금고 눈웃음을 지으며 마리를 보았다.

"이대로라면 얼마 후에 우리 결혼하게 될 텐데, 그 전에 연애를 했으면 해서."

의외였다. 연애 제안이라니. 아니, 아예 생각지도 못했던 제안이었다. 사생활을 간섭하지 말아달라든가, 각방을 쓰자든가, 뭐 그런 것들을 예상했는데 연애라니.

결혼을 전제로 만났다고 해서 당장 식을 올릴 건 아니기에 약간의 시간적 여유가 있는 상태다. 그런데도 그는 연애라는 구체적인 관계를 요구했다. 굳이 타이틀을 걸지 않더라도 일종의 연애 비슷한 것을 하면서 서로에 대해 알아가고 가까워지는 시간을 갖게 될 텐데 말이다.

그가 말하는 연애는 대체 어떤 것일까. 궁금증이 또 하나 추가되었다. 아무래도 기승연이란 남자 자체가 궁금증 덩어리인 듯했다. 그가 어떤 말을 할 때마다, 이젠 '왜?'라는 물음표가 절로 따라붙었다.

이것들은 모두 그에 대한 관심으로부터 비롯된 것이겠지? 그러거나 말거나, 무관심하기로 마음먹었다면 이런 궁금증들이 생길 리가 없을 테니까.

만약, 연애하는 동안 그의 마음이 변해 버린다면?

마리는 그것도 궁금했다.

"이대로 어영부영 결혼 준비하고 식 올리는 건 낭만이 없잖아."

이 상황에서 낭만을 찾다니.

마리는 웃으며 고개를 끄덕였다.

"좋아요. 해보죠, 연애."

그와 두 번째 만남에서 덜컥 연애가 시작되었다.

이건 대체 무슨 조화인지.

분명한 건, 그의 제안이 너무나 달콤해서 마음이 설렜다는 것. 그저 적당한 사람과 만나 결혼을 하게 될 거라고 생각했는데 예상했던 것과 달리 얘기가 재밌게 흘러가고 있었다. 그래서인지 자꾸만 그다음이 기대되기 시작했다.

마리는 식사 내내 승언의 표정을 살폈다. 한결같이 미소를 띤 얼굴. 시선이라도 마주치면 꼭 먼저 웃어주고 대화를 나눌 땐 반드시 눈을 맞춘 채로 이야길 한다. 시간이 어떻게 흐르고 있는지 감이 잡히지 않을 만큼 정신을 빼앗겨 버렸다.

기승언은 이상한 남자였다.

설마, 여자 홀리는 데 선수는 아니겠지.

만약 그가 다른 여자에게 이런 모습을 보인다면, 마리는 정말 참을 수 없을 것 같다는 생각이 들었다.

시간 가는 줄 모르고 샴페인은 두 병이나 비웠다. 식당 문 닫을 시간이 되도록 계속된 대화는 집으로 가는 동안에도 끝나지 않았다. 달큰한 술기운 덕분인지 좀 더 편안해졌다. 마치 오랫동안 알고 지내던 사람들처럼 말이다.

"여기까지 온 김에 본가에서 자고 가면 되겠네요."

"싫어. 내 집에 가서 잘 거야."

"그럼 대리기사님 또 불러야 하잖아요."

"또 부르면 되지."

"그게 무슨……."

마리가 미간을 구기며 이해할 수 없다는 눈으로 승언을 바라보았다.

마리는 혼자 갈 수 있다고 했지만 대리기사와 그녀를 단둘이 보낼 순 없었다. 결국 승언은 자신의 차를 본가로 따로 보내고, 마리의 차를 타고 함께 온 참이다.

"지금 질색하는 거야?"

"비효율적이기도 하고, 쓸데없이 고집부리는 거 같아 보이기도 하고."

"그렇게까지 비약하면 나 상처받아."

"혹시, 쉬했어요?"

승언은 고개를 가로저으며 손끝으로 눈썹을 긁적였다.

이대로 본가에 들어가면 온갖 질문들이 쏟아질 게 뻔하기에 피하려고 했건만. 이러다간 마리에게 고집쟁이로 낙인이 찍힐 것 같았다.

"일 있어. 지고 갈게."

마리가 그제야 웃었다.

"한 바퀴 돌고 들어가자."

"그래요."

봄기운이 완연하다는 일기예보가 무색하게, 밤에는 여전히 바람이 찼다. 마리는 자잘한 플라워 패턴이 들어간 원피스에 재킷 하나만 걸치고 있었다. 승언은 혹시 춥진 않을까 신경이 쓰여 살짝 고개를 숙여 마리의 얼굴을 살폈다.

"춥지 않아?"

"추위는 안 타요."

"더위는?"

"더운 건 못 견디죠."

"나랑 완전 반대구나."

승언은 추위를 많이 타고 더위는 잘 타지 않는 편이었다. 땀샘이 없는 사람인가 싶을 정도로, 격렬한 운동을 하지 않는 이상 일상생활에서 땀을 뻘뻘 흘리는 일이 거의 없었다. 추울 땐 춥다고 유난을 떠는 대신에 활동을 최소화하고 실내 활동 위주로 하는 편이었다.

"에어컨은 제일 좋은 걸로 할 거예요."

"그럼 난 온수 매트."

마리가 손등으로 입을 가리며 큭큭 소리 내어 웃었다.

"아무래도 연애하는 동안 맞춰봐야 할 게 많을 거 같네요."

지금까지 다른 생활 방식 안에서 살아왔으니 당연한 일이었다. 어쩌면 이해할 수 없는 서로의 생활 방식 때문에 화를 내거나 씨우는 일도 생기겠지.

남과 남이 만나 서로의 생활을 공유한다는 게 결코 쉬운 일은 아닐 것이다. 그럼에도 불구하고 승언은 결혼을 선택했다. 재미와 호기심 같은 가벼운 마음만으로는 절대 선택할 수 없는 결혼의 무게. 안 그래도 하늘 높은 줄 모르고 치솟는 이혼율에 숟가락 보태줄 마음은 없으니 맞춰가기 위한 노력은 최대한으로 해볼 생각이다.

이 타이밍에 마리와 만나게 된 게, 생각하면 할수록 참 신기했다. 어쩌면 마리와 재밌게 살 수 있지 않을까 하는 좋은 예감이 들었다. 속단하긴 이르지만, 그래도 예감이 나쁜 것보단 좋은 편이 좋은 거니까.

승언은 마리의 보폭에 맞춰 걸었다. 오르막길을 오를 땐 작게 입술을 벌리고 가쁜 숨을 내쉬는 게 귀여웠다. 힐끔거리며 자신의 옆얼굴을 보는 게 느껴질 때마다 웃음이 났다. 십 년이란 시간 동안 마리가 성숙한 여자가 되었다는 생각이 들었다가도, 여전히 열아홉 살 그때처럼 순수하고 새침한 매력을 간직하고 있는 것 같아서 반갑기도 했다.

승언은 아주 자연스럽게, 티 나지 않게 조금 더 없으료 다가갔다. 한 번, 두 번, 세 번. 스치듯 닿는 손등이 어색했는지 마리가 아랫입술을 꼭꼭 깨물었다. 승언은 시선을 내려 손을 보는데, 마리의 손가락이 어쩔 줄 모르고 꼼지락거리고 있었다.

귀여워.

승언은 마리의 손을 슬쩍 잡았다. 그러자 마리의 눈동자가 갈피를 못 잡고 사정없이 흔들렸다. 승언은 웃음을 꾹 참고 마리의 가느다란 손가락 사이사이에 자신의 손가락을 밀어 넣고 빈틈없이 깍지를 꼈다. 고갤 돌려 다시 마리를 보았지만, 마리는 절대 고개를 돌리지 않겠다고 맹세라도 한 듯 뻣뻣하게 앞만 보고 있었다. 분명 자신의 시선이 느껴질 텐데도 고개를 돌리지 않았다.

승언은 맞잡은 손을 앞뒤로 살며시 흔들며 걷는 속도를 조금 더 늦추었다. 마리도 싫진 않았는지 승언의 속도에 맞춰 천천히 걸었다.

연애 첫째 날.

승언은 시간이 천천히 흘렀으면 좋겠다고 생각했다.

3화
그들의 사정

현관문을 열고 집에 들어가자마자 가장 먼저 마리를 반기는
건 늘 그랬듯이 덕희였다.

"다녀왔습니다."

"오늘은 어땠어?"

마리는 덕희의 물음에 미소로 답을 했다.

"둘이서 술도 같이 마신 거야?"

맞다, 술 냄새. 이걸 못 감췄네.

덕희의 예리한 지적에 마리가 흠칫 놀라 손등으로 입을 가리
자 그런 마리를 보며 덕희가 미소를 지었다.

"뭐? 간이 순은 마셨다고?"

거실로 막 들어서는데, 소파에 앉아 스마트폰 게임에 열중하

던 부친 진석이 마리를 찌릿 노려보았다.

"샴페인 한잔했어요."

"이리 와서 앉아봐. 어떻게 된 건지 얘기 좀 들어보자."

진석은 덕희의 눈짓에 휴대폰을 손에서 내려놓고 마리를 바라보았다. 마리는 소파 팔걸이에 재킷을 벗어 얹어 두고 털썩 주저앉았다.

"결혼…… 해도 될 거 같아요."

마리의 말에 덕희는 흐뭇한 미소를 감추지 못했고, 진석은 뜨악한 표정을 지었다. 그 누구보다 마리의 연애결혼을 응원했던 진석이기에, 마리 역시 진석의 이러한 반응을 이미 예상하고 있었다.

"너 정말 괜찮겠니? 아빠는 영 마음이 안 내킨다."

"엄마가 어련히 알아서 좋은 사람 소개해 줬을까 봐. 아빠 난 못 믿어도 엄마는 믿잖아요."

"그건 그렇지."

진석은 잽싸게 덕희의 편을 들었다.

심덕희. 마리의 모친이지만 친모는 아니었다. 마리를 낳아준 친모는 마리가 돌이 되기 전에 내연남과 해외로 도망가 버렸고, 그 이듬해에 진석의 오랜 연인이었던 덕희가 마리의 엄마가 되어 주었다.

마리의 친모와 아버지인 진석은 할머니인 박 회장의 강제적인 정략혼으로 맺어진 사이였다. 좋지 못했던 결말 탓에 진석은 정략혼에 대해 매우 부정적인 입장을 취하고 있고, 이번 마리의 결혼 진행에도 많은 걱정을 하고 있었다. 그렇다 하더라도, 마리는 절대로 이 결혼을 포기할 수 없었다.

덕희를 향한 세컨드라는 사람들의 수군거림. 따가운 시선.

사람들이 마리와 덕희를 볼 때마다 모녀가 어쩜 그렇게 쏙 닮았냐고 말하는 것들이 비아냥거림인 줄 모르던 때가 있었다. 모녀에게 향하던 그 웃음의 의미를 그땐 알지 못했다. 그런 이야길 듣거나 그런 시선들을 받을 때마다 덕희가 왜 그렇게 얼굴을 붉혔는지도 그땐 알지 못했다. 어린 마리는 그저 우리 엄마가 수줍음이 많은가보다, 하고 생각했다.

마리가 일곱 살이 되었을 때, 덕희가 자신을 낳아준 친모가 아님을 알게 되었다. 고작 일곱 살에 세상 사람들이 말하는 계모나 세컨드의 의미 또한 명확하게 알게 되었다.

하지만, 마리에게 덕희는 엄마일 뿐이었다. 내게 엄마는 심덕희 한 사람뿐이고, 친모라는 사람은 궁금하지도 않았다. 진석에게 친모의 존재에 대해 매우 정확하게 설명을 들은 후로는 더더욱 관심 밖의 인물이었다. 할머니인 박 회장이 친모에 대해 언급할 때를 제외하곤 마리가 직접적으로 난 한 면도 신모에 대한 손재감을 느껴본 적은 없었다. 물론 친모 역시 마리에게 얼굴을 비치거나 연락을 취한 적도 없었다. 남보다도 못한 사이, 딱 그런 사이였다.

세상의 풍문 때문인지 덕희는 늘 몸을 낮추고 살아왔다. 외부 활동은 거의 하지 않았고, 공식 석상에 모습을 드러내는 일은 일절 없었다. 그것은 박 회장의 지시이기도 했고 본인의 의지도 조금은 섞여 있었다.

그러다 15년 전, 박 회장이 그 잘난 첫째 딸이 있는 미국으로 떠나고 난 후에는 고달프고 숨 막히던 덕희의 생활도 조금이나마 편안해졌다. 마리가 성인이 되고 나서 억지로 데리고 나가 외식을 하거나 드라이브를 하곤 했지만 그것도 손에 꼽을 정도고, 덕희는 대부분의 시간을 집에서 보냈다.

샤워를 마치고 욕실을 나온 마리는 젖은 머리를 수건으로 꾹꾹 누르며 방으로 향했다. 이 집 2층 전부는 마리 혼자 쓰고 있는 것이나 다름없었다. 성인이 된 딸을 위한 배려이기도 했고, 까탈스러운 성격 때문이기도 했을 것이다.

침실과 거실, 명품 매장 부럽지 않은 드레스룸과 서재까지 갖춰진 독채나 다름없는 공간을 가지고 있기에 독립을 꿈꾸지 않았다. 솔직히 말하자면, 이곳을 떠나고 싶지 않았다. 자신이 이 집을 비워버리면 사나운 맹수들이 발톱을 세우고 덕희를 공격하기 위해 몰려들 게 뻔하게 보이니까.

마리는 머리카락을 수건에 감싸 돌돌 말아 정수리에 올리고 서재로 걸음을 옮겼다. 컴퓨터를 켜고 막 의자에 앉으려는데, 뒤에서 인기척이 들려왔다.

"언니."

진석과 덕희 사이에서 태어난 마리의 동생 설아였다. 이제 갓 중학생이 된 열네 살 어린아이. 자신의 앞에 서면 늘 수줍어하고 쑥스러워하는 부끄럼 많은 아이. 그렇게 예뻐해 줘도 여전히 마리를 어려워했다.

"이리 와. 지금 들어오는 거야?"

"어. 레슨이 있어서."

"피곤하겠다."

설아가 고개를 끄덕이며 막 돌아서려는데, 마리가 설아의 가는 손목을 붙잡았다. 아까 저녁 식사를 했던 레스토랑에서 디저트로 내어준 초콜릿이 너무 맛있어서, 설아의 몫으로 몇 개 챙겨왔던 게 떠올랐기 때문이다. 마리는 가방에서 비닐에 싸인 초콜릿을 설아의 손바닥 위에 올려주었다.

"이거 가져가서 먹어. 너 초콜릿 좋아하잖아."

"고마워, 언니."

작고 앙증맞은 손을 빤히 보던 마리는 설아의 손을 쉽게 놓지 못했다. 잘 관리 받은 자신의 손톱과는 정반대인 끝이 뭉뚝한 설아의 손톱이 못내 마음에 걸렸기 때문이다.

설아는 피아노에 재능이 있는 아이였다. 부담이 될까 싶어 크게 내색하진 않지만, 내심 마리도 큰 기대를 갖고 있는 중이다. 설아를 레슨해 주고 계신 선생님께선 설아가 혹독할 만큼 제 자신을 한계에 몰아세우며 연습을 하는 독종이라고 했다. 마리는 그 말을 믿지 않았다. 이렇게나 귀엽고 사랑스러운 아이에게 독종이라니.

"콩쿠르 언제랬지?"

"2주 남았어."

2주 후라면, 다행이다. 결혼하기 전에 볼 수 있으니까.

마리는 설아를 놓아주고 서재를 나섰다. 저녁에 과식을 한 탓인지, 아니면 과음 때문인지 속이 부대껴 시원한 물이 간절했기 때문이다. 마리는 소파에 나란히 앉아 TV를 보고 있는 진석과 덕희를 지나쳐 주방으로 향했다.

"마리야, 뭐 줄까?"

"아뇨. 찬물 한 잔만 마시려고요."

"얘는. 자꾸 찬물 마시면 속 버린다니까. 엄마가 꿀물 타줄게. 그거 마시고 올라가."

다 큰 딸 숙취 걱정에 꿀물까지 타주는 엄마라니.

마리는 좋으면서도 괜히 미안한 마음이 들어 덕희의 주변을 서성였다.

"내일 할머니 오시기로 했어."

"여기로요?"

마리가 대뜸 인상부터 쓰자, 덕희가 입술 위에 검지를 올리며 목소리를 낮추라고 눈짓했다.

"내일 할아버지 제사잖아."

"본인 회사 감시하러 오시는 거겠죠. 임원들 족치러 오거나."

"쓰읍. 말 예쁘게 못 해?"

"그것도 아니면 우리 심 여사 속 뒤집어놓으러 오거나."

"어허."

덕희가 짐짓 엄한 표정을 지었지만 하나도 무섭지 않았다. 마리는 입술을 빼문 채 덕희가 건넨 꿀물 잔을 받아 들었다.

"맨날 꼴도 보기 싫다고 하시면서 왜 자꾸 오신데? 그냥 호텔로 가시지."

"유마리."

마리는 마음이 편치 않았다. 이번엔 또 무슨 트집을 잡아 덕희를 달달 볶아댈지, 벌써부터 머리가 지끈거리는 것 같았다. 마리는 비운 잔을 싱크대에 담아두고 다시 2층으로 올라가려 계단으로 향했다.

띵동.

그때, 초인종이 울렸다.

"이 시간에 누구 올 사람이 있나?"

인터폰과 가장 가까이 있던 마리가 가장 먼저 화면 속에 비친 사람을 확인했다. 불청객은 다름 아닌 박 회장이었다.

"누구니?"

마리의 뒤로 다가온 덕희가 박 회장의 얼굴을 확인하곤 얼굴이 하얗게 질려 버렸다. 마리는 대문 잠금장치를 풀고 현관 밖으로 나갔다. 저 멀리서 대문을 밀고 들어오는 박 회장과 그녀의 뒤로 짐 가방을 든 두 명의 비서가 보였다.

"오셨어요."

마리가 고개를 숙여 인사하자, 박 회장은 마리의 머리끝부터 발끝까지를 노골적으로 훑어보며 언짢은 기색을 숨기지 않았다.

"아무리 집이라고 해도, 차림이 그게 뭐니? 꼴사납게."

일 년 만에 만난 손녀와의 첫 인사는 그것이 전부였다. 마리는 자신의 앞을 휙 하고 지나치는 박 회장의 뒷모습을 보며 아랫입술을 잔근잔근 깨물었다. 박 회장의 바로 뒤에 따라오던 두 명의 비서가 마리에게 인사를 건넸지만 마리의 굳어버린 표정은 금방

풀어지지 않았다.

비서들은 박 회장이 이 집에서 종종 묵는 1층 복도 끝 방에 짐을 넣어주고 집을 나섰다. 너무나 갑작스러운 박 회장의 등장에, 온기 가득하던 집 안은 한파라도 닥친 듯한 싸늘한 냉기와 숨 막힐 듯한 긴장감으로 가득했다.

"어머니 오셨어요. 내일 오신다더니."

"왜. 일찍 오면 안 되는 이유라도 있는 게냐?"

진석의 인사에 다시 한 번 날카로운 말이 날아들었다. 말 한 마디 한 마디가 가시였다. 대체 이럴 거면 이 집엔 왜 오시는 건지 마리는 도무지 이해를 할 수가 없었다. 화풀이를 하러 오시는 걸까?

"마리, 선봤다고?"

소문 참 빠르네. 언제 그 소식까지 들으셨을까.

멀찌감치 서 있던 마리는 마지못해 박 회장과 진석이 앉아 있는 소파 옆에 다가섰다.

"네. 다음 달에 결혼할 거예요."

"얼마 안 남았구나. 상견례는 내가 직접 참석할 수 있도록 일정 조정해 둬라. 서울에는 열흘쯤 더 있다가 돌아갈 생각이니까."

"안 그러셔도 돼요."

"상견례 자리에 네 애비만 보낼 수 없잖니."

박 회장은 덕희를 아예 없는 사람 취급했다. 이 집에 들이온 순간부터 덕희의 존재를 깡그리 무시하고 있는 것이다. 그럴수록 마리의 분노 게이지는 차곡차곡 채워지고 있었다.

"엄마가 계신데 아버지가 왜 혼자 가시겠어요."

마리는 입가에 미소를 얹고 박 회장의 말을 받아쳤다. 그러자 박 회장은 그제야 덕희를 향해 시선을 옮겼다. 얼음장 같은 싸늘한 시선으로 덕희를 빤히 쳐다보았다.

"쟬 어디에 내세우겠다는 거야? 네가 지금 우리 집안에 먹칠을 하려고 작정을 했구나!"

"엄마가 멀쩡히 계신데 갑자기 할머니가 등장하는 게 더 이상해 보이지 않을까요?"

"유마리."

"할머니. 힘 그만 빼세요. 저한텐 안 통한다는 거 아시잖아요."

수도 없이 부딪쳤다. 그럴 때마다 승자는 없고 패자만 남았다. 서로에게 상처만 남기고 마는 지리멸렬한 이 싸움을 이젠 제발 끝내고 싶었다. 마리의 말에 오늘도 박 회장은 파르르 떨었다. 덕희는 지금 당장에라도 숨이 넘어갈 듯 잔뜩 긴장한 채로 바닥에 시선을 박은 채 죄인처럼 서 있었다.

그런 모습 보고 싶지 않아. 엄마는 죄인이 아니잖아. 왜 그렇게 벌 받듯이 서 있는 건데.

마리는 주먹을 움켜쥔 채 이를 악물었다.

박 회장은 자신의 손으로 엮은 여자가 진석과 마리를 두고 도망가 버린 후, 신석이 오래전부터 사랑하는 여자라며 데려온 덕희를 무척이나 미워했다. 덕희는 노력하다 보면 언젠간 받아주시겠지, 하는 생각으로 매질과 다름없는 날카로운 언어 폭행을 긴 시간 동안 견뎌냈다.

하지만, 박 회장은 단호했다. 노골적으로 덕희에게 아이를 낳지 말라 지시했고, 나중에 그 사실을 알게 된 진석이 집안을 발칵 뒤집어놓은 후에야 덕희는 박 회장으로부터 벗어날 수 있었다. 그 결과, 박 회장은 미국에 있는 큰딸에게로 떠나며 진석의 몫으로 남겨진 유산을 모두 빼앗고 그룹의 모든 계열사를 자신의 친정 식구들에게 나눠주었다. 결국 진석은 국내 최대 미디어 그룹 E미디어에서 완전히 손을 떼야만 했고 빈손으로 쫓겨나다시피 집안에서 내쳐졌다.

마리는 그때 박 회장의 맨얼굴을 보았다. 그녀가 얼마나 매정한 사람인지, 얼마나 한심한 사람인지 제대로 보게 되었다.

"그리고 할미 앞에선 엄마라고 부르지 말라 하지 않았니?"

"제 엄마예요."

"아니. 쟨 네 엄마가 아니야."

"꼭 배 아파서 낳아야만 엄마는 아니죠."

"널 키워준 사람이지. 유모와 같은."

박 회장은 마리를 앞에 두고 덕희에게 또 한 번 비수를 꽂았다. 마리는 덕희가 가쁜 숨을 내쉬며 쓰러지지 않기 위해 안간힘을 쓰고 버티고 있는 걸 보고 말았다.

"진짜 네 엄마라면, 널 이렇게 자라도록 두지 않았을 거다."

"엄마 덕분에 이만큼이라도 사람 구실하면서 사는 기예요. 이시잖아요, 제 성질머리."

"참 신기한 일이지. 너 같은 아이가 어떻게 우리 핏줄에서 나왔는지."

"아, 그렇다면 전 할머니가 생각하시는 그분을 닮은 거 아닐까요? 할머니가 직접 골라주신 아버지의 첫 번째 부인. 돌도 안 된 딸을 두고 내연남과 야반도주한 그 여자."

부글부글 끓는 게 마리의 눈에 훤히 보였다. 마리는 여전히 미소를 입에 문 채 박 회장의 시선을 받아내고 있었다.

"P건설이랑 사돈 맺게 된 것도 다 심덕희 여사 덕분이에요. 감사히 생각하세요. 우리 할머니 며느님 하나는 참 잘 보셨네."

"유마리!"

마리는 박 회장 앞에 한 발짝 더 가까이 다가섰다. 거칠게 내쉬는 숨이 얼굴에 와 닿을 만큼 가까이.

"그러니까 적당히 하세요. 할머니가 세게 나오시면 저도 계속 세게 나갈 수밖에 없어요. 계속 이렇게 상처 주고받을까요?"

박 회장의 극성을 감당할 수 있는 건, 이 집에 오직 마리뿐이었다. 그렇기에 마리는 늘 화살받이가 되길 자처했다. 기억이란 걸 할 수 있는 아주 어렸을 적부터 보고 자란 게 있어서 그런지, 마리는 박 회장의 이런 화풀이쯤은 덕희를 위해서라면 기꺼이 받아낼 수 있었다.

"넌 어른을 봤으면 인사를 해야지, 그렇게 멀뚱하게 서서 쳐다만 보고 있을 거냐? 배워먹지 못했으면 눈치라도 있어야지. 쯧쯧."

그때, 계단에 서서 차마 내려오지 못하고 있던 설아를 발견한 박 회장이 다시 한 번 발톱을 치켜세웠다. 마리는 물러서지 않고 설아에게 다가가 그 앞을 가로막듯이 섰다.

오늘은 또 얼마나 이 아이에게 상처를 내려고 저렇게 눈을 반짝이실까.

설아야. 제발, 상처받지 마.

"낳지 말라고 그렇게 알아듣게 말했는데 기어이 낳아서 내 속을 뒤집더니……."

"어머니! 제발 그만하세요!"

결국 진석이 소리치고 말았다. 이 상황에서 진석이 목소리를 높이면 더 독하고 아픈 말들이 덕희에게 향하기 때문에 마리는 제발 진석이 나서지 않길 바라고 있었다. 마리는 진석을 향해 눈짓을 하며 고개를 가로저었다.

"너 지금 애미한테 소리친 게냐? 오호라! 그래, 내가 널 잊었다. 계집년 하나 때문에 부모 자식간의 연까지 끊자고 대들던 놈이었지, 네가. 저년이 널 그렇게 만들었지!"

덕희의 머리채라도 당장 쥐어뜯을 기세로 걸음을 옮기는 박 회장 앞을 마리가 다시 막아섰다. 서슬 퍼런 시선에 천하의 유마리도 숨이 턱 막혔다.

"오늘은 호텔로 가시는 게 좋을 것 같네요. 이러다 할머니 쓰러지시겠어요."

마리는 박 회장의 팔을 붙잡은 채로 버텼다. 노인네 기력도 좋으시지, 버티는 힘이 장난이 아니었다.

박 회장은 결국 마리의 손길을 뿌리치고 그대로 집을 나섰다.

매년 반복되는 연례행사 같은 소동을 짐작한 비서들은 밖에서 대기하는 중이었다. 마리는 현관을 박차고 나간 박 회장이 타고 온 차를 타고 유유히 떠나는 것을 확인한 후 집으로 들어갔다.

덕희에겐 진석이 있으니, 마리는 두려움에 벌벌 떨고 있는 설아부터 챙겨야 했다. 마리는 말없이 설아의 손을 잡고 2층으로 올라갔다.

마리에게 설아는 귀한 늦둥이 동생이었다. 14년간의 모진 세월 동안 시모의 노골적인 모욕을 견뎌내고, 진석이 모든 것을 포기한 후에야 겨우 갖게 된 귀한 아이다. 어렸을 때부터 보지 말았어야 하는 것들을 너무 많이 보고 자란 탓인지, 일찌감치 어른이 되어버린 가여운 아이. 마리에겐 가장 아픈 손가락. 잡고 있던 설아의 손등을 엄지로 쓸어보는데, 괜히 눈물이 울컥 치밀었다.

"기죽지 마. 눈치 보지 마. 당당하게 굴어."

해줄 수 있는 말은 이게 전부. 살갑게 안아준다거나 품에 안고 다독여 주는 건 해본 적이 없었다. 본래 성격이 그렇지 못하기도 할 수도 있겠지만, 너무나 미안해서 그렇게 하지 못하는 것이기도 하다. 이런 순간 가장 필요한 건 어설픈 위로가 아닌 현실적인 조언이니까.

"......."

"너 죄 진 거 없어. 고개 숙이지 마."

결국 지그민 어깨가 늘썩였다. 방 안을 울리는 흐느낌에 코끝이 매웠지만 마리는 턱이 무너지도록 이를 꽉 깨물고 버텼다. 눈물로 얼룩진 설아의 얼굴을 차마 볼 수가 없어서, 마리는 설아를 방 안에 남겨두고 빠져나와야만 했다.

마리는 크게 숨을 한번 고르고 다시 1층으로 내려왔다. 아무 일도 없었다는 듯, 덕희는 주방에서 내일 아침 식사 거리를 준비했고, 마리는 그런 덕희의 둥근 어깨를 보며 또 한 번 눈물을 삼켰다.

"그 잘난 큰딸이 할아버지 제사는 안 지내주나 봐요."

덕희가 미소를 지었지만, 공허한 눈빛에 가슴이 찢어지는 것만 같았다.

"내일 일찍 퇴근해서 제사 준비 도울게요."

"아냐. 엄마 혼자 할 수 있어."

"어차피 큰 도움은 못 돼요. 기대하지 마세요."

위로조차 건넬 수 없었다. 그저 오고 가는 시선에 마음을 담아 보내는 것이 전부. 눈물이 그렁그렁 매달려 있는 덕희의 눈을 더 이상 바라보지 못하고 마리는 돌아섰다.

살가운 딸은 아니지만, 그래도 속 썩인 적은 없었다. 덕희가 마리에게 흠이 되지 않도록 노력했듯이, 마리도 최선을 다해서 살아왔다. 심덕희가 유마리의 엄마인 것이 그녀에게 흠이 되지 않도록 말이다.

마리는 주방을 나와 거실에 앉아 있는 진석의 곁으로 갔다.

"아빠. 웬만하면 가만히 계세요. 아빠가 목소리 높이면 일 더 커지는 거 일면시."

"나도 알지만, 참을 수가 없어서……."

"엄마 위하는 마음 다 알아요. 그러니까 할머니 앞에선 좀 참으세요."

마리는 진석의 손을 한번 꼭 잡아주곤 다시 2층 방으로 걸음을 옮겼다. 한바탕 폭풍이 휘몰아치고 간 집은 말로 표현할 수 없을 만큼 냉랭했다.

시간을 한 시간 전으로 되돌릴 수만 있다면……

마리는 입술을 질끈 깨물고 한숨을 내쉬었다.

승언이 집 안으로 들어가니 다들 의아한 눈으로 승언을 보았다. 마침 거실에선 맥주 파티가 한창이었다.

"아들, 웬일이냐? 집에를 다 오고."

"그럴 일이 좀 있었습니다."

승언은 아주 자연스럽게 술자리에 합류했다.

"오늘 어땠어? 잘 만나고 왔니?"

"어. 잘 됐어."

승언이 어깨를 으쓱이자, 모친인 주연이 박수를 치며 반겼다.

"염난 그럼 마리 엄마랑 얘기 계속 진행하면 되는 거지?"

맥주 캔을 따 입술로 가져가던 승언이 고개를 끄덕이자, 주연은 신이 나서 휴대폰을 들고 본인의 작업실이 있는 2층으로 올라갔다. 거실에는 부친인 창진과 동생 정언, 승언 이렇게 셋이 남았다.

"형 긴짜 미리링 결혼하는 꺼야?"

"한 달 후엔 네 형수가 돼 있을 거다."

"말도 안 돼. 안 한다고 할 땐 언제고."

정언이 고개를 절레절레 흔들었다.

"드디어 기승언 장가보내는구먼."

"왜, 아버지 서운하세요?"

"징그러운 놈. 얼른 장가가서 손주들이나 많이 만들어 와."

성격 급한 우리 아버지, 벌써부터 손주 얘기를 꺼내시다니.

승언은 웃으며 창진의 입에 아몬드를 넣어드렸다.

"아버진 할아버지 소리 듣는 거 좋으시겠지만, 엄마가 할머니 소리를 듣고 싶어 하실까요?"

"네 엄만 손주들한테 이모라고 부르라고 시킬 사람이지. 후훗."

엄마라면 충분히 그러고도 남을 분이지.

승언과 정언이 고개를 끄덕였다.

"아이고. 난 이만 피곤해서 들어가 쉬어야겠다. 니들도 얼른 자."

"네, 아버지. 주무세요."

창진이 먼저 방으로 들어가자, 승언과 정언은 거실에 남은 맥주 파티의 흔적을 치우기 시작했다.

"형. 진짜 괜찮은 거야?"

술김에 무슨 얘기든 하고 싶은 모양이다. 승언은 정언의 어깨를 감싸 안으며 옅게 웃었다.

"안 괜찮으면 어쩔 건데?"

"결혼 말려야지."

"왜? 형 걱정돼서?"

"아니. 마리 걱정돼서."

정언이 제법 진지한 목소리로 말하자, 승언은 순간 정신이 번쩍 들었다.

"네가 걱정하는 일은 없을 거다."

정언이 무슨 걱정을 하고 있는 지 승언 본인이 가장 잘 알고 있다. 정언은 마리와 친한 친구 사이고, 그런 마리와 결혼을 앞둔 건 제 형. 그런 형의 상황을 누구보다 잘 알고 있는 정언의 복잡한 마음을 어느 정도 짐작할 순 있었다.

"정언아. 오늘 형이랑 같이 잘래?"

"싫어!"

"그럼 오랜만에 같이 씻을까? 우리 정언이 얼마나 컸나 형이 한번 봐야겠다!"

승언이 정언의 그곳을 손으로 툭 치자 정언이 기겁을 하며 눈을 치켜떴다.

"이 형이 미쳤나 왜 이래?"

승언이 정언을 뒤에서 와락 끌어안자, 정언이 억지로 승언을 떼어내곤 2층으로 달려갔다. 승언은 그 뒤를 유유히 따르며 바지 주머니에서 휴대폰을 꺼냈다.

"아직 안 자겠지?"

마리의 번호를 찾은 승언은 통화를 연결했다. 하지만 마리는 전화를 받지 않았다.

벌써 자나? 하긴, 술을 좀 많이 하긴 했지. 잘 자라고 인사어러 했는네.

승언은 아쉬운 마음에 뒷머리를 긁적이며 다시 발길을 옮겼다.

�֎

주차를 마친 마리는 룸미러로 화장을 확인한 후 차에서 내렸다. 알은체를 해오는 직원들과 가볍게 눈인사를 나누며 엘리베이터로 향하던 마리는, 정언에게서 걸려오는 전화를 확인하고 비상계단 쪽으로 방향을 바꿨다.

"왜."

[전화 받는 싸가지 봐라.]

"용건이나 말해. 출근 중이야."

[너 진짜 우리 큰형이랑 결혼하냐?]

계단을 오르던 마리는 그 자리에 멈춰 섰다.

"형수님이라고 해라. 승언 씨한테 이르기 전에."

[헐. 승언 씨래…….]

기가 막혀서 어쩔 줄 몰라 하는 표정이 눈에 훤히 그려졌다. 마리는 정언의 콧대를 납작하게 눌렀다는 기쁨에 미소를 지었다.

"그거 물어보려고 전화한 거야?"

[겸사겸사. 니 생각이 궁금하기도 하고.]

정언과는 친구 사이라고 해서 매일 같이 연락을 주고받으며 살갑게 지낸 것은 아니다. 본래 성격이 그렇지도 못하고 그 때문에 마리의 주변에는 남아 있는 친구가 거의 없었다. 그나마 정언과는 한 달에 한두 번 정도 연락을 해도 서로 서운해하지 않으니 친구로 남은 것이다.

"내 생각을 니가 왜 궁금해해?"

[내 친구와 내 형이 결혼을 한다는데, 궁금해하는 게 당연한 거 아냐?]

"어. 당연한 거 아냐. 그러니까 관심 꺼."

[이야…… 저런 싹퉁바가지가 내 형수가 되다니. 우리 형 불쌍해서 어쩌지.]

마리는 기가 막혀서 헛웃음을 터뜨리고 말았다. 정언이 눈앞에 있었다면 이미 꿀밤 한 대를 놓았을 것이다.

"헛소리 그만하고, 조만간 보자. 승언 씨랑 다 같이 보면 되겠네."

[우리 둘이 만나야지 형이 왜 껴?]

"싫음 말고. 나 바빠. 끊는다."

일방적으로 통화를 끝낸 마리는 다시 씩씩하게 계단을 올랐다.

정언을 통해 예전부터 듣기로, 삼 형제가의 우애가 좋은 편이었다. 죽고 못 사는 정도는 아니지만 서로를 향한 애정은 다른 형제들에 비해 돈독한 것 같았다. 정언은 종종 두 형을 존경한다고 했다. 동생에게 존경받는 형이라니. 현실에선 쉽게 있을 수 있는 일이 아니었다.

그런 정언에게 제 형의 짝으로 자신이 부족하다고 느낄 수도 있을 것이다. 작정하고 흠을 찾자면 꽤 많은 흠을 찾게 될 테니까. 거기까지 생각이 미치자, 마리는 내심 걱정스러웠다. 더는 결혼을 미룰 수 없었기 때문이다.

이런저런 생각 끝에 마리가 도착한 곳은 사무실이 위치한 4층.

E미디어 그룹 회장직에서 물러난 진석은 긴 휴식 끝에 5년 전 새로운 사업을 시작했다. 온라인 동영상 서비스(OTT)라고 불리는, 인터넷 기반의 N-스크린 콘텐츠 연합 플랫폼 'TREE'를 설립한 것이다. 지상파 3사가 합작해 설립한 콘텐츠 연합 플랫폼 (CAP)의 N-스크린 방송 서비스를 제공하는 'TREE'는 모바일을 통해 동영상 콘텐츠를 즐기는 시대와 맞물며 방송 업계를 새롭게 주도하는 기업으로 거듭나고 있다.

언제 어디서나 ON-AIR 혹은 다시보기로 방송 VOD와 영화 콘텐츠를 제공하고 있으며 지상파는 물론이고 케이블, 종편 포함 30개 이상의 프리미엄 채널을 보유 중이다. 작년 하반기부터는 국내 최대 이동통신사와 손을 잡고 독점 공급을 시작했고, 올 초에는 국내 최대 포털사이트와 온라인 단독 생중계 서비스를 런칭하여 가파른 상승세를 이어가고 있다.

진석의 'TREE' 설립 이후, E미디어 그룹에서도 비슷한 플랫폼을 개설하며 후발 주자로 나섰지만 여전히 'TREE'가 업계 1위 자리를 지키고 있다.

"좋은 아침입니다."

마리가 건넨 인사에 팀원들이 환한 미소로 반겨주었다. 마리가 소속된 부서는 콘텐츠 비즈니스 파트로 올 초 포딘시이브와 온라인 단독 생중계 서비스 런칭을 이뤄낸 바로 그 부서다. 특히 한류 타켓 콘텐츠 제작으로 인해 막대한 광고 수익을 내며 회사 내부에서도 주력 부서로 통하고 있었다.

4층에는 콘텐츠 비즈니스팀 이외에도 마케팅에 관련된 여러 부서가 함께 일하고 있었다. 주차장에서 있었던 일련의 소동에 관해 소문이 한 바퀴 거하게 돌았는지, 대부분의 직원들이 마리를 연신 힐끔거렸다. 하지만 마리는 괘념치 않았다. 자존심이 상하긴 하지만 나름의 방법으로 마무리를 지었으니 그것으로 됐다고 생각했다.

"실장님. 책상 위에 이태은 씨가 사표 제출해 놨더라고요."

"바로 인사과에 넘기면 되겠네요."

재킷을 벗어 걸고 의자에 앉은 마리는 태은이 남기고 간 사표를 열어보곤 다시 집어넣었다.

일신상의 이유라…….

"그리고 방금 전에 대표님께서 호출하셨는데……."

"네. 고마워요."

마리는 일어나 곧장 대표이사실로 향했다.

건물 9층으로 올라신 마리는 비서들에게 인사를 건네고 대표이사실 안으로 들어갔다.

"저 왔어요."

"어서 와."

진석은 아침부터 컴퓨터 앞에 앉아 무언가를 열심히 확인하고 있었다. 마리는 사무실 한가운데 놓인 커다란 소파에 앉아 진석이 오길 기다렸다.

"차 한잔하자고 불렀어."

"안 부르시면 제가 쳐들어오려고 했어요."

마리의 대답에 진석은 웃으며 비서실에 차를 부탁하고 소파로 자리를 옮겼다.

집에서는 할 수 없는 이야기는 밖에서 따로 할 수밖에 없었다. 특히 덕희에 관한 이야기는 더더욱.

갑작스러운 박 회장의 등장으로 쑥대밭이 되어버린 집안이 걱정스러웠다. 마리는 아무 일 없었다는 듯 구는 덕희가 가장 신경 쓰였다. 설아도 마찬가지고. 생각할수록 가슴이 너무 아프고 속이 상해서, 마리는 밤새 한숨도 자지 못했다.

"이게 다 아빠 때문이에요. 진작 엄마랑 결혼해서 날 낳았으면 간단한 일을."

"그러게. 아빠가 미안하다. 다 아빠 잘못이야."

진석은 사랑하는 사람을 두고 집안이 정해준 상대와 억지로 결혼을 해야만 했다. 못난 자신을 기다려 준 덕희에게 진석은 참 오랫동안 미안해해야 했고, 결혼과 동시에 시작된 박 회장의 고문과도 같은 시집살이 때문에 미안하단 말도 미안해서 못 할 지경이 되어버렸다.

"그러니까 엄마한테 잘해요. 회사 일은 적당히 하시고."

"그래. 노력하마."

"노력으론 안 돼요. 실천을 하시라고요. 당장."

마리의 재촉에 진석이 고개를 끄덕이며 웃었다.

"너 결혼 서두르는 거…… 네 엄마 때문이지?"

혼자 먹었던 마음이지만, 분명 진석이 눈치채고 있을 거라고 생각했었다. 어쩌면 덕희도 이런 마리의 마음을 알고 있을지도 모른다.

"결혼은커녕 연애도 관심 없던 녀석이 하루가 멀다 하고 선을 보러 다니더니, 기어이 결혼을 하는구나."

한숨에 섞어 뱉어낸 진석의 혼잣말에 마리가 피식 웃었다. 그래도 그 노력 덕에 결국 기승언과 결혼을 하게 되었으니 어쩌면 다행인지도 모른다.

"우리 엄마, 할머니 때문에 스트레스 받아서 병난 걸 거야."

"마리야."

"아니면 그렇게 착하고 고운 분이 왜 그런 몹쓸 병에 걸리겠어요. 무슨 비련의 여주인공도 아니고. 시한부가 뭐야, 시한부가. 기가 막혀……."

이제 겨우 살 만하니까 찾아온 병마. 마리는 생각하면 생각할수록 속이 상했다. 대수롭지 않다는 듯 툭 뱉은 말이었지만 입에 올릴 때마다 가슴이 아팠다.

"엄만 강하니까 너 오래 버티실 수 있을 거예요."

마리의 말에 진석이 또 한 번 고개를 끄덕였다. 사랑하는 사람을 평생 아프고 힘들게 했다는 자책감에, 진석은 덕희에 관한 부분에 있어서는 늘 약자가 된다. 이젠 습관이 되어버린 진석의 슬픈 표정이 마음에 들지 않아 마리는 진석을 보며 억지로 미소를 지었다.

"그나저나, 기승언 군은 어떻든?"

"좀 더 만나보면 알겠죠. 아직까진 괜찮아요."

"너무 쉽게 결혼을 결심하는 거 같아서 아빠는 걱정이다."

"걱정 마요. 그 정도는 내가 알아서 해. 그리고 아빠가 그러셨 잖아요. 기 회장님, 사람 참 좋다고. 그분 아들인데 어련하겠어 요?"

"그거야 그렇지만……."

마리는 불안해하는 진석의 손을 꼭 잡았다.

"그 사람이 나보고 연애하재요. 그냥 결혼하는 건 낭만이 없 다나 뭐라나."

"후훗. 그래? 안 그래도 기 회장이 첫째 아들은 한 교수를 쏙 빼닮아서 꽤 재미있는 아이라고 했었지. 딱딱하고 차가운 사람이 었다면 네 엄마가 너한테 소개하지도 않았을 거야."

진석의 설명을 들었기 때문일까.

어쩌면 이 결혼이 그렇게 형식적인 것만은 아니지 않을까, 하 는 생각이 들었다.

"자주 만나면서 가까워지면 참 좋겠구나."

"노력해봐야죠."

생각해 보니, 결혼 전까지 연애하자던 사람에게서 어젯밤 헤어 진 후로 연락 한 통이 없었다. 마리는 생각난 김에 주머니에서 휴 대폰을 꺼내 보았다. 그런데, 그에게서 부재중 전화가 한 통 와 있었다. 전화가 걸려온 시간을 보니 지난밤, 박 회장 때문에 한 바탕 소동이 났을 때였다.

어쩌시. 다시 걸까?

마리는 통화 대신 메시지를 선택했다.

승언은 본가에서 늦은 아침을 먹고 나서야 자신의 집으로 돌아왔다.

네이비 색의 긴 팔 티셔츠에 베이지색 반바지 차림으로 1층 작업실에 내려온 승언은 테라스와 정원으로 연결되는 전면 폴딩 도어부터 활짝 열었다.

"선배 외박했지?"

승언의 공방 한구석을 빌려 쓰고 있는 효진이 대뜸 승언에게 톡 쏘며 말했다.

정효진. 섬유를 전공한 효진에게 승언은 종종 도움을 받고 있었다. 대학 후배인 그녀는 이 공방에 세 들어 있기도 하지만, 가로수길 쇼룸도 한 귀퉁이 얻어 쓰고 있다. 원단에 대해 잘 모르는 승언에게 많은 도움을 주고 있는 후배였다.

"어. 본가에서 자고 왔어. 일찍 나왔네?"

"본가엔 어쩐 일로?"

배틸 손 목계를 확인하러 나가던 승언이 다시 돌아와, 오늘부터 새로 작업에 들어가는 벤치 도면을 확인했다.

"그쪽에 갈 일이 있어서."

"선본 건 어떻게 됐어?"

승언은 귓등에 꽂아 두었던 연필로 도면 곳곳에 동그라미를 친 후에 고개를 들어 효진을 바라보았다.

"결혼하려고."

놀란 보양이다. 효진은 애써 담담한 표정을 지으려 노력했지만 당황한 기색이 역력했다. 승언은 효진에게 웃으며 다가갔다.

"그렇게 놀랄 일이야?"

"선배는 결혼 같은 거 안 할 줄 알았거든."

"왜 그렇게 생각했지? 난 독신주의자라고 말한 적이 없는데?"

효진이 어색하게 웃으며 고개를 떨궜다.

"어떤 여자야? 정언이 친구라고 했지?"

"글쎄. 좀…… 귀여워."

승언은 어젯밤에 보았던 마리의 모습을 떠올리며 저도 모르게 웃고 말았다. 손깍지를 끼는 순간 일순간에 굳어졌던 표정과 방황하던 눈동자가 눈앞에 그려졌다.

"선배 귀여운 여자 스타일 안 좋아했는데."

"내가 그랬나?"

"그랬었어. 내가 기억하기엔."

무슨 말을 꺼내고 싶은 건지 알 것 같아서, 승언은 더 이상 마리의 이야기를 하지 않기로 했다.

"애들 밥 먹으러 왔었어?"

"아까 다 챙겨줬어."

테라스를 지나 정원으로 나간 승언은 고양이 가족들이 늘 지나다니는 담벼락 아래로 향했다. 보리수나무 아래 두었던 고양이들의 밥그릇이 깨끗하게 비어 있었다.

웡! 웡!

"오드리!"

승언이 무릎을 굽히고 앉아 '쭈쭈쭈' 소리를 내자, 집 뒤편에서 황구 오드리가 달려 나왔다. 귀를 뒤로 바짝 넘기고 꼬리에 모터를 단 듯 정신없이 흔들던 오드리는 춤을 추듯 고개를 흔들며 승언에게로 다가왔다.

"으이그, 덩치도 큰 놈이 고양이가 뭐가 무섭다고 숨어 있었어."

고양이 가족들이 밥을 먹으러 올 때마다 오드리는 뒤뜰에 숨어 있곤 했다. 덩치만 컸지 소심하고 겁이 많은 탓이었다. 승언은 오드리의 얼굴을 만져 주며 등을 쓰다듬어 주었다.

오드리는 5년 전 승언이 이 집에 이사 왔을 무렵 동네 유기견으로 떠돌던 아이였다. 상처가 어찌나 깊은지, 가족으로 맞이한 후에도 한동안 마음을 열지 않아 속을 태웠는데 3년 전부터 길고양이들 밥을 챙겨주기 시작하자 관심을 빼앗기지 않으려고 그제야 승언에게 정을 주었다.

띵동.

바지 주머니에 넣어 두었던 휴대폰이 메시지가 도착했음을 알렸다. 혹시 유마리가 아닐까 했는데, 역시였다. 이름만 확인했을 뿐인데도 승언은 웃음이 먼저 났다.

〈언제 만날래요?〉

몸 쪽으로 꽉 찬 직구가 날아왔다.

돌아가는 법이 없구나, 유마리. 시원시원하고 좋네.

〈네가 시간 될 때 언제든〉

그렇다면 나도 질 순 없지.

승언은 마리에게 메시지를 보낸 후 곧장 전화를 걸었다. 막 메시지를 읽던 중이었는지 신호가 채 한 번 울리기도 전에 통화가 연결되었다.

"지금 가도 돼?"

[아, 아니요. 지금은…… 회사라서.]

"그럼 얌전히 기다리고 있을게."

웃고 있나 보다. 키득대는 작은 목소리가 들렸다.

[오늘은 집에 제사라서 안 되고, 내일 보죠.]

"퇴근 시간 알려주면 내가 데리러 가고."

[여섯 시예요, 퇴근.]

"그래. 내일 보자."

용건만 주고받은 짤막한 통화에도 자꾸만 웃음이 새어 나왔다. 승언은 그런 자신을 의아한 눈길로 바라보고 있는 효진의 시선을 눈치채고, 아무 일 없었던 것처럼 건물 벽에 세워 둔 목재 쪽으로 걸음을 옮겼다.

미국에 있는 큰고모를 제외한 둘째, 셋째 고모네 가족들은 제사가 끝나자마자 황급히 집으로 돌아갔다. 일 년 만에 귀국한 박 회장의 눈에 들긴 들어야겠고, 불편한 진석 내외와는 부딪치기 싫어서 그랬을 것이다. 혹시 뭐 더 얻어갈 건 없나 싶어 고모들은 박 회장에게 온갖 아양을 떨다가 사라졌다.

덕희는 오늘 하루 종일 주방 밖으로 한 걸음도 나오지 못했다. 내내 음식 준비를 해야 했고, 고모들과도 사이가 껄끄러웠기 때문이다.

그동안 이 큰살림을 혼자 떠안았던 덕희는 발병 이후 가사도 우미를 고용했지만 남에게 살림을 맡긴다는 것이 익숙하지 않았는지, 주 3회만 오도록 했다. 오늘 같은 날은 두 분을 고용해도 손이 모자랄 지경인데 제사 음식을 남의 손에 맡기는 건 있을 수 없는 일이라고 공공연히 말하던 박 회장 때문에 덕희가 모든 것을 다 해냈다. 물론 마리와 진석이 일찌감치 퇴근해 일손을 돕긴 했지만 큰 도움은 되지 않았다.

이쯤 하셨으면 빨리 가시지.

박 회장은 소파를 차지하고 앉아 차를 마시며 책을 읽고 있었다. 새벽 2시가 다 되어가는 데도 꼿꼿하게 앉아서 사람 피를 말리는 중이다.

사람 속 태우는 방법도 가지가지네.

오늘은 말 한마디 안 하기 전법을 들고 나왔다. 어제 그 난리를 쳐 놓고도 어떻게 진석 내외와 마리, 설아 자매 얼굴 볼 낯이 있는 건지, 마리는 도무지 박 회장의 멘탈 강도를 가늠할 수가 없었다.

"이거 할머니 갖다 드려."

덕희가 다과상을 내어주었다. 보나 마나 물릴 게 뻔해서 마리는 고개를 가로저었다.

"얼른 가시게 이런 거 내주지 마요."

덕희는 짐짓 언한 척 눈짓을 했다. 그래도 기본을 하려는 덕희의 마음을 모르는 바 아니니, 하는 수 없이 들고 나갔다.

"할머니. 이거 좀 드세요."

마리가 테이블 위에 곶감과 약과가 담긴 접시와 호박식혜 잔을 내려놓았지만 박 회장은 냉랭한 표정으로 활자만 읽어내렸다.

"시간이 몇 신데 이런 걸 먹으라고 내오는 게야?"

이럴 줄 알았어.

박 회장의 타박에도 굴하지 않고, 마리는 맞은편 소파에 앉아 곶감 하나를 쭉 찢어 제 입에 넣었다. 한 마디 더 쏘아붙일 줄 알았는데 눈썹만 씰룩일 뿐 아무런 말이 없었다.

"안 피곤하세요?"

"얼른 가란 소리냐?"

잘 아시네.

마리는 오물오물 곶감을 씹으며 눈만 끔벅였다.

그 시각, 진석은 주방에서 제기를 설거지하고 있었고 덕희는 진석이 씻어 준 제기를 마른 행주로 닦고 있었다. 이제 거의 다 마무리가 되어갔다.

별다른 일 없겠지?

마리는 저녁 내내 마음 쓰였던 설아를 보러 가기 위해 소파에서 일어나 슬쩍 2층으로 향했다.

제사 내내 쥐 죽은 듯 방에만 처박혀 있던 설아가 안쓰러웠다. 박 회장이고, 고모네 식구들이고, 모두 다 비슷한 눈길로 설아를 보기 때문이다. 제사를 핑계로 이 집에 제발 좀 오지 않았으면 좋겠는데 꾸역꾸역 오는 친척들 때문에 마리는 매번 짜증이 치밀었다. 참다못해 입바른 소리 몇 번 하고 나면 뒤에 가서 '유마리 성질머리 봐라, 유마리 못됐다, 저거 누구 닮아서 저러냐, 애를 어떻게 키웠기에 저 모양이냐' 별소릴 다 해댄다. 마리 앞에 선 꿀 먹은 벙어리가 되면서. 바른말을 하니 그 자리에서 반박은 못 하고, 뒤에서 마리의 흠을 잡는 것이다.

똑똑.

설아의 방문을 노크했지만 대답이 없었다. 마리는 조심스레 문을 열고 방으로 들어갔다.

"설아야."

설아는 디지털 피아노 앞에 앉아 헤드폰을 끼고 열심히 건반을 두드리고 있었다. 며칠 후 중요한 콩쿠르를 앞둔 녀석이 멀쩡한 업라이트 피아노를 놔두고 말이다. 마음 놓고 연습하라고 이 방에 방음 설치를 얼마나 잘해됐는데. 피아노는 소리만큼이나 가장 중요한 게 터치감이란 것을 너무나 잘 알기에 마리는 한숨을 쉬며 헤드폰을 벗겼다.

"어! 언니."

"제사 끝났어. 피아노 쳐도 돼."

"아냐. 오늘은 이긴고 연습할 거야."

"콩쿠르 나가서도 그걸로 칠 거야? 빨리 가서 앉아."

"언니……."

"아님 거실에서 그랜드로 칠래?"

박 회장의 심기를 거스르지 않으려고 노력한 것이란 걸 안다. 그래서 더 속상했다. 디지털 피아노로 헤드폰 낀 채 백날 연습해봐야 소리의 울림과 톤도, 손끝에 터치도, 연주에 몰입하는 것도 체크할 수 없다. 잠자는 시간까지 쪼개가며 연습에 몰두하는 설아인데, 눈치 보느라 마음껏 연습도 하지 못한다면 이 집은 설아에게 연습실보다도 못한 공간이 돼버릴 것이다.

"얼른?"

마리의 채근에 하는 수 없이 설아가 업라이트 피아노 앞에 앉았다. 마리는 덮어둔 악보를 집어 들고 침대 끝에 걸터앉아 악보를 보았다. 이내 시작된 설아의 연주. 악보 속 음표를 쫓아가던 시선이 어느새 설아에게로 향했다. 마리는 잠시 눈을 감았다.

소심하고 수줍음 많은 설아는 피아노를 연주할 때면 전혀 다른 사람이 된다. 생기가 넘치고 발랄하고 자유로워진다. 그런 설아의 모습을 지켜보는 게 좋아서, 마리는 설아가 오래토록 피아노 연주를 했으면 했다. 설아의 재능을 세상 사람들에게 자랑하고 싶었고, 설아 스스로도 자신이 얼마나 멋지고 사랑스러운 사람인지를 느끼게 해주고 싶었다. 최고의 피아니스트가 아닌, 행복한 피아니스트가 되도록 마리는 최선을 다해 도울 생각이다.

벌써부터 설아의 앞에 붙는 수식어들이 화려하다. 각종 해외 청소년 콩쿠르에서 최연소 1위 수상을 이뤄내기 시작했고 지난달에는 한예종 영재 교육원에도 입학했다. 이제부터가 진짜 시작. 하지만 피아노 영재 설아에게 향한 세간의 관심은 점점 설아의 가정환경에까지 쏠렸고 설아는 그것을 부담스러워하는 것 같았다. 이렇게 한 번씩 박 회장까지 거들면 더더욱 깊은 동굴 속으로 숨어들어 가려 한다. 그럴 때마다 잡아 끌어내는 것이 마리였다.

설아의 연주를 듣고 있으니, 울퉁불퉁 짜증이 치솟던 마음이 다독여지는 것 같았다. 마리는 미소를 지었다.

그때.

쿵쾅쿵쾅!

할매 기운도 좋으시지.

박 회장이 계단을 오르는 듯했다. 이내 방문이 벌컥 열렸다.

"제삿날 이게 뭐 하는 짓이야!"

날카로운 고함에 주눅이 든 설아가 어깨를 움찔거리며 연주를 멈췄다. 얼음물을 끼얹은 듯 고요해진 방 안. 피아노 건반 위에서 아직 거두지 못한 설아의 손끝이 떨렸다. 마리는 감았던 눈을 뜨고 일어나 박 회장의 앞에 섰다.

"중요한 콩쿠르 있어요. 연습 게을리하면 안 돼요."

"다른 날도 아니고, 오늘 네 할아버지 기일이다. 저 약아빠진 것이 나 열 받게 하려고······!"

"그런 거 아니란 거 아시잖아요. 억지 부리지 마세요, 할머니."

"억지? 할미한테 그게 무슨 말버릇이야!"

"제가 연습하라고 했어요. 제사 다 끝났잖아요."

화를 견디지 못하고 바들바들 떨고 있는 박 회장의 뒤로 어느새 덕희가 다가왔다. 마리는 사색이 된 덕희의 표정을 확인하곤 미간을 구겼다.

"너! 마리 뒤에 숨어 있지 말고 이리 나와!"

예쁜 이름 두고 꼭 저렇게 부르지.

마리는 여전히 피아노 앞에 앉은 설아의 손을 꼭 붙잡은 채 막아섰다.

"쥐 죽은 듯이 살라고 했다. 세상 사람들 눈에 띄지 말고 없는 사람처럼 살라고 내가 분명히 말했어. 넌 평생 그렇게 살아야 해. 내가 지금 얼마나 참고 있는지 모르지? 너 같은 게 알 리가 없지."

"말씀이…… 지나치시네요."

마리가 나서기도 전에, 덕희가 떨리는 목소리로 박 회장의 말을 잘랐다. 박 회장이 뒤로 돌아서자 덕희는 박 회장의 시선을 피하지 않고 정면으로 눈을 바라보고 있었다. 그 모습에 가장 놀란 건 마리였다.

"설아는 그런 말을 들어야 할 이유가 없어요."

"이유가 왜 없겠니. 네 자식인데."

"어머님 손녀이기도 해요."

"누가 내 손녀야? 누가 네 어머니야? 죽을 날 받아놓으니까 이제 뵈는 게 없나 보구나?"

결국 진석까지 뛰어올라 왔다. 진석은 덕희를 자신의 뒤로 숨겼다.

"어머니. 올 때마다 집사람 괴롭히실 거면 다신 저희 집에 오지 마세요."

"뭐? 너 지금 어미한테 뭐라고 말한 게냐? 집에를 오지 말라고?"

"네! 오시지 말라고 했습니다."

짝!

박 회장은 손을 번쩍 들어 진석의 뺨을 후려쳤다. 다 큰 자식들 앞에서 뺨을 때리다니. 마리는 자신이 맞은 것만큼이나 모욕적이고 수치스러워 심장이 터져 나갈 것만 같았다.

"정신 차려 이놈아! 저거 죽고 나면 다 제자리로 돌아갈 거니까."

"어머니!"

"제 손으로 자식 내친 비정한 엄마라고 15년 동안 손가락질받고 살았다. 내가 왜 그랬는데? 누구 때문에 그랬는데?"

"그걸 지금 저 때문에 참았다고 말씀하시는 겁니까? 어머니가 다 자초하신 일이에요!"

"계집한테 정신 팔려서 가업이고 뭐고 다 포기한 건 너야! 그런 널 기다려 온 건 이 어미고! 자, 이제 쟤 죽고 나면 다시 기회가 오는데 그때도 포기할 게냐?"

박 회장은 노골적으로 덕희의 죽음을 손꼽아 기다리고 있다고 말했다. 진석에게 '네게 온 기회'라고까지 말했다. 하지만 그것은 박 회장에게 온 기회였다. 진석이 E미디어 그룹의 경영에서 손을 뗀 후, 그룹 사정이 많이 안 좋아진 건 공공연한 사실이었다. 덕희가 죽고 나면 그것을 빌미 삼아 자연스레 진석을 다시 받아들이는 모양새를 취하고 싶은 것이다.

마리는 진석을 안타까운 눈으로 바라보았다.

저런 어머니 아래에서 어쩜 그렇게 잘 자랐을까, 우리 아빠는. 가족이라고도 부를 수 없는 사람들 사이에서 어떻게 버텼을까.

"저 때문이라고 말씀하지 마세요. 모두 다 어머니 욕심 때문이잖아요."

"아니, 난 널 위한 거였다. 모든 건 다 널 위한 거였어."

"어머니! 제발 좀 그만하세요!"

분노가 극에 달한 진석을 다독이는 건 덕희였다.

"여보. 제발……."

덕희는 연신 진석의 팔을 잡아당기며 그만하길 종용했고, 마리는 박 회장을 마주 보고 서서 팔을 붙잡았다.

"이럴 거면 왜 오셨어요. 그냥 호텔에 계시지. 차라리 오시질 말지. 이게 뭐하는 거예요. 매번."

한참을 씩씩대던 박 회장은 긴 한숨을 내쉬곤 평온함을 되찾았는지 고고하게 턱을 치켜들었다.

"비서 연락해라. 지금 당장 출발할 거라고."

이렇게 한바탕 휘젓고 나니 만족스러웠는지, 박 회장이 설아의 방을 유유히 빠져나갔다. 마리는 박 회장의 비서에게 전화를 걸어 모시고 가라고 말한 후 침대에 털썩 주저앉았다.

그때, 피아노 앞에 서서 눈물만 뚝뚝 떨구고 있는 설아가 눈에 들어왔다.

"설아야, 꼭 성공해라. 그게 이기는 거야. 그게 되갚아주는 거야."

설아는 자그만 주먹을 움켜쥔 채로 고개를 주억거렸다. 침대에서 일어난 마리는 설아의 떨리는 어깨를 다독여 주곤 방을 나섰다.

기운이 쭉 빠져 버렸다. 박 회장은 오늘도 불도저로 앞뒤 좌우

재지 않고 거침없이 밀어버렸다. 무엇을 위해, 뭐 때문에도 없다. 그냥, 그냥일 뿐이다. 그것에서 만족을 얻는 사람이었다.

덕희의 투병 사실을 알게 된 후로 한동안 잠잠하던 분이, 가만히 있기 좀이 쑤셨는지 할아버지 기일을 핑계로 집안을 박살 내버렸다.

마리는 한숨이 절로 나왔다. 나 힘든 건 견딜 만한데, 다른 식구들이 걱정이었다.

방에 돌아온 마리는 침대에 대자로 누웠다. 술 한잔이 절로 생각나는 밤. 무슨 얘기든 쏟아내고 싶은 밤이었다.

긴 한숨을 내쉬던 마리는 그대로 이불을 머리끝까지 뒤집어써버렸다.

2층 집으로 올라온 승언은 샤워부터 하고 거실로 나왔다. 하루 종일 나무 먼지를 뒤집어쓴 채 30kg이 넘는 목재를 이리저리 옮기느라 온몸이 찌뿌둥했는데 샤워를 하고 나니 한결 몸이 가뿐해졌다.

트레이닝복 하의만 입은 채 한쪽 어깨에 수건을 걸고 젖은 머리칼을 툭툭 털던 승언은 나무를 만져 꺼칠한 손에 핸드로션을 듬뿍 발랐다. 아무리 바르고 발라도 늘 건조하지만 나름 최선을 다해 관리하는 중이다.

티셔츠를 챙겨 입은 후, 냉장고에서 맥주 한 캔을 꺼내 발코니로 나간 승언은 흔들의자에 앉아 반 캔을 단숨에 들이켰다. 하루의 피로가 싹 날아가는 기분이었다.

유마리는 지금쯤 뭘 하고 있을까. 할아버지 기일이라고 했는데, 제사는 다 지냈겠지?

테이블에 올려두었던 휴대폰을 들어 시계를 확인한 승언은 잠시 고민했다. 새벽 3시가 다 되어가는데 제사가 끝났으려나? 뒷정리 중? 아니면 잠들었을까?

승언은 메시지 창을 열었다.

〈자?〉

아침에라도 보면 답을 주겠지 라고 생각하고 다시 캔을 집어 들고 입으로 가져가는데, 마리에게서 곧장 전화가 걸려왔다. 메시지를 확인하자마자 통화를 누른 모양이다.

"여보세요?"

[이 시간까지 자지 않고 뭐 해요?]

"이제 막 작업 끝나서 집에 왔어. 제사는 다 지냈고?"

[네. 여기도 지금 막 끝났어요.]

기운 없는 마리의 목소리는 처음이었다. 말과 함께 내뱉은 한숨 소리가 귀에 거슬렸다.

"많이 피곤해?"

[아뇨. 아, 조금요. 피곤하다기보단 좀 힘들어서…….]

허탈하게 웃는 작은 목소리에 승언은 저도 모르게 미간을 모았다.

"내가 그리로 갈까?"

[말이라도 고맙네요.]

정말인데. 그래주겠냐고 묻는다면 지금 당장 출발할 생각인데.

"뭐 때문에 힘들었는지 물어봐도 되나?"

승언의 조심스러운 물음에 마리가 한참을 망설이며 작게 한숨만 쉬었다. 여전히 둘 사이에 존재하는 거리만큼 그녀는 망설이는 중이었고, 승언은 쉽게 다가갈 수가 없었다.

안타까운 마음에 승언의 입에서도 한숨이 새어 나왔다.

[그냥, 기분이 좀 그래요.]

한 톤 다운된 마리의 목소리가 무척이나 신경 쓰였다. 느낌상, 가볍게 같이 술 한잔 마시면서 나눌 만한 이야기가 아닌 것 같아서 승언은 이 상황에서 어떻게 하면 좋을지 방법을 찾을 수가 없었다.

[늘 이렇게 늦게까지 작업을 해요?]

마리가 애써 밝은 목소리로 승언에게 물었다. 더는 지금의 기분에 대해 이야기를 나누고 싶어 하는 것 같지 않아서, 승언도 힘껏 미소를 지으며 기분을 끌어 올렸다.

"일주일에 이틀 정도? 꽂힐 땐 몇 날 며칠 밤샘하기도 하지. 어차피 나 혼자 다 해야 하는 일이니까 미루면 나만 손해야."

[피곤하겠다.]

"늦잠 자면 돼."

[몸에 안 좋아요. 규칙적으로 생활하세요.]

"간섭하는 거야?"

[조언하는 거죠.]

마리의 제법 단호한 목소리에 승언은 저도 모르게 피식 웃었다.

"나중에 결혼하고 나면 적응해야 할 거야."

[승언 씨도 적응해야 할 거예요. 전 규칙적으로 생활하거든요.]

"패턴이 전혀 다르구나, 우리."

마리가 아주 작게 웃었다.

"맞춰 가보자. 다름을 인지했으니 노력을 하면 되겠지."

서로에게 완벽을 요구할 순 없는 일이다. 상대방이 바라는 걸 내가 백 퍼센트 해줄 자신이 없다면 더더욱. 서로를 배려하는 마음으로 노력을 한다는 게 가장 중요한 것이 아닐까.

"피곤할 텐데 얼른 자야지. 출근해야 하잖아."

[안 그래도 지금 침대에 누워 있어요.]

"상상하게 되니까 그런 건 일일이 말 안 해줘도 돼."

[나 참. 어이가 없네.]

그제야 마리가 제법 큰 웃음소리를 들려주었다.

[자냐고 물어봐 줘서 고마워요. 전화할까 말까 고민하고 있었거든요.]

"우리 사이에 뭘 그런 걸 고민해?"

[그죠? 어차피 결혼할 사인데.]

"그게 아니라 연애하는 사이잖아, 우리.]

[아, 그렇구나. 맞다. 우리 지금 연애 중이지.]

혼잣말 같은 마리의 그 말이 가슴 깊숙이 밀고 들어왔다.

"난 니보다 일찍 잘 일 거의 없으니까 아무 때나 전화해. 잠 안 올 때, 힘들 때 다 상관없어. 늘 대기하고 있을게."

[고민 상담도 해줘요?]

"상담은 못 하고, 들어는 줄 수 있어."

[그거 괜찮네…….]

오늘 유독 기운이 없어 보여서 신경이 쓰였다. 혼자서 끙끙 앓을 성격은 아닌 것 같아 보였는데.

하긴, 내가 마리를 얼마나 봤다고……. 그런 건 쉽게 판단할수가 없지.

앞으로 이렇게 이야길 나누다 보면 서로에 대해 많이 알게 되겠지. 어서 더 많은 거리를 좁히고 싶었다. 유마리에 대해 궁금한게 하루가 다르게 많아지고 있기 때문에.

[저 먼저 잘게요. 승언 씨도 잠 안 와도 일찍 자도록 노력해 보세요.]

"그래. 일단 누워 있어볼게."

[잘 자요.]

"응. 내일 보자."

통화를 끝내고 거실로 들어온 승언은 소파에 길게 누웠다. 그러곤 팔로 눈을 가린 채 피식 웃었다. 가슴을 간질이는 이 기분이 좋아서, 너무나 오랜만에 느껴보는 설렘이라 자꾸만 웃음이났다.

계속 생각이 날 것 같다. 피곤에 젖은 목소리가 무척이나 매력적이란 걸, 유마리는 알까?

무슨 일이 있는 건지 걱정도 되지만, 한번으론 이런 생각을 하고 있는 내가 변태는 아닐까 진지한 고민도 됐다.

승언은 팔을 뻗어 테이블 위에 놓아둔 조명 리모컨을 집어 들고 집 안 조명을 모두 껐다. 오늘은 이 기분 이대로 잠들고 싶어서 소파에서 잠을 청할 생각이다.

4화
세 번째 만남

퇴근 전, 마리는 화장실에 들러 옷매무새와 화장을 체크하고 있었다. 마음 같아서는 머리도 조금 손보고 싶었지만 너무 신경 쓴 게 티 나는 것보단 지금이 나을 것 같아서 손가락으로 슥슥 머리칼을 빗어 내리기만 했다.

오늘은 두 번의 맞선 포함, 그와 세 번째로 만나는 날이었다.

"연애하는 사이잖아, 우리."

승언의 그 말이 오늘 하루 종일 마리의 귓가에 맴돌았다.

그렇다. 우린 연애하는 사이다. 막연히 결혼을 앞둔 사이가 아닌, 결혼을 전제로 한 연애 중. 문득 승언이 자신과 연애 중인 남자라고 생각하니 뭔가 기분이 묘했다. 어딘가에 확실하게 소속되어 있다는 기분도 들고.

새벽, 박 회장이 휘저어놓고 간 머릿속이 여전히 엉망진창인 가운데도 그가 생각났다. 전화를 걸어볼까 말까 망설이고 있는데 거짓말처럼 그에게서 문자 메시지가 도착했다. 그의 목소리를 듣고 나면 어쩐지 기분이 조금 나아질 것 같다는 생각에 용기를 내어 그에게 전화를 걸었다.

다정한 그의 목소리에 안정감을 느꼈다면, 난 너무 마음을 쉽게 연 걸까?

그래도 그게 사실인걸.

고마웠다. 별말 아닌 말들이 위로처럼 들렸다. 딱히 승언이 뭔가를 해준 것도 아닌데, 같이 이야기 나눌 사람이 있다는 것만으로도 안도감이 들었다. 언제든지 내 말을 들어줄 누군가가 있다는 안도감. 지쳐 있던 마음속에 시원한 바람 한 줄기가 스쳐 지나간 것 같았다.

벌써부터 그에게 마음의 짐을 나눠지게 하고 싶진 않지만, 언젠가 그에게 이야기하고 나면 마음이 한결 가벼워질지도 모른다는 상상에 마리는 마음이 설렜다. 든든한 느낌. 더 이상 혼자 아등바등하지 않아도 될 것 같은 기분. 그가 뭔가를 해주지 않더라도 그 자리에만 있어 주면 조금 견딜 만할 것 같았다.

"실장님 오늘 좋은 일 있으신가 봐요?"

어느새 곁에 다가와 거울 앞에 선 식원의 말에 마리의 눈이 놀란 토끼 눈이 되었다.

"나? 내가 그래 보여?"

"하루 종일 웃고 계셨잖아요."

내가…… 그랬다고?

마리는 피식 웃고 말았다.

"화장도 되게 예쁘게 하고 오시고, 머리도 오늘 유독 신경 많이 쓰신 것 같고."

"티 나?"

직원이 고개를 끄덕이며 웃었다. 알아봐 주니 괜히 좋기도 하고, 신경 쓴 게 티 났다니 쑥스럽기도 했다.

"혹시, 실장님 오늘 퇴근하고 데이트 있으신 거?"

마리가 대답 대신 머쓱하게 웃으며 뒷목을 만지작거리자 직원의 얼굴이 환해졌다.

"맞죠? 제가 맞췄죠?"

대답을 채근하는 직원에게 하는 수 없이 고개를 끄덕여 주니 직원은 박수까지 치며 즐거워했다.

"좋겠다! 오늘 날씨 진짜 죽이던데. 즐거운 데이트 하세요."

"고마워."

직원이 먼저 화장실을 나간 후, 마리는 다시 한 번 거울을 보았다. 입매를 끌어 올려 미소도 한번 지어보았다.

화장실을 나서서 엘리베이터로 향하는데, 아까 화장실에서 만난 직원이 다른 직원들과 수다를 떨고 있었다. '우리 실장님, 똥차 부수고 벤츠 상만하신 거 같다'는 그 말에 마리는 웃음을 참지 못했다.

기승언이라면, 벤츠 정도가 아니라 장인의 손길로 정성껏 만든 벤틀리나 롤스로이스 정도는 되겠지. 지금까지 마리가 느낀 승언은 그랬다. 흔하지 않은 사람임에는 분명했다.

엘리베이터를 타고 1층에서 내려 건물 로비를 가로지르는데, 정문 밖에서 서 있는 승언이 눈에 들어왔다. 블랙 슬랙스에 하얀 셔츠. 오늘 유독 멋있어 보였다. 지나가는 여자들, 남자들 할 거 없이 모두의 시선이 승언에게 머물렀다. 왜 제 어깨가 으쓱한 건지 모르겠다.

그때, 승언도 마리를 발견한 듯 마리 쪽을 바라보았다. 회전문을 지나 건물을 빠져나가는 동안에도 승언은 계속 마리를 지켜보았다. 덕분에 뺨에 열기가 점점 달아오르고 있었다.

"오늘 되게 예쁘게 하고 나왔다."

그런 말을 대놓고 직설적으로 하는 남자라니.

마리는 흠흠 헛기침을 하며 허리를 꼿꼿이 편 채로 그를 따라 걸었다.

"여기 정차하면 딱지 끊기는데."

마리가 손가락으로 단속 카메라를 가리키자 승언이 눈썹을 구겼다.

"무드가 없네. 이럴 땐 보통 데리러 와줘서 고맙다고 하지 않나?"

"고마우니까 알려주는 거예요. 다음부턴 주차장에 내려와 있어요."

승언은 여전히 못마땅한 듯 심술궂은 표정을 지었다.

신경 써서 알려줬는데 왜 저러지.

"왜 그렇게 봐요?"

"예뻐서. 오늘따라 너무 예뻐서 봤어."

"치. 거짓말도 어쩜 저렇게 잘할까."

"거짓말 아니거든?"

"알았어요. 고마워요."

차에 올라타자, 그의 차 안에는 그에게서 나는 향수 향이 났다. 먼지 한 톨 앉지 않는 깨끗한 차 내부를 살피며 마리는 안전벨트를 매고 얌전히 기다렸다. 그가 이내 차를 도로로 몰았다.

그는 운전도 참 그답게 했다. 찬찬하고 느긋하게. 본인의 성격 그대로였다.

"어디 가는 거예요?"

"저녁 먹으면서 얘기 좀 하자. 우린 대화가 아주 많이 필요하잖아?"

맞는 말이라서, 마리는 고개를 끄덕였다.

"네가 뭘 잘 먹는지 정언이한테 물어봤더니 걔도 잘 모르더라? 뭐 좋아해?"

"자극적인 거요. 화가 날 정도로 매운 거 좋아해요."

승언은 벌어진 입을 다물지 못했다. 당황한 기색이 역력했다.

"승언 씨는 매운 거 못 먹는구나?"

마리의 말에 승언이 아주 천천히 고개를 끄덕였다. 생각해 보니 그와는 나른 짐이 꽤 많은 깃 같다.

"먹긴 먹는데, 굳이 그렇게 화가 날 정도로 매운 걸 찾아서 먹진 않아."

"그렇게 먹고 나면 스트레스가 확 풀려요."

"스트레스 받는 일이라도 있었어?"

"약간……. 그 얘긴 나중에 하죠."

"근데 스트레스가 풀리는 게 아니라 정신이 확 풀려 버리는 거 아냐?"

"그런 걸 수도 있고요."

"그럼 오늘은 매운 거 먹으러 가자. 유마리 화내는 거 구경 한번 해보지 뭐."

"괜찮겠어요?"

승언이 용감하게 고개를 끄덕이자, 마리는 내비게이션에 단골 식당 상호명을 찍어 넣고 바로 안내를 꾹 눌렀다.

승언은 야경이 한눈에 내려다보이는 분위기 좋은 곳에서 마리와 함께 저녁 식사를 하고, 지난번에 마리가 곧잘 마시던 샴페인 한잔을 나누는 것을 상상했다. 지난밤에 무슨 일로 기분이 좋지 않았는지 묻고 싶었고, 그녀가 털어놓는 이야기를 들으며 조금 더 가까워질 수 있는 계기가 되길 바랐다.

그런데 마리가 선택한 곳은 매운 족발집이었다. 맛집으로 소문 난 가게라더니, 서로의 목소리가 들리지 않을 정도로 시끌벅적해서 대화는 불가능했다. 게다가 화가 나게 매운맛 정도가 아니라 짜증이 나서 발이 동동 굴러지는 매운 족발을 먹고 나니, 승언은 염려했던 대로 정신이 확 풀려 버리는 것만 같았다. 시원한 메밀

국수로 마무리하지 않았다면 마리 앞에서 울어버렸을지도 모른다.

결국 두 사람은 승언의 공방 겸 집 근처에 위치한 생과일주스 전문점 '프루트 바스켓' 테라스 테이블에 앉아 청포도주스를 마시며 화끈해진 속을 달랬다. 늦은 저녁 시간이지만 날씨가 워낙 좋아서 봄바람을 즐기기엔 더할 나위 없이 완벽한 장소였다.

"제 스트레스의 원인은 딱 하나예요. 할머니."

"할머니?"

"네. 할머니요."

오래전에 박 회장과 마리의 부친 진석 사이의 불화에 대해 얼핏 전해 들은 적이 있었지만 잊고 지냈다가, 최근에 마리와 결혼이 추진되고 난 후로 관심을 가졌던 부분이다. 박 회장과 진석 간의 불화의 중심에는 마리의 모친인 덕희가 존재했고, 그 안에서 마리의 역할이 무척이나 중요했단 것도 알고 있다. 그 때문에 박 회장과 마리의 마찰이 종종 있었단 사실도 이미 들은 바 있다.

"아, 박 회장님. 들어본 적 있지."

승언의 말에 마리가 피식 웃으며 작게 한숨을 내쉬었다.

"다행이네요. 할머니가 어떤 분인지 설명 생략해도 돼서."

"어제 할아버지 기일이라더니, 할머니 오셨구나? 아직 집에 계신 거야?"

"우리 가족들 가슴에 대못 박고 눈물 쏙 빼놓고 호텔로 가셨죠. 아마 오늘은 본인 회사 임원들 괴롭히셨을 거예요. 그 재미로 한국 오시는 분이라."

마리는 컵에 꽂힌 빨대를 이리저리 휘젓다가 주스를 한 모금 마셨다.

뭐라고 위로를 해야 하나. 아니, 위로는커녕 어떤 말을 꺼내면 좋을지 몰라 승언은 마리를 빤히 바라보기만 했다. 그 시선이 느껴졌는지, 마리가 옅게 웃었다.

"그냥 듣기만 해요. 해결책을 달라거나, 기분을 풀어달라고 꺼낸 말 아니니까. 그냥…… 그래서 어제 기분이 별로였단 걸 말하는 거예요. 늘 있었던 일이라 저한텐 별일 아니구요."

나한테까지 네 진심을 속여가며 괜찮다고 거짓을 말할 필요 없어. 전혀 괜찮지 않으면서 괜찮아 보이려고 애쓰지 않아도 돼. 우린 앞으로 그런 사이가 되어갈 테니까.

승언은 입안에서만 맴도는 그 말들을 차마 전하지 못한 채 마음속에 담으며 마리의 두 눈을 바라보았다. 그 마음을 읽었는지, 마리가 천천히 고개를 끄덕이며 자그만 손으로 희고 가느다란 목을 감쌌다.

"주말에 시간 있어?"

"아뇨."

"너무 단호한 거 아냐? 다시 한 번 잘 생각해 봐."

"농담이에요. 있어요."

"나 상처받을 뻔했어."

농담 한번 살벌하네.

승언은 놀란 가슴을 쓸어내리며 혼자서 키득거리는 마리를 바라보았다. 조금은 마음이 편안해진 건지, 마리의 표정이 밝아 보였다.

"주말에는 낮에 보자."

"그래요."

왠지 그러고 싶었다. 사람들로 북적이는 곳에서 다른 사람들과 다르지 않게 평범한 시간을 함께 보내보고 싶어서였다.

"아, 정언이한테 다 같이 보자고 했었는데. 괜찮죠?"

"괜찮아. ⋯⋯아니다, 안 괜찮을 거 같아."

손바닥 뒤집듯 마음을 바꾼 승언이 고개를 절레절레 흔들자 왜 그러나 싶었는지 마리의 눈이 커졌다.

"무슨 쓸데없는 소릴 할지 몰라서 안 되겠어."

"제가 알면 안 되는 비밀이 꽤 많은가 봐요?"

"아냐! 그런 건 아니지만, 기정언이 모함에 능하거든. 우리 집에선 모사꾼으로 통해."

진지한 얼굴로 동생 험담을 늘어놓아서인지, 마리가 또 한 번 웃었다.

"여동생 있다고 들은 거 같은데. 자매간에 우애는 어때?"

"워낙 나이 차이가 많이 나서. 올해 열네 살이에요. 중학교 1학년. 제 눈엔 여전히 아기 같아요."

"와, 열네 살. 생각만 해도 귀엽다. 처제라고 부르기 미안할 정돈데?"

열네 실 꼬맹이에게 서세라고 불러야 한다니.

승언은 손바닥이 다 간질거렸다.

"이름이?"

"설아요. 유설아. 피아노 전공하고 있어요. 제 동생이라서가 아니라 천재인 거 같아요. 설아 레슨해 주시는 교수님들도 그러셨어요. 천재라고요. 근데 애가 워낙 성실하고 부지런해서 연습도 쉬질 않아요. 얼마나 열심히 하는데요. 노력하는 천재를 누가 이길 수 있을까요?"

"동생 얘기할 땐 전혀 다른 사람이 되네, 유마리."

"네?"

"어디 가서 내 얘기할 때도 그런 표정 지었으면 좋겠다."

"아……."

너무 흥분한 모양이다. 이렇게 구구절절 말을 늘어놓는 일이 많지 않은데. 설아 얘기만 나오면 브레이크가 잘 안 잡히니 큰일이다.

빨대를 꼭꼭 깨물던 마리는 승언의 표정을 살폈다. 미소 띤 얼굴로 자신을 바라보는 그의 시선은 여전히 자꾸 피하고만 싶지만 가끔 짓궂게 고개를 숙여가며 시선을 맞춰와 도망가기가 쉽지 않았다.

연애를 하자던 그의 제안은 진심이었던 모양이다. 그는 가까워지기 위해 많은 노력을 하고 있었고 마리도 그걸 느끼고 있었다. 참 고마웠다. 그저 그런 심심한 결혼이 될 뻔했는데, 기승언을 만나면서부터 이야기가 180도 달라진 것이니까.

승언은 마리에게 마음을 열어달라고 하지 않았다. 대신 먼저 마음을 열고 다가와 주었다. 마리는 그런 그의 방식이 무척이나 마음에 들었다. 그래서 가끔씩, 아니 제법 자주 그가 떠오르는 것 같았다.

무언가를 마시고 있음에도 자꾸 입안이 말랐다. 마리는 주스 한 모금 마신 후 그에 대해 무엇을 물어볼까 질문을 골랐다.

"가구는 언제부터 만들었어요? 전공한 거예요?"

"어렸을 땐 금속 공예를 해보고 싶었는데, 목조형 쪽으로 갈아탔어. 재밌더라고."

마리의 생각에도 승언에겐 금속보단 나무가 더 잘 어울린다고 생각했다. 어찌 보면 따뜻하고 묵직한 느낌의 나무와 그는 닮아 있는 것 같았다.

"잘 어울려요. 가구 만드는 거."

"다들 그렇게 말하더라."

이 남자, 겸손이 없네.

마리가 노려보자 그가 옅게 웃었다.

"공방 가까운데, 구경 갈래?"

"정말요?"

"바로 위에 집도 있어. 자고 가도 돼."

너무 자연스럽게 얘기해서 하마터면 그냥 지나칠 뻔했다.

마리가 미간을 구기자 그가 눈 밑 인디언 보조개가 폭 팰 정도로 환히 웃었다.

"수위 조절 좀 하시죠?"

"왜? 자고 가는 게 뭐 어때서? 너 무슨 생각을 하는 거야? 음흉하긴."

"하아!"

당한 것 같아서 억울했지만, 억울해하면 지는 것 같아서 입을 꾹 다물었다.

"어차피 결혼하면 수도 없이 잘 건데 뭘."

혼잣말처럼 중얼거린 그 말에, 마리의 얼굴이 화끈 달아올랐다.

그렇지. 우린 곧 결혼을 하게 될 거고 정말 잠자리를 하게 될 텐데.

덕희에게 손주를 빨리 안겨줄 욕심에 결혼까지 서둘러 놓고, 갑자기 가슴이 쿵 내려앉는 것 같았다. 상상력이 저만치 앞서 나 갈수록 마리는 머릿속이 하얘지고 있었다.

기승언과 결혼을 하고 결혼 생활을 한다는 건, 생각했던 것보 다 훨씬 가슴 떨리는 일이었다.

"어어, 이거 웃는 거 봐. 쪼꼬만 게 발랑 까져가지고."

"쪼꼬맣다뇨. 승언 씨랑 나이 차이 몇 살이나 난다고."

"그러다 곧 말 놓겠다?"

"그럴 수도 있죠. 살다 보면."

승언이 기가 막혔는지, 아니면 어이가 없었는지 코웃음을 치며 웃었다. 마리는 웃음을 꾹 참은 채로 주스를 쪽쪽 빨아 마셨다.

이제 겨우 세 번째 만남에 연애 이틀째인데, 왜 이리도 설레지.

그는 편한 사람이었다. 편안한 사람이 아닌 편한 사람. 아직까 지 그와 시선만 닿아도 허리를 바짝 세울 만큼 긴장되고 가슴이 뛰지만, 그 안에서도 편함이 존재하고 있었다. 내 패를 모두 꺼내 보인 사람이기에 느껴지는 아늑함. 적어도 마음을 불편하게 하지 않은 그런 사람.

그는 어떨까. 나를 어떻게 생각하고 있을까.

마리는 여전히 웃고 있는 승언의 속마음이 궁금했다.

그의 공방은 정말 멀지 않은 곳에 있었다. 차를 움직이기 낯간지러울 만큼 가까운 곳이었다. 대문을 열고 안으로 들어가자 확 트인 넓은 정원이 가장 먼저 눈에 들어왔다. 마당의 절반 가까이를 편편한 나무 마루로 짜두었는데, 그곳에서 주로 작업을 하는지 다양한 크기의 목재들이 널려 있었다.

1층은 전면 폴딩 도어로 되어 있었는데 활짝 열어둬서 내부가 훤히 보였다. 집 벽에는 온갖 목재들이 세워져 있었고, 목재들을 타고 자연스레 2층을 올려다보니 그곳은 정말 그가 살고 있는 집인 듯했다. 발코니에 나와 있는 빨래 건조대가 그것을 증명하고 있었다.

새로 신축한 주택은 아니고 족히 30년 가까이 되어 보이는 이층집이었다. 아마 그 당시에는 이 일대 최고의 멋스러운 집이 아니었을까 생각되었다.

"1층은 먼지가 많아서, 2층으로 올라갈래?"

2층으로 향할 것을 제안하는 승언의 눈빛이 무척이나 빛나고 있었다. 마리는 고개를 단호하게 가로저었다.

"공방 구경할 거예요, 공방. 승언 씨 집 말고요."

그는 아쉬운 듯 입맛을 다시며 작업실 쪽으로 앞장서서 걸었다.

"선배 일찍 왔네?"

그때, 등 뒤에서 낯선 여자의 목소리가 들려왔다. 그 여자는 승언을 향해 환히 웃으며 그에게 다가가고 있었다.

뭐지, 저 여자는. 설명 들은 적 없는데.

"얘기했지? 내 공방에 세 들어 사는 후배."

아. 아까 카페에서 흘려들었던 그 후배구나. 후배라고만 했기에 당연히 남자일 거라고 생각했는데…….

"안녕하세요. 유마리입니다."

"반가워요. 정효진이에요."

살짝 고개 인사만 하려 했는데 효진이란 여자가 먼저 손을 내밀었다. 어색하게 악수를 나눈 마리는 두 사람 작업 공간에 괜히 끼어든 불청객이 된 기분이 들어 입이 썼다.

"둘이 잠깐 얘기하고 있어. 나 오드리 밥 주고 올게."

오드리는 또 어떤 여자야.

그에 대해 앞으로 알아가야 할 것이 너무 많은 것 같아, 마리는 나지막이 한숨을 내쉬었다. 이건 전혀 예상하지 못했던 그림이었다. 그저 그의 공방을 구경할까 싶어서 온 것뿐인데 왜 내 머릿속에는 이상한 상상들만 가득 들어차는 건지.

"이렇게 예쁜 후배분이랑 공방을 같이 쓰고 있는 줄 몰랐어요. 그냥 후배라고만 해서 당연히 남자인 줄 알았거든요."

"이제 알게 됐으니 신경 쓰이겠다, 마리 씨. 그죠?"

생글생글 웃어가며 꺼낸 효진의 그 말에 마리는 가슴 한구석이 빠직 찢어지는 기분이 들었다. 날을 세울 필요가 없을 거라 생각했는데, 상대가 먼저 날을 번뜩이며 과시했다.

이것 봐라. 사람 속을 살살 긁네?

"마리 씬 몇 살이에요? 난 스물아홉인데."

"동갑이네요."

"와! 그럼 우리 친구 하면 되겠다."

친구라니. 내가 왜?

마리는 태연하게 표정 관리를 하고 있었지만 속에선 천둥이 치고 있었다.

"오드리 안 돼!"

승언의 외침에 뒤를 돌아보던 마리는 저 멀리서 전력 질주로 달려오는 개를 확인하곤 그 자리에 얼어붙어 버렸다.

"꺄악!"

일단 살아야겠단 생각에, 마리는 작업실 안으로 뛰어 들어갔다. 저 덩치 큰 놈은 그런 마리의 행동이 자기와 놀아주는 것으로 착각했는지 마리를 따라 들어가 꼬리를 사정없이 흔들며 가까이 접근했다.

"오지 마! 저리 가!"

들고 있던 가방으로 휘이휘이 손짓을 해봐도, 녀석은 물러서지 않고 오히려 다가와 마리의 손을 찹찹 핥기 시작했다.

마리는 울고 싶었다. 다리가 후들거려서 더 이상 움직일 수도 없었다. 어렸을 때 박 회장이 키우던 도베르만에게 엉덩이를 한 번 물린 후 덩치가 큰 동물을 극도로 무서워하는 마리였기에 미칠 것만 같았다. 이대로 숨이 넘어갈 것만 같은데, 효진은 그런 마리를 보며 꺄르륵 배를 잡고 웃기만 했다.

"오드리 이리 와! 얼른!"

저 멀리서 금세 달려온 승언이 오드리를 떼어내 주었다. 참았던 숨을 팟 하고 터뜨린 마리는 그 자리에 주저앉고 말았다. 가쁜 숨을 토해내며 눈을 질끈 감았는데, 창피하게도 눈물이 후드득 떨어졌다. 극도의 공포에 사로잡혀 긴장하고 있던 모든 근육들이 긴장이 풀림과 동시에 제 기능을 하지 못했다.

"미안. 강아지 무서워하는 줄 몰랐어."

"저게 무슨 강아지야……. 개지……."

창피해. 이런 모습을 그에게 보이다니. 얼마나 추했을까.

승언이 마리의 뺨에 흘러내린 눈물을 닦아주었지만 마리는 그의 손을 밀어내고 제 손으로 눈물을 훔쳤다.

그사이, 효진이 오드린지 헵번인지 하는 놈을 데리고 집 뒤편으로 사라졌다.

"많이 놀랐구나. 아이구."

그는 무릎을 굽히고 앉은 채로 마리의 얼굴을 살폈다. 창피한 마음에 고개를 돌리자 그가 양손으로 두 어깨를 감싼 채 연신 다독여 주었다.

"보지 마요."

"미안해. 정말 미안해."

승언이 마리의 어깨를 끌어당겨 품에 안았다. 숨을 흡 들이마신 채로, 마리는 눈만 끔벅였다.

"다음엔 꼭 묶어둘게. 또 싫어하는 거 있으면 말해. 다 말해."

아무것도 생각나질 않았다. 아니, 입이 딱 붙어버렸는지 아무 말도 할 수가 없었다.

마리는 정신없이 뛰어대는 심장 소리를 그에게 들킬까 손으로 슬쩍 그의 가슴을 짚고 밀어냈지만, 그는 더욱더 세게 마리를 끌어안고 등을 다독였다.

"괜찮아요. 이제 괜찮아요."

"정말? 정말 괜찮아?"

그의 품에서 겨우 벗어났는데, 이번엔 얼굴이 너무 가까웠다. 숨을 쉬기 불편할 정도로. 오드리가 자신을 향해 달려올 때보다 가슴이 더 빨리 뛰었다.

"싫어하는 거…… 생각났어요."

"뭔데?"

그의 눈동자에 비친 제 모습이 보일 만큼 아주 가까운 거리.

마리는 그의 시선을 피하지 않은 채로 빤히 보았다.

"다른 여자 만나다가 나한테 늘키는 거. 어기서 '빈니니'란 의미가 무슨 의민지는…… 알죠?"

그가 설핏 웃었다. 난 정말 진지한데.

"만약에 만나는 여자 있으면…… 내 눈에는 띄지 않는 게 좋을 거예요. 그건 예의가 아니니까."

"좋아. 그건 꼭 시킬게."

말의 뉘앙스가 이상했다. 마치, 눈에 띄지 않도록 주의하겠다는 말 같아서 마리는 이를 악다물어야만 했다. 가슴이 툭 내려앉은 듯한 기분에 호흡이 흔들렸다.

"나는 네가 나 말고 다른 남자랑 만나는 건 물론이고 가깝게 지내는 것조차 싫어. 너도 지켜."

"……불공평하네요."

"공평한 거 좋아하면, 너도 바꿔. 너 말고 다른 여자랑 가깝게 지내지 말라고."

점점 숨이 막혀왔다. 금방이라도 입술이 맞닿을 듯 가까워진 거리. 숨결은 이미 닿아 있었다.

"그럼…… 나도 그렇게 바꿀래요."

그가 옅게 웃더니 그제야 품에서 완전히 놓아주었다.

"저 갈게요."

"어디? 2층에 내 집 구경하러 가볼래?"

이 남자가 아직도 미련을 못 버렸구나.

마리는 고개를 저으며 옆구리를 팔꿈치로 쿡 찔렀다.

"알았어. 데려다줄게."

그가 먼저 일어나 손을 내밀었고, 마리는 그가 내민 손을 붙잡고 일어섰다. 나뭇가루가 잔뜩 묻은 옷을 툭툭 털어주는데, 다시 한 번 창피함이 밀려들었다. 아까 진짜 추했을 텐데. 민망했다.

무엇보다 그 여자 앞에서 그런 생쇼를 했다는 게 더 창피했다. 그의 공방에서 하루 종일 함께 일하는 그 여자. 그의 개와도 친해 보이던 그 여자.

"참고로 말해두자면 효진이는 전혀 신경 쓰지 않아도 돼."

"가장 신경 쓰일 거 같은데요?"

마리의 솔직한 말에 그가 고개를 가로저었다.

"그것만큼은 날 믿어주면 좋겠다."

"미안하지만, 전 남자들의 그런 말 절대 안 믿어서."

"대체 넌 그동안 어떤 남자들을 만난 거야?"

마리가 어깨를 으쓱이자 그가 한숨을 내쉬었다.

기승언 씨는 믿어도, 저 후배는 못 믿는다는 그 말을 하려다가 마리는 참기로 했다. 더 이상 날을 세우면 그의 기분이 상할 것 같아서 오늘은 이쯤 하기로 한 것이다.

반말을 하는 사이의 가까운 후배. 한 공방을 쓰고, 쇼룸도 함께 쓴다고 했다. 하루의 대부분을 함께 보내는 사이를 어떻게 신경 쓰지 않을 수 있을까. 그는 믿으라고 했지만 마리는 의심을 멈추지 않을 생각이다.

5화
잘해주지 마요

약속 시간보다 일찍 도착하려고 서둘러서 나왔는데도 결국 주
차하느라 시간을 왕창 날려 먹었다. 약속 장소 근처를 빙글빙글
돌다가 간신히 주차를 마친 승언은 시계를 확인하곤 달리기 시작
했다.

오늘은 정언과 마리, 셋이 만나기로 한 날.

에도시대 스타일의 목조 건축으로 지어진 강남의 한 이자카야
에서 먼저 도착한 마리와 정언이 2층에 자리를 잡고서 기다리는
중이라고 했다. 가게 문을 열고 안으로 들어선 승언은 가쁜 숨을
몰아쉬며 숨을 고른 후 2층으로 향했다.

"형! 여기!"

정언이 손을 흔들지 않았다면 한참을 찾을 뻔했다. 저녁 시간

대라 그런지 식당 안에는 손님들로 가득했다. 벽이 붙어 있는 쪽 테이블에 마주 보고 앉은 두 사람을 확인하고 승언은 걸음을 옮겼다.

"앉아."

정언이 본인의 옆자리 의자를 빼주었지만, 승언은 자연스럽게 마리의 옆자리를 택했다.

"강남은 주차하기 너무 힘들어."

"홍대도 마찬가지거든?"

"거긴 내 구역이니까 걸어 다닐 수 있잖아."

"진짜 이기적이다. 유마리 봤지? 저 형이 저렇게 이기적인 인간이라니까. 그래도 결혼할 거야, 너?"

다행히 마리는 정언의 말을 귓등으로 듣곤 메뉴판을 펼쳤다.

"거봐. 내 말이 맞지?"

"그러게요. 모사꾼 맞네."

마리와 승언은 정언이 들을 수 있을 정도의 크기로 속삭였다.

"유마리. 너 지금 도련님 뒷담화 한 거야?"

"대놓고 했으니 뒷담화라고 보신 어렵겠지?"

"너 진짜!"

정언이 정색을 하며 발끈했으나 마리는 눈도 깜짝하지 않았다.

"먼저 시키고 있지 그랬어."

"아직 서녁 안 먹었죠?"

"어. 너도?"

"퇴근하고 바로 와서. 뭐 드실래요?"

"음. 회덮밥 먹을까?"

"이 집 초장 많이 매워요. 매운 거 안 좋아하잖아요."

"그래? 그럼 난 가볍게 우동 먹고, 안주 시켜서 술이랑 같이 먹자."

"그럼 참치 타다끼랑 사케 한 병 더 시킬게요."

"너는? 너도 밥 먹어야지."

"별로 생각이 없어서."

마리가 직원을 향해 손을 들자, 지켜보던 정언은 벌어진 입을 다물지 못했다.

"유마리. 근데 왜 나한테는 뭐 먹을지 안 물어봐?"

"먹고 싶은 거 있으면 더 시켜."

"와, 나 진짜 어이가 없다."

"직원 오기 전에 빨리 고르기나 해."

마리는 툴툴대는 정언에게 메뉴판을 건넸고, 결국 모둠꼬치와 오코노미야키를 추가해서 주문했다.

"이제 결혼 얼마나 남은 거야?"

"보름 남았지. 다다음주 일요일이니까."

"기분이 어떠신가?"

정언의 물음에 마리는 생각을 해보는 듯 눈을 깜박이며 고개를 갸웃거렸다. 마리의 대답을 기다리는 건 정언뿐 아니라 승언도 마찬가지였다. 내색하진 않았지만 내심 긴장이 되었나.

"설레."

"설레?"

마리가 고개를 끄덕이고 나서야 승언은 긴장을 풀었다. 기대 이상의 대답이라 자꾸 웃음이 새어 나오려 했다.

"웨딩촬영한 거 오늘 셀렉했는데, 보여줄까?"

"그래. 어디 한번 보자."

마리는 휴대폰을 꺼내 정언에게 내밀었다. 사진첩에 담긴 사진을 한 장씩 넘겨보던 정언이 승언과 마리의 얼굴을 번갈아 가며 보더니 다시 말없이 한참 동안 사진을 보았다.

지난 주말, 승언은 마리와 웨딩촬영이란 것을 했다.

새벽 여섯 시에 나와 샵에서 화장과 머리를 하고 아침 열 시부터 시작해서 오후 다섯 시가 되어서야 끝이 났던 촬영. 마리는 다섯 벌의 드레스를 갈아입었고 도중에 머리도 세 번이나 바꾸었다. 거기에 한복 촬영과 캐주얼 차림까지, 남들이 하는 보통의 웨딩촬영을 두 사람도 한 것이다.

장장 일곱 시간이나 걸린 웨딩촬영을 마치고 두 사람은 녹초가 되어버렸지만, 그래도 마리는 촬영 내내 방실방실 잘 웃었다. 고개를 1mm 단위로 조금씩 움직이길 바라는 사진작가의 요구에도 시종일관 미소로 응했다. 허리가 꽉 조이는 드레스를 입고 그 높은 구두를 신은 채 말이다. 그때 승언은 유마리가 굉장히 위대하다고 생각했다.

웨딩촬영을 하는 동안, 본의 아니게 많은 스킨십을 하게 되었다. 순식간에 스킨십 진도를 확 뺀 셈이었다. 포옹을 하고, 허리를 감싸 안고, 콧등과 이마에 입도 맞추었다. 워낙 많은 사람들 앞에서 시키는 대로 움직이다 보니 입맞춤이라고 인지가 잘 되지도 않는 상태이긴 했지만, 승언은 내내 가슴이 두근거려서 혼이 났다.

사진작가에게 특별히 부탁해서 키스를 제외한 스킨십 촬영을 하고 나니, 뭔가 이상하게도 마음이 더 가까워진 기분이 들었다. 이런 말 좀 우습긴 하지만, 좀 더 정이 든 것 같기도 하고. 일곱 시간 내내 몸을 밀착하고 있었더니 떨어질 땐 오히려 아쉽기도 했다.

"아주 배우들 나셨어. 유마리 연기 제법 괜찮다?"

"연기한 거 아닌데?"

"난 단 한 번도 네가 이렇게 환히 웃는 걸 본 적이 없거든?"

"너 쳐다보고 웃을 일이 뭐가 있다고."

"말하는 거 봐라. 도련님한테."

"그런 넌 형수님한테 그게 무슨 말버릇이야?"

두 사람의 티격태격을 보는 동안 승언이 느낀 건, 기정언은 아무리 해도 유마리에게 안 된다는 것.

승언은 직원이 먼저 가져다준 사케 뚜껑을 열어 세 개의 빈 잔을 가득 채웠다.

"그래도 뭐…… 제법 잘 어울리긴 하네."

"'제법'이 아니라 '매우'겠지."

마리가 정언의 말을 바로잡은 후 술잔을 들자 두 남자도 덩달아 잔을 들어 가볍게 건배를 했다.

"형이랑 마리가 이렇게 금방 친해질 줄 몰랐어. 참 신기한 일이야."

"신기할 일도 많다."

"형은 몰라도, 유마리랑은 쉽게 친해지기 어려운데. 희한하단 말이지."

승언은 정언의 말에 동의할 수 없었지만, 마리는 부정하지 않고 고개를 끄덕였다. 승언이 지금까지 겪어온 마리는 다가가기 힘겨울 만큼 방어벽을 세우거나 까다롭게 구는 사람이 아니었다. 한 번 마음을 정한 일에는 앞뒤 재지 않고 직진하는 성격이고, 뒤로 숨거나 물러서지 않는 당당한 사람이었다.

"형. 마리랑 데이트는 매일 해?"

"거의 매일 만나. 밤새 전화 통화도 하고."

고개를 돌려 마리와 시선을 맞추자 그녀가 쑥스러운 듯 옅게 미소를 지었다.

"유마리 연애할 땐 달라지는구나. 나랑은 통화할 때 1분을 넘기는 법이 없었는데."

"비교할 걸 비교해라."

툭 던진 마리의 말에 정언은 또 한 번 성서 입은 표정을 지었다. 그 모습을 구경하는 게 승언은 무척이나 즐거웠다.

요즘 부쩍 새벽까지 통화하는 일이 잦아졌다. 작업 시간이 자유로운 자신과는 달리, 마리는 회사 생활을 하기 때문에 피곤하진 않을까 염려가 되었지만 그렇다고 통화를 포기하고 싶지는 않았다.

어쩌면 정언의 그 말이 맞는지도 모르겠다. 난 참 이기적인 사람이다. 그래도 잠들기 직전까지 마리의 목소리가 듣고 싶으니 어쩔 수가 없다. 어제보다 오늘이 더 좋아지고, 그렇기에 내일이 더 기다려진다. 이건 분명 좋은 신호일 것이다.

조건에 맞춘 결혼이란 틀 안에 형식적으로 묶이지 않고 평범하게 연애하고 맺어진 부부가 될 수도 있겠다는 기대감에 결혼식이 기다려지기 시작했다. 물론 남들처럼 평범한 시작을 하진 못했지만, 하나둘 남들과 다르지 않게 결혼을 준비해 가는 과정에서 결혼식 이후에 대한 기대감이 점점 커져 가고 있었다.

주문했던 음식이 테이블 위에 전부 놓인 후, 승언은 마리가 좋아하는 매운 음식 하나 정도는 시킬걸 하고 후회했다. 세심하게 배려하지 못했다는 미안함에 마리를 보는데, 마리는 개인 앞접시에 오코노미야키를 먹기 좋게 나눠 담아 승언의 앞에 놓아주었다. 그 모습을 지켜보던 정언이 또 한 번 코웃음을 쳤다.

"아, 소외감 들어. 아! 소외감 들어!"

건배도 나누지 않고 잔을 단숨에 비운 정언이 소란을 피우자, 마리는 하는 수 없이 정언의 앞접시에도 음식을 담아 건넸다.

"둘이 결혼한다고 했을 때 나 진짜 걱정 많이 했거든? 형 알지?"

"알지."

"이런 말 좀 낯간지럽지만, 이젠 걱정 안 해도 될 거 같아서 다행이야. 한시름 놨어."

"그래. 우리 걱정은 말고 네 걱정이나 해."

"그러게. 그래야 될 거 같아. 내가 지금 남 걱정할 때가 아니더라고."

승언은 다시 정언의 잔을 채워주었고 세 사람은 다시 한 번 건배를 나누었다.

승언에게 정언은 동생이자 친구였다. 조용하고 과묵한 태언과는 정반대의 성격인 정언은 활발하고 외향적이라서 승언과 가장 많은 대화를 나누는 형제였다. 그래서 더 의지가 되는 든든한 동생이기도 했다.

그와 동시에, 정언은 마리의 친구이기도 하다. 그렇기에 정언을 통해 도움을 받고 있는 것도 사실이다.

"마리야. 우리 형 잘 부탁한다. 약간 모자라 보이지만 그래도 착한 형이야."

"또 모함하네."

"사람이고 동물이고 한번 정 주면 끝까지 함께 갈 정도로 책임감도 강해. 배신당할 일 절대 없어. 드라이버 휘두를 일 없을 거라고."

"알았어."

드라이버를 휘두른다고?

승언이 놀라 마리를 보자 마리는 대수롭지 않은 일이라는 듯 어깨를 으쓱였지만 승언은 등골이 서늘해졌다. 배신에는 드라이버를 휘두르는 여자였다니…….

"나무를 하도 들었다 났다 해서 몸도 죽여. 곧 보게 될 거야. 알지? 여자들이 좋아하는 간 근육, 완전 생계형 근육."

"미친. 형수한테 못 하는 소리가 없구만."

마리가 코웃음을 치며 승언과 정언의 빈 잔을 채워주었다. 마리는 단정한 손길로 끊임없이 승언의 먹을 것을 챙겨주고 있었다. 이러한 모습들은 함께 식사를 할 때나 간단히 차를 마실 때도 보았던 것이다. 마리는 말은 툭툭 무심하게 굴어도 무척이나 세심한 편이었다.

"근데, 두 사람 호칭 계속 그렇게 할 거야?"

"뭘?"

"형은 마리한테 너라고 하고, 마리는 형한테 승언 씨라고 하고. 그게 뭐야?"

"그건 우리가 알아서 할게."

"새로운 호칭으로 유대감을 높이고 싶은 욕심은 없으신가요, 두 분?"

마리는 닭똥집 꼬치를 정언의 입에 강제로 물렸다.

"얘를 일찍 보내는 게 좋을 거 같은데요."

"내 생각도 그래."

마리가 승언의 귓가에 바짝 다가와 말을 건네는 순간, 훅 하고 풍기는 달큰한 술 향기에 승언은 머릿속이 아찔했다.

"이제 뭐 대놓고 둘이 꽁냥거리네. 에휴."

정언이 한숨을 쉬며 잔을 비우자 마리는 서둘러 잔을 채웠다. 얼른 취하게 만들어서 일찍 보내버릴 생각인 듯했다.

생각해 보니, 정언의 말은 틀린 말이 아니었다. 여전히 자신을 승언 씨라고 부르는 마리에게 오빠라고 부를 생각이 없냐고 물어보려던 참이긴 했다. 욕심일진 모르겠지만, 어떻게 하면 자연스럽게 오빠 소리를 할까 승언은 곰곰이 생각해 보기로 했다.

"다녀왔습니다."

집에 들어오니 덕희와 진석은 함께 TV를 보고 있었다.

"아직 안 주무셨어요?"

"네가 들어오지도 않았는데 네 엄마가 먼저 자고 있을 사람이
야? 집에서 기다리고 있는 사람 생각해서 전화라도 미리 줘라."

"죄송합니다. 다음엔 꼭 전화 먼저 드릴게요."

진석이 마리를 꾸짖자 덕희가 진석의 팔을 살짝 꼬집으며 눈을
흘겼다.

"데이트하고 들어오는 거야?"

"네."

데이트라고 하니 괜히 쑥스럽고 이상하네.

덕희의 물음에 마리가 머쓱하게 웃으며 소파에 앉았다.

"정언이랑 셋이 만나서 저녁 먹고 간단히 한잔하고 오는 길이
에요."

"그래. 잘했어. 그렇게 가까워지는 거지."

어린아이를 다루듯, 덕희는 마리를 품에 안고 엉덩이를 툭툭
두들겼다.

"오늘 니들 집에 가전제품 다 들어갔어."

"벌써요?"

"벌써라니 애 좀 봬. 결혼이 다다음준데. 자잘한 작은 살림살
이는 니들이 필요한 거 직접 사다 채우면 돼. 하루 날 잡아서 둘

이 그거부터 해라, 알겠지?"

"네."

"같이 장 보고 하다 보면 서로의 취향도 알 수 있고, 더 많이 가까워질 수 있을 거다. 같이 시간 내서 꼭 그것부터 해."

덕희는 물론이고 양가 어른들이 가장 바라는 건 승언과 마리가 가까워지는 것이었다. 모두의 초점이 그곳에 맞춰져 있다고 해도 과언이 아닐 것이다. 그들의 기대에 한참 못 미치겠지만, 두 사람은 느리지만 정확하게 서로를 향해 다가서는 중이었다.

신혼집은 그의 공방과 가까운 합정동에 위치한 한강이 내려다 보이는 고층 주상복합 아파트였다. 마리의 시댁이 될 P건설에서 만든 아파트이기도 했다.

태어난 이래로 이 집 밖에서 살아본 적이 없는 마리였기에 요즘 걱정이 늘었다. 살림을 배워본 적은커녕, 덕희를 옆에서 조금 거들어주는 수준이라 덕희의 도움 없이 혼자서 잘할 수 있을지 염려스러웠다.

"얼추 준비는 다 한 거 같은데……. 양가 모두 첫 결혼이라 우왕좌왕이야. 오늘도 사부인이랑 그릇 구경 갔는데 어쩜 그렇게 예쁜 게 많은지."

"엄마 너무 무리하시는 거 아니에요? 되도록 체력에 부담 가지 않게……."

"아냐! 나 요즘 정말 즐거워. 우리 딸 혼수는 내가 챙겨야지. 엄마 진짜 행복해! 우리 딸한테 마지막으로 해줄 수 있는 게 있어서."

마지막⋯⋯.

아무렇지 않게 뱉은 그 말이 가슴에 콱 박혔다. 마리는 입 안쪽 연한 살을 꾹 깨물며 울컥 치미는 눈물을 참았다.

마리의 눈에도 덕희는 요즘 무척이나 즐거워 보였다. 화분에 물을 줄 때도, 수건을 개면서도, 책을 읽을 때도, 시도 때도 없이 콧노래를 흥얼거리기도 했다. 바쁜 딸을 대신해서 직접 모든 걸 챙겨주고 있는 덕희에게 항상 죄송스럽고 미안한 마음을 갖고 있는 마리의 마음을 훤히 꿰뚫어 본 것처럼, 덕희는 매번 행복하다고 말했다.

그런 덕희 때문에 가슴이 아프지만, 한편으론 다행이라고 생각했다. 덕희가 골라준 식기에 밥을 차려 먹고, 덕희가 골라준 세탁기에 빨래를 하고, 덕희가 골라준 TV를 보며 시답지 않게 웃고, 덕희가 골라준 침대에 누워 잠을 자고⋯⋯. 언젠가 덕희가 이 세상을 떠난 후, 언제든지 엄마를 추억할 수 있으니까.

"그나저나 걱정이다. 엄마가 제대로 가르쳐 준 게 없어서. 우리 딸 살림 못 한다고 흠 잡히면 어쩌나."

"아이구, 당신도 별석찡을 니 하고 그래. 마리가 어린애야? 그동안 어깨너머로 배운 세월이 얼만데?"

"그거랑 같아요? 내 몸만 성했어도 좀 더 끼고 가르쳐서 보내면 좋은데⋯⋯."

마리는 덕희의 자그만 손을 덥석 잡았다.

"모르면 엄마한테 물어보면 되지, 뭘 걱정을 그렇게 해요. 나 잘할 수 있어. 엄마가 보기에 흡족할 만큼 잘 살게요. 최선을 다

할 거야."

애초부터 이 결혼의 이유는 덕희였다. 그랬기에 마리는 덕희의 마음에 쏙 들도록 잘 살아볼 작정이다.

"여보, 그리고 요즘 세상이 많이 바뀌어서 남자들도 살림 잘해. 꼭 여자만 살림하란 법 있나? 같이하는 거지. 군대에서 2년 동안 매일 같이 하는 일이 청소하고 빨래하는 건데, 아마 기 서방이 마리보다 더 잘할걸?"

"그런가?"

"그럼! 당신은 걱정할 거 하나도 없어. 둘이 어련히 알아서 잘 살까."

안심시키려는 진석의 노력에도 덕희는 여전히 걱정이 되는지 고민스러운 표정을 짓고 있었다.

"2층은 침실만 두고 다 설아가 쓰게 해요."

"너도 친정 오면 쉴 곳은 있어야지."

"침실이면 되죠, 뭐."

덕희는 마지못해 고개를 끄덕였다.

"마리가 그렇게 말하니까, 정말 시집보내는 거 같다. 마리 없으면 엄마 이제 허전해서 어쩌지?"

"아이구 참. 우리 엄마 또 그렁그렁하네."

마리는 자기보다도 체구가 작은 덕희의 어깨를 감싸 안고 등을 다독였다.

"좋은 남자 만나서 결혼하는 거니까 당신 너무 그러지 마. 당신이 직접 고르고 골라 소개해 놓고 이제 와서 그래?"

"그러게 말이에요. 나도 참 주책이지."

마리가 품에서 놓아주자, 덕희는 손끝으로 눈물을 찍어내곤 환히 웃었다.

"아 참, 상견례는 일요일 말고 금요일 저녁에 하기로 했어. 사돈어른께서 하루라도 빨리 상견례 해야 한다고 서둘러서 귀국하신다더라."

해외 출장을 가야 했던 기 회장 때문에 상견례 일정을 미뤄둔 참인데 다행히도 일정이 앞당겨진 모양이다. 이미 양가에선 결혼식에 관한 모든 상의가 끝이 났고 준비도 순조롭게 되어갔지만, 중요한 절차인 상견례 날을 잡지 못해 마음이 편치 않았는데 드디어 일정이 잡힌 것이다.

할아버지 기일 날 그 소동이 있은 후, 곧장 미국으로 돌아간 박 회장은 승언의 부친인 기 회장에게 직접 연락을 넣었다고 한다. 일면식도 없는 기 회장에게 쏟아낸 덕희에 대한 모욕에 화가 난 기 회장은 박 회장에게 불편한 심기를 드러냈고, 결과적으로 박 회장의 입장이 난처해졌다. 아마도 박 회장의 개입으로 기분이 언짢아진 기 회장이 일정을 서둘러 상견례를 진행하려는 것 같았다.

마리와 승언의 결혼을 달가워하지 않는 건 박 회장을 비롯한 E미디어 그룹 일가들뿐이었다. 자신의 손으로 직접 내친 아들의 성공을 못마땅해하는 어미와 형제들의 질투. 하지만 애초부터 신식과 기 회장은 마리와 승언의 결혼을 집안과 집안 간의 결합, 혹은 기업과 기업 간의 합병이라고 생각하지 않았다.

그건 마리와 승언도 마찬가지였다. 표면적으로는 유진석의 외동딸과 기창진의 장남 간의 결혼으로 해석할 수도 있겠지만, 두 사람은 그저 회사원 유마리와 가구 디자이너 기승언일 뿐이니까.

"가족 동반 모임 정도로 생각해. 부담 가질 거 없어. 결혼 준비도 네 엄마랑 사부인이랑 거의 다 해둬서 더 정하고 말고 할 것도 없는 그냥 인사 나누는 식사 자리고. 알았지?"

"아무리 그래도 '시'자는 어렵죠. 마리도 만나봐서 알겠지만, 사부인 아주 시원시원하시고 호탕하시더라. 예술을 하시는 분이라 그런지 마인드도 열린 분인 거 같고."

너무 걱정하지 말라고 해주시는 말씀이란 건 알지만 어떻게 시부모님 자리가 어렵지 않을 수가 있을까.

승언의 할아버지 팔순 잔칫날 처음 뵙고 얼굴을 익히긴 했지만 어려운 건 매한가지였다. 시간과 노력만이 해답인 부분이었다.

마리는 마음을 다잡으며 깊은 숨을 몰아쉬었다.

"저 이만 올라가서 씻을게요."

"그래. 얼른 가서 쉬어라."

마리는 2층으로 향했다. 계단을 오르다가 문득 뒤를 돌아 1층을 둘러보니 괜히 기분이 이상했다. 이 집을 떠날 날이 머지않았다는 게 갑자기 실감 나는 순간이었다.

이 집에서 태어나고 자랐기 때문에 더더욱 그런 기분이 드는 건지도 모르겠다. 이 집에서 너무나 많은 일이 있었고, 너무나 많은 것들을 보고 자랐다.

새삼 가슴 한쪽이 저릿했다.

멀리 떠나는 것도 아니고, 단지 결혼을 하는 것뿐인데 왜 이렇게 마음이 욱신거릴까.

"언니."

설아.

아마도 이 아이 때문일 것이다.

방에 막 들어가려던 마리는 뒤에서 부르는 설아의 작은 목소리에 빙긋 웃었다. 거실에 놓인 소파에 앉아 설아를 향해 손짓을 하자, 설아가 마리의 맞은편에 앉았다.

"연습은 잘 돼?"

설아가 고개를 끄덕였다. 마리는 그런 동생에게 손을 내밀었고, 설아가 순순히 손을 내어주었다. 참 작은 손이다. 술기운이 올라와서 그런지 자꾸만 이상하게 감정이 북받치는 것 같았다.

내가 이 집을 떠난 후, 만약 엄마마저 떠나 버리면…… 그땐 어쩌지.

막둥이라 아버지가 품에 안고 키우긴 했지만, 한창 엄마 손이 필요할 나인데. 나이 는 아버지와 단둘이 이 큰 집에서 어찌 살까.

내가 들여다보는 것도 한계가 있을 것이고, 가사도우미분이 돌봐주는 것도 완벽하지 않을 텐데. 어떻게 하면 좋을까…….

"설아가 언니 결혼할 때 피아노 연주해 줄 거지?"

"그래도 돼?"

"당연하지! 너 아니면 누가 해?"

마리이 제인이 반가웠는지, 설아가 뺨을 붉히며 환히 웃었다.

천 석 규모의 호텔 결혼식. 그곳에 참석하게 될 각계각층의 인사들. 마리는 그 자리에서 설아를 뽐내고 싶었다. 여봐란듯이 말이다.

"언니가 제일 좋아하는 거 있잖아. 슈만 카니발 중에 파가니니."

"아, 언니!"

결혼식 분위기와는 전혀 어울리지 않는 선곡에 설아가 키득거리며 웃었다. 재작년 독일에서 열린 에틀링겐 청소년 국제 피아노 콩쿠르에서 설아가 연주했던 곡이었다. 첫 국제 콩쿠르에서 1위를 안겨준 곡이었기에 마리는 그 곡을 가장 좋아했다. 고난도의 테크닉을 요하는 곡이지만 마리가 부탁할 때면 설아는 언제든지 연주를 해주었다.

"그럼 폴로네이즈 6번 어때?"

"결혼식이 아니라 콩쿠르인 줄 알겠어."

"뭐 어때? 신부 마음이지."

"내가 알아서 선곡할 테니까 언니는 결혼 준비나 열심히 해."

"나 준비 다 했는데."

마리는 찹쌀떡처럼 하얗고 보드라운 설아의 뺨을 살짝 꼬집었다.

"언니 결혼하면 우리 꼬맹이 보고 싶어서 어쩌나."

마리의 그 말에 설아는 미소를 지었지만 입매가 실짝 벌리고 있었다. 그걸 보니 또다시 울컥 눈물이 치밀었다. 마리는 설아의 뺨에 쪽 소리가 나도록 입을 맞추었다.

"윽. 술 냄새."

"많이 안 마셨거든?"

검지와 엄지로 코를 꾹 움켜쥐며 인상을 찡그리는 게 귀여웠다. 이럴 땐 영락없이 덕희를 꼭 닮아 있었다. 참 사랑스러운 아이였다.

"한번…… 안아보자."

두 팔을 활짝 벌리자, 설아가 쭈뼛거리며 다가와 마리의 품에 안겼다.

애는 왜 이렇게 작아.

마리는 설아의 어깨 위에 턱을 얹고, 등을 다독였다.

"밥 좀 많이 먹어. 이렇게 말라빠져 가지고 건반 누를 힘은 있냐?"

"밥 잘 먹을게, 언니."

"언니가 언니 노릇도 제대로 못 하고…… 미안하다. 내가 좀 그래. 살갑게 막 안아주고 예뻐해 주고 그런 걸 잘 못 해. 술기운이면 모를까. 그래도 우리 설아는 똑똑하니까 언니 마음 다 알지?"

설아가 고개를 끄덕였다.

"알아. 다 알아."

울먹이는 작은 목소리에 점점 코끝이 매웠다.

"그럼 언니가 사랑하는 것도 알겠네?"

"응."

마리는 설아의 동그란 뒷머리를 쓰다듬어 주었다.

"가까운 곳에 항상 언니가 있다는 거 잊지 말고."

"응."

"늘 씩씩하게."

"응."

"아프지 말고."

"응."

숨을 쉴 수 없을 만큼 저 아래서부터 비집고 올라오는 눈물이 목에서 꽉 눌러 막고 있었다. 마리는 그렇게 몇 번을 쓰다듬다가 그대로 방으로 들어가 버렸다. 설아의 얼굴을 차마 볼 용기가 없어서였다.

"주책이다 진짜. 뭐 어디 이민 가냐?"

거울 앞에 선 마리는 괜히 제 얼굴을 보며 시비를 걸었다. 눈물이 흘러내리는 게 못마땅해서 죽을 지경이었다.

"술이 원수지. 어린애한테 별소릴 다 하네."

서럽게 끅끅대는 자신의 울음소리에 당황한 마리는 티슈를 뽑아 들고 눈두덩을 꾹 누른 채 천천히 숨을 골랐다.

열네 살짜리 아이도 저렇게 의젓하고 담담한데, 내가 이러면 안 되지. 보호자인 내가 더 강해져야지.

벌게진 두 눈을 확인한 마리는 곧장 욕실로 향했다.

※

자업이 한창이던 승언의 작업실에 정언이 족발과 막걸리를 사

들고 방문했다. 그 바람에 일은 올 스톱, 먹자판이 벌어졌다.

"아, 춥다."

"가서 문 닫아."

승언의 대꾸에 효진은 못마땅한 듯 도끼눈을 떴고, 하는 수 없이 자리에서 일어난 건 정언이었다.

"너희 형 매너라곤 개미 똥만큼도 없다, 진짜."

"아냐. 형수 앞에서는 그렇게 따뜻할 수가 없어. 우리 형이 의외로 따뜻한 남자였어."

정언의 입에서 나온 형수 소리에 괜히 기분이 묘해졌다. 자신 앞에선 계속 마리라고 하더니, 효진이 앞에선 어쩐 일로 격을 다 갖추고 있었다.

"서운하네. 선배 결혼 전부터 이런 식으로 차별하는 거야?"

"야. 비교할 사람이랑 비교를 해라. 결혼할 사람이랑 너랑 같냐?"

"내가 선배랑 알고 지낸 세월이 얼만데!"

"형수랑도 알고 지낸 세월이 십 년이야."

"깊이가 다르잖아, 깊이가."

정언과 효진이 사소한 걸로 이야기를 나누는 동안, 승언은 휴대폰을 괜히 만지작거렸다. 마리가 오늘 저녁에 팀 회식이 있어서 오늘은 만나지 못하게 되었다. 거의 매일 만나다시피 하다가 하루 건너뛰려니, 왜 이렇게 허전한 마음이 드는 건지.

"기성언, 기분 어때? 네 친구랑 형이 결혼을 하는 건데."

"점점 적응이 되어가더라. 신기하기도 하고 재밌기도 하고."

"치."

정언의 대답이 마음에 들지 않는다는 듯, 효진은 입을 삐죽이
며 잔을 단숨에 비웠다. 고개를 떨어뜨리고 깊은 한숨을 내쉬던
효진이 이내 승언을 빤히 보았다.

"선배는 소감이 어떤데? 날 혼자 남겨두고 가는 기분이 어떠냐
고."

"살짝 미안한 것 같기도 하고."

"뭐야, 그렇게 대답하면 나 진짜 질투 나잖아."

승언은 피식 웃으며 효진의 빈 잔을 채워주었다.

효진은 승언과 가장 친한 친구였던 도영과 연인 사이였다. 고
등학교 때부터 둘도 없던 친구였던 도영은 승언이 금속공예에서
목조형으로 전공을 갈아타게 한 장본인이었다. 둘은 같은 학교,
같은 과에 진학한 것으로도 모자라 함께 군대까지 다녀왔다. 복
학하자마자 도영이 효진과 교제를 시작하게 되면서 그 후론 함께
어울려 다녔다.

도영은 효진을 무척이나 아꼈다. 일찍 부모님을 여의고 할머니
손에서 자란 효진은 씩씩하고 다부진 아이였지만, 도영의 눈엔
항상 소중하고 보살펴 줘야 하는 연약한 존재였다. 자리 잡는 대
로 효진과 결혼을 하겠노라 입버릇처럼 말을 하던 녀석은, 대학
졸업을 앞둔 그해 겨울 갑작스러운 교통사고로 세상을 떠나 버렸
다.

도영의 죽음은 모두에게 커다란 충격이었다. 형제와 다름없
던, 분신과도 같았던 친구의 사망에 승언은 무척이나 힘들고 괴

로웠지만 그 와중에도 효진을 돌봤다. 효진은 도영이 미래를 함께 꿈꿨던 사랑하는 사람이었으니까.

유독 길고 추웠던 그 겨울, 승언은 먼저 간 친구에게 약속했다. 효진이 좋은 사람을 만날 때까지, 도영이 너보다 더 많이 사랑해 줄 남자를 만날 때까지 내가 책임지고 보살펴 줄 테니 아무 걱정 말라고.

그 후로 승언은 그때 그 약속을 지키며 효진을 돌봐주었다. 사실 돌본다는 표현은 맞지 않을지도 모른다. 효진은 이미 오래전부터 성인이었고, 자기 삶을 잘 살고 있으니까. 작업실 한 귀퉁이를 내어주고, 쇼룸 한구석을 빌려준 것도 돌봄에 포함된다면, 분명 돌보는 중이긴 하다. 적어도 자기가 좋아하는 일을 하면서 벌어 먹고 살 수 있게 약간의 도움을 주고 있는 건 맞으니까.

효진이 저렇게 말하는 이유가 마리에게 자신을 빼앗긴 기분이 들어 투정을 부리는 것이라는 걸 알고 있다. 시간이 흐를수록 자신에 대한 애정이 남녀 사이의 무언가로 변질되어 가고 있다는 것도 알고 있다.

처음엔 효진이 익숙함을 호감이라 착각한 것이라고 쉽게 판단하고 넘어갔다. 하지만 시간이 지날수록 효진은 솔직하게 다가왔고 승언은 멀어지려 했다. 그럴 때마다 승언은 본의 아니게 효진에게 상처를 줘야만 했다. 단 한 번도 효진을 여자로 마음에 담아본 적 없었기에, 헛된 희망이나 여지를 주고 싶지 않았다. 어쩌면 효진에겐 도영이 떠난 옛 연인일 수도 있겠지만, 승언에게 도영은 이 세상 사람이 아니더라도 여전히 가장 소중한 친구였으니까.

가장 확실하게 효진의 마음을 정리하게 만들 무언가가 필요한 순간이 찾아왔을 때, 맞선을 보게 되었다. 그래서 이 결혼 제안을 덥석 받아들였는지도 모른다. 상대방이 유마리라는 사실을 알고 나선 더욱 무르고 싶지 않았고.

"선배는 소감이 어떤데? 날 혼자 남겨두고 가는 기분이 어떠냐고."

"살짝 미안한 것 같기도 하고."

그게 무슨 뜻이지?

문밖에 서 있던 마리는 효진과 승언이 나누는 대화를 듣고 그 자리에 멈춰 섰다.

"뭐야, 그렇게 대답하면 나 진짜 질투 나잖아."

마리의 눈썹이 구겨졌다. 손에 들고 있던 비닐 봉투 손잡이를 꽉 움켜쥔 채 이를 꾹 다물었다.

마리는 닫힌 문 앞에 서서 어떻게 열어야 할지 몰라 우왕좌왕하고 있었다. 보기엔 예쁜 전면 폴딩 도어지만 대체 문 여는 손잡이가 어디 붙어 있는 건지 몰라 헤매다가 드디어 손잡이를 발견하고 아래로 잡아 내리는 순간 들려온 그들의 대화에 마리는 기분이 좋지 않았다.

저 남자는 왜 저 여자에게 그런 말을 하고 있는 거지? 왜 저런 식으로 이야기를 하는 거야? 대체 왜?

마리는 사무실 팀 회식 자리에서 가장 먼저 도망쳐 나온 참이었다. 무려 실장이 팀원들을 두고 말이다. 저녁 먹을 시간도 없이 일하는 중이라기에 도시락까지 사들고 정신없이 택시를 타고 왔는데……

대체 저 둘 사이엔 무엇이 존재하는 걸까.

잠시 망설이던 마리는 더는 혼자 이상한 상상을 하고 싶지 않아서 힘껏 손잡이를 아래로 잡아 내렸다.

"어? 유마리?"

정언이 먼저 마리를 향해 손을 흔들었지만, 마리의 눈엔 오직 기승언만 보였다.

"마리 씨 어쩐 일이에요?"

일어나 다가오는 효진을 향해 살짝 고개를 끄덕여 인사를 건넨 마리는 승언에게 다가갔다. 이내 시선이 닿았고, 그는 늘 그랬듯 환히 웃으며 반겨주었다.

"회식 있다더니?"

"째고 왔죠."

그는 그저 갑작스럽게 등장한 자신 때문에 기분이 좋은 것 같았다. 눈 밑 인디언 보조개기 쑥 들어갈 만큼 밝게 웃는 그를 보며 마리도 덩달아 웃고 말았다. 바보 같이 이 와중에 마리노 웃음이 났다.

조금 전까지만 해도 머릿속에 온통 불쾌한 상상들이 가득했는데, 그의 눈을 보는 순간 거짓말처럼 싹 사라져 버렸다. 어쩌면 그를 믿고 싶어서 강제로 지워 버렸는지도 모르겠다.

마리는 손에 들고 있던 도시락을 승언에게 내밀었다.

"이게 뭐야? 도시락?

"내가 직접 싼 것처럼 만들어달라고 특별히 부탁한 거예요."

"말 안 했으면 깜빡 속았겠다. 고마워. 잘 먹을게."

테이블 위에는 이미 술판이 벌어지고 있었다. 정언이 앉으라며 의자를 가져다주었지만, 마리는 승언의 옆자리에 자리를 잡았다.

"같이 한잔하죠?"

효진이 잔을 건넸고, 마리는 잔을 받아 들었다.

효진이 가득 따라준 건 막걸리. 마리가 평소 좋아하지 않는 주종이었다. 막걸리를 마시고 난 다음 날엔 유독 두통이 심해서 가급적이면 마시지 않은 편인 데다가, 방금 전 회식 때 맥주를 제법 마시고 온 참이라 망설여졌다. 심지어 빨리 일어날 생각에 짧은 시간 동안 빠르게 마신 참이라 이미 술기운이 오르고 있었다.

"회식 때 술 마시다 온 거 아냐?"

"몇 잔 안 마셨어요."

"그래도 마시지 마. 오빠가 대신 마실게."

승언이 마리가 들고 있던 잔을 빼앗아 가더니 단숨에 비워 버렸다.

그것보다, 오빠라니……?

이 남자가 취했나?

"난 괜찮은데."

"내가 안 괜찮아. 이것저것 섞어 마셔서 좋을 거 없어."

"그래도 잔 받은 거잖아요."

둘의 모습을 지켜보던 효진이 웃으며 고개를 흔들었다. 마리는 그런 효진의 표정이 마음에 들지 않았다. 아까 전에 들었던 그 대화 때문에 더욱 그랬는지도 모른다.

"제가 갑자기 와서 분위기가 깨졌나 봐요."

"아냐. 우리도 그냥 가볍게 한잔하던 중이었어."

정언이 나서서 변명했지만, 불청객을 보는 듯한 효진의 못마땅해 죽겠는 눈빛이 신경 쓰였다.

"그때 그 개는……."

"오드리? 자기 집에서 잘 거야 아마. 밤에는 묶어두거든."

"아."

다행이었다. 오늘은 바보 같은 짓을 안 해도 되겠구나.

승언은 술잔을 내려놓고 마리가 사 온 도시락을 아주 맛있게 먹어주었다. 효진의 것까지 두 개를 준비해 온 탓에 정언까지 셋이서 나눠 먹으니 얼추 양이 맞았다.

마리는 서슴없이 대화를 나누는 세 사람을 보며 선뜻 대화에 끼어들지 못한 채 구경을 했다. 대화에 참여시키려고 정언과 승언이 수시로 마리에게 말을 걸었지만, 그때마다 다른 이야기로 주제를 돌리는 것 같은 효진 때문에 분위기는 쉽게 바뀌지 않았다.

"정언이 갈 때 마리 씨랑 같이 가면 되겠다. 두 사람 집이 같은 방향이랬지?"

"그럼 될 거 같아. 지금 대리 부를까?"

좀 더 있다 가고 싶다고 말하려 했지만, 대화 중간중간 듣기로 승언에게 아직 할 일이 많이 남았다는 것 같았다. 그래서 오늘 밤 승언과 효진이 이곳에서 밤새 작업을 해야 한단 것도 알게 되었다. 내일 출근만 아니면 여기서 버티고 싶었지만 그건 정말 유치한 짓이라 하지 않기로 했다.

마리가 고개를 끄덕이자 정언이 휴대폰을 꺼냈다.

"아냐, 정언아. 마리는 내가 데려다줄게."

"뭐하러 그래 선배. 어차피 가는 길이잖아."

"그래도 그게 아니지. 여기까지 와줬는데. 오빠가 데려다줄게."

근데 자꾸 아까부터 오빠라고…….

마리는 웃음을 참으며 자리에서 일어섰다. 그러자 그도 덩달아 일어나 마리의 가방을 챙겨 들었다.

"형. 대리 10분 후면 도착한다는데?"

"내가 데려다주고 싶어서 그래. 따로 가자."

정언은 더 이상 고집부리지 않고 고개를 끄덕이며 양보했다. 서로 데려다주겠다고 하는 낯간지러운 상황이 낯설어서 마리는 애먼 입술을 깨물고 있었다.

"우리 할 일도 되게 많은데."

"어차피 늦은 거 두 시간 정도 더 늦어도 괜찮아. 힘들면 너 먼저 들어가. 내가 마무리할게."

"난 괜찮지만 선배 피곤할까 봐 그러지. 며칠째 잠도 제대로 못 잤잖아."

이 여자, 별걸 다 아는구나.

오해하게끔 만드는 그녀의 말투가 심히 거슬렸다.

"잠은 내일 자면 돼."

투덜거리는 효진을 두고 승언은 나갈 채비를 마쳤다.

"마리 씨, 그럼 다음에 또 봐요."

"수고하세요."

마리는 효진에게 예의 바른 인사를 남겼다.

"먼저 가."

"다음에 연락하자."

정언과도 손을 흔들며 인사를 하고 앞장서서 걷는 승언의 뒤를 따라 걸었다. 정원을 지나 대문을 나서는 동안 휴대폰을 만지작거리던 그는 대문 앞에 멈춰 섰다.

"택시 콜 했어. 5분만 기다리자."

마리가 고개를 끄덕인 후 승언을 바라보았다. 갑자기 서둘러 나오느라 그런지, 그의 옷차림이 지나치게 가벼웠다. 셔츠에 바지 차림. 추위를 많이 탄다던 그의 말이 불현듯 떠올랐다.

"춥죠?"

그는 웃음으로 대답을 대신했다. 마리는 승언을 향해 손을 내밀었다.

"고작 이걸로 해결하겠다고?"

"그럼 이 이상 뭘 어떻게 해요?"

마리가 되묻자 그는 씨익 웃더니 마리의 뒤로 가 그대로 마리를 끌어안았다. 그의 가슴이 자신의 등에 닿았다는 사실을 인지한 순간, 볼이 뜨겁게 달아오르기 시작했다.

"이세 따뜻하다."

갑작스러운 백허그만으로도 발끝에 힘이 들어가는데, 귓가에 닿은 그의 중저음의 음성과 함께 흘러나온 숨결에 그대로 얼어버릴 것만 같았다. 마리는 어깨와 배에 잔뜩 힘을 준 채로 숨을 참았다.

"오늘도 집 구경 못 시켜줬네. 다음엔 꼭 집 구경하고 가."

이 남자가 진짜.

틈을 줘선 안 될 것 같았다. 호시탐탐 꼬드길 생각만 하는 듯했다.

"집에 보물이라도 숨겨뒀어요? 왜 자꾸 집에 오라고……."

그 순간, 그가 마리의 어깨 위에 턱을 툭 얹었다. 조금만 고개를 돌려도 그의 얼굴을 마주 볼 만큼 가깝게 닿아 있어서 숨을 제대로 쉴 수가 없었다.

"어? 택시 왔다. 가자."

때마침 택시가 도착해 주었기에 망정이지, 안 그랬으면 그 자리에서 숨 못 쉬어서 쓰러질 뻔했다. 마리는 승언과 함께 서둘러 택시에 올랐다.

정말 대책 없는 여자야, 유마리.

술 몇 잔 안 마셨다고 그렇게 우기더니, 차에 타자마자 5분도 지나지 않아 단잠에 빠져 버렸다. 승언은 고개를 꾸벅꾸벅거리는 마리의 머리를 자신의 어깨 위에 올려두었다.

살짝 고개를 틀어 잠든 마리의 얼굴을 바라보았다. 술기운이 돌아 발그레 달아오른 두 뺨이 무척이나 사랑스러웠다. 말간 피부와 작고 오똑한 코, 정성껏 빚은 듯한 고운 얼굴을 바라보고 있자니 가슴이 두근거렸다. 흠흠 헛기침을 해봐도 떨림은 잦아들지 않았다.

다시 고개를 돌려 바라보는데, 이번엔 유독 입술이 눈에 들어왔다. 도톰하고 앙증맞은 붉은 입술. 절로 마른침이 넘어갔다. 조심스레 손가락으로 입술을 만져보려는 찰나, 마리가 힘겹게 눈꺼풀을 밀어 올렸다.

"다 왔어요?"

"아직 멀었어."

마리가 다시 눈을 감았다. 괜히 죄지은 기분이 들어 언짢아진 승언은 차창 밖에 시선을 두었다. 집 근처에 거의 다다랐다는 것을 깨닫고, 아쉬움에 한숨이 절로 나왔다.

"마리야. 다 왔어."

"아직 멀었다더니……."

콧등을 찡긋거리며 눈을 뜨는 모습이 참 귀여웠다. 잠결에 투덜거리는 마리를 다독거리며 택시에서 내린 승언은 마리의 손을 꼭 잡은 채 느리게 걸었다.

그렇게 잠깐 걸으니 잠기운이 걷힌 마리가 맞잡고 있는 손을 앞뒤로 흔들었다.

"작업 많이 바빠요?"

"조금. 왜?"

"새집에 큰 물건은 다 들어갔는데, 우리한테 필요한 소소한 것들은 직접 사러 가야 할 거 같아서요. 바쁘면 정언이 데리고 다녀오고요."

"그 정도 시간은 얼마든지 돼. 없으면 만들어낼게. 우리가 쓸 건데 우리가 사러 가야지, 정언이가 왜 가?"

한 번 더 생각하면 별 뜻 없이 꺼낸 말인데, 순간 욱하고 말았다. 마리에겐 여전히 자신보다 정언이가 편한 건가 싶어서 속 좁게 굴고 말았다.

바빠 보여서 배려해 주려고 한 말이겠지만, 그래도 그건 아니지. 우리가 살 집에 우리의 물건을 채우는 일인데. 지금 그것 때문에 이렇게 밤잠 안 자가며 작업을 하는 중인 걸 몰라서 하는 말일 것이다.

"그리고 뭐 하나 물어볼 게 있는데……."

"뭔데?"

"정효진 씨. 정말 그냥 후배 맞아요?"

"그냥 후배 맞아. 신경 쓰여?"

승언의 단호한 대답에 마리는 입을 꾹 다물었다. 생각을 정리하고 있는 듯했다. 조금 더 자세히 설명을 해줘야겠단 생각에, 승언은 오래되고 낡은 기억을 끄집어냈다.

"효진이는 나랑 가장 친했던 친구의 여자친구였어. 그 친구가 갑자기 세상을 떠났는데, 그 전부터 친구가 그 아이 걱정을 아주 많이 했었거든. 물론 효진이는 나한테도 좋은 후배고. 그래서 내가 가까이에 두고 챙기는 것뿐이야, 맹세하고 그 이외의 감성은 없어."

"승언 씨와 효진 씨, 그리고 그 친구분의 히스토리를 정확하게 모르니까 제가 뭐라고 할 말은 없네요."

기분이 상한 걸까?

마리의 칼 같은 상황 정리에 마음이 급해진 건 승언이었다. 아무래도 설명이 너무 불친절했던 것 같아서, 조금 더 명확하게 설명해줘야겠다고 생각했다.

"마리야."

"내가 가장 신경 쓰이는 건 승언 씨의 관심을 받고 내게 으스대는 정효진 씨의 행동이었어요."

전혀 생각지 못했던 말이었다. 승언은 멈춰 선 마리의 옆모습을 바라보다가, 걸음을 옮겨 마리와 마주 보았다.

"다른 여자한테 잘해주지 마요. 난 단지…… 승언 씨가 그 여자한테 잘해주는 게 싫은 것뿐이에요. 그 어떤 이유에서든."

마리의 마음을 이해할 수 있었다. 나 역시 다르지 않으니까. 어떤 관계였든, 어떤 이유에서든 누군가 오해할 여지나 빌미를 주고 있다면 그만두는 게 옳은 것이었다.

그게 아니라고 설명하기보다, 더는 오해하지 않도록 믿음을 주는 것.

구구절절 그 친구와 나 사이의 관계에 대해서 늘어놓는 것보단 나의 확실한 한 마디가 가장 필요한 순간이라는 것도.

"알았어. 그렇게. 네가 싫다는 걸 내가 계속할 이유가 없지. 고마워. 솔직히게 말해줘서."

마리는 돌려 말하는 법이 없다. 혼자 고민하고 마음껏 오해하지 않으시 고마웠다.

이런 사람은 흔치 않으니까. 혼자 오해하고 속상해하다가 감정이 식어버리는 편보단 솔직함이 좋았다. 내가 어떻게 했으면 좋겠는지까지 답을 딱 내려서 말해주는데, 얼마나 고마운 일인가.

승언은 마리의 작고 둥근 어깨 위에 손을 올렸다. 그러자 마리가 고개를 들어 시선을 맞춰왔다.

"하나 더 있어요."

"또?"

"근데 왜 자꾸 무슨 말 할 때마다 오빠가, 오빠가, 그래요? 나한테 오빠 소리가 듣고 싶어서 그래요?"

이제야 알아주는구나 싶어서, 승언이 고개를 끄덕이며 웃었다.

"응."

마리는 승언의 대답에 잠시 고민하는 듯 눈을 깜박이다가 이내 결심한 듯 짧은 한숨을 내쉬었다.

"알았어요. 그럼 불러줄게요. 오빠라고."

마치 선심 쓰듯, 마리는 어깨를 으쓱였다. 그 모습이 어찌나 귀엽고 사랑스러운지, 승언은 웃음을 참을 수가 없었다.

승언은 마리의 뺨을 손으로 감쌌다. 따뜻하고 부드러운 뺨을 엄지로 살살 쓸어보던 승언은 마리가 시선을 떨구자 천천히 고개를 숙여 다가갔다.

이내 감기는 눈. 허락이었다. 승언은 마리의 입술 위에 살며시 입을 맞추었다. 가만히 내쉬는 숨결이 코끝에 닿았다. 마리의 두 손이 자신의 허리를 감싸는 순간, 승언은 조심스레 입술을 움직였다. 도톰한 입술을 가볍게 눌렀다가 살짝 떼어내자 숨이 따라왔다.

승언은 다시 한 번 마리에게 입을 맞추었고 이내 입술 새로 따스한 공기가 흘러나왔다. 승언은 그 틈을 놓치지 않고 좀 더 깊숙이 파고들었다. 장난을 걸듯 도망치는 마리의 혀를 찾아 욕심껏 빨아 당기던 승언은 혀끝을 세워 입안 곳곳을 누볐다.

그럴수록 승언의 허리를 감싸 안은 마리의 두 손에 점점 더 힘이 들어갔고 품 안 깊숙이 안겨들어 승언은 마리의 몸을 고스란히 지탱하고 서 있었다.

"하아……."

이곳이 길 한복판인 것도 잊을 만큼 마리와의 키스에 푹 빠져 있던 승언은 간신히 숨을 몰아쉬는 마리 때문에 겨우 정신을 붙잡았다.

승언은 마리의 입술 위에 자잘한 입맞춤을 남기며 천천히 입술을 떼어냈고, 그제야 마리가 힘겹게 눈꺼풀을 밀어 올리며 쑥스러운 듯 미소를 지었다.

"어서 집에 들어가는 게 좋겠다."

"그러는 게 좋겠어요."

붙잡고 싶었지만, 이대로 보내기가 너무나 아쉬웠지만, 승언은 마음을 굳게 먹고 마리를 집 앞까지 데려다 놓았다. 그녀가 들어가시 싫겠다고 하면 그렇게 하게 할 생각이었다.

"들어갈게요."

"이. 그래. 늘어가."

"먼저 가요."

"너 먼저 들어가는 거 보고."

이 말은 하지 말걸 그랬나, 하고 생각하는 사이 마리가 정말로 초인종을 눌러버렸다.

"잘 가요. ……오빠."

"잘 자."

대문 잠금장치가 열리고, 마리가 손을 흔들며 대문 안으로 들어가 버렸다.

아쉬운 마음에, 승언은 뒷걸음질로 마리의 집에서부터 멀어지고 있었다. 이대로 문이 열리고 마리가 다시 나와주길 바라면서.

하지만, 끝내 마리는 나오지 않았다.

그래도 서운하지 않았다.

우린 곧 결혼을 할 사이이니까.

6화
그 밤

국내 유력 신문사에서 주최하는 피아노 콩쿠르.

마리는 바쁜 시간을 쪼개어 설아의 연주를 보기 위해 콩쿠르
가 열리는 한 여대의 대강당으로 향했다. 혹시나 신경 쓸까 싶어
오늘 아침까지도 마리는 설아에게 아무 말 하지 않았다.

국내 최고라고 손꼽히는 예술계 사립중학교 Y학교에 재학 중
인 설아는 입학 당시 실기를 수석으로 입학했다. 초등학교 때부
터 유수의 해외 콩쿠르에서 두각을 나타냈던 아이였기에 학교 측
의 기대가 무척 컸고, 자연스레 모든 관심이 설아에게 쏠렸다.

그럴수록 설아는 또래 전공자들과 그들의 부모들로부터 자연
스레 신세의 대상이 되었다. 그런 것들이 부담스러울 법도 한데,
그녀는 놀라운 집중력으로 흔들리지 않고 앞만 보고 가는 승이

다. 잘헤내고 있어서 기특하기도 하고, 어린 나이에 또래 아이들보다 더 어른스럽고 지나치게 씩씩한 설아가 안쓰럽기도 했다.

설아를 볼 때마다 언니인 자신도 이렇게 만감이 교차하는데, 엄마는 오죽할까. 더군다나 덕희에겐 앞으로 주어진 시간이 그리 길지 않은데……

오늘은 같이 가서 연주하는 것도 보고 꽃다발도 안겨주자고 그렇게 말했는데도 덕희는 끝내 나타나지 않았다. 대강당 정중앙에 자리 잡고 앉아 주변을 둘러보니 중년 여성들이 대부분이었다. 이 엄마들 사이에선 설아가 단연 이슈의 중심이다.

부러움의 대상이자 동시에 시기와 질투의 대상이기도 하다. 그 덕에 자연스레 따라오는 관심을 덕희는 여전히 부담스러워했다. 본인에게 부담이 되어서라기보단, 아마도 자신의 존재가 설아에게 괜한 구설수로 따라붙을까 봐 그러는 것이다. 덕희는 늘 사람들 앞에 나서지 않았고, 그림자를 자처하며 뒤에 한 걸음쯤 떨어져서 함께해 왔다.

마리는 준비해 온 꽃다발을 품 안에 끌어안고 숨죽이며 설아의 차례를 기다렸다. 또래의 여학생들이 멋진 연주를 선보였지만 마리의 귀에 들어올 리 만무했다. 그 어떤 유명한 곡들도 마리에게 감동을 주지 못했다. 설아가 연주하는 곡들은 건반을 누르는 손끝에서부터 감정이 아주 자연스럽게 살아 숨 쉬는 데 말이다.

"설아다."

드디어 설아가 나왔다.

설아는 남남한 얼굴로 피아노 앞에 앉았고, 고개를 한 번 살짝 까닥인 후 곧장 연주를 시작했다. '어디 얼마나 잘하는지 두고 보자' 하고 날카로운 시선으로 바라보는 관객석의 경쟁자 가족들과 단 한 번의 실수도 용납하지 않을 것 같은 예리한 시선의 심사위원들 때문이라도 등장과 동시에 심장박동이 빨라질 법도 한데, 저 어린 녀석은 꽤나 강심장이다. 얼굴 표정 하나 변하지 않고 부드럽게 연주를 이어갔다. 마리는 제대로 숨도 쉬지 못한 채 주먹을 꼭 쥐고 설아를 바라보았다.

"잘한다. 후훗."

절로 웃음이 나왔다. 연습에서도 늘 완벽한 설아는 실전에서 더욱더 완벽해지는 타입이라, 유일한 라이벌이 제 자신인 아이였다. 오늘도 역시 최상의 컨디션으로 최고의 연주를 선보였고, 연주가 끝나자 객석에서 박수가 터져 나왔다.

설아는 늘 그래 왔듯이 차분하게 연주를 마치곤 피아노 의자에서 일어나 무대 중앙에 서서 태연한 얼굴로 꾸벅 인사를 했다. 덕희를 찾는 듯 잠시 두리번거리다 마리를 발견했는지, 씨익 미소를 지었다. 마리는 그런 설아를 향해 엄지를 치켜세웠다.

콩쿠르에 참여했던 모든 연주자들의 연주가 끝이 나고, 이내 장내가 소란스러워졌다. 각자 자신의 부모를 찾아 나선 아이들이 제 부모 앞에서 마음껏 어린양을 부리며 애교를 부렸다.

어처구니없는 실수를 했다며 자책하는 아이에게 '네가 최고야!' 라고 말하며 위로하는 한 모녀의 대화도 들리고, 이번에도 1등은 유설아가 받을 거라는 수군거림도 들리고, 일찍이 천재 소릴 들이

온 유·설아는 더 이상 성장하지 않을 거라는 악담도 들렸다. 계단을 내려가는 동안 마리는 얼마나 많은 사람들이 설아를 의식하고 있는지 다시 한 번 알게 되었다.

"언니!"

맨 앞줄에 있던 설아가 마리를 향해 손을 흔들며 주변을 두리번거렸다. 아마도 덕희를 찾는 것 같았다. 오늘은 혹시나 오지 않을까, 기대했었던 설아는 아쉬움을 감추지 못하고 입술을 꾹 깨물며 어색하게 웃었다. 마리는 그런 설아에게 서둘러 다가가 품에 안고 온 꽃다발을 건넸다.

"언니가 연주 시작하기 전에 심사위원님들한테 밝게 인사하고 시작하랬잖아. 뭐가 그렇게 꼿꼿해? 네가 아직 실패의 쓴맛을 못 봐서 그래."

잘했다는 칭찬을 대신한 잔소리에도 설아는 배시시 웃기만 했다. 꽃이 좋아서 웃는 건지, 내가 좋아서 웃는 건진 모르겠지만.

"언니 바쁜데 뭐 하러 왔어."

"조퇴했지."

마리의 당당한 대답에 설아가 황당하단 표정을 지었다.

"헐. 언니 그러다가 잘린다."

"누가 날 잘라? 밥이나 먹으러 가자."

마리가 고갯짓을 하며 앞장서서 걸었다. 슬쩍 곁눈질로 보니 설아가 뒤에 바짝 따라 걷고 있었다. 마리는 잠시 멈춰 서서 설아의 팔을 잡아당겨 품에 안듯이 팔로 어깨를 긴싼 채 다시 섰다.

이미 피아노 전공자들 사이에서는 유명 인사인 설아였기에, 두 사람을 향해 호기심 어린 눈길들이 따라왔다. 그럴 때마다 설아는 일부러 들으라는 듯 말끝마다 '언니' 소리를 붙여가며 환한 미소를 지었다.

그런 설아의 어깨를 감싸고 있는 마리의 손에 점점 힘이 들어갔다. 동경 어린아이들의 시선과 곱지 않은 삐딱한 시선의 어른들을 차례로 상대하며, 마리는 허리를 꼿꼿하게 세우고 당당히 걸었다.

"뭐 먹고 싶어?"

"떡볶이."

"그런 거 말고. 파스타 먹을래? 스테이크 사줘? 아님 피자? 패밀리 레스토랑 갈까?"

"아니. 떡볶이. 언니가 만들어주는 아주 매운 거."

마리는 고개를 절레절레 흔들었다. 이날을 위해 몇 며칠 동안 잠 잘 시간, 밥 먹을 시간 아껴가며 연습에 또 연습을 해놓고 고작 떡볶이라니. 홀가분한 마음에 무엇이든 해주고 싶었는데, 떡볶이란 말을 듣자마자 기운이 쭉 빠져 버렸다.

그래도 먹고 싶단 거 먹여야지.

"쫄면도 넣어줘?"

"당연하지! 양배추랑 깻잎도."

"알았어. 가다가 마트 들러야겠네."

마리의 허리에 설아는 주먹까지 움켜쥐며 기뻐했다. 마리는 그런 설아의 천진난만함을 지켜보며 한숨을 내쉬었다.

"얼른 타."

늘씬한 무광 블랙 마세라티에 마리와 설아가 타자, 사람들의 시선이 또 한 번 자매에게 쏠렸다. 마리는 부드럽게 핸들을 틀며 주차장을 벗어나 차를 도로 위로 몰았다.

"왜 하필 그게 먹고 싶은 건데? 이런 날 언니한테 맛있는 거 사달라고 하지. 너도 참 미련하다."

"언니가 만들어준 떡볶이가 세상에서 가장 맛있으니까."

"뭐, 그렇긴 하지."

"그리고…… 다음에 또 언제 먹을 수 있을지 모르잖아."

마리가 고개를 돌려 설아를 보았다. 설아는 애먼 손톱만 만지작거리고 있었다.

"누가 들으면 나 결혼해서 외국 나가 사는 줄 알겠다. 걱정 마. 너 떡볶이 먹고 싶다고 할 때마다 만들어줄 테니까."

"정말, 그래줄 거야?"

"언니가 집으로 가도 되고, 네가 언니 집으로 와도 되고. 결혼한다고 해서 달라지는 거 없어. 단지…… 조금 떨어져서 사는 것뿐이야."

"나 언니 집에 가도 돼?"

"얘는 당연한 걸 묻고 그래."

설아는 진심으로 기뻐했다. 생각지도 못했던 부분이다. 마리에겐 너무나 당연한 일이라고 생각했던 일인데, 설아는 무척 어려워하고 있었다니 아무래도 좀 더 신경 써서 설아를 챙겨주어야겠다고 생각이 들었다.

"네 형부 될 사람은 벌써부터 처제 귀엽다고 난리야."

"형부……?"

"어색하지? 열네 살짜리한테 형부라니. 좀 간지럽겠지만 익숙해지면 괜찮아질 거야."

설아는 무슨 생각을 하는 건지 계속 키득거리며 웃음을 참지 못했다.

"그럼 우리한테 새 가족이 생기는 거네?"

"그런 셈이지. 너한텐 형부가, 아빠 엄마한텐 사위가 생기는 거니까."

설아는 고개를 끄덕이며 조용히 미소 지었다.

"형부…… 어떤 분인지 물어봐도 돼?"

"음. 좋은 사람이야. 다정하고, 자상하고."

이 어린아이에게 어디까지 얘길 해줘야 하는 건지 감을 잡을 수가 없어서, 마리는 대충 그 정도로 설명을 끝냈다. 설아의 표정으로 짐작컨대 형부라는 낯선 존재를 받아들이기엔 아직 혼란스러운 듯했지만, 시간이 흐르면서 자연스럽게 받아들일 수 있지 않을까 하고 희망을 걸었다.

"언니는 사랑하는 사람이랑 결혼하는 거 아니지?"

"……어?"

"형부는 언니 남자친구 아니었잖아. 선봐서 만난 것도 나 다 알아. 그럼 왜 형부랑 결혼하는 거야? 언니를 사랑하지도 않는 사람이랑."

"그게 그러니까……."

이걸 어떻게 설명해 줘야 하나.

열네 살.

마리의 눈엔 여전히 꼬마고 어린아이지만, 알 건 다 아는 나이
인데. 결혼이라는 것이 꼭 사랑을 동반해야지만 가능한 것이 아
니라는 것을, 더구나 이 결혼은 사랑이 필수가 아닌 결혼이라고
설명을 해줘야 하는 건가.

마리는 난처했다. 답을 기다리고 있는 설아의 두 눈이 너무나
초롱초롱해서 더욱더 난감했다. 그렇다고 해서 거짓을 말할 순
없었다.

기승언과 유마리의 관계. 다른 사람에게 쉽게 설명할 수 없는,
결혼을 앞둔 사이.

마리는 마른 입술을 꾹꾹 깨물었다. 그러다 문득 떠오른 생각
에 웃음을 되찾을 수 있었다.

"언니는 지금 연애를 하는 중이야."

"응?"

"순서가 살짝 바뀌었다고 생각하면 이해하기 쉽겠다. 언니는
결혼을 하기로 결정하고 나서 좋은 사람을 소개받은 거고, 그 사
람이랑 결혼 전까지 연애를 하기로 했어. 그렇게 지내다 보면……
좋아하게 되겠지. 지금은 점점 좋아지고 있고."

"뭐야. 순서가 이상하잖아."

"약간 이상해 보이긴 하겠지만, 나쁜 건 아니야."

"그래도……."

마리의 설명이 마음에 들지 않았는지, 설아의 얼굴에 금세 근

심이 어렸다.

이 순수한 아이가 어떤 걱정을 하고 있는 건지 알 것 같아서 고맙기도 하고, 미안하기도 하고…….

우리 설아가 언니를 이렇게나 생각해 주는구나. 난 네게 좋은 언니가 되어주지도 못했는데.

"설아는 남자친구 있어?"

"아니!"

펄쩍 뛰는 걸 보니, 뭔가 있긴 있는 모양이다.

마리는 씨익 웃으며 설아의 볼을 꼬집었다.

"좋아하는 애는 있나 보네."

"그냥…… 조금."

"좋아하는데 조금이 어디 있어? 좋은 건 좋은 거지."

설아는 더 이상 부정하지 않고 고개를 끄덕였다. 고민 가득한 표정이었다.

"뭐 문제가 있나?"

"나 말고도 걔 좋아하는 여자애가 엄청 많아."

"아하. 인기남이구만. 걘 어떤데? 좋아하는 애 있는 거 같아?"

설아가 고개를 끄덕이며 배시시 웃었다. 뭔가 자신 있어 하는 듯한 미소였다.

"그럼 뭐가 문제야. 사귀면 되지."

"걔랑 몇 마디 얘기만 해도 애들이 나보고 재수 없다고 괜히 욕하고 은근히 따돌리고 그래."

"남들 눈이 무서워서 네 감정은 모른 척하시겠다?"

"그리고 남자친구 사귈 여유 없어."

"6.25 사변 때도 사랑은 있었다."

"언니 오늘 되게 이상하네. 왜 연애하라고 자꾸 부추겨? 그럴 시간 없대도. 맨날 연습만이 살길이라면서 꼭 성공하랄 때는 언제고."

"핑곗거리 찾아가면서 용기 안 내는 게 한심해서 그래. 유설아가 유마리 동생 맞나 싶다."

"치."

입술을 삐죽 내민 설아가 귀여워서, 마리는 설아의 머리칼을 만지작거렸다.

"꼭 지금이 아니더라도 나중에 말이야, 좋아하는 사람 앞에선 솔직해져도 괜찮아. 여자가 조금 더 용기를 낸다고 해서 부끄러워하지 않아도 돼. 그 누구 앞에서도 늘 당당하고, 자신 있게 굴었으면 좋겠어. 피아노 앞에 앉은 유설아처럼."

설아가 고개를 끄덕이며 예쁘게 웃었다.

신호 대기하던 마리는, 그 순간 문득 승언과의 입을 맞췄던 그날 일이 떠올랐다. 효진에게 더 이상 잘해주지 말라고 툭 던져 버렸다. 그 두 사람 사이에 어떤 히스토리가 존재하고 어떤 의미가 존재하는지 모르겠지만, 괜한 일에 감정을 소모하고 싶지 않았고 시간을 빼앗기고 싶지 않아서였다. 혼자 오해하고 상상하다가 끙끙 앓는 미련한 짓거리를 해가며 지쳐 나가떨어지는 바보 같은 짓은 더더욱.

고맙게도 그는 그런 자신의 마음을 이해해 주었다. 다른 설명

더하지 않고, 그렇게 하겠다고 약속해 주었다. 솔직하게 말해줘서 고맙다고 말하던 그가, 그 순간 빛나 보였다. 나와 결혼하게 될 사람이 꽤나 근사한 사람이란 걸 깨닫는 순간이었다.

마리는 언젠가 설아도 사랑 앞에서, 혹은 그 누구의 앞에서든 당당하고 씩씩했으면 싶었다. 언젠가 엄마가 떠나더라도 슬픔을 감당하고 이겨낼 수 있을 만큼 어서 자랐으면, 하고 생각했다.

반가운 봄비가 쏟아졌다. 가뭄을 해소하기에는 턱없이 부족하지만 이만큼이라도 내려주니 참 고맙다는 생각이 들었다.

승언은 발코니 창 앞에 놓아둔 일인용 소파에 앉아 쏟아지는 빗줄기를 바라보며 음악을 듣고 있었다.

오후 9시.

평소 이 시간에는 작업실에서 원목과 씨름을 하고 있어야 하지만, 오늘은 일정이 틀어졌다. 씻고 잠시 앉아 있는다는 게 깜빡 잠이 들어 어느새 밤을 맞이하고 만 것이다.

할 일이 태산인데, 이렇게 허무할 수가.

이왕 저녁 시간 통째로 날린 거, 오늘 밤은 그냥 푹 쉬기로 마음먹고 비 구경이나 하는 중이다. 칼칼한 동태찌개에 소주 한 잔이 생각나는 밤이었다.

Rrrr.

그때, 반가운 이에게서 전화가 걸려왔다. 발신자는 유마리. 승언은 테이블 위에 올려둔 휴대폰을 냉큼 집어 들었다.

"어, 마리야."

[일하는 중이에요?]

"아니. 아까 오후에 잠깐 올라왔다가 깜빡 잠이 들어서 이제야 일어났어."

[몸이 안 좋은 거 아니에요?]

"아냐. 나 완전 쌩쌩해. 와서 볼래?"

수화기 너머에서 웃는 소리가 건너왔다. 나름 진지하게 제안했는데 농담이라고 생각한 모양이다.

[저 진짜 보러 가요.]

"오라니까?"

[진짜죠?]

"나 아직 저녁도 못 먹었어. 같이 밥 먹자."

[지금 시각에 밥 먹었다간 식 날 드레스 터져요.]

"일단 와. 와서 나 밥 먹는 거 구경하든가."

[알았어요. 나 진짜 가요.]

선뜻 오겠다고 하니, 당황한 건 오히려 이쪽이다. 어떤 말로 구워삶아도 절대 안 넘어올 것 같았던 유마리가 어쩐 일로 자진해서 오겠다는 건지, 승언은 어안이 벙벙했다.

통화를 끝낸 승언은 마음이 급해졌다. 어서 집을 치워야 했다. 그래도 명색이 첫 방문인데 엉망진창인 꼴로 맞이할 순 없지.

"집에 먹을 게 있나 모르겠다."

주방에 달려가 냉장고를 열어보니 만들어 먹을 만한 게 없었다.

그냥 시켜 먹을까.

그래도 처음 집에 방문하는데 시켜 먹는 건 좀 그렇겠지?

고민 끝에 집 앞 마트에 뛰어갔다 오기로 결정한 승언은 서둘러 집을 나섰다.

승언의 집 대문 앞에 선 마리는 가방 안에서 거울을 꺼내 얼굴을 살폈다. 점심에 설아와 떡볶이를 한 냄비 끓여 잔뜩 먹고 집에서 뒹굴거리다가, 문득 그가 생각나서 전화를 한 것이 화근이었다. 지난번에 촬영했던 웨딩사진으로 스튜디오에서 모바일 청첩장을 제작해 보내준 걸 덕희와 진석에게 보여주니 무척이나 즐거워했고, 그 모습에 괜히 마음이 설레 그가 생각났던 것이다.

좀 더 솔직히 말하자면, 그냥 그가 보고 싶었다. 지금 뭘 하고 있는 지 궁금했고, 목소리가 듣고 싶었다.

요즘 들어 그에게 전화를 거는 횟수가 늘었다. 메시지로는 만족할 수가 없어서 대뜸 통화 버튼을 누르게 된다. 재고 따지는 거에 도통 재능이 없는 유마리이기에, 밀당은 불가능했다.

농담인지 진담인지 모를 집으로의 초대. 늘 웃어넘기다가 오늘 괜히 오기가 나서 가겠다고 해버렸다. 말은 그렇게 질러놓고 내심 떨렸다. 혹시나 싶어서, 가장 아끼는 속옷 세트를 꺼내 입고 나온 제 자신이 너무 우습기도 했다.

띵동.

초인종을 누르자마자 대문 잠금장치가 풀렸다. 철컹하고 풀리는 소리에서 나긋함미지 느껴졌다. 마리는 어디에서 튀어나올지 모르는 오드리를 경계하며 걸음을 옮겼고, 이내 2층 발코니 창

너머에서 손을 흔들고 있는 승언을 발견했다.

맨투맨 티셔츠에 반바지 차림. 처음 보는 편안한 옷차림을 한 승언의 모습이 왠지 모르게 마음에 들었다. 마리는 웃음을 참지 못한 채 2층 현관으로 향하는 외부 계단을 오르며 쓰고 왔던 우산을 접었다.

"웰컴."

막 현관문 벨을 누르려는데, 벌컥 문이 열렸다. 마리는 안아볼 기세로 두 팔을 활짝 벌리고 선 승언을 빤히 바라보았다. 그러자 승언이 머쓱한 듯 뒷머리를 긁적이며 부자연스럽게 팔을 내렸다.

"얼른 들어와."

마리가 먼저 집 안으로 들어가고 그 뒤를 승언이 따랐다. 그가 뒤에 서 있어서 자신의 시야 안에 그가 들어오지 않은 것만으로도 가슴이 뛰었다. 그가 뭘 어쩐다는 것도 아닌데 왜 이렇게 사소한 것까지 민감하게 반응하는 건지…….

"빈손으로 오기 뭐해서."

"오! 이게 뭐야?"

들고 온 종이봉투를 내밀자, 승언이 봉투를 건네받고 거실 테이블 위에 올려놓았다. 그사이, 마리는 그의 집을 둘러보았다. 사방이 시원하게 확 트인 거실이 가장 먼저 눈에 들어왔다. 4인용 정도 돼 보이는 화이트 패브릭 소파가 눈길을 사로잡았고, 원목으로 벽 전체를 짜 넣은 책장과 TV장은 놀라울 정도였다.

오른쪽으로 고개를 돌려보니 주방이 보이는데, 4인용 다이닝 테이블과 등받이가 없는 원목 의자가 눈에 띄었다. 집은 전체적으로 깔끔한 느낌이 났다. 천장으로부터 낮게 설치한 레일 조명 때문인지, 동시에 아늑한 분위기도 났다.

화이트와 원목의 조화.

가구 디자이너의 집이라 그런지 어딘가 모르게 내부 인테리어가 유니크하면서도 세련되어 꽤나 멋진 공간이었다. 확실히 돋보이는 인테리어였다. 덕분에 신혼집 인테리어는 걱정 없겠구나, 하고 생각이 들 무렵 그와 한 공간 안에 머물고 있다는 생각이 갑자기 가슴에 확 와 닿았다.

얼마 후면, 이 남자와 한 공간에서 살게 되겠지?

"이거 네 향수 향이랑 비슷하다?"

마리의 선물은 조 말론 디퓨져였다. 그의 집에서 자신의 향기가 났으면 하는 노골적인 바람이 담긴 선물이었는데, 그가 단번에 알아채 주니 고맙기까지 했다. 마리는 고개를 끄덕이며 들고 있던 백을 소파 한쪽에 내려두었다.

"마음에 들어요?"

"고마워. 마음에 쏙 들어."

그가 긴 다리로 성큼성큼 나오자, 마리는 팬히 몸이 굳었다.

"재킷 줘. 걸어놓고 올게."

마리는 입고 있던 재킷을 벗어 승언에게 건넸고, 그는 웃으며 재킷을 받아 들었다.

"하도 오라고 해서 뭐 대단한 거라도 있나 싶었더니. 평범하네요."

"집은 평범해도 내가 안 평범하잖아. 안 그래?"

그건 그렇지.

마리는 어깨를 으쓱이며 주방으로 향했다.

"저녁 뭐 먹을 건데요?"

"뭐 해줄 건데?"

"제가 해주는 거였어요?"

마리가 되묻자 승언이 태연하게 고개를 끄덕였다. 당당하기 짝이 없는 승언의 모습에, 마리는 기가 막혀서 헛웃음을 터뜨렸다.

"뭐 먹고 싶은데요?"

"자신 있나 보다. 말하면 다 해주는 건가?"

냉장고부터 확인한 마리는 눈썹을 구기며 고개를 갸웃거렸다. 딱히 요리를 할 수 있을 만한 재료가 눈에 들어오지 않았기 때문이다. 기승언도 어쩔 수 없는 혼자 사는 남자였구나, 싶었다. 냉장고를 수납장으로 착각한 건지, 참치캔이며 통조림, 즉석밥 할 것 없이 모두 다 냉장고 안에 들어 있었고 냉동실은 아예 텅 비어 있었다.

"집에서 밥 안 해먹죠?"

"티 나?"

"많이 나요."

"이상하다. 장 봐다가 넣어둔 건데."

얘길 듣고 보니, 이 냉장고와 조화되지 않는 몇 개의 채소가 있긴 했다. 콩나물과 두부, 쪽파. 그리고 계란. 난감하기 그지없었다. 요리를 잘하는 편은 아니지만 그래도 넉살 만하게 만들 정도는 됐기에, 마리는 주섬주섬 재료를 꺼냈다.

"콩나물국밖에는 안 되겠어요."

"계란말이 안 되나?"

"알았어요. 계란말이 추가."

마리는 블라우스 소매 단추를 풀어 걷어 올리고, 싱크대 앞에 섰다.

"밥은 내가 데울게!"

신이 나서 즉석밥을 뜯고 있는 그를 보며, 어이가 없어서 웃음이 났다.

라면 하나 끓여 먹는 듯한 작은 냄비에 물을 붓고 가스레인지 위에 올렸다. 국그릇에 계란 두 개를 깨 넣고 쪽파를 종종 썰어 소금으로 간을 해두어 계란말이 준비를 마쳐 두고, 식용유 쓰는 김에 두부도 부칠 요량으로 두부를 꺼내 물을 뺐다.

"음. 맛있는 냄새."

"아직 아무것도 안 했거든요?"

식탁에 턱을 괴고 앉아서 바라보고 있는 그가 몹시도 신경 쓰였지만 마리는 요리에 집중하려 애쓰고 있었다. 실수라도 한다면 너무나 창피할 것 같아서, 마리는 온 신경을 곤두세워 요리에 몰두했다.

내 집, 내 주방에서 누군가 요리를 하고 있다. 며칠 후면 나와 결혼을 하게 될 여자. 집 안은 그녀의 향기로 가득해졌다.

기분이 묘했나. 가슴 한구석이 뜨겁게 차오르는 기분. 대체 이건 무슨 기분일까. 뭐라고 표현하면 좋을까.

승언은 마리의 뒷모습을 말없이 지켜보는 중이다. 전혀 예상하지 못했다. 그녀가 내 집, 내 주방에서 요리를 하게 될 줄은. 장난처럼 한 말이었는데 현실이 되었다.

뚝딱뚝딱 아주 자연스럽게 마리는 음식을 만들어내고 있었다. 호들갑스럽지 않고 아주 차분하게 말이다.

혼자 산 이래로 집에서 요리를 해 먹어본 적이 없었다. 정말 배가 고프면 라면 하나 정도는 끓여 먹어봤지만. 집 근처에 워낙 식당도 많고 작업실이나 쇼룸에서 늘 끼니를 해결하는 편이었다. 이 집에 산 지 3년 만에 주방이 드디어 주방 본연의 모습을 띠고 있었다.

"오빠 군대는 다녀왔죠?"

"어? 어. 다녀왔지. 왜?"

"그럼 빨래랑 청소는 기가 막히게 하겠다. 맞죠?"

마리는 눈을 깜박이며 기대에 찬 눈빛으로 승언을 바라보았다.

"가사 부담 정하는 거야?"

"싫어요?"

"아니, 좋아."

"제대로 해본 적이 없어서 서툴겠지만, 다른 분 도움 안 받고 우리 살림은 우리가 직접 했으면 해서요. 어떻게 생각해요?"

"좋은 생각이야. 소꿉놀이하는 거 같고 재밌겠다."

마리는 엷게 웃으며 다시 돌아서서 뭔가를 부지런히 나눴었다.

한 가정을 꾸린다는 것. 평생 남으로 살아왔던 사람과 한집에 살며 함께 밥을 먹고 함께 일상을 공유한다는 것.

그런 것들에 대한 생각들이 점점 많아지기 시작했다. 코앞까지 다가온 결혼식. 현실이 구체적으로 와 닿을수록 가슴이 두근거렸다. 이건 분명 설렘이다.

"파가 없어서 국에 쪽파를 넣었는데 어떨지 모르겠어요."

마리는 국그릇에 콩나물국을 담아 식탁 위에 올려두었다. 그리고 두부부침과 계란말이도 접시에 깔끔하게 담아내었다. 섬세하고 꼼꼼한 성격은 두부부침 위에 올려진 종종 썬 쪽파 서너 쪽만으로도 파악이 가능했다.

"밤늦게 너무 느끼한 거 아닌가. 계란찜을 할 걸 그랬다."

뭔가 아쉬운지, 마리는 연신 혼잣말을 하며 냉장고 안에서 김치를 꺼냈다.

"네 거는?"

"난 안 먹을 거예요."

"조금이라도 먹지?"

"오기 전에 떡볶이 잔뜩 먹고 와서 안 돼요."

유마리와 떡볶이라니. 완벽한 부조화였니. 분식류는 절대 입에도 안 댈 거 같았는데. 하긴, 정신이 나갈 정도로 매운 음식을 좋아하는 반전의 여자니까.

승언은 채 삼십 분도 걸리지 않아 뚝딱 차려낸 마리의 요리가 감동스러워서 자꾸만 웃음이 났다.

"잘 먹을게. 고마워."

"맛없어도 맛있게 먹어줘요."

국을 한 입 떠먹어보니 꽤나 시원했다. 간을 할 수 있는 거라곤 소금이 유일할 텐데도 어쩜 이렇게 맛있게 잘했는지. 승언은 두부부침도 한 입, 계란말이도 한 입 베어 먹었다.

이상하게 다 맛있었다. 싱겁고, 짜고, 느끼하고 같은 맛을 느낄 새도 없이, 일단 무조건 맛있다는 생각만이 머릿속을 지배하고 있었다. 긴장한 얼굴로 자신의 표정만 살피고 있는 마리에게 엄지를 치켜세웠고, 마리는 그제야 안도한 듯 미소를 지었다.

"유마리 다시 봤어. 전혀 기대 안 했는데."

"제대로 배우면 더 잘할 수 있어요."

마리는 냉장고 안에서 생수병을 꺼내 컵에 물을 따라주었다. 물을 컵에 따라 마시는 게 얼마만의 일인지. 유마리와 살게 되면 내 일상에 꽤 많은 변화가 생길 것만 같다.

"오늘 설아 콩쿠르 있었어요."

"꼬마 처제 콩쿠르 나갔었구나? 거기 다녀온 거야?"

"네. 엄마 대신 매번 제가 가곤 해요."

장모인 덕희는 외부 행사에 모습을 전혀 드러내지 않는다고 했다. 마리의 집안에 대해서는 어느 정도 전해 들어 알고 있지만, 세세하게 모든 걸 알지 못했다. 물론 부모님들께선 서로의 집안사에 대해 잘 알고 계시겠지만 말이다. 모친인 주연은 네 아내가 될 사람에게 직접 들으라며 많은 이야기는 해주지 않았기에, 승언도 더 이상 주연을 캐묻지 않았다. 앞으로 차차 마리에게 직접 듣는 편이 옳다고 판단했기 때문이다.

"내가 알아야 할 것들이 있으면 언제든 너 편할 때 얘기해 줘.

난 항상 준비돼 있으니까."

마리는 웃으며 고개를 끄덕였다. 승언은 그런 마리를 향해 손을 내밀었고, 마리가 작고 하얀 손을 내어주었다.

"저희 엄마, 제 친모가 아닌 건 알고 있죠?"

승언이 고개를 끄덕이자, 마리는 입술이 말랐는지 혀끝으로 살짝 입술을 적시며 아주 작게 한숨을 내쉬었다.

"절 낳아주시지만 않았을 뿐, 세상에 하나뿐인 제 엄마예요. 오빠도 그렇게 생각해 주셨으면 좋겠어요."

"그래. 그럴게."

"전에 말한 적 있지만, 엄마한테 앞으로 남은 시간이 길지 않아요. 시한부 6개월 선고받았는데, 9개월째 건강하게 지내고 계세요. 앞으로 더 얼마나 건강하게 계셔 줄지 모르겠지만 살아 계신 동안은 마음고생 없이 편하게 지내게 해드리고 싶어요. 오빠가 뭘 해야 하는 건 없어요. 그냥…… 그렇게만 알고 계시면 돼요."

점점 어두워지는 마리의 표정을 지켜보고 있자니 승언의 마음도 점점 무거워졌다. 애써 담담한 척, 언젠가 닥쳐올 이별을 준비하고 있다면서도 끝내 숨기지 못한 두려움이 느껴져 가슴이 아팠다. 마리가 염려하고 걱정하는 것들이 눈앞에 그려져서 더욱더 그러했다.

힘이 되어주고 싶다. 언제든 기댈 수 있게 어깨를 내어주고, 언제든 안길 수 있게 품을 내어주고 싶다.

승언은 잡고 있던 마리의 손을 힘을 줘 꼭 잡았다.

"우리 엄마 소원이거든요. 내가 결혼해서 가정 꾸리고 행복하게 사는 거. 남들처럼 평범하게 사는 거. 그 엄마 딸 하난 정말 잘 키웠다, 그 말 듣게 해드리고 싶었는데. 시간이 얼마 없어서……."

마리는 애써 웃고 있었지만 금방이라도 후드득 눈물을 쏟을 것처럼 위태로워 보였다. 처음 보는 그녀의 낯선 모습에 승언은 어찌할 줄을 몰랐다.

승언은 찬물 한 컵을 단숨에 들이켠 후 마리의 옆자리로 가 앉았다. 어깨를 감싸 안자, 마리가 품에 쏙 안겨 가슴팍에 얼굴을 묻었다. 승언은 그런 마리의 작은 어깨를 부드럽게 쓰다듬으며 다독였다.

"근데 우리 엄마 되게 강한 사람이에요. 오래 버텨줄 거예요."

승언은 마리의 뺨을 감싸고 이마에 입을 맞췄다.

만약 덕희가 이런 마리의 진심을 알게 된다면 얼마나 흐뭇해할까.

"착하다. 유마리. 정말 예뻐."

마리가 아주 작게 흐느끼고 있었다. 늘 야무지고 똑 부러져 보이기만 했던 마리의 약한 모습에 승언은 품을 내어주는 것밖에는 해줄 수 있는 게 없었다. 두 팔 가득 작은 몸을 꼭 안은 채 다독일 뿐이었다. 마리는 그런 승언의 허리를 꽉 끌어안고선 한참을 울었다.

내가 아니면 안 되겠구나. 이 여자 옆에는 내가 꼭 있어야겠어.

다행이다. 이 여자 옆에 내가 있을 수 있어서.

호기심은 호감이 되고, 호감은 남다른 감정을 만들어냈다. 어느 순간부터, 딱 어떤 시간 지점을 짚어낼 수 없는 어떤 순간으로부터 그 감정이 태어났다. 너무도 당연하게, 아주 자연스럽게.

얼마나 울었을까.

한심하게도 눈물을 쏟아내고 말았다. 마지막으로 그렇게 속 시원히 울어본 게 언제였는지 하도 까마득해서 기억조차 나지 않았다. 나약해지지 않으려고 악을 쓰며 버텨온 게 너무 오래전의 일이라서.

그의 품이 너무도 따뜻했기 때문이다. 필요 이상으로 따뜻하고 포근했다. 그렇게까지 눈물 쏟을 일이 아니었는데 한꺼번에 와르르 무너져 버렸다.

한바탕 울고 나니 창피함이 밀려들었다. 눈물범벅이 되어버린 얼굴을 보여주고 싶지 않았다. 신경 써서 하고 온 화장은 엉망진창이 되었고, 그의 티셔츠 위에도 화장과 눈물이 잔뜩 묻어버렸다. 쥐구멍에라도 숨고 싶었다.

결국 그는 상의를 갈아입었고, 마리는 세수 후 민낯을 공개하고 말았다. 그는 화장 안 한 얼굴이 순해 보이고 어려 보인다며 위로했지만 마리는 무기 하나를 빼앗긴 채 전쟁터에 나간 기분이라 기운이 쭉 빠져 버렸다.

당장 집으로 돌아가고 싶었지만 같이 영화 한 편 보자고 꼬드기는 통에 한 번 속아주는 셈 치고 영화를 보기도 했다. 이미 시간은 자정을 넘겼고, 덕희에게 어쩌면 집에 못 들어갈 수도 있다고 연락도 해둔 참이다.

시곗바늘이 분주히 움직일수록 심장이 떨렸다. 영화가 눈에 안 들어온 건 오래전의 일이다.

그와 이런 결혼 생활을 하게 되겠지.

새삼스레 기분이 묘했다. 그를 위해 요리를 하고, 식탁에 마주 보고 앉아 이런저런 이야기를 나누며 식사를 하고, 소파에 누워 TV를 보며 웃기도 할 테고. 아무리 생각해 봐도, 이 사람과의 결혼을 결정한 건 최고의 선택인 듯하다.

"자고 가."

"이거만 보고 갈 거예요."

"다시 운전해서 돌아가기 피곤하잖아. 너무 늦었어."

"잠자리 바뀌면 잠 잘 못 자요."

"잠 잘 오게 해줄게."

찌릿 노려보니 그는 싱긋 웃고 있었다.

응큼하긴.

아니다. 어쩌면 매사에 그런 쪽으로만 상상을 키우는 내가 더 응큼한 건지도 모르겠다.

"자고 갈 거지?"

마리가 대답을 피하자 승언이 얼굴을 불쑥 들이밀었다. 깜짝 놀란 마리가 놀라서 몸을 뒤로 젖혔고 그는 그런 마리를 보며 땅이 꺼져라 한숨을 내쉬었다.

"내가 그렇게 싫어?"

"그게 아니라."

"방 세 개나 있어. 걱정 마. 나 그렇게 물불 안 가릴 만큼 급하지 않거든? 나한테도 이성은 있어."

"누가 뭐래요?"

웃겨 진짜.

지레짐작으로 혼자 북치고 장구를 치는 승언이 우스워서 마리가 눈썹을 찡그렸다. 반면에 그는 여전히 고민하고 있는 듯했다. 이성이 있다고 질러놓긴 했는데, 소환한 이성이 아직 돌아오진 않은 것 같았다.

마리는 혼란에 빠진 승언을 약 올려줄 심산으로 승언의 얼굴을 빤히 쳐다보다가 그대로 입을 맞추었다. 그러곤 벌떡 일어났다.

"저 어디서 자면 돼요?"

승언은 멍한 얼굴로 눈만 깜박이고 있었다.

"어디서 자면 되냐고요."

마리가 다시 한 번 묻자, 그는 얼떨떨한 표정으로 왼쪽을 가리켰다.

"저 먼저 잘게요. 잘 자요."

승언에게 손을 흔들어 인사를 한 마리는 잽싸게 방으로 걸어 들어갔다. 문을 닫고 문에 등을 기대고 선 마리는 웃음을 참을 수가 없어서 손등으로 입을 막고 한동안 키득거렸다. 방금 전에 보았던 승언의 벙찐 얼굴이 자꾸 생각났기 때문이다.

똑똑.

"왜요?"

"혼자 자기 무섭지 않겠어?"

"네. 안 무서워요. 문 잠글 거니까요."

또각.

마리는 문을 잠그고 자그만 침대 위에 털썩 누웠다. 천장을 보아도, 옆으로 돌아누워 벽을 보아도 자꾸만 웃음이 새어 나왔다.

기승언.

유쾌한 남자고, 몸과 마음이 건강한 남자고, 든든한 남자고, 좋은 남자다.

그래서 그가 점점 더 좋아진다. 점점 더 욕심이 난다.

❋

양가 상견례는 진석과 창진이 평소 자주 가던 단골 한정식집에서 간단히 식사를 하는 것으로 대체했다.

결혼식까지 남은 시간은 열흘.

결혼식 준비는 차질 없이 착착 준비되어 가고 있었다. 식에 관해선 모든 준비가 거의 끝난 상태였기에 이제 식장에 들어가는 일만 남았다고 해도 과언이 아니다.

결혼 전후로 이미 친분이 있던 어른들이지만, 두 사람의 결혼이 결정된 후 정식으로 양가 식구들이 모두 모여 인사를 나누며 식사를 하는 선 처음 있는 일이었다. 사인스레 서로의 호칭은 사돈으로 바뀌었다.

"저희 아버님도 오늘 이 자리에 꼭 참석하고 싶어 하셨는데 어머니가 요즘 편찮으셔서요. 아이들 결혼식 날에나 인사 나눌 수 있을 것 같다고 많이 섭섭해 하셨어요."

주연의 말에 진석과 덕희가 고개를 끄덕였다.

"서두르다 보니 집안의 가장 큰 어르신께 인사도 못 드렸네요. 죄송하다고 꼭 전해주십시오."

"아닙니다. 시어른 두 분 모두 큰 손주 장가간다고 요즘 얼마나 신나 하시는데요. 지난번 시아버님 팔순 잔치에 마리가 와줘서 제 한몫 단단히 하고 갔습니다."

주연은 맞은편에 앉은 마리를 따스한 눈길로 바라보며 환한 미소를 지었다.

"안 그래도 결혼식 전에 할아버님 댁에 한 번 더 찾아뵙기로 했어요. 마리가 그러자고 하더라고요."

승언이 한마디 거들자 마리는 괜히 쑥스러워 입술을 질끈 깨물었다.

"안사돈께선 귀한 딸 시집보내려니 많이 섭섭하시죠?"

"아휴, 아닙니다. 좋은 짝 만나서 가정 꾸리게 되었으니 집안의 경사죠."

"아들 하나 들인다 생각하세요. 저희 집에는 저 녀석 말고도 두 놈이나 더 남아서 데려가셔도 됩니다."

창진의 말에 내내 수줍게 미소 짓던 덕희가 모처럼 환하게 웃었다. 평소의 진분 때문인지, 아니면 결혼을 앞두고 준비하는 농안 부쩍 가까워져서인지, 그것도 아니면 한 가족이 되었기 때문인지 대화 내내 웃음꽃이 가득이었다.

"아 참, 우리 며느리가 골프를 제법 한다고?"

"언제 마리랑 다 같이 필드 한번 나가시죠. 데리고 칠 만할 겁니다."

"거참 잘됐네! 우리 식구들 중에는 같이 쳐 줄 사람이 없어서 쓸쓸했는데. 허허."

창진과 진석이 술잔을 주고받으며 대화를 나누는 사이, 승언이 덕희에게 무언가를 이야기하고 있었다. 대체 무슨 이야기를 하고 있는 건지 듣고 싶었지만 작은 목소리로 속닥거리는 통에 마리는 들을 수가 없었다. 뭐가 그렇게 재미있는지, 두 사람도 연신 웃고 있었다.

"지난달에는 제주도에서 홀인원을 다 했지 뭡니까. 이제 겨우 구력 오 년 된 아이가 말이죠."

"이야! 홀인원이라니!"

"그래서 드라이버 좋은 걸로 선물해 줬습니다. 마리야, 아빠가 새로 사준 드라이버 어때?"

진석의 물음에 마리는 그저 미소만 지을 뿐이다. 골프공보다 남의 차에 먼저 휘둘렀다고 차마 말할 수가 없었기 때문이다.

"몇 타나 치나?"

"한창 잘될 땐 팔십 초반까지 쳤는데, 요즘 잘 안 쳐서 모르겠어요. 팔십 후반 타 정도 나올 거 같아요."

"그래? 얘길 들으면 들을수록 마리 실력이 섬섬 더 궁금해지네. 조만간 같이 라운딩 나가보자."

"네. 결혼식 끝나고 나서 제가 한번 모시고 나가겠습니다."

마리의 대답에 창진은 무척이나 흡족한 미소를 지었다.

한편, 마리의 시선은 계속 덕희와 승언에게로 향했다. 승언은 덕희와 시선을 맞춘 채 덕희가 하는 이야기를 듣고 있었다. 고개를 끄덕이기도 하고, 미소를 짓기도 하면서. 그러다가 옆에 있던 주연이 말을 더하기도 했고, 세 사람이 동시에 웃기도 했다.

분위기 좋은 세 사람을 지켜보고 있자니, 마리도 괜히 웃음이 났다.

"참 신기한 일이지. 유 대표랑 술 한잔할 때마다 사돈 맺자고 했었는데 그 말이 현실이 되다니. 자네랑 나는 보통 인연이 아닌 게 분명해."

"그러게 말입니다. 진짜로 사돈지간이 될 줄은 꿈에도 몰랐죠."

"고맙네. 마리 탐내는 좋은 자리 많았을 텐데. 이놈이 다른 건 몰라도 속 깊고 따뜻한 녀석이라 마리한테 잘할 거야. 그건 내가 보증하지."

"저야말로 고맙습니다. 마리가 승언이 만난 이후로 행복해 보이고, 늘 즐거워 보여서 제가 다 기분이 좋더라고요. 좋은 짝을 만나게 된 것 같아 마음이 한결 놓입니다. 제 집사람도 그렇게 생각하고 있어요."

덕담을 주고받는 두 어른을 바라보던 마리가 고개를 돌려 다시 승언을 보았을 때, 승언과 시선이 딱 마주쳤다. 자신에겐 눈길조차 주지 않고 내내 덕희와 이야기를 나누던 그는 겸연쩍었는지 손끝으로 이마를 긁적였다. 그 모습에, 마리는 또 한 번 웃고 말았다.

"저거 보세요. 둘이 눈만 마주쳐도 좋다고 해실거리는 거."

"아빠……."

무엇보다, 오늘 유독 많이 웃고 즐거워 보이는 덕희의 모습에 마리는 마음이 놓였다. 사부인, 하고 다정하게 불러주는 주연이 참 고마웠고, 말끝마다 장모님 소리 해가며 살갑게 굴어주는 승언에게 감사했다. 부디 이 화목함이 오래가길, 마리는 진심으로 빌었다. 이 화목을 지키기 위해서라면 무엇이든 해보겠다고, 또 한 번 다짐했다.

양가 어른들은 차 한잔 마시러 따로 이동을 했고, 승언은 마리와 함께 집으로 향했다. 술을 마신 그를 대신해서 마리가 승언의 차를 몰았다.

사위 술버릇은 꼭 확인하고 넘어가야 한다는 창진의 부추김에, 승언은 진석에게 꽤 많은 술잔을 받아야만 했다. 몇 잔이나 받은 건지 기억이 나진 않지만, 나올 때 언뜻 한산소곡주 빈 병을 세 병인가 네 병인가 봤던 것 같다.

한껏 취기가 올랐던 승언은 잠깐 눈을 붙이고 있다가 정신을 차리고 눈을 떴다. 시트 깊숙이 몸을 묻은 채로 옆으로 돌아누워 운전 중인 마리를 바라보았다.

"술은 좀 깼어요?"

"어. 그런 거 같아."

"얼굴 닳겠어요. 그만 보죠?"

쑥스러웠는지, 마리의 귀가 빨갛게 달아올라 있었다.

"내 맘이다."

승언은 손을 뻗어 마리의 뺨을 콕콕 찔렀다. 마리가 손을 툭 쳐내며 눈썹을 구겼지만 승언은 전혀 주눅 들지 않았다.

"우리 아버지가 너 어지간히 예쁜가 보더라. 지난번에도 그러시더니 오늘도 눈을 못 떼시던데?"

"그랬어요?"

"어. 네가 무슨 얘기할 때마다 이뻐 죽겠다는 듯이 보시더라고. 샘나게."

마리가 고개를 저으며 웃었다.

내 말을 안 믿네. 진짠데.

"근데 오빠. 아까 엄마랑 무슨 얘기 했어요?"

"어머니랑? 음…… 별 얘기 안 했는데?"

"둘이 계속 웃으면서 얘기했잖아요. 내 욕한 건 아니죠?"

덕희는 수줍음이 많은 소녀 같은 분이었다. 마리를 잘 부탁한다고 몇 번이나 말씀하셨다. 본래 착한 아이인데 강한 척하는 것뿐이라고, 전혀 강한 아이가 아니니 잘 보듬어달라고 말이다.

승언은 마리를 향한 덕희의 애정을 충분히 느낄 수 있었다. 내내 '우리 마리, 우리 마리' 하며 걱정을 많이 했다. 승언은 늘 마리의 곁에 있겠다고 대답했고 덕희는 무척이나 흡족해했다. 몇 번이고 낭부하셨던 말들이 여전히 귓가에 맴돌았다.

"약간. 약간 했던 거 같아."

마리는 어이가 없다는 듯 고개를 저으며 왼쪽 팔꿈치를 창틀에 얹고 턱을 괴었다. 승언은 핸들을 쥐고 있는 마리의 오른손 위에 자신의 손을 얹었다. 그러자 마리가 놀란 토끼 눈을 하고 승언을 보았다.

"진짜 신기하다. 너랑 나랑 결혼을 하게 되다니."

"새삼스럽게……."

"그러게 말이야. 새삼스럽게 왜 이렇게 신기하지?"

채 한 달도 지나지 않은 시간 동안, 많은 일들이 벌어졌다. 그 시간들을 마리와 함께 보내는 도중에는 눈치채지 못했는데, 뒤돌아서 보니 마리와 함께 보낸 시간들이 그저 신기하고 놀라웠다.

결혼의 무게가 점점 현실로 다가오는데도 두려움보단 설렘이 더 컸다. 앞으로 우린 어떤 시간들을 함께 맞이하게 될지 궁금하고 기대가 되었다.

"다 왔습니다. 내려요."

주차를 마친 마리가 사이드브레이크를 채운 후 승언을 보았다. 그 순간, 안간힘을 쓰고 참고 있던 승언이 마리에게 입을 맞췄다. 한 손으로 마리의 보드라운 뺨을 감싸고 지그시 입술을 눌렀다. 가벼운 입맞춤을 나누고 코끝을 맞댄 채로 잠시 멈춰 있었다.

"술 냄새."

"미안."

아차. 그걸 잊었네. 껌 하나로는 해결하지 못한 술 냄새에 절로 미간이 구겨졌다.

오직 입을 맞추고 싶다는 강렬한 생각이 머릿속을 지배하는 바람에 다른 생각을 제대로 해내지 못했다. 승언은 얼른 몸을 뒤로 물렸고, 이번엔 마리가 따라왔다.

마리는 승언의 볼을 손끝으로 매만지다가 천천히 고개를 숙이며 다가왔다. 달큰한 숨이 입술 위에 닿았는데도, 마리는 살짝 입술만 붙인 채로 더는 다가오지 않았다. 안달이 나는 건 당연히 이쪽이었다.

"도망가기 없다."

승언의 말이 끝나자, 마리가 씨익 웃더니 입을 맞췄다. 승언은 조심스레 마리의 허리를 감싸 안으며 좀 더 깊이 숨을 탐했다. 허리를 곧추세우는 통에 손에 느껴지는 긴장한 살결이 더 큰 자극을 불러왔다. 부드럽게 쓰다듬자 숨소리는 점차 편안해졌지만, 그럴수록 그 숨소리가 사람을 미치게 만들었다.

장난을 걸듯 혀끝으로 툭툭 건드리고 달아나는 통에 애달아 쫓아가는 건 이번에도 승언이었다. 고개를 틀어 좀 더 깊숙이 파고든 승언은 요리조리 도망치는 그녀의 혀를 단단히 옭아매고 부드럽게 빨아 당겼다.

"으흠……."

나지막이 흘리는 신음이 인내심의 한계를 시험했다. 맞닿은 가슴 사이로 전해지는 마리의 빠른 심장박동에 승언의 심장도 닝닐아 격렬하게 요동치고 있었다.

하나로 얽혀 있던 두 사람의 입술이 천천히 떨어지고, 승언의 입술이 턱을 지나 목을 타고 내려가자 마리는 그의 어깨를 강하게 움켜쥐었다. 거부는 아니었지만, 약간의 두려움이 서린 눈동자와 마주하는 순간 승언은 다시 마리의 입술을 머금었다. 그러자 마리의 눈매가 예쁘게 휘었다.

삽시간에 열기로 가득해진 차 안.

금방이라도 불이 붙어버릴 듯 긴장되는 순간.

승언은 흐트러진 마리의 머리칼을 귀 뒤로 넘기며 입술을 떼었다.

"그때 못 먹었던 계란찜 먹고 싶다. 보들보들하고 촉촉한 계란찜."

"해줄까요?"

승언이 고개를 끄덕이자, 마리가 운전석 문을 열고 먼저 차에서 내렸다. 승언도 지체하지 않고 차에서 내렸다. 두 사람은 급한 걸음으로 대문을 지나 2층 집으로 향했다.

2층 현관문을 열고 들어가자마자 시작된 키스. 평소 그와 나누던 다정한 입맞춤과는 사뭇 달랐다. 배려 넘치던 입맞춤 대신, 그는 숨 쉴 틈도 주지 않고 거칠게 퍼부었다. 목구멍이 틀어 막히는 기분이 들 정도로. 마리는 무의식중에 승언을 밀치기도 했지만, 그는 크게 신경 쓰지 않았다. 그는 재킷과 셔츠를 단숨에 벗어 던졌고, 마리의 원피스 치맛자락 아래로 손을 쑥 집어넣었다.

"흡!"

벽에 기대 서 있던 마리는 은밀한 곳에 닿은 승언의 손을 저지하려 팔뚝을 움켜쥐었다. 그러자 그가 입술을 떼어내고 마리의 두 눈을 그윽하게 바라보았다. 불을 켜지 않아 어둑한 집 안. 공기마저 숨이 막혔다. 바깥에서 스며들어 온 은은한 빛에 비친 승언의 반짝이는 눈빛은 아주 강렬하게 자신을 원하고 있었다.

노골적이고 원색적이기까지 한 눈빛. 장난처럼 농담 삼아 자고 가라고 말하던 때와는 비교도 되지 않는 진지한 눈빛이 낯설면서도 동시에 가슴 뛰게 만들었다. 누구의 것인지 모를 타액에 젖어든 입술. 지독하게 탐스러웠다. 그 유혹을 이겨내지 못한 건 그녀였다. 마리는 승언의 두 뺨을 양손으로 감싼 채 먼저 입을 맞췄고, 승언은 그런 마리의 키스에 보답을 하듯 부드러운 손길로 마리의 허벅지 안쪽을 손등으로 쓰다듬었다.

마리는 승언의 목을 두 팔로 감싸 안으며 어깨 위에 이마를 기댔다. 중심 언저리를 배회하던 그의 손길이 안으로 파고들자, 마리의 발끝에 힘이 들어갔다. 그는 그녀의 표정 변화를 지켜보고 싶었는지 자꾸 얼굴을 보려 했지만 마리는 차마 부끄러워서 그의 얼굴을 볼 수가 없었다. 어쩔 줄 몰라 하는 지금의 표정을 보여주고 싶지 않았다.

"나 좀 봐."

낮게 잠긴 그의 목소리에 가슴이 철렁 내려앉는 것 같았다. 마리는 가쁜 숨을 내쉬며 승언을 올려다보았다. 예민한 그곳을 손끝으로 살살 문지르고 긁을 때마다 눈썹이 구겨지고 가쁜 숨이 터져 나왔다. 마리가 고개를 돌리려 하면 그는 턱을 붙잡고 기어이 마주 보게 만들었다.

이내, 그가 팬티를 아래로 끌어 내렸다. 서늘한 공기가 민감한 곳에 닿는 순간 오소소 소름이 돋았다. 아래가 허전해져 허벅지에 절로 힘이 들어갔다. 다리를 안으로 모으자 그는 허락하지 않으려는 듯 가랑이 사이에 자신의 길고 단단한 다리를 밀어 넣고 공간을 유지했다. 밀착한 하체에 닿은 그의 존재감. 잔뜩 성이 난 듯한 그의 중심이 느껴지자 점점 심장박동이 빨라지고 입안이 말라갔다.

"침실로 가자."

승언은 마리를 번쩍 안아 들고 침실로 향했다. 승언은 마리를 침대 위에 눕혀 놓곤 팬츠를 벗은 후 침대 위로 올라왔다. 어둠에 익숙해진 눈은 그의 실루엣을 정확하게 찾아냈다. 마리는 마른침을 삼키며 긴장감을 털어내려 애썼다. 이 중요한 순간, 긴장감 때문에 모든 걸 엉망으로 만들고 싶지 않았다.

그는 손을 등 뒤로 가져가 원피스의 지퍼를 끌어 내렸다. 어깨를 한쪽씩 차례로 빼낸 후 원피스는 결국 침대 밖으로 던져졌다. 뒤이어 브래지어도 단숨에 끌러버렸다. 그에게 맨몸을 보여준다는 게 부끄러워서 두 팔로 가슴을 가렸지만 그는 허용하지 않겠다는 듯 팔을 양옆으로 잡아 손목을 잡아 눌렀다. 그의 다리 사이에 가슴을 드러내고 눈앞에 완전히 누운 꼴이 된 것이다.

그가 천천히 고개를 숙여 마리의 가슴 위에 입을 맞췄다. 손목을 붙잡고 있던 손에 서서히 힘이 풀렸고, 마리는 자신에게 키스 마크를 새기고 있는 그의 어깨를 살며시 붙잡았다. 한 손으론 욕심껏 가슴을 그러쥐었다가 부드럽게 쓰다듬길 반복했고, 다른 한쪽 가슴은 입안에 넣고 혀끝을 굴리며 사정없이 다리가 배배 꼬일 만큼 자극해 왔다.

"하아……."

마리의 다리 사이로 들어온 승언은 가슴을 애무하던 입술을 배를 지나 중심부로 향해 옮겼다. 그곳에 가까워질수록 마리는 허리를 틀며 어쩔 줄 몰라 했다. 그의 입술이 골반을 지나 허벅지 안쪽에 다다랐을 무렵, 마리는 고개를 뒤로 젖히며 허리를 들었다. 좀 더 안으로, 더 깊은 곳에 혀끝이 닿자 마리는 시트를 움켜쥐고 있던 손을 펴서 그의 팔을 붙잡아 끌어 올리려 애썼다. 애타는 부름에도 그는 쉽게 올라오지 않았다. 가장 예민한 그곳을 끊임없이 자극했다.

"으흣!"

"흐음……."

맛있는 무언가를 먹을 때처럼, 그는 쪽 소리가 나도록 입을 맞추며 만족스러운 신음을 흘렸다. 자극적인 그의 음성에 마리의 머릿속은 하얘지기 시작했다. 그걸 눈치챘는지, 승언이 마리를 부드럽게 쓰다듬으며 드디어 위로 올라왔다.

마리는 손을 아래로 뻗어 드로즈 안으로 손을 집어넣고 잔뜩 부푼 그의 분신을 밖으로 꺼내주었다. 손으로 살살 만져주자 점점 더 몸집을 부풀렸고 힘을 뺀 손으로 위아래로 움직이자 그의 턱 근육이 움찔할 정도로 이를 꽉 깨물며 나지막한 신음을 흘렸다. 그 모습이 무척이나 만족스러워서, 마리는 움직임을 멈추지 않았다. 그리고 천천히 자신의 중심 쪽으로 그의 것을 가져다 대었다. 성이 나서 펄떡이던 그의 분신이 자신의 은밀한 그곳을 스칠 때마다 뒷목이 저릿할 만큼 큰 자극을 주었다. 이렇게까지 예민한 편이 아닌데 오늘 유독 신경이 곤두서 있는 것 같았다.

마리는 승언의 어깨를 움켜쥔 채 숨을 참았다. 금방이라도 밀고 들어올 듯 단단하고 묵직한 것이 그녀를 자극하고 있었다. 마리는 고개를 들썩이며 승언에게 입을 맞추려고 안간힘을 썼지만, 그는 지금 이 순간 자신의 표정을 하나도 놓치지 않겠다는 듯 얼굴을 빤히 내려다보기만 했다.

"으흡!"

"하아……."

그가 쑤욱 단번에 밀려들어 왔다. 좁고 깊은 그곳을 꽉 채우며 들어오는 그의 중심이 아주 천천히 움직이기 시작했고, 잔뜩 긴장한 채 허벅지를 조이고 있던 마리는 그의 부드러운 손길에 천천히 긴장을 풀고 그를 더욱 깊이 받아들이려 허리에 힘을 뺐다. 그는 양손으로 침대를 짚은 채 조금씩 상체를 세우며 속도를 올리고 있었다. 빡빡하게, 아주 작은 빈틈도 없이 가득 찬 그곳에 온 신경이 집중되었다. 속도가 빨라질수록 마찰은 더해졌고, 침실 안은 살과 살이 부딪치는 야한 소리와 달뜬 호흡 소리로 가득 찼다.

마리는 좀 더 허벅지를 벌려 그의 허리가 오롯이 갇히도록 했다. 그러자 그가 마리의 한쪽 다리를 옆으로 좀 더 밀어 올리며 팔로 지지하고 좀 더 깊이 파고들었다. 때론 빠르게. 때론 느리게. 약을 올리듯 그는 여유를 부렸다. 지금 당장에라도 숨이 넘어갈 듯 밀어붙이다가 태연한 얼굴로 들어온 채 가만히 버티길 반복했다. 마지못해 마리가 입술을 깨물며 가슴을 툭툭 치면 그 제야 느릿하게 움직였다.

"얄미워."

마리의 그 말에 그가 옅게 웃었다. 좀 더 오랜 시간을 가져가 려는 그의 계획을 알 것 같았지만 조바심이 나고 안달이 났다. 그런 마리를 다독여 주기로 마음을 고쳐먹었는지, 그는 상체를 좀 더 세워 마리의 골반을 두 손으로 붙잡고 자세를 다시 잡았 다. 치받을 때마다 사정없이 흔들리는 가슴과 감춰지지 않는 표 정, 참을 수 없는 신음. 이 모든 걸 그가 내려다보고 있다고 생각 하니 부끄럽다는 생각이 드는 것도 잠시, 폭발해 버릴 듯 차오르 는 환희에 마리는 허리를 뒤틀며 두 다리에 힘을 줘 끌어 몰았 다.

"아앗!"

절정의 순간을 맞이했지만, 그는 아직 도달하지 않은 듯 마지 막 힘을 쏟아붓고 있었다. 이대로 매트리스 안으로 꺼져 버릴 듯 몸에 모든 힘이 몽땅 빠져나갔지만, 그는 여전히 가쁜 숨을 토해 내며 이내 깊숙이 몸을 묻은 채로 마리의 어깨 위에 얼굴을 묻고 옆으로 누웠다.

"후우……."

목을 적시는 뜨겁고 습한 숨결에 마리는 고개를 돌려 그와 입 을 맞추었다. 땀으로 번들거리는 그의 상체를 손으로 쓰다듬으며 깊고 신한 키스를 나누었다. 그는 앞으로 쏟아신 마리의 머리칼 을 한쪽 어깨로 몰아주며 뺨을 만져주었다. 여전히 그는 마리의 몸속에 머물러 있었다. 그 느낌이 나쁘지 않았다.

마리는 그렇게 옆으로 돌아누운 채로 그와 마주 보고 자잘한 입맞춤을 퍼부었다. 느릿하게 끔벅이는 눈꺼풀 위에도, 웃을 때마다 쏙 들어가는 인디언 보조개 위에도, 까실까실하게 수염이 밀고 올라오는 중인 턱과 뺨 위에도. 그는 그런 마리의 입맞춤을 즐기고 있는 듯 미소를 지은 채 받아주고 있었다.

"아직도 계란찜 먹고 싶어요?"

그가 고개를 끄덕였다. 격렬했던 운동으로 인해 허기가 진 건가 싶어 그의 품을 빠져나오려는데, 승언이 마리의 손목을 움켜잡으며 벌어진 거리를 다시 좁혔다. 그리고 이내 그의 것이 몸속에서 쏙 빠져나갔다. 말로 설명하기 힘든 허전함이 밀려들어, 마리는 저도 모르게 미간을 구기고 말았다. 마리는 다리를 꼬아 붙이며 그의 어깨를 붙잡았다.

"만들어줄게요."

"계란찜 말고 다른 거 먹고 싶단 뜻인데."

야해. 이 남자 너무 야해. 응큼하기가 이를 데가 없어.

마리가 웃으며 고개를 젓자, 그가 다시 입을 맞췄다. 무척이나 노골적이고 야한 키스였다. 입안 곳곳을 파고드는 혀끝만으로도 발끝이 오므라들 정도였다. 그의 입술이 목을 지나 어깨로, 어깨에서 등으로 향할 무렵 마리는 그의 어깰 밀어내며 저지했다.

"잠깐만요. 아주 잠깐이면 돼요!"

마리는 침대에서 벌떡 일어나 욕실로 달려갔다. 한 번의 섹스만으로도 벌써 아래가 뻐근했고 체력을 보충할 아주 잠깐의 시간이 필요했기 때문이다. 온몸이 땀으로 젖어 있어 찬물이라도 뒤집어쓰고 싶었다. 좀 더 향긋하고 깨끗한 상태에서 그에게 안기고 싶었다.

욕실로 들어가자마자 샤워기를 틀고 손목에 걸어두었던 머리끈으로 머리칼을 한데 모아 묶는데, 그가 욕실 문을 열고 안으로 들어왔다. 밝은 조명 아래 나신을 보여준다는 게 기분이 이상했고, 그의 벗은 몸을 정면으로 보는 것도 아직은 쑥스러웠다. 방금 전까지 하나의 몸처럼 뒤섞여 있었음에도 불구하고 말이다.

"씻으려고?"

"땀을 흘려서……."

승언은 샤워기를 잠그고 세면대 앞에 선 마리의 뒤에 바짝 다가섰다. 거울에 정면으로 비친 시선에 가슴이 쿵 하고 내려앉았다.

"그게 무슨 상관이야."

그는 마리의 어깨와 등에 차례로 입을 맞췄다. 그리고 그의 두 손이 마리의 가슴을 움켜쥐었다. 거울에 적나라하게 비친 그 모습을 지켜보는 놓한 마리의 입안은 점점 더 바짝 타들어가고 있었다. 마른침을 삼키며 자신의 가슴을 움켜쥐고 있는 그의 손 위에 제 손을 포갰다. 그의 두 손 중 한 손이 배를 지나 아래로 향했고, 몇 시간 사이에 그의 손길이 익숙해진 그곳에 와 닿았다. 그가 다시 어깨와 목에 가볍게 입을 맞추며, 엉덩이를 쿡쿡 찔러대던 그의 분신을 뒤에서부터 천천히 밀어 넣었다.

아까 침대에서보다 더욱더 묵직하게 밀고 들어와 저절로 다리에 힘이 풀렸고 무릎이 굽혀졌다. 마리는 세면대를 두 손으로 꼭 잡고 몸을 지탱하고 있었다. 천천히 밀고 들어오던 그가 점점 더 속도를 냈고, 그는 마리의 움푹 팬 허리를 두 손으로 잡고 더욱 더 빠르게 움직였다.

"아앗."

끝까지 닿을 작정인지, 아주 깊숙한 곳까지 밀고 들어오는 통에 아랫배가 뭉근해졌다. 마리는 아랫입술을 질끈 깨문 채 그의 것을 받아내고 있었다. 가쁜 숨을 몰아쉬며 입술을 반쯤 벌린 채 눈썹을 찌푸리고 정성을 쏟아붓는 그의 표정을 거울로 지켜보는 일이 이토록 야하고 자극적일 줄 몰랐다.

반동에 의해 출렁이는 가슴도, 욕실을 가득 채운 열기에 점점 뿌옇게 변해가는 거울도, 그 안에 비친 자신의 붉어진 얼굴도 지독하게 자극적이었다. 마리는 고개를 치켜들어 허리를 잔뜩 휘며 엉덩이를 바짝 올렸다. 더욱 깊은 곳까지 그를 받아들이고 싶어서였다. 그러자 그가 한 손으로 마리의 가슴을 움켜쥐며 점점 더 거칠게 움직였다.

"으흡! 훗!"

자신의 엉덩이와 그의 아랫배가 부딪칠 때마다 나는 찰싹거리는 소리가 욕실 안을 가득 채웠다. 밝고 좁은 공간. 낯설고 불편한 이곳에서 마리는 그에게 모든 걸 맡겼다. 이렇게 좋아도 되나 싶을 정도로 딱 맞아떨어지는 기분. 단 두 번의 섹스만으로도 마리는 알 수 있었다. 난생처음으로 느껴보는 짜릿함. 뱉어낸 신음이 다시 자신의 귀에 들어올 때의 그 낯섦이 싫었는데, 자신의 반응에 하나하나 반응하는 그를 지켜보는 것이 흥미로워 신음을 참지 않았다.

조금만 더. 조금만 더.

그는 마리의 마음을 읽기라도 한 듯 빠르게 움직였고 이내 모든 것 쏟아냈다. 마리는 상체를 세우고 고개만 돌린 채 입을 맞추었다. 그와 자신을 하나로 이어 주었던 그의 분신이 몸에서 빠져나가자 또 한 번 허전함이 밀려들었다. 마리는 뒤돌아서서 승언과 마주 보고 섰다. 승언은 마리를 살짝 들어 올려 세면대 위에 앉히곤 입을 맞췄다.

"아 힘들어⋯⋯."

마리의 하소연에 그가 피식 웃었다. 하지만 전혀 미안한 기색은 없었다. 그래서 두려웠다. 설마, 아직 끝나지 않은 건가 싶어서.

배를 쿡쿡 찌르며 또 한 번 몸집을 키워가는 그의 분신을 애써 외면했다. 이 집에서 두 다리로 걸어 나갈 수 있을지 의문이 들었다.

오늘 밤은, 유독 긴 밤이 될 것만 같았다.

7화
결혼식

기승언.

마리는 오전 내내 그의 이름을 마음속으로 불러보았다. 그럴수록 자꾸만 웃음이 나고, 머릿속엔 온통 그 사람 얼굴로 가득해져 버렸다.

미쳤나 봐. 이 정도면 일상생활 불가야.

마리는 바짝 마른 입술을 혀끝으로 적시며 질끈 깨물었다. 눈을 지그시 감고 눈썹을 찡그리며 자신의 일상 깊숙한 곳까지 침범해 버린 그의 존재감을 탓했다.

이번 주말이면 드디어 결혼식.

오랜 시간 고대하던 순간인데, 마냥 코앞까지 다치니 현실감이 없었다.

"실장님. 결혼 축하드려요."

"고마워요."

직원의 축하 인사에 마리는 미소를 지었다.

"점점 더 예뻐지시는 거 같아요. 피부 관리 어디서 받으시는 거예요?"

"일정이 촉박해서 거의 못 받았어요. 그래 보인다니 정말 다행이네요."

"아유, 이제 실장님 안 계시면 허전해서 어떡하죠?"

오늘부터 마리는 한 달간 휴가를 냈다. 회사 대표가 아버지인 덕을 톡톡히 보게 되어 민망하긴 했지만 워낙 나 없이도 잘 돌아가는 팀인지라 큰 걱정은 없었다. 그리고 급한 일은 최대한으로 처리해 둔 참이었다.

"저 없이도 잘하시면서 그런다."

"아니에요! 실장님이 사무실에 계신 거랑 안 계신 거랑 분위기 자체가 다른걸요?"

입바른 소리라 할지라도, 마리는 내심 듣기가 좋았다.

"기분이 어떠세요? 결혼 일주일노 안 남았잖아요."

"붕 떠 있는 것 같아요. 제대로 준비하고 있는 건지 헷갈리기도 하고요."

"떨리진 않으세요?"

"조금 그런 것 같기도 하고."

"설마 우리 실장님이 긴장을 히 빌까. 긴 실장님 긴장한 기 한 번도 본 적이 없어서 상상이 안 돼요."

마리도 덩달아 웃었다. 그런 제 모습이 스스로도 잘 상상이 안
갔다. 어느 자리에서든, 누구 앞에서든 웬만해선 긴장을 하지 않
는 타입이기 때문이다. 하지만 그날은 왠지 무척 긴장을 하게 될
것 같았다.

"예식 있을 호텔이랑 회사랑 가까우니까 팀원들 다 같이 와서
식사 꼭 하고 가요. 준비하시는 분들한테 얘기 미리 해둘게요.
꼭 와요."

"당연하죠! 저희가 가서 축하해 드려야죠. 아, 기대된다. 실장
님 웨딩드레스 입은 모습."

자기보다 더 설레하는 직원의 표정에, 마리가 또 한 번 웃었
다.

축의금과 화환 없는 결혼식으로 결정한 후, 양가에선 두 사람
의 결혼을 기념하여 거액의 장학금을 장학 재단에 기부하기도 했
고 이는 곧 기사화되어 화제를 모았다. 결혼식 역시 초호화 결혼
식까진 아니지만 양가 부친들이 재계 유명 인사이니 그에 걸맞은
규모로 진행될 예정이다.

Rrrr.

그때, 내선전화가 걸려왔다. 마리는 보고 있던 서류를 넘기며
수화기를 들었다.

"콘텐츠 비즈니스팀 유마립니다."

[아빠랑 점심 같이할까?]

"좋죠. 언제 올라갈까요?"

[아빠 지금도 괜찮은데.]

"그럼 정리하고 바로 올라갈게요."

오랜만에 진석과 점심 식사를 하게 되었다. 서로가 늘 바빠 한 회사 한 건물에 일하면서도 좀처럼 얼굴 보기가 힘들었는데, 반가운 제안에 마리는 일을 서둘러야만 했다.

진석과의 점심 식사 메뉴는 바지락 칼국수와 수육이었다. 진석은 직원들 마음을 편히 해주려고 가능하면 늘 회사로부터 먼 곳에서 식사를 하곤 했다.

오늘도 역시 걸어서 십 분가량 이동하여 도착한 식당이었다. 진석은 마리의 앞접시에 비계보다 살이 더 많은 수육 한 점을 놓아주었다.

"아빠 드세요."

"난 많이 먹었어. 너 먹어."

마리는 수육을 겉절이에 싸서 입에 넣으며 진석의 표정을 살폈다. 식사하는 내내 진석은 무슨 할 말이 있는 건지 마리에게서 좀처럼 시선을 떼지 못하고 있었다.

"결혼식 준비는 이제 다 된 거지?"

"오늘 오전에 꽃 장식 고르는 걸로 식 준비는 다 끝났어요. 이제 신혼집에 짐 정리할 것만 남았고요. 그것도 내일 안에 끝날 거 같아요."

"그렇구나."

진석이 고개를 끄덕이는데 표정이 앤지 씁쓸해 보였다. 마리는 진석이 지금 어떤 기분인지 조금은 알 것 같아서, 고개를 숙여 진석과 시선을 맞추었다.

"서운하세요?"

"아니! 서운하다기보다…… 그냥 조금 마음이 허하네? 하하하. 아빠 주책이지?"

마리는 웃으며 고개를 가로저었다.

"어디 멀리 떠나는 것도 아닌데요, 뭘. 자주 갈게요."

"자주 오긴 뭐하러 자주 와. 니들끼리 잘 살면 돼."

"엄마 자주 살펴봐야죠. 설아도 걱정되고."

진석은 웃으며 마리의 손을 잡았다.

"니 엄마, 설아, 내가 잘 챙길 테니까 너무 염려 마라. 너도 이제 네 가정을 꾸렸으니 거기에 충실해야지."

"그런 게 어디 있어요. 다 한 가족인데."

"그래도 그게 아니야. 네 도움이 필요하면 그땐 내가 너한테 부탁할 테니까, 다른 생각 말고 너랑 기 서방 잘 살 궁리나 해. 앞으로 갈 길이 구만리다."

조금 서운할 뻔했지만, 진석의 본심을 알기에 마리는 마지못해 고개를 끄덕였다.

"잘 살 거예요. 그러니까 아빠도 걱정하지 마요."

"둘이 어때? 사이는 좋고? 벌써부터 싸우거나 그러진 않지?"

"싸우긴요. 잘 지내고 있어요."

"내 사위라서가 아니라, 인물 훤칠하고 성격도 시원시원하니 보면 볼수록 참 마음에 들더라. 너랑 이렇게 같이 서 있는데, 어찌나 보기가 좋던지. 네 엄마가 그 얘기 하던?"

결혼 자체를 걱정하던 진석의 입에서 나온 승언의 첫 칭찬이었다. 마리는 마치 자신이 칭찬을 받은 것처럼 어깨가 으쓱했지만 내색하지 않으려 애썼다. 혹시나 진석이 서운해할까 봐.

"아뇨. 아빠한테 처음 들어요."

　진석은 흐뭇한 표정을 지으며 고개를 주억거렸다. 그러곤 무슨 생각에 사로잡힌 건지, 한참을 눈만 깜박인 채 입술을 질끈 깨물었다.

"아빠. 나 그 사람 좋아해요. 그 사람도 나 좋아하고요."

"정말?"

"잘됐죠?"

"하하! 그러게. 그것참 잘됐다. 참 잘됐어."

　이번 결혼을 결정하는 과정에서 진석이 가장 많이 걱정을 했다는 걸 알고 있다. 집안에서 정해준 사람과의 원치 않았던 결혼으로 고통의 시간을 보내야 했던 진석이기에, 혹시나 마리도 그런 선택을 한 것일까 봐 그랬을 것이다.

　마리의 말에, 진석은 한결 마음이 놓여 보였다.

"난 우리 딸이 정말 행복했으면 좋겠어. 사랑 많이 받고, 사랑 많이 주고…… 그렇게 행복하게 살았으면 좋겠다."

　마리는 고개를 끄덕였다.

"그럴게요. 그렇게 살도록 노력할 거예요."

　진석의 눈시울이 붉어졌고, 입매에 힘을 준 채 버티고 있었다.

"아빠가 우리 딸한테 상처를 너무 많이 준 것 같아서 정말 많이 미안하고……."

그건 아빠 탓이 아닌데.

어쩔 수 없었다는 말. 너무나 무책임한 말이라서 마리는 그 말을 싫어했지만 그래도 인정해야만 하는 말이었다. 그렇지 않으면 진석을 원망하게 될 테니까. 마리는 차마 그럴 수가 없었다. 그러고 싶지도 않았다.

진석은 손으로 입을 가린 채 뺨을 쓸었다. 마리는 그런 진석을 보고 있을 수가 없어서 고개를 떨궜다.

"아이참. 아빠는 갑자기 분위기 이상하게 잡고 그래. 다 먹었으면 이만 일어나요."

"그래. 그러자."

"커피는 제가 살게요."

마리가 먼저 일어나 식당을 빠져나왔다. 계산을 하고 나올 진석을 기다리는 동안 감정에 휘둘린 마음을 애써 다독였다.

친모에 대한 부분은 진석과 다 까놓고 이야기를 나누기가 여전히 버거운 일이었다. 상처로 남아서가 아니라, 떠올리고 싶지 않았기 때문이다. 기억도 나지 않는 어렸을 적 일이기에 박 회장만 아니었다면 덕희가 친모라고 믿고 살았을 것이다.

차라리 그랬으면 좋았을 텐데.

그 정도 아쉬움이 전부였다. 마리에게 친모의 존재나 그간의 과정들은 전혀 중요한 것이 아니었다. 그랬기에 아주 조금이라도 진석의 탓으로 돌리고 싶지 않았다.

"커피는 마리가 사다고?"

마리가 웃으며 진석을 보았다. 슈트 재킷 안주머니에 손수건을 넣는 것을 보았지만, 붉어진 눈두덩도 보았지만 마리는 모른 척 하기로 했다.

"저 집 커피가 맛있어요. 저기로 가요."

마리는 진석의 소맷자락을 슬쩍 잡아당기곤 앞장서서 걸음을 옮겼다.

❋

대형 마트 주차장.

승언은 차에 내려 차 문에 등을 기댄 채 서 있었다.

마리를 기다리는 중이다. 오늘은 이곳에서 만나 자잘한 살림 살이를 사서 신혼집에 가져다 놓을 예정이었다. 차일피일 미루다 가 결국 결혼식을 사흘 앞두고 하게 되었다.

"하암."

밤새 작업을 한 후 가구 배달까지 하고 온 참이라 극도의 피곤 함이 밀려왔지만 그래도 버텨야만 한다.

그때, 저기서 낯익은 사 한 내기 주차장 안으로 미끄러져 들어 왔다. 고급 수입차들 사이에서도 단연 돋보이는 무광 블랙 마세 라티. 유마리와 참 잘 어울리는 차였다. 매끄럽게 주차를 마치고 차에서 내린 마리가 휴대폰을 집어 들자 승언이 손을 흔들었다. 그런 승언을 발견했는지 마리가 휴대폰을 다시 핸드백 안에 넣고 나왔다.

말끔한 원피스 정장에 잘 손질된 헤어스타일과 완벽한 메이크

업. 저렇게 잘 꾸민 모습도 아름답고 멋지지만 민낯과 나신 역시 훌륭하다는 걸 잘 알고 있다.

승언은 싱긋 웃으며 두 팔을 활짝 벌렸고, 마리는 눈썹을 찡그리며 벌리고 있던 승언의 팔을 억지로 잡아 내렸다.

"미안해요. 오래 기다렸죠?"

"한 번 안고 시작하는 건 어때?"

"들어가요."

들은 척도 안 하네.

승언은 앞장서서 걷는 마리의 뒤를 따르며 아쉬움에 어깨를 으쓱였다.

"오늘 사야 할 거 적어왔는데, 혹시 빠진 거 있나 봐줘요. 거기 적힌 거 말고 더 필요한 거 있으면 말해주고요."

마리가 내민 쪽지에는 사야 할 물건들이 빼곡하게 적혀 있었다.

"이렇게나 많아?"

"그것도 추린 거예요. 나머진 신혼여행 다녀와서 마저 채우려고요."

"마트를 통째로 털어가는 게 빠르겠다."

"저도 그렇게 생각하고 있어요."

직원이 빼 준 카트를 건네받은 마리가 자연스레 승언에게 카트를 넘겨주었다.

"소형 가전부터 볼래요? 아니면 생필품부터 볼래요?"

"가전부터 보자. 그나마 그게 재밌겠다."

두 사람은 소형 가전이 진열된 매장 층으로 이동하기 위해 무빙워크에 올랐다.

사람들로 가득한 대형 마트 안.

정신이 하나도 없었다. 뛰어다니는 아이들과 소리치는 부모들. 성격 급한 사람들은 연신 옆을 지나쳤다. 하지만 마리는 차분했다. 그런 것들은 관심조차 없다는 듯, 혼자 다른 세상에 있는 사람처럼 말이다.

승언은 쇼핑 카트에 등을 기대고 서서 마리와 마주 보았다. 마리는 애써 시선을 피하며 웃음을 참고 있었지만 승언은 포기할 생각이 없어 끈질기게 쫓았다.

자신의 품에 안겨서 달뜬 신음을 흘리던 그 여자가 맞나 싶다. 이렇게 멀쩡한 얼굴을 하고 있으니 약이 오르기도 하고. 난 지금 일상생활이 불가능할 정도인데. 온통 머릿속엔 유마리 생각뿐인데. 살만 살짝 스쳐도 불끈 달아오르는 사춘기 남자애들처럼 몸이 달아 미칠 지경이었다.

은은히 퍼지는 향수 냄새와 좀 더 가까이 다가가면 맡아지는 살냄새. 승언은 한숨을 쉬며 마리의 머리칼을 만지작거렸다.

"무슨 일 있어요? 웃었다가, 한숨 쉬었다가 왜 그래요?"

"아냐. 아무것도."

마리는 더 이상 묻지 않고 다시 허공을 올려다보았다. 승언은 마리의 머리칼을 살랑살랑 흔들며 장난을 걸었지만 좀처럼 반응을 보이지 않는다.

난 지금 다 때려치우고 당장 집으로 가고 싶은데, 안달 난 건

나 혼자뿐인가?

소형 가전이 즐비한 코너에 들어서자, 마리가 믹서 앞으로 향했다.

"뭐가 좋을까요?"

"세척하기 간편한 거. 작동법이 간단한 거."

승언의 조언에 마리는 고개를 끄덕이며 박스에 적힌 제품 사용법을 쓰윽 읽었다. 그러곤 별 고민 없이 하나의 제품을 골라 카트에 담았다.

"쇼핑할 때 꼼꼼하게 안 보는 편이지?"

마리가 순순히 고개를 끄덕였다.

"이건 우리 둘이 쓰기엔 너무 클 거 같지 않아? 주스 갈아 먹는 거 아니곤 많이 쓸 일 없을 텐데. 전력 소비도 크고. 이 정도는 어때?"

승언이 손가락으로 가리키고 있는 제품을 보더니 마리가 바꿔 담았다. 승언은 그 모습을 지켜보다가 피식 웃고 말았다.

이 여자, 귀가 얇은 건지 고집이 없는 건지.

"재고 따지는 거 좋아할 거 같은데 의외네."

"다행이네요. 오빠는 나랑 달라서."

그러고 보면 마리와 자신은 다른 구석이 참 많다. 아직까지 크게 부딪치지 않아서 '아, 많이 다르구나' 정도로 생각하지만, 만약 나중에 이런 다름으로 인해 서로를 이해하지 못하고 다투게 되는 날도 올 거라 생각하니 실짝 걱정스럽긴 했다.

그런 날이 온다면, 기정언이 알고 있는 그 유마리의 모습을 나도 보게 되는 건가?

그 사이, 마리는 다리미 앞에 멈춰 섰다.

"군필자들은 다림질 잘한다던데. 하나 살까요?"

"세탁소가 더 잘해."

승언은 마리의 손을 붙잡아 커피머신 앞으로 데려갔다.

"머신 집에 있잖아요."

"오래된 거라 소리가 시끄러워. 하나 사면 안 돼?"

마리는 이번에도 박스에 적힌 설명만 훑어보았다.

"이건 커피 추출량을 기록해 두면 항상 똑같은 비율로 맞춰준대."

"그게 마음에 들면 그걸로 해요."

"너 라떼 좋아하면 이것도 괜찮을 거 같아. 이게 신상품인데 우유 거품이 특히 잘 나오는 제품이래."

승언의 부가 설명에 마리가 고개를 갸웃거리며 두 개의 박스를 번갈아 보았다.

"전 커피를 잘 안 마셔서."

"그래? 음…… 그럼 있는 서 그냥 쓰지 뭐. 굳이 새로 살 필요 없겠다."

마리가 승언의 얼굴을 보며 옅게 웃었다.

"왜?"

"그냥 사요. 그러고 보니까 작업실에 있는 거 집에 들고 올 순 없잖아요. 서기시도 미셔야 히는데."

"핸드 드립도 있으니까. 너 많이 안 마실 거 같으면 필요 없을 거 같아."

"그럼 나중에 필요하면 다시 사죠."

마리의 제안에 승언이 고개를 끄덕이곤 이번엔 토스트 기계 앞에 섰다.

"저는 빵 잘 안 먹는데, 오빠는요?"

"나도. 아침에 토스트 해 먹을 시간에 그냥 밖에 나가서 사 먹는 편이야."

"아침에 밥 먹어요, 우리. 전 아침에 밥을 먹어야 힘이 나거든요."

마리가 먼저 걸음을 옮겼다.

"밤새 작업하고 아침에 안 일어날 확률이 더 높은데."

"작업이 많으면 할 수 없지만, 이제 가능하면 작업실에서 밤새는 건 하지 마요. 잠은 꼭 집에 와서 잤으면 좋겠어요."

이제까진 못 견디게 졸리면 2층 집에 올라가서 자곤 했는데, 이젠 생활 패턴도 바꿔야 할 것 같았다.

마리를 혼자 집에서 기다리게 할 순 없지.

"다른 것보다 계속 그렇게 지내다 보면 몸 망가지니까……."

"나도 밤엔 너랑 같이 있고 싶어."

마리가 짐짓 엄한 표정을 지으며 옆구리를 팔꿈치로 툭 쳤다.

"욕실용품 쪽으로 가요."

승언은 마리의 말대로 카트를 밀며 욕실용품 코너로 향했다.

재밌었다. 이런저런 이야기를 나누며 마트 안을 누비는 것. 이 맛에 사람들이 마트를 찾는구나 싶었다. 그동안은 필요한 것만

후딱 사서 나가곤 했는데 그때와는 비교가 되지 않았다. 아무래도 일주일에 한 번은 같이 마트에 와야겠다고 생각했다.

욕실에서 사용할 물건 몇 가지를 담아 생필품 코너로 향하는 동안, 마리는 적어온 쪽지를 확인하고 다시 재킷 주머니 안에 넣었다.

"수건은 다 맞춰놨고요. 바디 제품은 제가 쓰고 있는 브랜드로 사뒀는데 괜찮아요?"

"어. 좋아. 네 살냄새."

마리가 뜨악한 표정으로 승언을 보다가 혹시나 누가 들었을까 싶어 주변을 살폈다. 이상하게도 자꾸 마리의 당황한 표정을 보고 싶었다.

"제 짐은 내일 저녁에 들어갈 건데, 오빠는요?"

"나는 내일 아침. 많진 않아."

"집에 가 봤어요?"

"아니. 되게 좋다는 얘기만 들었어. 그 아파트 건설사 회장님한테."

마리가 웃으며 고개를 실레실레 흔들었다.

사실 승언은 마트에 오기 전에 신혼집에 들렀다가 오는 길이다. 그 전에도 몇 번 다녀왔다. 어떤 가구를 넣을지, 어떤 크기로 만들지 구상하는 것도 그곳에서 했고, 지난 밤샘 작업의 결과물들을 오늘 들여놓고 온 참이다. 부디 마리의 마음에 쏙 들길 바라면서 말이다.

생필품 코너에서 칫솔 두 개, 치약 한 묶음, 주방 세제와 세탁

세제, 휴지와 키친타월, 수세미 등 꼭 필요한 살림들을 담았더니 금세 카트 안이 꽉 차버렸다.

"이제 다 산 거 같은데요?"

"신혼여행 다녀와서 먹을 거 사러 한 번 더 오면 되겠네."

마리는 고개를 끄덕이며 계산대로 앞장섰다.

승언은 기분이 묘했다. 유마리와 한 집에서 살게 된다는 것이 새삼스레 실감이 났기 때문이다.

처음 가보는 신혼집.

괜히 기분이 이상했다. 낯선 길을 따라 낯선 건물 안으로 들어가는 건 마음을 들뜨게 만들었는데 그 느낌이 나쁘지 않았다. 새로 지은 건물이라 그런지, 뭔가 휑하면서도 새것 느낌이 나서 묘하게 기분이 좋았다.

마리가 먼저 주차장에 도착을 했고, 그 뒤로 승언의 차가 도착했다. 그의 차 안에는 마트에서 쓸어온 물건들이 한가득이었다.

"이것만 들어줘. 나머진 내가 들고 갈게."

승언은 마리에게 가벼운 것을 담은 작은 박스 하나를 안겨주었고, 본인은 커다란 박스 두 개를 위로 쌓아 번쩍 안아 들고 엘리베이터로 향했다.

"허리 조심."

"그래. 내 허리는 나만의 것이 아니니까."

마리는 어이가 없어서 웃고 말았다.

고층에 위치한 두 사람의 신혼집.

도어록 앞에 멈춰선 그가 지문을 찍어 잠금장치를 열었다.

"뭐예요. 안 와봤다며."

그는 대꾸 없이 싱긋 웃으며 안으로 먼저 들어갔다.

"박스부터 내려놔."

그가 먼저 박스를 바닥에 내려놓고 마리가 들고 있던 박스를 안아 받았다. 그는 집 안의 조명을 환하게 밝힌 후 한쪽 팔을 쭉 뻗어 내밀며 마리를 집 안으로 안내했다.

"짜잔!"

방금 전까지도 이곳에 머물다가 외출한 것처럼 집 안은 온기가 가득했다. 새집 같지도, 빈집 같지도 않은 집. 화이트 톤의 대리석 바닥과 딱 봐도 고급 자재로 휘감은 것은 차치하고, 그의 가구들로 가득한 거실을 확인한 마리는 말문이 막혀 눈만 끔벅이고 있었다.

한눈에 알아볼 수 있었다. 그가 만든 가구들이라는 것은. 얼마 전 그의 작업실에서 보았던 것들이었으니까. 이걸 만드느라 밤새 작업하는 중이라고 했었으니까.

이것들이 모두 이 집에 와 있었다. 우리 집에 와 있었다.

"언제 이걸 다……."

"내 손 좀 봐. 내 손이 나무가 됐어."

그가 손을 내밀었고 마리는 그의 손을 잡았다. 까칠한 그의 손. 그의 손을 잡을 때마다 느꼈던 익숙한 감촉. 매끈한 손은 아니지만 그래서 더 마음이 가는 그런 손.

"여기도 내가."

그의 손을 잡고 따라간 곳은 주방이었다. 다이닝룸과 키친룸으로 나눠진 넓은 주방에도 그가 만든 다이닝 테이블과 의자가 놓여 있었다. 그의 손길 덕에 이토록 따뜻한 집이 완성된 것이다.

"이거 다 이번에 만든 거예요?"

"설마. 이거 다 만들려면 일 년도 더 걸려. 다 이번에 만든 건 아니지만 최근에 작업한 것도 몇 가지 있어. 네가 좋아할 만한 걸로 다 가져왔는데, 맘에 들어?"

당연한 질문이었다. 마리는 격하게 고개를 끄덕이며 환히 웃었다.

"전망도 끝내주더라."

고개를 돌려 거실 쪽을 보니 탁 트인 전망이 눈에 들어왔다. 어둠이 내려앉은 서울 시내 야경이 고스란히 내려다보였다. 마리는 고개를 들어 승언을 보았다.

"어때? 이제 우리가 살게 될 집인데."

마리는 고개를 끄덕였고, 그가 비로소 환히 웃었다. 마리는 발꿈치를 세워 그의 뺨을 양손으로 붙잡고 입을 맞추었다.

"실은 아까부터……."

마리는 재킷을 벗고 그의 셔츠 단추를 하나씩 풀기 시작했다. 사정없이 흔들리는 그의 눈동자를 빤히 바라보면서…….

"키스하고 싶었어요."

그가 씨익 웃더니, 마리의 머리칼을 귀 뒤로 넘기고 있다.

"침실 구경을 빠뜨릴 순 없지."

승언이 마리를 번쩍 안아 들자, 마리는 두 다리로 그의 골반 위를 꽉 옭아맨 채 그의 목을 두 팔로 감싸 안고서 입을 맞췄다. 마리의 첫 침실 입성은 그의 품에 안긴 채 이루어졌다.

"침대 프레임도 내가 만들었어."

"튼튼해요?"

"특별히 아주 튼튼하게 만들었어."

그는 숨을 빼앗아 가려는 듯 깊숙하게 파고들어 왔다. 밀려들어 오는 그의 혀를 반갑게 맞이하며 고개를 뒤로 젖히자, 그의 입술이 턱을 지나 목을 따라 내려갔다. 그는 성급한 손길로 마리의 셔츠 단추를 풀었고 마리는 그의 바지 버클을 풀어버렸다. 그러자 그가 마리를 침대 위에 눕혀두고 마리를 자신의 무릎과 무릎 사이에 가둔 채로 셔츠를 벗어 던지더니 마리의 셔츠도 단숨에 벗겨 침대 밖으로 던졌다.

그가 고개를 숙이더니 봉긋 솟은 젖무덤 위에 자잘한 입맞춤을 남기곤 손을 등 뒤로 넣어 브래지어를 풀어버렸다. 밖에서 쏟아져 들어온 불빛이 전부인 어둠 속. 그의 나신이 어슴푸레 보였다. 마리는 손을 뻗어 그의 가슴을 쓰다듬었고, 그는 마리의 스커트를 벗겨내고 스타킹과 팬티를 무릎까지 끌어 내리며 예민한 그곳에 손을 가져다 대었다.

"흣."

움츠러드는 마리의 몸을 느낀 건지, 그는 다시 마리에게 다정히 입을 맞췄다. 동시에 스타킹과 팬티를 모두 벗겨냈다. 그의 조급함이 고스란히 느껴졌다. 하지만 사정은 마리도 다르지 않

앉다. 어서 그를 받아들이고 싶었다. 마리는 그의 등을 부둥켜안
으며 고개를 젖히고 달뜬 숨을 연신 내쉬었다.

"얼른……."

마리의 재촉이 반가웠던 걸까. 그는 단숨에 바지와 드로즈를
벗어 던지고 잔뜩 몸을 키운 분신을 중심으로 가져다 대었다. 마
리는 손을 아래로 뻗어 손안에 꽉 들어차는 그의 중심을 움켜쥐
며 나지막한 한숨을 흘려보냈다. 어서 내 안을 가득 채워주길.
금세 젖어버린 그녀의 안을 확인하려 그의 긴 손가락이 예민한
그곳에 닿았다. 어깨를 살짝 틀자 그는 더 이상 뜸 들이지 않고
중심을 그곳에 밀어 넣었다. 꽉 들어차는 그의 것에 막을 새도
없이 탄성이 새어 나왔다.

"아……."

느리게 움직이던 그가 천천히 허리를 세우고 일어나더니 마리
의 엉덩이를 두 손으로 움켜쥐고 바짝 당겨 무릎을 세우고 앉았
다. 그 탓에 더욱더 깊숙한 곳까지 그의 것이 밀려들어 왔다. 꽉
맞물린 그곳의 자극 탓에 마리는 머리 위로 손을 뻗어 침대 헤드
보드를 붙잡았고 그가 빠르게 움직일 때마다 더욱더 손에 힘이
들어갔다.

"으읏."

"하아."

한껏 눈썹을 구긴 채 눈을 감고 있던 마리가 눈을 떠 거친 숨
을 토해내고 있는 그를 바라보았다. 입을 벌린 채 가쁜 숨을 몰
아쉬는 그의 모습이 무척이나 섹시하고 야릇했다. 치받을 때마

다 사정없이 흔들리는 제 젖가슴이 낯설었지만 그곳에서 눈을 떼지 못하고 있는 그를 더 보고 싶은 욕심에 마리는 입술을 질끈 깨문 채 신음을 흘리고 있었다.

그가 한쪽 팔에 체중을 실어 매트리스를 짚었다. 그의 체중의 중심이 앞으로 쏠린 상태에서 마리는 엉덩이를 좀 더 치켜들었고 두 발로 침대 매트리스를 누르며 안쪽 끝까지 그를 받아들였다. 질척이며 닿았다 떨어지는 야한 마찰음이 자극이 되어 그의 허리는 점점 더 빠르게 움직이고 있었다. 마리는 그의 허리를 두 다리로 감아 발끝에 힘을 주었다.

"천천히…… 제발……."

마리의 애원에도 불구하고 그는 계속해서 속도를 높였다. 깊숙이 들어왔다가 빠져나가길 반복할수록 발끝부터 머리끝까지 저릿해진다. 상체를 비틀며 헤드보드를 움켜쥐어도 해소되지 않는 일렁임에 마리는 헤드보드를 놓고 승언의 팔을 움켜쥐었다. 단단하게 근육이 올라붙어 꼬집어지지도 않는다.

"아흑! 으읏!"

마리는 결국 눈을 질끈 감으며 쾌락의 정점에 도달했지만 그는 끝나지 않았는지 더 빠르게 움직이고 있었다. 정신없이 그녀를 몰아치고 난 후에야 비로소 마리의 가슴 위에 얼굴을 묻은 채 뜨거운 숨을 쏟아냈다. 마리는 그의 너른 등을 쓰다듬으며 여전히 한 몸으로 얽혀 있는 지금 이 순간을 만끽했다.

"미리아."

"……응?"

"욕실도 확인하러 갈래?"

그가 고개를 들며 미소를 지었다. 땀에 젖어 이마에 붙은 머리칼을 떼어 옆으로 밀어내며 마리가 고개를 저었지만, 그는 벌떡 일어나 마리를 두 팔로 안아 들었다.

결국, 마리는 그의 품에 안긴 채로 욕실 구경에 나서야만 했다.

❋

국내 최고의 호텔로 손꼽히는 R호텔의 가장 큰 웨딩홀.

오늘, 이곳에서 승언과 마리가 결혼식을 올린다.

호텔 1층 로비에서부터 예식이 열리는 2층 메인 홀까지 이어지는 전 구간에 마리가 직접 고른 라넌큘러스 꽃 장식이 되어 있었고, 두 사람이 일곱 시간에 걸쳐 혼신의 힘을 다해 촬영했던 웨딩사진도 군데군데 놓였다.

예식 30분 전 신부대기실에 도착한 마리는 오늘 결혼식의 주인공인 신부를 기다리고 있던 사람들이 건네는 축하 인사와 축복에 미소로 화답하고 있었다. 세상에 태어나 오늘처럼 예쁘단 소리를 많이 들어본 건 처음이었다.

얼떨떨한 기분으로 누가 누군지도 모르고 인사를 주고받고 사진 촬영도 했다. 그러는 내내 연신 미소를 짓느라 입매가 달달 떨렸지만 마리는 표정을 유지했다

"언니!"

그때, 사람들 틈 사이로 설아가 쭈뼛거리며 손을 흔들었다. 마리는 손을 내밀어 설아가 곁으로 올 수 있도록 길을 내주었다.

"언니 진짜 이쁘다. 다른 사람 같아."

"그런 말 하면 안 돼. 원래 예뻤지만 오늘 좀 더 예쁘다고 해야지."

설아의 뒤를 따라 들어온 덕희가 말을 바로잡자 사람들이 소리 내어 웃었다.

"신부 어머님이랑 동생이랑 같이 찍어드릴게요."

스냅사진을 촬영해 주던 사진작가의 말에, 마리가 앉아서 대기하고 있던 소파에 세 모녀가 나란히 앉았다. 사람들은 연신 아름답다, 정말 예쁘다며 기분 좋은 말을 해주었다.

마리만큼이나 덕희도 무척 아름다웠다. 본래 어디 내놔도 시선을 사로잡는 미인인데, 오늘은 고운 한복을 입어서인지 더욱더 아름답게 빛나는 것 같았다.

꽃수가 놓인 연노랑 저고리에 회색과 남색 빛이 도는 치마와 단정한 올림머리. 손님맞이에 정신이 없는 와중에도 품위를 잃지 않는 고고함은 끝내 이픈 사람 같이 보이지 않을 정도였다.

"엄마 컨디션 괜찮아요? 몸은 어때요? 피곤하면 아빠한테 바로 말해요."

"내 걱정 안 해도 돼. 엄마 지금 너무 행복해서 눈물 날 것 같거든."

덕희가 눈시울을 붉히자 마리는 고개를 돌렸다. 보고 있으면 덩달아 눈물이 날 것 같아서였다.

"신부 아버님도 한번 오시면 어떨까요?"

덕희는 설아를 보내 금세 진석을 데려왔고, 드디어 가족 앵글이 완성되었다. 마리는 자신의 옆에 앉은 설아의 손을 꼭 잡았고 그 뒤로 덕희와 진석이 섰다.

"아주 좋습니다. 이야! 진짜 그림이네요, 그림."

수십 방 연사로 찍은 끝에 촬영이 끝나고, 진석은 다시 서둘러 나가 찾아온 손님들과 인사를 나눴다. 어느새 덕희도 진석의 곁에 서 있었다.

"오늘 잘 부탁해, 설아야."

설아는 고개를 끄덕이며 예식이 진행될 홀 안으로 먼저 들어갔다.

할머니인 박 회장의 부재를 두고 사람들이 쑥덕거리긴 했지만 다들 불참을 이해하는 분위기였다. 아들 버린 지독한 노인네가 손녀 결혼식에 무슨 낯으로 나타날 수 있겠냐는 것이다.

어제 마리와 박 회장 사이에 오고간 전화 통화 내용을 아무도 모를 테니, 그쪽으로 오해를 받는 편도 나쁘지 않을 것 같았다. 마리는 차라리 잘된 일이라고 생각했다.

하지만 고모네 식구들은 빠지지 않고 참석했다. 물론 축하가 목적은 아닐 것이다. 오빠인 진석에게 밉보여서 좋을 것 없기 때문에 마지못해 참석한 것이다. E미디어 그룹 사장단도 대거 참석한 자리에 자신들이 빠진다면 설 자리를 완전히 잃게 될 테니까. 표면적으로라두 남매간의 우애에는 문제가 없다는 걸 보여주고 싶었던 모실이다.

이날 결혼식에서 단연 화제는 당연히 덕희였다. 드디어 세상 밖으로 한 걸음 내딛은 덕희에 대해 많은 사람들이 호기심 어린 시선을 보냈다. 신부 엄마가 정말 계모가 맞는 거냐고, 저렇게 다정해 보이는데 친모가 아닌 게 더 이상하다는 둥, 계모이긴 해도 딸은 정말 잘 키운 것 같다는 소리도 언뜻 들렸고, 부부간의 금실도 참 좋아 보인다는 말도 들려왔다.

화목하고 단란해 보이는 가족을 사람들 앞에 공식적으로 공개하는 첫 번째 순간이기에 마리는 긴장감을 풀 수가 없었다.

"나 왔다."

그때, 정언이 나타났다.

"저도 왔어요."

그 뒤로 효진이 등장했다. 머리부터 발끝까지 잔뜩 힘을 주고 나타난 두 사람 때문에 마리는 웃고 말았다.

"두 사람이 결혼해?"

"이렇게 큰 호텔 웨딩은 처음이라 신경 쓰고 왔지."

정언이 마리 옆으로 다가오자 사진작가는 쉬지 않고 계속 사진을 촬영했다.

"효진이도 같이 찍을래?"

"아냐. 내가 왜 마리 씨랑 찍어. 선배랑 찍으면 몰라도."

신경 쓰지 않기로 했지만, 일부러 뾰족하게 가시를 세운 그 말이 가슴이 탁 걸리고 말았다.

"우 마리가 웨딩드레스 입은 건 내 눈으로 보는 날이 오기 오는 구나."

"형수님이라고 불러."

"참나."

마리의 일갈에 정언이 눈을 흘겼지만 마리는 아랑곳하지 않았다.

"우리 먼저 들어가 있을게. 긴장하지 말고."

정언과 효진이 사라진 후 승언의 조부모님을 비롯한 양가 친척들, 승언의 첫째 동생 태언과 그의 여자친구, 사무실 직원들이 차례로 다녀갔다. 혼이 쏙 빠질 무렵 마리는 도우미가 건넨 생수로 목을 축이고 다시 한 번 예쁜 미소를 입에 걸었다.

"신랑님 어디 계신가요? 아직 바쁘신가?"

"신랑 여기 왔습니다."

사람들 틈을 헤집고 나타난 승언을 확인하고 나서야 그제야 제대로 숨이 쉬어졌다.

그가 너무나 보고 싶었다. 내내 초조하고 불안하던 마음이 비로소 안정을 찾기 시작했다.

"신랑 얼굴을 이제야 보네."

"신부 얼굴 보려고 저기서부터 줄 서 있었어."

승언의 농담에 마리가 진짜 미소를 지었다.

"신부님이 신랑님 오시니까 진짜 예쁘게 웃으시네요. 편하게 얘기 나누십쇼."

앞에서 사진작가가 부지런히 셔터를 누르고 있다는 것도 잊은 채, 마리와 승언은 서로를 바라보았다. 눈빛만 마주 보고 있어도 좀 살 것 같았다.

"떨지 마."

"안 떨어요."

"난 너무 떨려서 사실 맥주 한 잔 했어."

전혀 긴장할 것 같지 않은 사람이라고 생각했기에, 마리는 승언의 말에 웃음이 났다.

"이제 곧 기승언 군과 유마리 양의 결혼식이 시작될 예정입니다. 밖에 계신 내빈분들께서는 홀 안으로 입장해 주시기 바랍니다."

사회자의 안내 방송에 사람들이 홀 안으로 들어가기 시작했고 어느덧 홀 밖은 한산해졌다. 승언은 마리의 손을 꼭 잡고 가볍게 어깨를 감싸 안았다.

"나 먼저 가 있을게. 이따 봐."

마리가 고개를 끄덕였지만 그는 한참 동안 손등을 만지작거리며 신부대기실을 나서지 못했다.

"신랑 기승언 군이 신부대기실에서 아직 안 나오고 있다는 소식이 들어왔는데요. 신랑 기승언 군 얼른 준비해 주십쇼."

사회를 맡은 승언의 대학 동기의 말에 장내는 웃음바다가 되었다. 결국 승언이 아쉬운 발걸음을 옮겼고 마리는 손을 흔들어주었다.

"진행팀이 승언이 찾던데?"

승언이 떠나자마자 진석이 들어왔고, 마리는 도우미의 도움을 빌어 소파에서 일어섰다.

"방금 갔어요."

마리는 진석의 옷매무새를 만져주고 머리칼도 다듬어 주었다.

처음이었다. 이렇게 가까이에 서서 아버지의 옷을 만져주는 일은.

문득, 살가운 딸이지 못해서 죄송하단 생각이 들어 눈시울이 뜨거워졌다. 오늘같이 좋은 날 왜 자꾸 잘해주지 못했던 것만 떠오르는 건지, 그 이유를 도무지 알 수가 없다. 눈물이 차오를 때마다 마리는 목이 콱 막히는 것만 같아서 몇 번이나 숨을 골랐는지 모른다.

"아휴, 정신이 하나도 없네. 처음이라 그런가?"

"나중에 설아 결혼할 땐 오늘보다 더 잘할 수 있을 거예요."

진석이 웃으며 마리에게 손을 내밀었고, 마리는 그런 진석의 손을 붙잡고 신부대기실을 빠져나왔다.

"지금부터, 신랑 기승언 군과 신부 유마리 양의 결혼식을 진행하겠습니다. 먼저 양가 어머니께서 오늘 결혼식의 화촉을 밝혀주시겠습니다."

손을 꼭 맞잡은 덕희와 주연이 먼저 새하얀 버진로드를 따라 걸었다. 저고리 색만 다르고 똑같이 맞춰 입은 한복 탓에 마치 사이좋은 자매지간 같아 보이기까지 했다. 사람들은 그 둘을 향해 박수를 보내주었고, 두 사람은 단상 위의 화촉을 밝혔다.

"딸. 기분이 어때?"

마리는 웃으며 고개를 갸웃거렸다.

뭐라고 설명할 수 없는 기분. 누구가 살짝 건드리기만 해도 눈물이 쏟아질 것 같은 불안정한 감정 탓에 마음을 추스르려고 애

쓰는 중이었다.

"행복한 날이야. 울지 말고 기쁘게, 즐겁게. 알겠지?"

마리가 고개를 끄덕이자, 진석이 팔에 공간을 만들어주었다. 마리는 그런 진석의 팔에 손목을 걸었다.

"이어서 신랑 입장이 있겠습니다. 신랑! 입장!"

듬직한 뒷모습. 씩씩한 발걸음. 사람들을 향해 손을 흔들어 보이는 여유까지.

뒤에서 지켜보던 마리와 진석이 동시에 웃었다. 맥주 한 잔의 효과가 제법 훌륭한 듯했다.

"신랑이 예쁜 신부를 맞게 되어서 기분이 아주 좋은가 봅니다."

짓궂은 친구들의 환호에도 그는 끝까지 여유를 잃지 않았다. 버진로드 앞에 한 걸음 더 다가선 마리는 정신없이 쿵쾅대는 심장 때문에 호흡이 점점 가빠졌다.

"이어서 신부 입장이 있겠습니다. 세상에서 가장 아름답고 사랑스러운 신부를 향해 큰 박수 보내주십쇼."

실아의 피아노 인주시 시작되었고, 마리는 천천히 걸음을 옮겼다. 곁에 진석이 있다는 게 너무나 큰 의지가 되었다. 이래서 아버지와 손을 잡고 이 길을 걷는구나 싶었다.

마리는 마른침을 삼키며 신중하게 한 걸음 한 걸음을 내디뎠다. 괜찮다고, 잘하고 있다는 진석의 칭찬에 그제야 주변을 돌아볼 여유가 생겼다. 버진로드가 길기로 유명한 흠답게 좀처럼 거리가 좁혀지질 않았다.

실은, 마리가 일부러 이런 홀을 골랐다. 설아의 연주를 오래도록 듣고 싶었기 때문이다.

"신부 유마리 양의 동생, 유설아 양의 피아노 연주와 함께 신부가 입장하고 있습니다. 내빈 여러분들의 큰 박수 부탁드립니다."

라흐마니노프 교향곡 2번 3악장.

설아가 밤새 피아노 연주곡으로 편곡까지 한 곡을 듣고 있으니 눈물이 쏟아질 것만 같았다. 거칠게 일렁이는 감정을 애써 다독이며 숨을 고르기 위해 애써야만 했다.

마리는 설아를 향해 눈인사를 건넸다. 마리가 가장 좋아하는 라넌큘러스로 꽃 장식한 하얀색 그랜드피아노 앞에 앉은 설아. 베이지색 원피스를 입고 연주를 하고 있는 설아의 모습은 천사 같았다.

지금 이 순간, 날 향한 시선을 모두 설아에게 빼앗긴다 해도 상관없다. 저 아이를 세상 밖으로 꺼내 빛을 보게 만들 수만 있다면, 오늘 이 자리에서 주인공이 내가 아니어도 상관없었다.

다시 정면을 보는데, 먼발치에 서서 기다리고 있던 승언과 시선이 닿았다. 그는 자신을 향해 성큼성큼 걸어왔고, 그 모습을 지켜보는 내내 가슴이 떨렸다. 미소 짓고 있는 그를 보며 마리도 그제야 웃을 수 있었다.

"감사합니다, 아버님."

"잘 부탁하네."

"잘 살겠습니다."

승언이 고개를 숙여 정중하게 인사하자, 진석이 마리의 손을 승언에게 건네주었다. 진석은 마리에게 긴말 하지 않고 눈을 맞추는 것으로 대신한 후 버진로드를 떠났고, 마리는 승언의 손을 잡고 단상 앞으로 다가섰다.

울컥 눈물이 치밀었지만 힘껏 미소를 지었다. 결혼식을 준비하는 동안 정신없이 지나갔던 한 달의 시간. 모든 것이 꿈만 같았다. 지금 이곳에서 기승언의 손을 잡고 서 있다는 것도, 이 수많은 하객들 앞에서 결혼식을 올리고 있다는 것도 믿을 수가 없을 정도였다.

그때, 마리는 고개를 들어 승언을 보았다. 다독이는 듯한 따뜻한 시선에 마리는 비로소 환한 미소를 지을 수 있었다.

폐백을 마치고 다시 홀 안으로 돌아온 마리와 승언은 한창 식사 중인 하객들에게 인사를 하러 다니는 중이었다. 양가 친척들과 양가 어른들의 지인분들, 그리고 친구들까지 인사를 하고 주는 술을 다 받아먹은 후에야 숨 고를 틈이 생겼다.

승언과 마리는 정언과 효진이 앉아 있는 테이블로 향했다. 막 식사를 끝낸 그들은 샴페인을 마시고 있었다.

"자. 한 잔 받아."

"나 너무 많이 마셨어."

"어허. 도련님 팔 떨어지겠다."

마리는 아는 수 없이 진민 빌있다.

"많이 피곤하죠?"

"살짝 정신이 없네요."

"그래도 좋은 날이니까 웃어요. 신부 표정이 밝아야지."

이미 충분히 웃고 있는데.

마리는 효진을 향해 있는 힘껏 미소를 지어 보였다.

"대학 동기들 간다고 해서 인사만 하고 올게."

승언이 일어서자 마리도 일어섰다.

"같이 가요."

"아냐. 잠깐 쉬고 있어. 배웅만 하고 오면 돼."

그는 서둘러 자리를 떠났고, 정언도 집안 어른들이 부르신다는 말에 자리에서 일어섰다.

결국 테이블에는 효진과 마리 둘만이 남았다. 단둘이 있는 건 처음 있는 일이라서, 두 사람 사이에 어색함이 감돌았다.

마리는 마른입을 축일 생각에 생수병을 집어 들었다.

"축하해요."

효진의 진심 없는 메마른 축하 인사에 마리가 생수병을 입에 댄 채로 고개를 끄덕였다.

"난 정말 선배가 결혼하게 될 줄은 꿈에도 몰랐는데."

무슨 말이 하고 싶어서 그런 걸까.

마리는 옅게 웃으며 생수병을 테이블 위에 내려두었다.

"선보러 나간다고 했을 때도 사실 안 믿었어요. 그런데 대뜸 결혼을 한다고 하더라고요."

여전히 황당하고 믿을 수 없단 표정을 한 효진을 지켜보는 일은 무척이나 곤혹스러웠다. 마리는 짧게 한숨을 내쉬곤 효진을 빤히 보았다.

"정효진 씨, 그 사람 좋아해요?"

마리의 물음에 효진이 옅은 미소를 지었다. 그것이 무엇을 의미하는 건지는, 더 이상의 설명이 필요치 않았다.

결혼식 날 이게 무슨…….

마리는 어이가 없었다. 그냥 묻지 말걸. 확인해서 뭘 어쩌겠다고 그런 질문을 했을까. 네가 좋아해 봤자 이젠 결혼식까지 올린 내 남자라고 선을 그으며 자극을 주려던 게 오히려 마리에게 자극이 되었다.

꼭 이런 자리에서까지 그런 뉘앙스를 풍겨야 했을까.

마리는 속으로 효진을 나쁜 여자라고 욕했다.

"전부터 궁금했는데, 그래서 하고 싶은 얘기가 뭐예요? 선이나 결혼 같은 거 안 할 거 같았던 친한 선배가, 선봐서 결혼한 소감을 나한테 말해주고 싶은 건가?"

마리의 싸늘한 음성에 효진의 표정도 점점 굳어졌다. 이런 날 이런 자리에서 이런 식으로 이야기를 꺼낼 줄은 몰랐을 것이다. 마리 역시도 부러 결혼식 날 자신의 입으로 이런 말을 하게 될 줄 몰랐으니까.

하지만 마리는 확실하게 선을 긋고 싶었다. 그러기 위해선 타이밍이라는 건 무의미했다. 다음은 없다. 지금 당장 해야만 했다.

효진이 마리에게 시선을 맞췄다. 당황하지 않으려는 듯 애쓰고 있는 게 눈에 훤히 보였지만 어딘가 당당해 보이는 눈빛은 신경을 거슬리게 했다. 마리는 이를 아득 물었다.

"친한 선배라……. 그게 전부는 아닌데."

의미심장한 효진의 미소에 마리는 잠시 숨을 참았다.

"선배가 어디서부터 어디까지 설명했는지 모르겠지만……."

"상관없어요. 관심도 없고."

마리가 말을 자르자 효진이 웃으며 아랫입술을 질끈 깨물었다. 마리는 효진에게 시선을 고정한 채 버티고 있었다.

"효진 씨가 많이 아끼는 그 선배, 오늘 결혼했어요. 효진 씨 눈앞에 앉아 있는 나랑. 그 사람 곁에서 계속 후배랍시고 얼쩡거리고 싶다면, 지금도 그렇고 앞으로도 나한테 최소한의 예의는 지키는 게 좋겠죠?"

"선배 친구이자 내 남자친구였던 그 사람 교통사고 나던 날, 운전했던 사람이 누군지 알아요?"

이건 또 무슨 소리야.

마리는 미간을 구겼다.

"선배가 거기까진 말 안 했죠? 그럴 줄 알았어. 당연히 그랬겠지."

마리의 표정이 점점 굳어졌다.

"그날 사고 낸 사람, 승언 선배 여자친구였어요. 내 남자친구랑 같이 술 마시고 속초에서 놀다가 음주운전 사고가 났고, 그 자리에서 두 사람 모두 목숨을 잃었죠."

무슨 이야기를 꺼낼지 순간 두려운 마음도 들었지만, 마리는 태연한 척 듣고 있었다.

"할머니 병간호해야 해서 부산에 내려간다던 승언 선배 여자 친구가 왜 그날 밤 내 남자친구랑 속초까지 가서 단둘이 술을 마셨는지, 왜 그날 저녁 호텔에 방 하나만 체크인을 한 건지 모르겠지만 우린 진심으로 슬퍼했고 가슴 아파했어요. 우릴 위로해 줄 사람은 우리 둘뿐이었거든요."

꿍장한 무언가를 공유한 것처럼 묶어버린 '우리'라는 그 단어가 유독 마음에 걸렸다.

"사랑하는 사람을 잃은 슬픔의 크기를 비교한다는 건 좀 우습지만, 승언 선배는 사랑하는 두 사람을 한꺼번에 잃었고 동시에 배신까지 당했어요. 그 후로 선배는 여자를 만나지 않았어요. 상처받지 않은 척했지만, 아무렇지 않은 척했지만 사실 그렇지 못했던 거죠."

그는 사랑에 상처받은 사람 같아 보이지 않았다. 오히려 제대로 사랑할 줄 아는 사람일 거라 생각했다. 늘 먼저 손을 내밀어 주었고, 가까워지고자 노력해 주었고, 연애를 하자고 제안까지 했던 사람이니까.

그래서 마리는 효진이 자기 좋을 대로 해석하는 오류를 범한 것이 아닐까 생각했다. 지독한 상처를 받고 여자란 존재를 거부할 수도 있는 일이지만, 단순히 만나고 싶지 않았을 수도 있으니까. 만약 전자였다면 그렇게 쉽게 자신에게 마음을 열었을 리가 없다. 애초에 맞선에 응하지도 않았을 것이고.

분명하게 느낀 건, 그는 완전히 마음을 닫아버린 사람이 아니어다는 것이다. 효진에게만 열리지 않았기에, 그녀는 그렇게 믿고 싶은 건 아니었을까.

"선배 참 착하죠? 정말 착한 사람이에요. 그 와중에도 나를 챙긴 사람이니까. 오히려 나한테 미안해했으니까. 내 걱정 정말 많이 해줬어요. 큰 의지가 되었죠."

그는 어떤 마음으로 이 여자 곁에 머문 것일까.

아니면, 이 여자가 그의 곁에 머문 것인지도 모른다.

미안한 마음보단 안쓰러운 마음이었겠지. 그가 내게 설명해 줬던 것처럼.

마리는 효진의 말보다 승언의 말을 조금 더 믿고 싶었다. 머릿속이 복잡해질수록 두통이 밀려들어 짜증 또한 치밀었다.

"마리 씨가 생각하고 어림짐작하고 있는 것 이상으로, 선배랑 나랑은 꽤 많이 가깝고 남다른 사이예요. 같이한 세월이 얼만데요. 안 그래요?"

뭔가 굉장히 대단한 거라도 쥐고 있는 듯 구는 것이 몹시 거슬렸다. 마리는 잠시 시선을 떨구고 눈을 깜박이다가 다시 효진을 바라보았다.

"결론은 그거군요. 남다른 사이. 나한테 그걸 어필하고 싶었던 거죠?"

효진이 태연하게 고개를 끄덕였고, 마리는 피식 웃었다.

그래서 뭘 어떻게 해달라는 거지? 인정해 달라는 건가? 아니면 단순히 약을 올리는 건가?

과시? 자랑? 어이가 없었다. 너무 유치해서 더는 들어줄 수가 없었다.

"그래서?"

마리의 물음에 효진은 눈썹을 찡그렸다. 예상치 못했던 반응이었던 모양이다.

상처받은 얼굴로 이 자리를 벗어나길 바랐겠지만, 마리는 그럴 용의가 없었다. 오히려 오늘 결혼식만 아니었다면 끝까지 밀어붙일 참인데 좋은 날이라 성질머리를 다독이는 중이었다.

"사고로 그렇게 떠나신 분들은 참 안타까운 일이네요. 몰랐던 승언 씨와 효진 씨 사연도 잘 들었고요. 그런데 그게 나랑 무슨 상관이죠? 그래서 뭘 어쩌란 건가요?"

의자에서 일어선 마리가 서늘한 시선으로 효진을 내려다보았다.

"다시 한 번 설명해 줄 테니까 잘 들어. 당신이 그렇게 남다른 사이라고 생각하는 그 선배, 방금 여기서 결혼했어. 나랑. 이건 현실이고, 당신이 말한 건 과거."

"마리 씨."

"난 또 뭐라고…….둘이 뭐 대단한 거라도 있는 줄 알고 긴장하고 들었잖아."

마리는 아까 정언이 채워준 샴페인을 단숨에 들이켜고 잔을 내려놓았다.

"그 후론 절대로 여자 안 만나던 그 선배가 왜 나랑 결혼까지 하게 된 건지 잘 생각해 봐. 나한텐 있고, 당신한테 없는 게 뭔지. 그길 일면 딜 분힐 기야. 그리고……오는 아쥐서 그마워요."

마리는 효진을 남겨두고 홀을 유유히 벗어났다. 점점 얼굴이 굳어졌지만 여전히 홀 밖에는 하객들이 있었기에 미소를 지어야만 했다.

지금 속에서 짜증이 치미는 이유는 효진이 신경 쓰여서가 아니라, 불쾌해서였다. 무례한 것을 견디지 못하는 마리였기에, 어떤 심보로 그런 이야길 풀어놓는 건지 알기에 못 견디게 짜증이 났다.

"마리야, 어디 가?"

승언이 불렀지만 마리는 시선을 주지 않고 계속 걸었다. 그에게 화가 난 것도 아닌데, 왠지 지금은 그를 보고 싶지 않았다. 그녀에게 친절하게 굴던 모습이 왜 하필 지금 생각나는지 모를 일이지만, 그런 일들을 떠올리고 있는 제 자신이 한심해서 더더욱 속이 끓었다.

테이블로 돌아온 승언은 홀로 앉아 있는 효진의 어두운 표정을 확인한 후 가슴이 쿵 내려앉는 것 같았다. 마리가 왜 그렇게 가버린 건지 알 것 같아서 느낌이 좋지 않았다.

"정언이는?"

"모르겠어."

착 가라앉은 음성. 서글픈 표정.

승언은 효진이 들고 있던 샴페인 잔을 빼앗았다.

"적당히 마시고 이제 가봐야지. 일어서 고마워."

승언이 애써 미소를 지으며 어깨를 다독이고 자리를 벗어나려는데, 효진이 승언의 손목을 잡아챘다.

"선배……. 요즘 나한테 왜 그래?"

"그게 무슨 소리야?"

"변했어. 갑자기 변했다고. 다른 사람 같아."

승언은 효진의 옆자리에 앉아 시선을 맞췄다.

"선배랑 나 사이에 보이지 않는 선이 생긴 것 같아."

"넌 여전히 내가 아끼는 후배야. 하지만 널 아끼는 방식은 계속해서 변할 거야. 그 사람이 싫어하는 건 안 할 생각이거든. 오해받고 싶지 않아. 그 사람 마음 불편하게 만들기 싫어."

"그럼 난? 내 마음은 안중에 없어?"

효진은 눈물을 그렁그렁 매단 채 승언을 애처롭게 쳐다보고 있었다.

"내가 선배한테 얼마나 많이 의지하고 있는지 알지? 나 선배 아니었으면…… 힘들었던 순간들 견뎌낼 수 없었을 거야. 선배랑 나랑 함께 이겨냈던 그 순간들, 다 잊은 거야?"

간절함이 배어 있는 말투에 승언은 한숨을 쉬며 효진이 잡고 있던 손목을 빼냈다.

"들춰내지 않기로 했잖아. 다 지난 일이고, 난 계속해서 잊을 거야. 그러니까 두 번 다신 내 앞에서 그 얘기 꺼내지 마. 나한테도 상처지만, 너한테도 상처잖아."

승언이 단호하게 잘라 말했다.

"나 올라가 봐야 해. 얼른 일어나."

"하나만 묻자."

다시 승언이 일어서자 효진이 따라 일어서서 승언의 앞을 가로막았다.

"유마리한테는 있고, 나한테는 없는 게 뭐야?"

"그게 무슨 소리야?"

"왜…… 난 안 되는데?"

승언은 효진을 빤히 쳐다보았다. 효진을 바라볼 때면 늘 동반하던 따스하고 다정함 대신 싸늘함이 서렸다.

"효진아."

"……응?"

"우리 그만 볼 때가 된 것 같다."

"선배!"

"신혼여행 다녀올 동안 네 짐 정리해서 나가."

칼로 쓱 베어내듯 군더더기 없는 승언의 말에, 효진은 하얗게 질려서 잔뜩 얼어붙었다. 벌어진 입을 다물지도 못한 채 승언의 팔을 꽉 움켜쥔 채 버텼지만, 승언은 무표정한 얼굴로 효진의 손을 털어냈다.

"네 마음 이렇게 잘라서 미안하다. 진작 이렇게 했어야 했는데. 모른 척하고 널 데리고 있었던 내 잘못이야. 네가 오해할 빌미를 만든 내 잘못이고. 그러니까 정리하자. 나 이제 불편해서 너 못 봐. 서로 안 보는 게 좋겠어. 조심히 가."

승언은 효진을 그 자리에 남겨두고 그대로 자리를 벗어났다.

효진과 결국 이런 식으로 마무리를 짓게 될 거라고 생각해 본 적 없다. 가여운 후배였고 안쓰러운 마음에 따뜻하게 대했을 뿐인데. 먼 곳으로 떠나 버린 친구의 부탁을 들어준 게 이런 식으로 되돌아올 줄은 미처 몰랐다.

혹시나 마음을 정리하지 않을까 기대했던 내가 바보다. 결국은 모든 것이 다 내 잘못. 거친 숨을 몰아쉬며 빠른 걸음으로 발길을 재촉했다.

대체 마리에게까지 무슨 말을 한 건지…… 생각하면 할수록 화를 참을 수가 없었다. 오랜 시간 동안 아껴왔던 후배였다고 해도, 가장 소중했던 친구의 연인이었다고 해도, 그것만큼은 참아지질 않았다.

보는 것도 아까워서 나도 어쩌지 못하는 사람인데.

오늘 머물기로 한 호텔 방으로 걸음을 옮기는 승언의 표정은 서늘하기 그지없었다.

승언이 방에 올라왔을 때, 마리는 욕실에서 샤워를 하고 있었다. 쏟아지는 물줄기가 살갗에 닿았다가 바닥으로 떨어지는 소리가 방 안을 가득 메웠다.

자극적인 소리를 들으며, 승언은 재킷을 벗고 보타이를 풀며 소파에 앉았다. 한꺼번에 피로가 몰려들었다. 목 끝까지 채워두었던 셔츠 단추도 두어 개쯤 풀고 냉장고 안에 들어 있던 생수를 꺼내 단숨에 반병을 들이켰다.

목이 탔다. 사납게 날뛰는 감정 때문인지, 아니면 욕실 안의 마리 때문인지 모르겠지만 혼란스러운 건 사실이었다. 승언은 창가에 서서 보랏빛 노을이 든 어둑한 하늘을 바라보았다.

"올라왔네요."

마치 아무 일 없었다는 듯, 평온하기만 한 마리의 음성에 승언은 천천히 몸을 돌려세웠다. 젖어 있는 머리칼을 수건으로 감싼 채, 샤워 가운을 몸에 걸치고 말간 얼굴을 하고 나타났다. 그녀에게 다가가자 승언이 무척이나 좋아하는 마리의 살냄새가 코끝에 닿았다.

"왜 그렇게 봐요?"

"……예뻐서."

잠겨 있던 목소리가 살짝 갈라져 나왔다. 마리는 승언의 말에 옅은 미소를 지으며 동그란 눈을 연신 깜박였다.

거짓말처럼 마음이 편안해졌다. 화가 치밀고 혼란스러웠던 머릿속과 마음이, 마리를 보는 순간 눈 녹듯이 녹아내렸다. 금방이라도 지쳐 쓰러질 것만 같았던 피곤함도 싹 사라졌다. 승언은 피식 웃으며 마리의 새하얀 뺨을 손으로 감쌌다.

"오늘 하루 정말 정신없었죠?"

승언이 대답 대신 고개를 끄덕였다.

"두 번은 못 하겠죠?"

마리의 그 말에, 승언은 결국 웃음을 터뜨리고 말았다.

"어. 절대로."

"그럼 됐네. 가서 씻고 와요."

마리가 발꿈치를 들고 손으로 승언의 어깨를 짚으며 가볍게 입을 맞췄다. 승언은 그런 마리의 행동 하나하나 빠짐없이 지켜보았다.

"나 잠들기 전에 씻고 오는 게 좋을 텐데요."

"알았어."

마리의 재촉에 승언은 못 이긴 척 욕실로 향했다. 셔츠를 벗어 바닥에 두고 들어가려는데, 돌아보니 마리가 따라오고 있었다. 승언은 왜냐고 묻지 않은 채, 그대로 마리와 함께 욕실로 들어갔다.

8화
데이트

먼저 눈을 뜬 건 마리였다. 마리는 팔꿈치를 세워 손바닥으로 머리를 받치고, 곤히 잠든 승언을 바라보았다. 짙고 뚜렷한 눈썹, 긴 눈매를 따라 자리한 길고 까만 속눈썹, 반듯한 콧날, 얇지도 두껍지도 않은 적당히 도톰한 시원스러운 입술. 귀 아래에서 한 번에 똑 떨어지는 턱선이 입체적인 이목구비와 어우러져 남성다움을 완성했다.

마리는 승언의 제멋대로 헝클어진 머리칼을 만지작거렸다. 하얀 피부와 무척이나 잘 어울리는 짙은 초콜릿빛 머리칼. 그의 눈동자와 꼭 닮은 색. 마리는 그의 얼굴 바로 옆에 얼굴을 가져다 내었다. 색색. 고르게 내쉬는 콧바람 소리가 듣기 좋았다.

마리는 여전히 자신의 허리를 끌어안고 있는 승언의 팔을 조심스레 떼어내며 천천히 일어나 앉았다. 지난밤 그가 제 몸 곳곳에 남긴 흔적을 힐끗 확인하곤 웃음을 참지 못했다.

"잘 자네."

그는 한 번 잠이 들면 누가 업어 가도 모를 정도로 푹 자는 편인 듯했다. 얕은 잠을 자며 수시로 깨는 자신과는 정반대. 마리는 지금 이 순간 세상모르고 잠들어 있는 그가 왠지 모르게 얄미웠다.

모두 지난 일이니 잊어버리면 그만이라고 생각했다가도, 마음 한구석에 기어이 낚시 바늘을 걸어버린 효진의 존재가 마리의 신경을 건드렸다. 하지만 그와 그 부분에 대해 더 이상 이야기를 나누고 싶지 않았다. 더는 궁금하지도 않고, 오해할 것도 없다고 생각했다. 효진이 승언을 향해 어떤 마음을 갖고 있는지 알기에 무시하고 넘어가려 했다.

그깟 과거가 무슨 힘이 있다고.

힘들었겠지. 견디기 힘들었을 거다. 그래서 어쩌면 자신이 생각하는 것보다 훨씬 더, 승언과 효진은 서로에게 위로가 되었을 수도 있다.

그게 뭐. 그가 아니라잖아.

내게 중요한 건 그 사람 마음이잖아. 정효진 마음이 아니라.

근데, 대체 뭐가 그렇게도 당당한 거야. 기분 나쁘게.

또 한 번 머릿속을 어지럽히는 정효진의 존재에 나지막이 숨을 밀어낸 마리는 이깟밤 이던가도 훌딩 닌서 버렸던 가운을 찾기 위해 두리번거렸다. 누가 보고 있는 것도 아닌데, 괜히 쑥스러워

시트를 끌어당겨 가슴을 가리고 있던 마리는 방문 근처에 던져진 가운을 발견하곤 잽싸게 침대 위를 내려왔다.

띵동.

그때, 침대 옆 사이드 테이블에 올려둔 휴대폰이 메시지가 도착했음을 알렸다. 가운에 두 팔을 끼워 넣고 앞섶을 모은 마리는 휴대폰을 집어 들었다. 발신자는 덕희였다.

〈기분 좋은 아침이다. 좋은 밤 보냈니? 간밤에 엄만 아주 행복한 꿈을 꿨어. 잠에서 깨고 싶지 않을 정도로 행복한 꿈. 모두 우리 마리 덕분이야. 사랑한다. 언제나 널 위해 기도할게.〉

평소에도 덕희는 마리에게 다정한 메시지를 보내주곤 한다. 날서고 삐뚜름한 마음을 다독여 주는 따뜻한 말들. 마리는 덕희의 메시지를 몇 번이나 읽고 또 읽길 반복했다.

어제는 각자의 손님들을 챙기느라 너무나 정신이 없어서 정작 가족들끼린 서로에게 제대로 인사조차 하지 못하고 뿔뿔이 흩어졌다. 늦은 밤이 되어서야 마리와 승언은 양가 어른들에게 전화를 할 수 있었다.

마리는 덕희가 가장 신경 쓰였다. 몸도 성치 않은 분이 큰 행사를 치르느라 얼마나 피곤했을지 염려가 되었다. 좀 더 살뜰히 챙겼어야 했는데, 뒤늦은 후회가 마리의 발목을 잡았다.

가족 단톡방에 결혼식 사진이 하나둘 올라오기 시작했다. 모두 설아가 휴대폰으로 촬영한 사진들. 연주하는 것만으로도 바빴을 텐데 언제 이렇게 많이 찍어넣었는지 기특하고 고마웠다.

한 장 한 장 사진을 넘겨보던 마리의 입가에 옅은 미소가 얹어졌다. 기억도 나지 않는 순간들 속에 자신이 있었다. 아름다운 드레스를 입고 환히 웃고 있었다.

내가 이렇게 잘 웃었구나.

웃는 것이 어색하다고 생각했다. 사회생활을 시작하면서 비로소 미소 짓는 일이 자연스러워졌다. 가식을 떠는 것만큼 마리에게 힘겨운 일은 없었기에 적당히 상냥해 보이는 정도의 미소였다.

그랬던 유마리가, 눈매가 휘도록 웃고 있었다. 치아가 보이도록 웃고 있는 사진이 찍힌 건 아주 어렸을 때를 빼곤 실로 오랜만의 일이었다. 거의 대부분의 사진이 그렇게 웃고 있었다.

〈마치 결혼식 날만 손꼽아 기다린 사람처럼 너무 밝게 웃는 거 아니냐, 마리야? 아빠 서운해지려고 한다.〉

진석의 메시지에 마리는 풋 하고 웃어버렸다. 아마 덕희는 진석의 그 글을 보자마자 당신은 무슨 그런 쓸데없는 소릴 하냐며 잔소리를 했을 것이다. 그 모습이 눈에 선했다.

〈실물이나 사진이나 우리 기 서방은 아주 듬직하구나. 꼭 젊었을 때 나를 보는 것 같은데?〉

사진 속 마리의 옆에는 승언이 서 있었다. 그도 마리만큼이나 즐거워 보였다. 눈 밑 인디언 보조개가 움푹 패도록 웃고 있었다.

〈네 아빠 지금 질투하는 거야.〉

진석과 덕희, 어쩌면 설아까지 나란히 앉아서 휴대폰을 손에 쥐고 함께 메시지를 보내고 있을 모습을 상상하니 웃음을 참기 힘들었다.

그나저나, '합정동 핫바디'라고 불린다던 정언의 말이 사실인 것 같았다. 이렇게 사진으로 보니 그의 훤칠한 키와 늘씬한 몸매가 한눈에 들어왔다.

〈미화가 너무 심한 거 아니에요? 아니면 아빠 기억이 왜곡된 거 일 수도 있고.〉

마리의 답이 끝나기가 무섭게 설아는 진석과 덕희의 사진을 우수수 쏟아냈다. 클래식한 슈트를 입고 있는 진석의 사진 또한 승언 못지않게 멋있었다.

회사 내 직원들 사이에서나 경제인 모임에서도 늘 패피(패션 피플)로 통하는 진석이었다. 무리하게 젊은 느낌을 내려는 것이 아니라, 중후하면서도 세련된 멋을 유감없이 발휘하곤 하는데 그 뒤에는 늘 덕희가 있었다. 진석의 철저한 자기 관리에 덕희의 남다른 감각이 더해졌다고나 할까. 지금 이 사진들을 보며 어깨에 잔뜩 힘이 들어갔을 심덕희 여사의 모습이 훤히 보였다.

〈미화, 왜곡 발언 취소.〉

마리가 재빠르게 인정하는 것으로 사위와의 외모 경쟁은 끝이 났다. 마리는 진석과 덕희의 모습이 담긴 사진을 꼼꼼히 챙겨 보며 표정 하나하나 자세히 살폈다. 의심할 여지 없이 행복해 보이는 모습들. 우리 가족에게 있어서 가장 소중한 순간이 되어준 결혼식의 또 다른 주인공, 승언에게 무척이나 고마웠다.

"뭐가 그렇게 재밌어?"

그때, 어느새 잠에서 깬 그가 나른하게 누워 눈만 끔벅이며 마리를 바라보았다. 커튼 새로 스민 햇살을 등지고 누운 그에게서

마치 빛이 나는 것 같았다. 헝클어진 머리칼도 그의 미모를 가릴
순 없었다. 근육이 팽팽하게 당겨진 팔과 가슴에 자꾸만 눈길이
갔다.

"깼어요?"

"나 몰래 누구랑 그렇게 연락하는 거야?"

마리가 미소를 띤 채 답을 해주지 않자, 승언이 미간을 모으며
엄한 표정을 지었다. 그렇다고 해서 주눅 들 마리가 아니었다.

"애인이요."

"뭐?"

"나 씻으러 가요."

마리는 테이블 위에 도로 휴대폰을 내려두고, 혹시나 그가 쫓
아올까 봐 서둘러 욕실로 달려갔다.

침대를 빠져나온 승언은 바닥에 뒹굴고 있던 커다란 타월을 집
어 들고 허리에 대충 둘러 묶은 후 타는 목을 축이려 생수 한 병
을 꺼냈다.

해가 뜬 지 오래라는 건 알고 있었는데, 시간이 벌써 열 시가
넘은 건 미처 몰랐다. 마리를 품에 안고 아주 잠깐 눈을 붙였을
뿐인데 이렇게 많은 시간이 흘러 버리다니. 잠자는 시간이 아까
울 지경이었다.

승언은 오늘 입을 옷을 꺼내려 캐리어를 열다가 마리의 휴대폰
이 울자 다시 걸음을 옮겼다. 발신자는 설아. 꼬마 처제였다. 그
냥 둘까 어쩔까 잠시 고민하던 승언은 일단 통화를 연결했다.

[언니!]

"어, 저기…… 처제? 나야. 형부."

[아…… 형부. 안녕하세요. 아니, 안녕히 주무셨어요?]

어쩜 목소리도 이렇게 귀여운지.

승언은 저도 모르게 활짝 웃고 말았다. 마리가 왜 설아의 얘길 꺼낼 때마다 웃는지 조금은 알 것 같았다. 또래의 사촌 동생들을 떠올려 보면 설아는 꽤 얌전하고 차분한 톤의 목소리를 가지고 있었지만, 귀엽고 예쁘장한 외모와 어울리는 사랑스러운 목소리이기도 했다. 마리가 아주 기분이 좋을 때 들려주는 목소리와도 매우 흡사했다.

"처제도 잘 잤어? 어제 많이 피곤했지?"

[아니에요. 근데, 언니는요?]

"지금 씻고 있어. 나오면 전화하라고 할게."

[네. 형부. 감사합니다. 안녕히 계세요.]

아주 짤막한 통화에도 승언은 어쩔 줄을 몰랐다. 나이 차이가 너무 많이 나서 그런가? 귀엽고 사랑스러운 걸 떠나서 뭔가 조금 어려웠다. 평소에 쉽게 접할 수 없는 나이 대라서 더 그런 건가.

이럴 줄 알았으면 결혼 전에 좀 더 친해 둘걸.

휴대폰을 도로 테이블 위에 내려놓는데, 휴대폰 배경화면으로 지정해 둔 가족사진이 눈에 들어왔다. 의외였다. 유마리의 휴대폰 배경화면이 가족사진일 줄은 전혀 몰랐기 때문이다. 이걸 이제야 발견하다니. 이렇게 눈썰미가 둔해서야 이렇게 기구를 디자인할 수 있지.

그러다 아주 우연히, 가족 단톡방 상황을 접하게 되었다. 휴대폰 상단에 미리보기로 뜨는 메시지 몇 줄을 읽고 나니, 마리가 왜 그렇게 기분이 좋아 보였는지 알 것 같았다.

샤워를 마친 마리가 욕실에서 나왔다. 승언은 마리를 향해 그녀의 휴대폰을 들고 흔들어 보였다.

"방금 당신 애인한테서 전화 왔어. 애인이 굉장히 귀여운 스타일이던데?"

젖은 머리칼을 수건으로 꾹꾹 누르던 마리가 어이가 없다는 듯 웃었다.

"애인한테 다시 전화해 줘."

휴대폰을 건네받은 마리는 애인에게 다시 전화를 걸었다. 승언은 어서 가서 씻고 나오라는 마리의 말을 듣지 않고 침대에 엎드려 마리가 통화하는 모습을 지켜보았다.

"설아야, 언니야. 전화했었어?"

살갑지 못한 성격이라더니, 동생에겐 한없이 다정한 모습을 하고 있었다. 본인만 그 사실을 아직 잘 모르고 있는 것 같았다.

"형부가 받아서 놀랐다고? 후훗."

열네 살이라는 나이 차이가 무색하게, 마리는 설아의 눈높이에 맞춰 친구처럼 대화를 나누었다. 문득 설아가 자신을 어려워한다면서, 속상해하고 시무룩하던 것이 떠올랐다. 마리는 설아에게 더 가까이 다가가고 싶어 했고 끊임없이 노력하고 있었다.

유미리는 사랑하지 않을 수 없는 여자다. 정언이 마리를 향해 성질머리를 운운하는 것이 이상할 정도로. 아직 진짜로 그 성질머리란 것을 보지 못해서인지 모르겠지만 지금까지 보고 겪어온 유마리는 똑 부러지고 솔직하고 사랑스러운 사람이었다.

"엄마는 어떠셔? 괜찮아? 으응. 그렇구나. 언니는 늦게까지 푹 자서 피로 싹 풀렸어."

승언이 입을 뻥긋하며 '진짜?' 하고 묻자, 마리가 고개를 마구 저으며 손사래를 쳤다. 승언이 의미심장한 미소를 지으며 가까이 다가가니 잽싸게 도망쳐 버렸다.

"공부 열심히 하고. 연습도 열심히 하고. 신혼여행 다녀와서 보자. 그래."

통화를 끝낸 마리가 아쉬운 듯 휴대폰을 한참 동안 바라보다 가 내려놓았다.

"얼른 가서 씻고 와요. 밥 먹으러 가야죠."

"밥 생각은 별로 없는데."

샤워 가운만 입은 채로 젖은 머리칼을 수건으로 톡톡 털면서 밥 타령을 하다니. 이 와중에 밥 생각을 하는 게 가능한 일인가?

승언은 입안이 바짝 말랐다. 얼른 씻고 나와 물로는 결코 해결 되지 않을 이 갈증을 해소해야만 했다. 그러기 위해서, 승언은 서둘러 욕실로 향했다.

호텔에서 하룻밤을 묵고 오늘 밤 신혼여행을 떠나기로 되어 있 었다. 여행의 목적이 관광과 체험에 있는 승언과, 오직 휴식에 있 는 마리는 신혼여행지를 고르는 섯부터가 쉽지 않았니.

급히 준비하는 결혼이기에 신혼여행을 두고 오랫동안 고민을 할 수 없어서, 결국 승언이 휴가 때마다 찾는 하와이로 결정을 했다. 서로에게 조금씩 양보를 한 선택이라고 볼 수 있다. 저녁 비행기로 출국하기로 했으니 하루 종일 호텔에서 푹 쉬다가 나설 생각이었다. 이른 점심으로 호텔 한식당에서 든든히 배를 채우고 돌아온 마리와 승언은 침대에 누워 TV를 보기도 하고, 휴대폰으로 게임을 하기도 하며 시간을 죽였다.

"답답하지 않아?"

"전혀요."

"밖에 나갔다가 오지 않을래?"

승언의 배를 베고 누워 있던 마리가 고갤 돌려 승언의 얼굴을 보았다. 사실 마리는 이대로 낮잠이나 실컷 자고 싶었지만 살짝 고개를 끄덕였다.

"어디 가고 싶은데요?"

"명동 어때?"

싫다는 말이 목 끝까지 올라왔으나 일단 한 번 삼켰다. 아마도 그는 사람들이 많은 곳에서 활기를 찾고 싶은 모양이다. 마리는 곰곰이 생각했다.

"삼청동은 어때요?"

"좋아!"

그는 1초의 망설임도 없이 좋다고 했다. 아무래도 일단 이 호텔 방을 나서는 것이 목표인 것 같았다.

사람 많은 곳은 서기서 서기겠지만, 삼청동이 좀 더 아늑한 느낌이라 마리는 그곳을 선택했다. 사람 많은 곳을 선호하지 않는 마리였기에 나름 차악을 제안한 것이었다. 명동만큼이나 호텔로부터 가까운 곳이니 이동 거리도 길지 않을 테고.

승언이 벌떡 일어나 캐리어에서 옷가지를 꺼냈다. 마리도 마지못해 일어나 캐리어를 도로 풀었다.

"차 놓고 가자. 어차피 주차할 곳도 없을 거야."

마리는 이번에도 순순히 고개를 끄덕였다. 그는 핏이 딱 떨어지는 흰색 슬랙스에 데님 셔츠와 회색 니트를 꺼냈고 마리도 그의 옷차림과 어울릴 만한 편한 옷을 꺼냈다. 데님 스키니진에 자잘한 도형 패턴이 들어간 블라우스. 가지고 있는 블라우스 중 그나마 가장 캐주얼한 분위기가 나는 블라우스였다. 하이힐을 신기에는 애매한 의상이라, 고민 끝에 슬립온을 꺼내 신었다.

"지하철은 타봤어?"

오랜만에 신어보는 납작한 신발에 자꾸 신경이 쓰여 발만 내려다보고 있던 마리는 승언의 물음에 고개를 가로저어 대답을 대신했다.

"역 바로 이 근처에 있는데. 지하철 타고 갈래?"

마리는 별생각 없이 고개를 끄덕였다. 단 한 번도 지하철을 타본 적 없었지만 왠지 나쁘지 않은 경험이 될 것 같았다.

차로 움직였다면 얼마 걸리지 않았을 거리를 지하철을 타고 환승까지 해가며 이동했더니 꽤 오랜 시간이 걸렸다. 하지만 마리는 지루해하지 않았다. 신기한 곳을 구경이라도 하는 듯 연신 두리번거리며 호기심 가득한 눈을 반짝반짝 빛내고 있었다.

다행히도 월요일 오후 시간이라 그런지 지하철 안은 생각보다 북적거리지 않았다. 승언은 이동하는 내내 혹시나 마리가 힘들어하진 않을까 내내 신경이 쓰였다. 정언이 말하던 그 성질머리라는 것을 결혼 둘째 날 드디어 보게 되는 건가 하고 살짝 긴장도 했다.

안국역 1번 출구로 나와서 경복궁 옆길을 따라 올라가는 내내 마리는 올망졸망 모여 있는 건물들을 둘러보며 빙긋 웃었다. 예상했던 것보다 한적한 삼청동 좁은 길을 그녀와 손잡고 걷고 있는 지금 이 순간이, 승언에게 기분 좋은 낯섦을 선물해 주었다. 마리와 진짜 데이트를 하는 기분이랄까. 이 좋은 걸 왜 이제야 하는지 후회스러울 정도였다.

"평일 낮인데도 데이트하는 사람들이 많네요."

"공강 시간이라 잠깐 만나러 나온 학생들도 있을 거고, 프리랜서들도 있을 거고. 아니면 애인이 못 견디게 보고 싶어서 반차나 월차 내고 데이트하는 사람도 있을걸."

맞은편에서 걸어오는 사람들을 피하던 마리가 승언의 팔을 야 늦이 붙잡으며 걸었다. 나무에 붙은 매미처럼 찰싹 달라붙어 있으니, 왠지 모르게 기분이 좋았다.

"너도 일하다가 나 보고 싶어서 못 견디겠으면 반차나 월차 내고 보러 와. 항상 작업하느라 바쁘긴 하지만 특별히 시간 빼 볼게."

어깨를 으쓱이며 거만하게 말하자, 마리가 어이가 없다는 듯 코웃음을 치며 대꾸조차 하지 않았다.

"현금 있어요?"

"왜?"

"저거 사주면 안 돼요?"

마리가 손가락으로 가리킨 건 호떡이었다. 평일 낮인데도 불구하고 줄이 있었다. 승언이 줄을 서자 마리는 주변 건물들을 두리번두리번 살피더니 이내 시야에서 사라졌다. 조금 멀리까지 갔던 마리는 다행히 호떡을 받을 때쯤 돌아왔다.

"자."

"잘 먹을게요."

"뜨거워. 조심해."

분명히 경고를 했건만. 덥석 한 입 크게 베어 물었던 마리가 눈썹을 찡그리며 발까지 동동 굴렀다.

"하 뜨거!"

"조심하라니깐."

"원래 이런 건 뜨거워하면서 먹는 거예요."

"그러다가 입천장이 남아나질 않겠지."

마리는 포기하지 않고 또 한 번 베어 먹었다. 승언은 그런 마리를 지켜보다가 뒤늦게 한 입 물었다. 명물이라더니, 괜히 더 맛있게 느껴졌다.

"뭐 보고 왔어?"

"예쁜 카페 찾고 있었어요. 저쪽에서 오른쪽 골목으로 올라가면 작은 베란스 있는 카페 있어요. 그쪽으로 가요."

승언이 손을 내밀자 마리가 자그만 손을 내밀었다.

"그래도 나오니까 좋지?"

"같이 있는 사람이 좋아서 더 그런가?"

마리의 능청스러운 표정에 승언의 입에도 미소가 걸렸다.

가끔 그럴 때가 있다. 찾고 있는 것을 가까운 곳에 두고서도 헤매곤 한다. 그건 장소든 사람이든 마찬가지다. 이렇게 가까운 곳에 마리를 두고도 꽤 오랜 시간 헤맨 나도 있으니까.

마리를 바라볼 때면, 마음이 설렌다. 그렇게 한참을 보고 있다 보면 웃음이 나고, 시선이 닿으면 심장이 멎는 것만 같다.

날 보고 왜 저렇게 예쁘게 웃지. 안고 싶게.

내가 느끼고 있는 이 설렘, 이 감정, 이 욕심들. 마리도 같은 생각일까.

내 솔직한 마음을 마리는 충분히 느끼고 있을까.

그런 생각이 들 때마다 승언은 점점 조바심이 났다. 좀 더 꺼내 보여주고만 싶다. 하루 종일 내가 얼마나 네 생각을 하고 있는지. 네가 얼마나 보고 싶은지. 네가 얼마나 안고 싶은지.

한 걸음쯤 앞장서서 걷던 마리가 한 슈즈샵 앞에 멈춰 섰다. 마리가 보고 있던 건 봄과 잘 어울리는 연노랑 색의 플랫 슈즈였다.

"들어가서 볼래?"

"그냥 구경만 하는 거예요."

"신어봐. 잘 어울릴 거 같은데."

마리는 못 이기는 척 샵 안으로 들어섰다. 승언은 마리가 들고 있던 호떡이 담긴 종이컵을 받아 들고 뒤따라 들어갔다. 마리는 직원에게 사이즈를 말하고 동그란 의자에 앉아 직원이 건넨 구두를 신어보았다. 딱 맞았다. 발목에 딱 떨어지는 스키니진의 길이와도 무척이나 잘 어울렸다.

"마음에 들어?"

"오빠 어때요?"

"잘 어울리는데? 딱 유마리 구두 같아."

마리가 웃었다. 발을 이리저리 보며 고개를 갸웃거렸다.

"근데 신고 다닐 일이 별로 없을 거 같아서."

마리는 늘 블라우스에 스커트, 혹은 원피스를 입고 하이힐만 신고 다녔다. 그 모습도 멋지고 아름답지만, 지금 이 순간 마리에게 이 플랫 슈즈만큼 잘 어울리는 편안한 신발은 세상 어디에도 없었다.

승언은 망설이고 있던 마리에게 호떡 종이컵을 손에 쥐여 주고 지갑에서 카드를 꺼내 직원에게 주었다.

"계산해 주세요."

"오빠 지갑 너무 쉽게 여는 거 아니에요?"

"이제 알았어? 오빠 쉬운 남잔 거?"

"갖고 싶은 거 있으면 다 말해도 되는 거죠?"

"얼마든지."

그사이, 직원이 박스에 신고 왔던 슬립온을 넣어 예쁜 종이 가방에 담아 건넸다.

"남자친구분이 사주셨으니 더 예쁘게 신으세요."

"남자친구 아닌데."

"네······?"

승언의 말에 직원이 당황하자 마리가 미소를 지으며 안심시켰다.

"어제 결혼했거든요."

"아, 하하. 그러시구나. 축하드려요."

"네. 감사합니다. 수고하세요."

마리는 승언에게 어서 나가자고 옆구리를 쿡쿡 찔렀다. 슈즈 샵을 나선 두 사람은 다시 걸음을 옮겼다.

"신발 사주면 도망간다던데."

"그건 옛말이고, 그 구두 신고 나한테 빨리 뛰어오라고 선물해 주는 거야."

승언의 말에, 마리가 승언의 팔에 머리를 기대며 깍지 낀 손에 힘을 꾹 주었다. 승언은 결국 고개를 숙여 마리의 입술을 잽싸게 훔쳤다.

"아 진짜!"

"고맙습니다, 하고 인사 안 해?"

"고마워요. 잘 신을게요."

상상만 해도 흐뭇하다. 이 구두를 신고 나를 향해 달려오는 유마리의 모습.

지금 이렇게 내 손을 잡고 함께 길을 걷는 이 사람이 나의 아내라는 사실에 기분이 묘했다.

아내. 결혼.

그 단어들이 이렇게 빨리 내 인생 속으로 걸어 들어오게 될 거라곤 생각지도 못했는데. 이제 앞으로 누군가에게 마리를 소개할 때마다 따라붙게 될 말. 나의 아내.

참 설레는 단어다. 아직까지 현실감은 없지만, 생각만 해도 그저 좋다. 불과 한 달 전만 하더라도 결혼을 하게 될 줄은 몰랐으니까.

유마리. 앞으로 나의 인생에 있어서 가장 큰 부분을 차지하게 되겠지.

난 유마리에게 어떤 존재일까. 유마리도 나와 같은 마음일까.

자꾸만 욕심이 생긴다. 유치하게도 자꾸만 확인받고 싶어진다. 내게 네가 특별한 존재인 만큼, 나도 네게 특별한 존재였음 싶다.

승언은 자신과 같은 방향으로 걷고 있는 마리의 작은 발을 내려다보며 옅게 웃었다.

마리가 선택한 카페 안.

마리는 따뜻한 자몽차를, 승언은 시원한 아메리카노를 사이에 두고 이마를 맞댔다. 친구들이 보내준 결혼식 사진을 함께 구경하기 위해서였다.

정언이 찍어준 사진과 그의 친구들이 찍어준 사진을 둘의 카톡방에 올렸다. 그러곤 한 장씩 넘겨보며, 정신이 없어서 자동 삭제된 어제의 기억들을 불러 모아 눈에 담고 가슴에 담았다.

"이거 잘 나왔다."

"뒤통수가 아주 예쁘게 잘 나왔네요."

웃고 있는 마리의 정면과 그의 뒷모습이 담긴 사진이었다. 왜 그랬는지 모르겠지만 마리는 승언을 보며 환히 웃고 있었다. 그 찰나의 순간이 담긴 사진을 보고 있으니 괜히 쑥스러웠다.

"가만 보니까 너 나 되게 좋아하는 거 같아."

"그냥 웃고 있는 거예요. 결혼식 날 신부가 저렇게 안 웃으면 신랑 오해받으니까."

"에이. 거짓말."

사실 마리도 그렇게 생각하고 있었다. 그렇기에 하나같이 기승 언을 보며 웃고 있는 사진뿐. 분명 좋아하긴 하지만, 그가 그렇게 말하니 곧이곧대로 인정하고 싶지 않은 못된 심보가 불쑥 튀어나왔다.

"내가 그렇게 좋아?"

마리는 승언을 가만히 쏘아보다가 아주 살짝 고개를 끄덕였다. 그 대답이 만족스러웠는지, 승언이 마리의 뺨을 슥슥 쓰다듬었다.

그다음 사진은 설아의 연주를 보며 눈물을 글썽이고 있는 마리의 모습과 그런 마리를 지켜보는 승언의 모습이 담긴 사진이었다. 꿀이 뚝뚝 떨어질 것 같은 다정한 눈빛이 사진을 뚫고 나와 고스란히 마음에 와 닿았다.

"이때 웃고 있던 사진은 없나?"

몇 장 넘겨보았지만, 설아의 연주를 듣는 내내 울먹이는 표정을 하고 있었던 모양이다. 사진이 모두 하나같이 슬퍼 보였다. 설아에게 한 장 보내주려 해도 이런 표정들뿐이라 그 조그만 녀석이 마음 쓸까 봐 보낼 수가 없었다.

"항상 애틋하게 보고 있으니까."

"제가 그랬어요?"

"어. 그렇더라."

내가 진짜 그랬나?

다른 사람들 눈에 그렇게 보였단 말이야?

마리는 자그맣게 한숨을 쉬며 사진을 넘겼다.

"꼬마 처제랑 어떻게 하면 친해질 수 있을까?"

그의 진지한 물음에 마리가 웃었다.

"저도 그게 어려워요. 나이 차이가 워낙 많이 나니까."

"동생 잘 챙기는 거 같은데."

"노력은 하고 있는데, 설아는 여전히 절 어려워하는 거 같아요. 그래서 오빠가 정언이랑 투닥거리는 거 보면 부럽더라고요."

마리는 가끔 그런 생각을 하곤 한다. 설아와 나이 차이가 서너 살쯤 났다면, 우린 어떻게 지냈을까. 지금처럼 서먹하진 않았겠지? 그랬다면 설아도 나를 어려워하지 않았을 텐데. 그 아이의 마음을 좀 더 쉽게 열 수 있었을 텐데.

"처제 좋아하는 아이돌 없어? 그 또래는 그런 얘기 하면 금방 가까워지지 않나?"

"아뇨. 설아는 오직 피아노."

"그렇구나. 태언이 여자친구가 음악 방송 PD잖아. 부탁하면 방송국 구경도 시켜주고 할 텐데."

"설아는 그런 거 전혀 관심 없어요."

라고 단호하게 답을 하고 생각해 보니, 어쩌면 내가 알고 있는 설아의 모습이 전부는 아닐 거란 생각도 들었다. 마냥 어린아이 인 줄만 알았던 녀석이 얼마 전엔 좋아하는 남자친구가 생겼다고 도 했으니까. 마리의 생각과는 달리, 설아의 일상은 보통의 열네 살 아이들과 크게 다르지 않을 수도 있을 것이다.

"근데 나이 차이를 떠나서 유난히 어려운 사람이 있긴 해. 난 사실 태언이 좀 어렵거든."

할아버지 팔순 잔치 때 한 번, 결혼 전 식사 자리에서 한 번, 어제 결혼식 때 한 번, 딱 세 번 보았던 태언이 떠올랐다. 승언이 나 정언과는 전혀 다른 분위기. TV를 통해 보았을 때도 종종 느 꼈지만 태언은 어딘가 차가운 사람이었다. 어렸을 때도 오다가다 승언과 마주치면 인사를 했지만, 태언과는 제대로 인사 한 번 나 눠본 적이 없었다. 아니, 마주칠 일조차 거의 없었다.

승언의 말로는 본래 성정이 차갑긴 해도 나쁜 사람은 아니라고 했다. 잔정이 없고 마음이 따뜻하지 않을 뿐이지 못되진 않았다 고도 했다. 사실, 아직 태언을 많이 겪어보지 못해서 승언의 설 명을 제대로 이해할 순 없지만 마리도 메인이 조금 어렵게 느껴 졌다.

"큰 도련님은 결혼 언제 하신대요?"

"안 한대."

"어? 큰 도련님이 먼저 결혼하고 싶어 한다고 했잖아요?"

"그러게 말야. 며칠 전만 해도 결혼식 먼저 올리겠다던 놈이 뭐가 틀어진 건지 이번엔 안 하겠다고 하더라고."

"왜 그럴까요? 다퉜나? 어제 결혼식장에 여자친구랑 같이 왔을 때도 사이 나빠 보이진 않았어요."

"뭐, 그럴 만한 이유가 있겠지?"

"아버님 어머님은 별말씀 없으세요?"

"그런 거 간섭하시는 분들이 아니라서. 그리고 두 분도 태언이 어려워해."

승언의 설명에 웃음이 났다. 부모가 어려워하는 자식이라니. 대체 그런 그의 연인은 어떤 사람일지 궁금했다. 그리고 그는 연인에게 어떤 남자일지도 덩달아 궁금해졌다.

워낙에 결혼 준비 기간이 짧아서, 앞으로 서로에 대해 알아가야 할 것들이 많이 남아 있었다. 가볍게는 서로의 가족 이야기부터, 언젠가는 오직 서로에게만 털어놓을 수 있는 이야기들도 나누게 될 것이다.

그것은 마치 책장을 넘기는 것과 같았다. 다음 장에는 어떤 이야기가 담겨 있을지 기대하게 만드니까.

마리는 그 순간들이 기다려졌다. 그에게 특별한 존재가 되고 싶기 때문이다.

별로 중요하지 않은 사소한 이야기들을 하염없이 풀어놓다 보니, 어느새 호텔로 돌아가야 할 시간이 다가왔다.

"피곤하지 않아? 택시 탈까?"

"아뇨. 또 지하철 타요."

"이제 슬슬 사람 많아질 시간인데. 괜찮겠어?"

마리가 고개를 끄덕이며 승언의 팔에 팔짱을 걸었다. 아까와 같이 승언에게 밀착해서 걷던 마리의 시선이 저절로 발끝으로 향했다. 그가 사준 예쁜 구두에 마음을 빼앗겨 버렸다.

비좁은 거리를 나란히 걸으며 맞은편에서 다가오는 사람들과 어깨를 부딪치면서도 마리는 여전히 기분이 좋았다. 아마도 그와 함께이기 때문일 것이다.

혼자가 아니라는 것.

기댈 수 있는 누군가가 곁에 있다는 것.

마리는 아주 어렸을 때부터 강해지고 싶었다. 나를 위해서가 아닌, 덕희와 설아를 위해서. 과연 나 자신은 그런 사람이길 원했을까, 이제야 생각해 보게 되었다.

어렸을 때 나는 어떤 어른이 되길 꿈꿨을까.

너무나 오래된 일이라 기억조차 나질 않는다. 일곱 살. 그 어린 나이에 계모나 세컨드라는 의미를 정확하게 알게 된 후로 마리는 많은 변화를 겪어야만 했다. 폭발시키지 않고 차곡차곡 담아두었던 화와 분노가 가슴 안에 가득 담겨 있었고 때때로 분화되기도 했다. 아주 가끔씩 소설되지 않는 화가 마리 스스로를 낭혹스럽게 만들기도 했다.

승언을 만나게 된 후로, 다시 한 번 마리에게 많은 변화가 생기기 시작했다. 이제야 내가 어떤 사람이 되고 싶은지 생각할 여유가 생겼다.

사실 아직 아무것도 변한 것은 없다. 여전히 사람들은 덕희를 향해 세컨드라 부르고 설아의 존재가 수면 위로 떠오르면서 유진석 대표의 가정사에 많은 관심이 쏠리고 있으니까. 박 회장은 여전히 꼬장꼬장하고 진석의 형제들은 여전히 그를 견제하고 있다.

달라진 것이라면, 혼자서 아무렇지 않은 척 화살받이가 되길 자처하던 유마리에게도 가족 외에 위로받을 곳이 생겼다는 것.

그가 내게 뭘 어떻게 해주지 않더라도 상관없다. 이렇게 이 정도 거리 안에만 있어 준다면.

마리는 그가 좋았다. 어쩌면…… 이게 사랑인지도 모르겠다.

아무것도 기대하지 않았던 결혼. 심덕희 여사 마음에 쏙 드는 사윗감을 골라 하루빨리 결혼할 생각뿐이었다. 덕희가 세상을 떠나는 그날까지 행복하게 잘 사는 모습 보여주고 싶었고, 혹시나 그런 나를 보며 삶에 대한 미련을 붙잡고 조금 더 오랜 시간 버텨주지 않을까 희망을 걸었다.

그런데, 덕희를 위한 선택이었던 이 결혼이 마리에게 생각지도 못했던 선물이 되었다.

기승언. 이름만 떠올려도 가슴이 뛰는 남자.

그는 어떤 마음일까.

나와 같을까?

그는…… 나를 사랑하고 있을까?

마리는 고개를 들어 승언의 얼굴을 올려다보았다.

"이걸로 분명해졌어."

"뭐가요?"

"넌 날 좋아해."

어쩜 저렇게 자신만만할까.

"그것도 아주 많이."

마리의 손을 잡고 있던 승언이 마리의 어깨를 부드럽게 감싸 안으며 품 안에 끌어안았다.

"억울해하지 마. 내가 더 많이 좋아하니까."

가볍게 툭 던진 그 말에, 마리는 숨을 내쉬는 것조차 잊고 멍 하니 눈만 끔벅였다.

이 말도 안 되는 고백에, 심장이 미친 듯이 뛰었다.

✳

일주일간의 신혼여행에서 돌아온 두 사람은 인천 공항에서 곧 장 시댁으로 향했다.

차에 두었던 한복을 꺼내와 2층 승언의 방에서 갈아입고 있는 데, 그가 아무런 기척도 없이 불쑥 방 안으로 들어왔다. 막 한복 치마 조끼허리를 어깨에 걸치던 마리는 깜짝 놀라 눈이 동그래졌 다.

"노크 좀 하시죠?"

"내 방인데?"

"옷 갈아입는 거 알면서."

"아니까 몰래 들어왔지."

"어우, 진짜."

마리가 눌눌거리자 승언은 짓궂게 웃으며 치마끈을 앞으로 돌 려주었다. 그것도 굳이 뒤에 바짝 붙어선 채로.

"옷고름도 매줄까?"

"기승언 씨. 자제하세요."

"너무하네."

털썩 침대 위에 걸터앉은 승언이 저고리를 들고 마리를 빤히 쳐다보았다. 옷 입는 과정을 계속 지켜볼 생각인 듯했다. 마리는 그의 손에 들린 저고리를 휙 낚아채 팔을 꿰어 넣었다.

"이따가 그 옷고름 내가 풀 거야."

"마음대로 하세요."

그는 그렇게 옷고름에 침을 발라두고 먼저 방을 나섰고, 옷고름을 단단히 맨 마리가 그 뒤를 따라 1층으로 향했다.

"아이고 예뻐라! 뉘 집 며느리가 이렇게 예쁘대?"

막 주방으로 들어가려는데, 거실에 앉아 있던 주연이 벌떡 일어나 마리에게 다가섰다. 볼 때마다 예쁘다고 말해주는 주연 때문에 마리는 쑥스러워 볼이 뜨겁게 달아올랐다.

"새댁 느낌 제대로네? 드레스만큼이나 예쁘다, 아가."

"감사합니다, 아버님."

거기에 더해진 창진의 칭찬에 마리는 손으로 입을 가린 채 웃음을 참았다.

"사극 찍냐? 안 불편해?"

"괜찮아."

"괜찮아요, 도련님."

정언이 호칭을 바로잡으려 하자 마리는 어이가 없어서 피식 웃고 말았다. 덕분에 긴장이 살짝 풀렸다.

"저거 봐 저거 봐! 유마리가 나 보고 비웃었어!"

"도련님 소리 듣고 싶으면 너도 형수로 깍듯이 모셔."

정언의 고자질에도 주연은 눈 하나 깜짝하지 않았다. 마리는 그런 정언을 살짝 흘겨보곤 주방으로 향했다.

"제가 도와드릴게요. 뭐부터 할까요?"

저고리 소매를 걷어 올리고 손부터 닦은 마리는 가사도우미 곁에 다가섰다.

"아마 너랑 내가 이 주방에서 나가주는 게 도와드리는 걸걸? 그렇죠, 여사님?"

어느새 뒤따라온 주연의 말에, 그녀가 빙그레 미소를 지었다.

"간단한 거라도 할게요."

"그럼 우리 며느님이 밥 한번 퍼 볼까요?"

"네. 제가 할게요."

마리는 가사도우미에게 주걱과 밥그릇을 건네받았다. 주연은 그런 마리의 뒤에 서서 구경을 했다.

"오호호. 우리 새댁 손 큰 것 좀 봐. 오늘 다들 머슴밥 드시겠네?"

갈비찜 간을 보던 가사도우미가 마리가 퍼 담은 밥을 보더니 또 한 번 웃었다. 실수한 건가 싶어, 마리는 주연의 눈치를 살폈다.

"너무 많아요?"

"아냐 아냐. 저 남자늘 밥 엄청 많이 먹어."

주연이 마리가 퍼 담은 밥그릇을 건네받아 식탁 위에 차례로 내려놓았다.

밥 푸는 일쯤이야 덕희를 도와 수도 없이 해봤던 건데, 왜 이렇게 처음 해보는 사람처럼 어설픈 건지 제 자신이 이해가 되질 않았다. 실수할까 봐 잔뜩 긴장하고 있는 자신의 몸이 마냥 뻣뻣하기만 해서 당황스러웠다.

마리는 식탁 위에 수저를 챙겨 놓으면서도 몇 번이나 고개를 갸웃거렸다. 순간, 수저의 위치가 국그릇 옆인지, 밥그릇 옆인지 헷갈린 것이다.

별거 아닌데, 나 왜 이렇게 허둥거리지?

"식사합시다!"

주연의 외침에 다들 식탁으로 모여들었다.

상석에는 창진이, 그 오른쪽으로 주연과 태언, 정언이 앉았고 맞은편에 승언과 마리가 앉았다.

"이 중에서 형수님이 한 건?"

정언의 깐족임에 마리는 지지 않고 수저를 향해 손가락으로 가리켰다.

"아. 형수님이 수저 놓으셨나 봐요?"

"네. 도련님."

능청스러운 마리의 반응에 식구들은 웃음이 터졌다.

"맛있게 먹겠습니다!"

"잘 먹겠습니다!"

씩씩한 인사로 시작된 식사. 모두가 수저를 든 후에야 마리도 뒤늦게 젓가락을 집어 들었다.

"형수님 음식 솜씨는 어떠신가?"

"마리 음식 꽤 잘해."

"그걸 형이 어떻게 알아?"

순간 식구들의 시선이 한꺼번에 마리에게로 향했다.

"마리가 만들어줬으니까."

승언은 당연하다는 듯 어깨를 으쓱였고, 다른 식구들은 오올, 하며 감탄했다.

"한 달 만에 결혼한 사람들이 밥 해먹을 시간도 있었어?"

"몰랐냐? 우리 연애결혼인 거?"

우문현답이었다. 승언은 의기양양하게 갈비 한 쪽을 마리의 앞접시에 놓아주었다. 마리는 그가 건네준 갈비를 젓가락으로 집으며 새어 나오는 웃음을 간신히 참아냈다.

"친정에는 연락드렸니?"

"네, 어머니. 도착해서 전화드렸어요."

"신혼 생활 재미 즐기면서, 친정에 신경 쓰고 잘 챙겨드려. 승언이 네가 새애기 많이 도와주고."

주연의 낭무에 승언이 고개를 끄덕였다.

"사부인 큰 행사 치르시느라 고생하셨을 텐데, 건강은 어떠신가 모르겠네?"

"괜찮다고 하셨어요. 마음이 편해서 몸도 편하시다고. 신경 써주셔서 감사합니다, 아버님."

"이제 다 한 가족인걸 뭐. 삼사하게 생각할 거 없다."

마치 한 가족을 챙기듯 덕희의 건강을 물어주는 창진과 주연 때문에, 마리는 순간 울컥했다. 따뜻하고 다정한 그의 성품은 아마도 부모님을 닮은 게 아닐까.

자신의 밥그릇 주변에 맛있는 반찬을 자꾸 끌어다 놓아주는 주연의 모습에, 마리는 자꾸만 치미는 눈물을 애써 삼키며 입안 가득 밥을 밀어 넣었다.

저녁 식사 후, 삼 형제와 마리가 가볍게 맥주 한잔을 나누었다.

반건조 오징어 한 마리와 감자칩 한 봉지를 안주 삼아 소박하게 술잔을 기울이는 내내, 십 년도 더 된 시시콜콜한 옛날이야기를 들추기 바빴다. 서로의 기억 속에 비슷한 순간들이 꽤나 많아서 감탄하기도 하고, 내가 기억하는 걸 왜 너는 기억하지 못하냐며 타박을 하기도 하면서…….

"할아버지 댁에는 언제 내려갔다 올 거야?"

정언의 물음에 승언이 고개를 갸웃거렸다.

"다음 주쯤에 내려가 보려고. 연락드렸더니 봐서 천천히 내려오라고 하시더라."

신혼여행에서 돌아오자마자 가장 먼저 인사를 드리고 싶었지만, 할아버지는 한사코 마다하셨다. 농사 준비에 바쁘다는 건 핑계고, 좀 더 쉬다가 내려오라는 배려인 것 같았다.

"지난번에 형수가 콩을 두 대접이나 심고 왔다며? 이번에 내려가면 고추 심이야 되는 거 아닌가?"

"뭐든 심게 되지 싶다."

승언이 아주 작게 한숨을 쉬며 두 눈을 반짝이고 있는 마리를 빤히 바라보았다.

"왜 그렇게 봐요?"

"넌 좋지? 할아버지 댁 가서 농사일 도와드리는 거 되게 재밌어하던데."

"네. 가서 고추도 심고, 방울토마토랑 오이랑 다 심고 올 건데요?"

마리의 대답에 승언과 정언이 동시에 고개를 가로저었다.

"형수가 처음이라 그래. 처음이라 재밌는 거야. 한 몇 년, 때마다 내려가서 농사일 돕다 보면 분명 흥미를 잃을걸?"

"도련님. 몸 만들어서 뭐하게요? 시간 날 때 내려가서 도와드리면 할아버지, 할머니가 얼마나 흐뭇하시겠어요? 그래요, 안 그래요?"

"네. 그러네요. 형수님 말이 맞습니다."

정언이 마지못해 고개를 끄덕였다.

"아 맞다! 형수, 주말에 모임 나올 거지?"

정언의 물음에 마리는 작게 한숨을 쉬었다.

"가기 싫은데."

"결혼식 날 애들 많이 갔어. 인사 제대로 해야지."

사교 모임.

아버지 대부터, 혹은 그 윗세대부터 이어진 친목 관계. 부촌으로 통하는 이 동네에서 함께 자란 또래들의 모임을 그렇게 부르곤 한다.

한 동네에서 크다 보니 자연스레 초, 중, 고등학교 동창이기도 한 그들은 서로의 속사정을 속속들이 너무나 잘 알고 있기에 가까이할 수도, 멀리할 수도 없는 애매한 관계를 유지하고 있었다.

"그런 모임도 나가?"

승언이 의외라는 듯 물었고 마리는 고개를 끄덕였다.

"아버지 회사에서 일 시작하면서 나가봤어요. 작년에 딱 한 번."

집안의 흥망성쇠와 함께하는 우정의 깊이란 참 우습기 짝이 없었다. 진석이 E미디어 그룹에서 내쳐졌을 땐 그 누구보다 싸늘했고, 다시 성공 가도에 오르자 너 나 할 것 없이 재빨리 손을 내밀었다.

서로의 필요에 의해 유지되는 한없기 가벼운 관계. 그들 중 기정언은 그런 것들에서 자유로운 유일한 친구였기에 마리와 늘 가까운 사이를 유지하고 있었다.

"오빠도 같이 갈래요?"

"아니. 그런 모임은 딱 질색이야."

단칼에 잘라 말하니 다시 되물을 수가 없었다. 승언의 성향상 절대 그들과 어울리지 않을 거란 걸 알기에 마리는 한 번 더 묻지 못하고 고개를 끄덕였다.

"나 먼저 자러 간다."

무표정한 얼굴로 세 사람의 대화를 듣고만 있던 태언이 잔을 비우며 일어났고, 마리도 덩달아 일어섰다.

"주무세요, 도련님."

마리의 인사에 태언이 부드럽게 눈썹을 접으며 인사를 받았다. 그러곤 1층 복도 가장 끝 방으로 향했다.

"역시 우리 작은형 센스는 알아줘야 해."

그게 갑자기 무슨 소린가 싶어 정언을 쳐다보는데, 승언과 정언이 서로에게 눈짓을 보내며 키득거렸다.

"작은형 방이 큰형 방 바로 옆이거든. 신혼부부 배려 차원에서 서재를 택한 거지."

마리는 뜨악해서 뭐라고 말도 못 하고 있는데, 승언은 연신 웃기만 했다.

"그럼 우리 막내 센스도 확인해 볼까?"

"형님. 저는 안방 가서 아버지랑 어머니 사이에서 자겠습니다."

움켜쥔 주먹을 무릎 위에 올리며 각 잡고 꺼낸 정언의 농담에, 승언은 만족스러운 미소를 지으며 머리를 쓰다듬어 주었다.

"피곤할 텐데 두 사람 올라가서 쉬어. 내가 치우고 들어갈게."

"됐네요. 나중에 생색을 얼마나 내려고."

마리가 일어나 안주 접시를 들자 승언이 접시를 빼앗아 정언의 손에 쥐어두었다.

"고맙다, 막내야."

"안녕히 주무십쇼! 좋은 밤 보내십쇼!"

마리는 결국 승언의 손에 이끌려 2층 방으로 향했다. 방 문고리를 손에 쥔 그가 뒤로 돌아서더니 마리를 바라보았다.

"먼저 씻을래? 아니다. 같이 씻자."

"이 오빠가 진짜!"

"그럼 씻지 말고 바로?"

그 말은 진심인 듯했다. 마리가 움켜쥔 주먹으로 그의 팔뚝을 툭 치자 승언이 씨익 웃으며 마리의 허리를 감싸 안아 당겼다.

사라락.

그의 손안에서 한복 옷감이 구겨졌다. 그 소리가 왜 그리 유난히 크게 들렸는지 모르겠다.

"누가 봐요. 얼른……."

"그래. 얼른 들어가자."

승언은 마리의 옷고름을 손에 꼭 쥔 채로 재촉하고 있었다. 오직 이걸 풀기 위해 저녁 내내 기다렸던 사람처럼 조급하게 구는 모습이 조금은 귀엽기도 했다.

방에 들어가자마자, 그는 문을 닫고 마리를 벽에 기대게 했다. 위에서 내려다보는 그의 노골적인 시선에 마리는 입안이 바짝바짝 타들어갔다. 발끝에 힘이 들어가고, 아랫배 어딘가가 간질거렸다. 이젠 제법 익숙해진 그다음 순간이 기다려지기도 했다.

볼을 쓰다듬던 그의 손길이 목덜미를 스치고 지나가 어깨를 타고 가슴 위로 올라왔다. 그러곤 한 걸음 물러서더니 기어이 옷고름을 슥 잡아당겼다. 스르륵 단숨에 풀려 버린 옷고름을 보며, 승언은 무척이나 만족스러운 듯 웃었다.

"손맛이 장난 아닌데?"

"맨날 한복 입을까요?"

"그거 괜찮다."

진지한 그의 대답에 마리가 소리 내어 웃었고, 그사이 승언은 마리의 저고리를 어깨 바깥으로 밀어내며 벗겼다. 가슴 윗부분의 치마끈 매듭도 풀어낸 승언은 하얀 속치마마저 벗겨냈다. 마리의 작은 몸을 감싸고 있던 풍성한 한복을 벗고 나니, 다른 옷을 벗었을 때보다 훨씬 더 부끄러웠다. 마리는 팔을 뻗어 더듬더듬 벽에 있는 조명 스위치를 찾아 끄려 했지만 승언의 손에 의해 계획은 수포로 돌아갔다. 마리의 손목을 감싸 쥔 그가 머리 위로 마리의 팔을 들어 올렸다.

"불 꺼줘요."

"싫어."

"창피하단 말야……."

"하단 말야?"

그가 장난을 걸듯 슬쩍 입을 맞췄다.

"하다구요."

"안 돼. 난 다 볼 거야."

절대 고집을 꺾지 않겠다는 단호한 눈빛. 처음 봤던 그 날부터 늘 자신의 눈에만 고정되어 있던 승언의 눈길이 부끄러움마저 녹여 버렸다. 마리는 마시못해 고개를 끄딕였고, 그는 미소를 지은 채 셔츠 단추를 하나씩 풀기 시작했다. 마리는 등 뒤로 팔을 돌려 브래지어 버클을 풀었고, 승언은 바지 버클을 풀며 한 걸음 바짝 마리의 앞에 다가섰다. 그의 넓은 맨가슴에 자신의 가슴이 짓이겨짐과 동시에, 아랫배 위로 묵직한 그의 남성이 와 닿았다. 질로 숨이 멎었디.

승언이 천천히 고개를 숙여 마리의 입술을 집어삼켰다. 위에서 찍어 누르는 듯한 깊은 침입에 마리는 숨길을 찾기 어려웠다. 깊게 파고든 그의 숨과 혀가 입안 가득 맴돌았다. 마리는 팔을 뻗어 그의 목을 둘렀고, 승언은 마리의 낭창한 허리를 손바닥으로 쓰다듬다가 팬티 안으로 손을 쑥 집어넣었다.

"훗."

서늘한 기운이 민감한 그곳에 몰렸다. 길고 가는 그의 손가락이 예민한 곳을 쓸고 지나칠 때마다 허벅지 안쪽 부드러운 살결이 파르르 떨렸다. 저절로 다리가 오므려졌다. 하지만 그는 무릎으로 마리의 허벅지를 바깥쪽으로 밀어내며 좀 더 바짝 밀착했다.

마리는 손을 아래로 뻗어 그의 분신을 움켜쥐었다. 부풀대로 잔뜩 부풀어 있는 그의 것이 마리의 손안에 가득 담겼다. 부드러운 마리의 손길에 그가 턱 근육을 바짝 조이며 앙다물었고, 맞닿은 입술 덕에 그 긴장감이 고스란히 느껴졌다. 마리는 그의 혀를 욕심껏 빨아 당기며 나지막한 숨을 내쉬었다.

"흐음."

승언은 마리의 팬티를 아래로 끌어 내리고, 얼굴을 마리의 은밀한 그곳으로 가져갔다. 마리는 그의 어깨를 움켜쥐며 다리를 오므리려 했으나 그는 한 손으로 마리의 허벅지를 움켜쥔 채 혀 끝을 세워 그곳을 자극했다.

"하아."

마리는 고개를 뒤로 젖히며 손바닥으로 벽을 짚었다. 무릎에 자꾸 힘이 풀려 주저앉을 뻔하던 그 순간, 그가 일어서서 입을 맞춰왔다. 타액으로 젖어 번들거리는 입술이 지독하게 야했다. 마리는 그의 아랫입술을 잘근잘근 깨물며 그의 속옷을 아래로 밀어 내렸다.

툭, 하고 그의 남성이 마리의 아랫배를 두드렸다. 맨살에 닿아만 있어도 마리의 그곳을 뜨겁게 적셨다. 승언이 제 가슴을 움켜쥔 채 빤히 얼굴을 바라보자 마리는 어쩔 줄 몰라 했다. 어떻게 해줬으면 좋겠는데, 그는 느긋하게 굴어 마리를 안달하게 만들었다.

"빨리……."

"뭘?"

이렇게 얄미울 수가 없다. 마리는 눈을 질끈 감으며 그의 것을 쥐고 부드럽게 쓰다듬었다. 더 이상 부풀 수도 없을 만큼 몸집을 키우던 그의 것이 점점 더 커지는 것만 같았다.

내 안을 가득 채우겠지. 좁은 속살을 비집고 들어오면서 만들어지는 달콤함을 알기에, 마리는 마음이 점점 더 급해졌다.

"못됐어……."

마리가 내뱉듯 눈썹을 찡그리며 올려다보자, 그제야 그가 만족스러운 듯 미소를 지으며 그녀의 입구에 그 끝을 비볐다. 그는 마리의 한쪽 다리를 팔에 걸어 공간을 만든 후 천천히, 매우 깊숙하게 밀어 넣었다.

"으읍!"

승언의 어깨를 꽉 움켜진 마리의 손등에 힘줄이 돋아날 정도로 힘이 들어간다. 꽉 채우며 밀려들어 오는 그의 것을 붙잡은 채 놓아주고 싶지 않았다. 느릿하게 빠져나갔다가, 다시 빈틈없이 끝까지 밀고 들어오는 그. 그의 것과 딱 맞물린 그곳이 무척이나 뜨거웠다. 승언이 서서히 속도를 높이며 엉덩이를 치받을 때마다 마리는 다리에 점점 힘이 풀려갔다.

"안 되겠어……."

마리가 가쁜 숨을 쉬며 입술을 깨물자 그가 잠시 그녀의 몸속에서 빠져나갔다. 밀려드는 허전함에 눈물이 날 것 같았다. 하지만 그는 마리를 안아 침대 위에 눕히고 재빨리 다리 사이로 들어왔다.

"이렇게 약해서야."

승언의 말에 순간 웃음이 났다. 체력이라면 어디 가서 빠지지 않는 편인데도, 늘 그에게 지고 만다. 그 어떤 체력 단련을 한다 해도, 결코 이 남자를 이길 순 없을 것이다.

침대에서부터 다시 시작된 끈적한 정사는, 늘 그랬듯 마리가 진심으로 화를 낼 때까지 반복되었다.

갈증으로 잠결에 눈을 뜬 승언은 자신의 품에 안긴 마리의 어깨 위에 자잘하게 입을 맞추었다. 마리의 매끈한 몸이 와 닿았다. 그녀의 살결을 느끼는 순간부터 몸집을 부풀리기 시작하는 그 녀석이 살짝 원망스러웠다. 물 한 모금이 생각나서 깼는데, 갈증은 다른 곳에서 일기 시작했다.

승언은 마리의 밀캉한 가슴을 손에 쥐었다. 어깨와 뒷덜미에 코를 박고 살냄새를 연신 마셨다. 달큰한 꽃향기에 심장이 미친

듯이 뛰었다.

안고 싶어.

사람을 미치게 만드는 향기다. 도저히 견딜 수가 없다. 멀쩡한 사람을 짐승으로 만들어 버리는 마리 때문에 승언은 종종 내가 이렇게 자제력이 부족한 사람이었나, 하는 생각을 하곤 한다.

"그만⋯⋯."

잠귀 밝은 마리가 잠긴 목소리로 나지막이 경고했지만, 승언은 멈출 수가 없었다. 이건 이미 자신의 이성을 떠난 일이다.

본능을 따라야만 하는 순간.

승언의 손은 마리의 납작한 아랫배를 지나 수풀 무성한 그곳을 어루만졌다. 그 손은 이내 가운데를 가르며 파고들었다. 마리는 다리를 꼬며 미간을 구겼고 이내 고갤 돌렸지만 뭐라고 말을 하기도 전에 승언이 입술로 막아버렸다.

살짝 부어 있는 그녀의 입구를 지분거리는 승언의 손길은 무척이나 장난스러웠다. 톡 솟아오른 예민한 곳을 손가락 끝으로 톡톡 건드리고, 둥글게 비비다가 점점 젖어드는 안쪽에 손가락을 밀어 넣었다.

"하아."

단단하게 굳은 그의 것이 어서 그 안에 들어가 달라고 애원하고 있었다. 깊숙이 밀어 넣고 싶었다. 그러면 마리의 연한 속살이 그의 것에 들러붙어 꽉 조여들 것이다. 조금만 움직여도 사정없이 흘러 나니는 연하고 예민한 속살. 그 맛이 산설했나.

승언은 마리의 엉덩이 사이로 자신의 것을 밀어 넣었다. 입구를 단번에 찾아낸 그의 것이 쑤욱 밀려들어 가자 마리가 허리를 움찔 떨며 신음을 뱉었다. 잠결이라 충분히 젖지 않는 그곳은 약간 뻑뻑했지만 그래서 더욱 세게 조여들었다.

승언은 마리의 등에 이마를 기댄 채 거친 숨을 토했다. 두 손으로 욕심껏 마리의 가슴을 움켜쥔 승언은 천천히 허리를 움직이며 비좁은 그곳을 수도 없이 들락거렸다.

"하웃…… 기승언 진짜……."

마리의 짜증에 승언은 저도 모르게 웃고 말았다. 밀어 올릴 때마다 허벅지에 닿는 마리의 보드라운 엉덩이가 찰싹찰싹 부딪치며 야릇한 소리를 만들어냈고, 하나로 젖어든 그곳에서 만들어진 야한 마찰음이 방 안을 떠돌았다.

"조금만 천천히……."

승언은 마리의 부탁을 들어주지 않고 오히려 더 빠르게 움직였다. 일정하지 않은 간격으로 조여드는 그녀의 좁은 길에서 승언은 몇 번이나 위기를 맞았지만 소중하게 얻어낸 이 시간을 이대로 끝낼 수가 없어서 정신을 집중했다.

품에 당겨 안고 뺨에 입을 맞추는데, 땀이 송글송글 배어난 목덜미에서 더욱 향기로운 향이 맡아졌다. 승언은 마리의 목과 어깨 사이에 얼굴을 묻은 채로 속도를 올렸다.

"아! 아웃!"

깊은 곳까지 치받자 마리가 팔을 뻗어 헤드보드를 움켜쥐었다. 승언은 잠결에 잠깐 맛만 보려던 것이 끝까지 갈 것만 같아서 아주 조금 미안한 마음도 들었다. 마리의 입장에선 자다가 날벼락을 맞았으니까.

하지만 멈출 순 없었다. 승언은 가슴을 쥐고 있던 한쪽 손을 내려 가장 예민하게 반응하는 그녀의 돌기를 지분거렸다. 그러자 마리가 허리가 휘도록 고개를 젖히며 엉덩이를 들어 올렸다. 더욱더 깊이 받아들이는 그녀 때문에 승언의 머릿속이 하얘지기 시작했다.

"하아…… 하으……."

거친 숨을 쏟아내던 마리가 팔을 뒤로 뻗어 그의 머리칼을 움켜쥐었다. 쥐어뜯지 않아줘서 고맙긴 했지만 그 가느다란 손가락이 두피에 닿자 묘한 곳에서 더 흥분이 밀려왔다.

승언은 마리의 몸에 제 것을 묻은 채로 일어나 마리도 일으켰다. 엎드리고 있는 마리의 골반을 두 손으로 단단히 움켜쥐고 빠르게 허리를 움직였다. 뜨거운 숨을 토해내며 밀어 넣길 반복하던 승언은 마리가 먼저 끝을 본 이후에도 움직임을 멈추지 못하다가 모든 것을 쏟아낸 후 마리의 등에 쓰러지듯 엎어졌다.

"오빠, 인간적으로 잠은 재워줘."

애설한 마리의 부탁에도 승언은 확답을 해줄 수 없었다. 오늘 같은 밤이 반복될 것이 분명하기 때문이다.

아침을 준비하기 위해 알람을 맞춰뒀던 마리는 간신히 눈꺼풀을 밀어 올렸다. 꿈인 줄 알았는데 온몸이 욱신거리는 걸 보니 꿈속이 아니었던 게 분명했다. 마리는 곤히 잠든 승언을 바라보았다.

이럴 땐 정말 얄밉다니까.

그런데도 눈을 뗄 수가 없다. 잠든 모습이 얄밉기도 하지만, 한편으론 계속 감상하고 싶었다. 힘을 뺀 손끝으로 승언의 얼굴을 가만히 만져보고 있는데, 그 순간 그가 눈을 번쩍 떴다.

정면으로 마주친 시선.

마리의 뺨이 점점 뜨겁게 달아올랐다.

벗어나야 해.

마리는 본능적으로 판단했고 조심스레 몸을 일으키는데, 승언이 마리의 어깨를 잡아 눌렀다. 그러곤 빈틈없이 꼭 끌어안았다. 그의 맨가슴에 얼굴을 묻은 모양새가 되어버렸다.

"십 분만."

"안 돼요. 아침 준비하러 내려가 봐야 돼요."

"이십 분."

"얼른 씻어야 되는데."

"삼십 분."

"이따 아침 먹고요. 네?"

마리의 제안이 마음에 들었는지, 그제야 승언이 마리를 놓아주었다. 그의 품에서 간신히 빠져나온 마리는 휘청거리며 침대를 벗었다.

"아침엔 역시 계란찜이 최곤데."

그는 반쯤 뜬 눈으로 마리를 지그시 바라보며 엄지를 치켜세웠다.

"어련하시겠어요."

"흐음. 계란찜은 유마리도 나만큼이나 좋아하는 것 같은데 말이지."

승언이 애처롭게 팔을 뻗어 마리의 손길을 갈구했다. 마리는 아주 잠시 마음이 흔들렸지만, 마음을 고쳐 잡고 뒤로 한발 물러섰다.

"안 통해요."

"아, 유혹 실패네."

그가 한숨을 쉬더니 고개를 가로저었다.

기승언과 침대의 조합은 늘 위험하다. 마굴이라도 되는 듯, 저 위에 올라가면 도저히 빠져나올 수가 없다.

아니지. 장소에 구애받지 않으니, 위험한 건 기승언 하나.

마리는 고개를 절레절레 저으며 웃고 말았다.

아침 식사는 마리가 직접 준비했다. 물론 기본 반찬은 가사도우미가 해준 것들이지만 국과 밥을 마리가 했다. 다행히도 다들 맛있게 먹어주었다. 깨끗이 비워진 빈 그릇을 보고 있으니 너무나 뿌듯했다.

"마리 음식 솜씨가 제법이구나?"

"감사합니다, 아버님."

"아주 맛있게 잘 먹었다."

창진의 칭찬에 마리가 미소를 지었다.

"오늘 친정으로 갈 거지?"

"아뇨. 며칠 더 있을 생각인데……."

"조금 쉬었다가 저녁 전에 바로 친정에 가봐. 많이 기다리고 계실 텐데."

"아닙니다. 친정에다가 이미 며칠 더 시댁에서 보내고 가겠다고 연락드렸어요."

"괜찮아. 어차피 낮에는 다들 출근하고 빈집인데 둘이서 심심하잖아."

"그래도……."

"우린 격식 그런 거 따지지 말고 편하게 살자. 이건 할아버지가 직접 정하신 집안의 규율이야. 나나 안사람이나 사지 멀쩡하고 건강 팔팔하니까 걱정할 거 없고, 할아버지 할머니는 우리 부부가 잘 챙기고 있으니 걱정 말고. 대신, 사부인은 니들이 잘 챙겨야 한다. 승언이 니가 잘해야 돼. 아버지 말 무슨 말인지 알지?"

예상하지 못했던 창진의 당부에 마리는 말문이 막혔다. 코끝이 찡하고 가슴 저 아래에서부터 뭔가가 울컥 치밀어 입술을 꾹 다문 채로 창진을 바라보았다.

"네. 아버지. 그건 걱정 마세요."

"그래. 여기까지! 모두 해산. 오늘 하루도 힘차게 보내자!"

창진이 먼저 일어섰고, 그 뒤에 주연이 일어섰다. 주연은 마리의 등을 다독여 주고 식탁을 떠났고 태언과 정언까지 모두 식탁을 벗어난 후 마리는 승언을 쳐다보았다.

긴 설명 필요 없이, 걱정 말라던 승언의 그 말 한마디가 왜 그리도 따뜻했는지 모르겠다. 마리는 울지 않으려고 눈을 빠르게 깜박였다.

"두 분 출근하시는 거 배웅하고 우리도 올라가서 쉬자. 많이 피곤하지?"

"그걸 아는 사람이……."

웃으며 내민 승언의 손을 마리가 툭 쳤다.

"장모님께는 내가 전화할게. 오늘 가겠다고."

마리가 고개를 끄덕이자 승언이 다시 한 번 손을 내밀었다. 이번에는 그의 손을 거절하지 않았다.

9화
선물

    친정집으로 가기 전, 그는 챙겨갈 것이 있다며 가로수길에 위치한 자신의 쇼룸에 잠시 들렀다가 가자고 했다.

    그러고 보니, 그의 쇼룸에 가보는 건 처음이었다. 워낙에 유명한 가구 디자이너라 그가 운영하는 쇼룸에 대해 들은 적도 있고 잡지나 방송에 소개된 것도 지나가면서 본 적이 있었지만, 이렇게 자신과 결혼을 하게 될 줄 몰랐으니 관심이 없는 편에 가까웠다.

    "쇼룸 이름은 뭐예요?"

    "아르보르. 라틴어로 나무."

    아르보르.

    멋진 이름이었다. 입안에서 둥글게 굴려지는 발음과 부르기 부드러운 단어의 조화가 마음에 들었다.

왜 진작 묻지 않았을까. 여전히 그에 대해 알아가야 할 것들 투성인데.

"늘 공방에서 작업만 하니까 쇼룸 있다는 생각을 못 했어요. 이제야 이름 물어봐서 미안해요."

그는 대수롭지 않다는 듯 싱긋 웃었다.

핸들을 움켜쥔 그의 옆모습은 언제 봐도 옳았다.

"운영은 직접 하는 거예요?"

"대학 후배 둘이 운영해 주고 있어. 훌륭한 월급 사장들이지."

"그렇구나."

"내가 얼굴 내세워서 영업까지 했으면 공장 차려야 돼. 주문 제작 물량 감당이 안 될걸?"

어련하실까.

승언의 능청에 익숙해진 마리가 고개를 끄덕였다.

그사이, 차가 그의 쇼룸에 도착했다. 폭이 좁은 3층짜리 건물. 건물 전체를 사용하고 있다고 했는데, 분위기 자체가 주변의 다른 건물들과는 확연한 차이를 보였다.

"이 건물세가 이 라인에서 다섯 손가락 안에 들어가. 오빠 아주 허리가 휜다."

승언의 앓는 소리가 진짜인진 모르겠지만 마리는 웃으며 그의 뒤를 따랐다. 매장 문을 열고 들어가자마자 마리를 가장 먼저 반긴 건 나무 향기였다. 그의 작업실에서도 맡아보았던 그 향기. 아늑하고 따스한, 뭐라고 설명하기 힘든 나무의 향기. 마리는 주변을 두리번거리며 그가 만들어낸 공간을 눈에 담았다.

"잠깐 구경하고 있어. 3층 올라갔다 올게."

"천천히 다녀와요."

쇼룸 안에는 다양한 연령대의 고객들로 가득했다. 근무 중인 직원들이 고객이 부담스럽지 않게 밀착 영업을 하지 않고, 천천히 모두 둘러보고 느껴볼 수 있도록 배려해 주는 모습이 인상적이었다.

"안녕하세요, 형수님!"

"안녕하세요!"

그때, 예상치 못했던 곳에서 두 남자가 불쑥 나타나 마리에게 인사를 건넸다. 마리는 놀랐지만 이내 미소를 지어 보였다.

"안녕하세요."

밝고 환한 기운이 가득한 젊은 두 청년은 이루 말할 수 없이 훈훈했다. 이곳이 여자 손님들로 가득한 이유를 알 것 같았다.

"결혼식 날 뵀었는데, 기억 못 하시죠?"

"아, 죄송해요. 그날 워낙 경황이 없어서."

"괜찮습니다. 앞으로 자주 뵐 건데요, 뭘."

참 서글서글한 청년들이네. 보기만 해도 절로 웃음이 새어 나왔다.

"근데, 여기 있는 가구들 다 기승언 씨가 만든 거예요?"

"80% 정도는요."

나머지 20%를 떠올리는데, 순간 최효진의 얼굴도 동시에 떠올랐다. 쇼룸을 함께 쓰고 있다고 했었다. 그렇다면⋯⋯.

"그럼 나머지는……."

"대학 후배들 거 전시해 주고 계세요. 선배님 모토가 예술 작품 말고 쓸 수 있는 가구를 만들자, 거든요. 그 생각에 동의하는 후배들 가구는 직접 판매도 해주세요. 후배들 입장에선 정말 감사한 일이죠. 기승언 작가 쇼룸에서 자신의 가구를 팔 수 있는 기회니까요."

그들의 입에서 정효진의 이름이 나오지 않아 의아했다. 주변을 둘러보았지만 그녀의 흔적은 찾을 수가 없었다.

어떻게 된 거지?

막 효진에 대해 물으려는 데, 계단에서 그가 내려왔다. 그의 손에는 일인용 피아노 스툴이 들려 있었다.

"그거……."

"받을 사람 생각하면서 만들어야 더 예쁘게 잘 나오는데, 미리 만들어놓은 거긴 해도 내가 정성껏 깎고 다듬은 거니까 처제도 마음에 들어 하겠지?"

설아의 선물이라니!

마리는 감격스러워서 말이 나오지 않았다. 그사이, 그의 후배들은 승언이 들고 온 피아노 스툴을 종이 박스에 담아 주었다.

"우리 간다! 수고해!"

"들어가세요, 선배님. 형수님."

마리는 고개를 숙여 그들에게 인사를 했고, 그의 손을 잡고 쇼룸을 빠져나왔다. 그가 차에 박스를 싣는 동안에도 마리는 멍하니 그를 보고 있었다.

"문 열어줘야 타는 거야?"

승언이 웃으며 다가와 조수석 문을 열어주었고, 마리는 차에 올라탔다. 그가 보닛을 돌아 운전석에 오를 때까지 마리의 시선은 승언에게 고정되어 있었다.

"왜? 너무 잘생겼어?"

마리는 웃으며 승언의 품에 안겼다.

"고마워요."

"뭐가?"

"설아 선물."

"에이 뭘. 다음엔 더 예쁘게 만들어줄게."

고개를 들어 승언의 얼굴을 바라보던 마리가 승언의 입술에 가볍게 입을 맞췄다.

"오빠는…… 내가 생각하고 있는 것보다 훨씬 더 멋진 사람인 거 같아요."

마리의 말에 승언이 미간을 좁히며 피식 웃었다.

"그런 말을 이렇게 대놓고 하면 내가 부끄럽잖아."

"그래도 말해주고 싶었어요."

승언이 마리의 손을 잡고 손등에 입을 맞춰 주었다. 자신의 손을 만지작거리는 그의 까칠한 손이 참 좋았다. 나뭇결 같은 그의 손은 늘 마리를 설레게 만들었다.

"장모님 꽃 좋아하시나?"

"그럼요."

"가는 길에 꽃집 들러야겠다."

덕희와 진석, 설아에게 줄 선물을 트렁크와 뒷좌석에까지 잔뜩 실어놓고도 그는 그렇게 말했다.

철컥.

초인종을 누르기가 무섭게, 기다렸다는 듯 대문 잠금장치가 열렸다. 마리와 승언은 양손 가득 선물 꾸러미를 들고 대문 안으로 들어섰다.

"엄마!"

앞장서서 걷던 마리가 한걸음에 마중 나온 덕희를 향해 달려갔다. 그 뒤로 설아와 진석이 따랐고, 승언은 그들을 향해 차례로 고개를 숙여 인사했다.

"아이고, 뭘 이렇게 잔뜩 사 들고 왔어."

"안녕하셨습니까! 장인어른, 장모님!"

"그래그래. 기 서방. 얼른 안으로 들어가자."

예상보다 더 큰 환대를 받았다는 사실에 한결 더 기분이 좋아진 승언은 서둘러 집 안으로 들어갔다. 거실 바닥에 들고 온 것들을 내려놓고 슈트 재킷 단추부터 깔끔하게 여몄다.

"먼저 절부터 받으시죠."

"아휴, 절은 무슨. 됐어."

덕희가 손사래를 쳤지만, 승언은 진석과 덕희를 소파에 앉혀두고 넙죽 절부터 올렸다. 두 사람은 그런 승언을 향해 환한 미소를 보내주었다.

"시댁에 며칠 더 있다가 오지 왜 벌써 왔어?"

"장모님 뵙고 싶어서 왔죠."

승언의 넉살에 덕희가 소녀처럼 맑게 웃었다.

"아! 이거 받으세요. 라넌큘러스 좋아하신다고 해서……."

"어머나!"

마리는 자신의 엄마가 좋아하는 라넌큘러스를 본인도 좋아한다고 말한 적이 있었다. 그래서였는지, 결혼식 날 마리의 부케도 라넌큘러스였고, 설아가 연주했던 피아노 장식도 라넌큘러스였다. 마리는 승언이 건넨 라넌큘러스 꽃다발을 들고 연신 웃는 덕희의 모습에서 눈을 떼지 못했다.

"고마워, 기 서방. 화병에 꽂아 둬야겠다."

꽃향기를 음미하며 즐거워하는 덕희의 모습에 진석도 미소를 지었다.

"내 건 없나?"

"왜 없겠습니까."

승언은 들고 왔던 여러 개의 종이 가방 중, 가장 작은 종이 가방을 건넸다.

"조니 워커 블루입니다."

승언의 말에, 진석이 짧게 윙크를 건네며 엄지를 치켜세웠다. 조니 워커 블루 마니아로 알려진 진석을 위한 맞춤형 선물이었는데 다행히 좋아해 주었다.

"그리고 이건, 우리 처제 선물."

가장 큰 상자를 건네자, 설아는 받아 들지도 못한 채 어안이 벙벙한 얼굴로 승언과 마리를 번갈아 가며 보았다.

"제 건 이렇게 커요?"

"마음에 들었으면 좋겠다."

설아가 조심스레 박스를 열었다. 내용물을 확인한 설아의 입가에 함박 미소가 걸렸고, 그 미소에 승언도 한결 마음이 놓였다.

"어머! 피아노 스툴이네?"

덕희가 박스 안의 선물을 확인하곤 깜짝 놀랐다. 진석이 냉큼 박스 안에서 피아노 스툴을 꺼내 주었다.

"이야! 설아는 좋겠다. 형부가 멋진 의자도 만들어주고."

설아는 의자를 손으로 연신 쓰다듬으며 어쩔 줄을 몰라 했다. 승언은 거실 한가운데 놓인 그랜드 피아노 앞에 그 의자를 놓아 주었다.

"다음에 더 예쁘게 만들어줄게, 처제."

"감사합니다. 정말 감사합니다."

몸을 배배 꼬면서도 허리까지 숙여 인사를 하는 설아가 마냥 귀여웠다. 그 모습을 지켜보고 있던 마리도 흐뭇하게 웃었고, 승언이 손을 내밀자 곁으로 나가와서 손을 맞잡았다.

"아이구, 내 정신 좀 봐. 저녁 거의 다 됐으니까 다들 잠깐만 기다려!"

덕희가 황급히 주방으로 향하자 마리도 그녀의 뒤를 따랐다.

"그럼 저는 마리 방에 짐 좀 풀어두겠습니다."

"3층 올라가면 복도 맨 끝에 방 있어요. 거기가 침실이에요."

"응. 알았어."

승언은 옷이 담긴 작은 캐리어를 들고 2층으로 향했다. 설아는 의자가 마음에 쏙 들었는지 피아노 앞에 앉았고 그런 설아를 바라보는 진석의 눈빛이 참으로 인자했다.

2층은 또 하나의 다른 집이라고도 할 수 있을 만큼 널찍하고 독립적이었다. 복도를 따라 두 개의 방을 지나자 1층 거실 만큼이나 커다란 거실이 나왔고, 그 끝에 두 개의 방이 마주 보고 위치했다. 먼저 왼쪽 문을 열어본 승언은 그곳이 서재임을 확인하고 다시 오른쪽 문을 열었다.

그런데 그곳에서, 예상치 못했던 반가운 것들을 마주하게 되었다. 내가 만들었던 가구들…… . 그것들이 마리의 침실에도 있었다.

승언은 캐리어를 내려두고 침대 옆 사이드 테이블로 향했다. 정말 자신의 가구가 맞았다. 승언은 혹시나 하는 마음에 서재로 걸음을 옮겼다. 그곳에도 자신이 만든 가구들이 있었다. 오랜 시간 공을 들여 만들었던 기억이 나는 전면 책장이 서재 한쪽 벽면에 세워져 있었고 그 안에는 방대한 양의 책이 꽂혀 있었다. 별도의 수납장이 없는 다이닝 테이블이 이곳에서는 책상으로 쓰인 모양이다. 거기에 짙은 버건디 색 쿠션이 올라가 있는 윈저 체어까지. 웃음이 났다.

"여기 있었어요?"

마리의 목소리에 승언이 돌아섰다.

"이 집에 내가 만든 가구가 꽤 많네?"

"아…… . 그건 엄마가 오빠 가구를 좋아해서."

쑥스러울 때면 나오는 그 귀여운 표정.

마리는 입술을 입안으로 말아 넣고 손끝으로 턱을 긁적였다. 승언은 그런 마리의 앞에 가까이 다가섰다. 거리가 좁혀질수록 느껴지는 익숙한 긴장감. 가슴이 들썩일 정도로 숨을 몰아쉬는 유마리를 지켜보는 일은 무척이나 즐겁고 황홀하다. 승언은 마리에게 시선을 고정한 채로 한 걸음 더 바짝 다가서서 고개를 옆으로 틀었다. 입맞춤을 기다리던 마리는 한참을 버티다가 눈을 지그시 감았다.

"언니!"

갑작스러운 설아의 부름에, 점차 거리를 좁히던 두 사람이 순식간에 떨어졌다. 승언은 괜히 책을 둘러보는 척 책장 앞으로 순간이동 했다.

"언니 밥 먹으러 내려오래."

"처제, 나는?"

"형부도요……."

수줍은 듯 달아나는 설아의 뒷모습에, 두 사람은 동시에 웃고 말았다.

마리의 요리 실력은 덕희에게 물려받은 것이 분명했다. 덕희에게 한 상 제대로 대접받은 승언은 설거지를 자처했고, 마리는 과일을 준비한다며 승언과 함께 주방에 있어 주었다.

어쩜 이렇게 예쁠끼, 유마리.

딸기를 씻어 꼭지를 따고 접시에 한가득 담은 마리는 승언이 설거지를 마칠 때까지 기다렸다가 함께 거실로 향했다.

"갑자기 준비하느라 맛있는 걸 많이 못 해줘서 어쩐담."

"아닙니다, 장모님. 정말 맛있게 잘 먹었습니다."

"마리가 기 서방 매운 거 잘 못 먹는다고 해서 좀 더 신경 썼어. 나 빼고 세 사람은 매운 거 엄청 좋아하거든."

"안 그래도 전에 마리 따라서 매운 족발 먹으러 갔다가 정신이 날아갈 뻔했어요."

승언은 식사 내내 덕희의 시선을 느꼈다. 자신의 기분을 살피는 듯한 느낌이랄까. 그래서 말해주고 싶었다. 아무 걱정 안 하셔도 된다고. 마음 놓으셔도 된다고.

하지만 승언은 구구절절 설명하지 않기로 했다. 있는 그대로 보여 드리면 되니까. 억지로 행복한 척할 필요도 없고, 그럴 생각도 없다. 그러니 아무 염려하지 말고 지금처럼 이렇게 마리의 곁에 머물러 주길, 지켜봐 주길 속으로 빌었다.

"처제. 결혼식 때 연주 정말 고마웠어."

설아는 승언이 무슨 말만 걸어도 볼이 빨갛게 달아올랐다. 그 모습이 귀엽기도 하지만 자꾸 당황시키는 건 아닐까 걱정이 되기도 했다. 승언은 어서 빨리 설아와 친해지고 싶었다.

수줍어하는 설아에게 마리가 딸기 하나를 입안에 넣어주었다.

"언니가 동생을 얼마나 자랑스러워하는지. 동생 없는 사람은 서러워서 이 사람 앞에선 입도 못 뗄 것 같아요."

승언의 말에 설아의 뺨이 더욱 붉어졌다.

"설아야. 형부가 새 피아노 스툴도 선물해 줬는데, 답가로 한 곡 연주해 주는 건 어때?"

진석의 제안에 설아는 망설이지 않고 피아노 앞에 앉았다. 연신 수줍은 듯 웃던 설아의 표정이 어느새 차분히 가라앉았다. 피아노 앞에 앉으면 전혀 다른 아이가 된다던 마리의 말이 맞았다. 아주 잠깐 눈을 감고 여유를 찾은 설아가 주먹을 살며시 쥐었다가 편 후 건반을 어루만졌다.

드뷔시의 달빛.

도입부 단 두 마디 만에, 승언은 입을 다물지 못했다. 그 모습을 보던 마리가 뿌듯한 표정을 지었다.

연주를 듣는 내내 승언은 생각했다. 단 한 번도 만들어본 적 없지만, 설아를 위해서 피아노를 한번 만들어보고 싶다는 생각을 말이다.

늦은 밤, 마리와 승언은 침대 위에 나란히 기대앉아 TV를 보았다. 내 집, 내 방, 내 침실, 그것도 내 침대 위에 그와 함께 있다는 게 어쩐지 현실감이 없었다. 그와 결혼을 했단 걸 아직까지 자각하지 못할 때가 많았다.

승언은 마리의 어깨를 팔로 감싸 안았고, 마리는 그런 승언의 어깨에 살짝 머리를 기대고 있었다.

"어제오늘 느낀 게 있어."

"뭔데요?"

"역시 아들보단 딸이야."

진지한 그의 말에 마리는 웃고 말았다.

아들만 셋인 시댁과 딸만 둘인 친정. 이틀 동안 시댁과 친정을 오가는 동안 그는 그런 생각을 했던 모양이다.

"딸이 있으니까 확실히 집 안에 웃음꽃이 피는 거 같아."

"아들만 있는 집도 웃을 일이 많던데요?"

승언은 단호하게 고개를 가로저었다.

"연년생 삼 형제를 길러낸 한주연 교수가 했던 명언이 있지. 애 하나는 발로도 키울 수 있다고."

마리는 또 한 번 웃음이 터졌다. 기씨 집안 삼 형제를 훌륭히 키워낸 주연이 삼십 년이 넘는 세월 동안 얼마나 많이 힘들었을지, 눈에 훤히 그려졌다.

막연하게, 결혼을 해서 아이를 낳아 가정을 꾸리겠다고 계획을 짜긴 했는데 이 남자의 아이를 낳아 함께 키워야 한다고 생각하니, 어쩐지 자꾸 웃음이 난다.

현실이다. 이제부터 모든 게 현실이다. 화려했던 결혼식과 마냥 행복하기만 했던 신혼여행을 지나 진짜 결혼 생활에 돌입한 것이다.

"장모님 별말씀 없으셔?"

"왜요?"

"뭐 실수한 거 없나 해서. 날 미워하시는 것 같진 않아서 다행이야."

"그 반대에요. 엄마가 오빠를 얼마나 마음에 들어 하시는데."

"정말?"

승언이 되묻자 마리는 고개를 끄덕였다. 그가 짐짓 진지한 눈으로 마리를 빤히 보았다.

"넌 어떤데?"

순간 머릿속이 하얘져서, 마리는 눈만 깜박였다.

"네 마음은 어떤데?"

다 알고 있으면서. 내가 자길 엄청 많이 좋아하는 것 같다며 단언까지 해놓곤.

마리는 웃으며 고개를 떨궜다.

"듣고 싶어요?"

"어. 꼭 들어야겠어."

내 마음을 어떤 말들로 풀어 놓을 수 있을까. 어떻게 설명해야 그에게 전달이 될까. 설명할 수 있는 단어가 턱없이 부족했다.

마리는 그에게 입을 맞췄다. 다문 입술을 혀끝으로 부드럽게 쓸어보았지만 그는 여전히 마리를 빤히 보고만 있다. 이번엔 그의 허리를 끌어안고 아랫입술을 빨아 당겼지만 역시나 요지부동. 마리는 승언의 허벅지 위에 올라타 마주 보고 앉았다. 단단하고 각진 어깨를 부드럽게 어루만지며 코끝을 맞댄 채, 입술을 살짝 포개었다.

"이게 내 대답인데……."

닿아 있는 입술이 말을 할 때마다 파르르 떨렸다. 달콤한 그의 숨이 입안으로 밀려들어 왔다. 그의 입매가 슬쩍 올라갔고, 느릿하게 움직이는 그의 시선이 마리를 난난히 훑어냈다.

"……안아줘요."

까슬한 그의 손이 마리의 뺨에 닿았다. 엄지로 눈썹을 쓸어주고, 귀 뒤로 머리칼을 넘겨준다. 그러다 이내 그의 손끝이 입술 위에 닿았다. 희미하게 웃고 있던 그가 마리를 꼭 안아주었다. 맞닿은 가슴 사이로 두근대는 심장박동이 고스란히 느껴졌다.

따뜻하다. 눈물겹도록 따뜻하다.

내 안에 숨어 있던 모든 걱정과 두려움을 단숨에 날려 버릴 만큼…….

※

"와! 집이다!"

집에 들어서자마자 승언은 양손에 들고 있던 짐을 내려놓고 두 팔을 벌리며 안으로 뛰어들어 갔다. 지나치게 발랄한 그의 모습에 마리는 웃음을 참지 못했다.

"엄마야!"

승언이 내팽개치고 간 짐을 한쪽에 끌어모으는데, 말릴 새도 없이 승언이 마리를 번쩍 안아 들었다. 그러곤 쪽쪽 소리가 나도록 입을 맞추며 입술이 닿을 때마다 '음' 하고 소리를 냈다. 마리는 그의 뺨을 두 손으로 감싼 채 아주 짙은 키스를 나눈 후에야 품을 벗어날 수 있었다.

"일단 씻어야겠어요. 누구 때문에 온몸이 녹초가 됐거든요."

"아, 대체 누구야. 우리 와이프 녹초 만든 게."

신혼여행을 시작으로 시댁, 친정에 머물렀던 약 2주간의 시간 동안 마리가 제대로 숙면을 취했던 날은 거의 없었다. 잠도 안 재우고 괴롭혀 대는 승언 때문에 마리는 눈을 뜨고서도 졸 수 있는 경지에 이르렀다.

"욕조에 물 받아줄까?"

"그래주면 감사하죠."

승언은 욕실로 향했고, 마리는 커다란 캐리어들을 모두 열었다.

"오늘은 그냥 쉬고 내일 정리하자."

"안 돼요."

"일 미루는 성격이 아니구나?"

마리가 고개를 끄덕여 대답하자 승언은 고개를 가로저으며 마지못해 캐리어 앞에 앉아 짐을 풀었다.

세탁해야 할 옷가지들은 커다란 바구니 안에 넣어 두고, 화장품이나 세면도구 등 자잘한 물건들은 한데 모아 따로 정리했다.

"근데, 장모님 정확히 어떤 상태이신 거야?"

집에서 할 작은 빨래와 세탁소에 맡길 큰 빨래들을 구분하던 마리는 승언의 물음에 눈썹을 치켜들었다.

"물어보면 안 되는 건가?"

"아뇨. 그런 건 아니고……."

"나도 알고 있어야 할 거 같아서. 괜찮지?"

조심스러워하는 승언에게 마리는 미소를 지었다.

"치료는 포기하신 거야?"

"그때그때 증상을 치료하거나 통증을 완화시키는 정도죠. 항암 치료는…… 포기했어요."

더 이상의 치료는 무의미하다고 했다. 오히려 덕희에게 고통만
줄 뿐이고, 얼마 남지 않은 소중한 시간을 병원에서만 보내는 건
환자 본인과 가족들에게도 좋은 선택이 아닐 거라고도 했다. 그
래서 덕희는 집으로 돌아왔다. 의식이 있는 한, 가족과 함께 있
겠다고 했다.

"아빠도 그렇고 저도 그렇고, 엄마가 원하는 대로 하기로 한
거죠. 끝까지 우리 욕심만 부릴 수 없었거든요."

진석과 마리는 덕희의 병을 낫게만 할 수 있다면 무엇이든 다
할 자신이 있었다. 최선의 방법을 찾아 정신없이 헤맬 때, 덕희는
무척이나 이성적이었다. 초연하려 애썼고, 담담하게 받아들였다.
평정심을 잃지 않으려고 안간힘을 쓰다가 가끔씩 감정이 격해지
곤 했지만 그것도 잠시, 이내 남겨질 사람들을 걱정했다.

때론 자신의 인생에 대해 회의감을 느껴 우울해 했는데, 마리
는 차라리 그런 모습이 더 좋았다. 아프면 아프다고, 힘들면 힘
들다고, 두렵고 무섭다고 솔직히 말하는 편이 더 나았다.

"우리 결혼 준비하는 동안, 엄마 컨디션 엄청 좋아졌어요. 마
치 거짓말처럼."

마리는 덕희가 아무렇지 않게 '우리 딸 결혼하는 거 보고 죽어
야 하는데' 하고 말할 때마다 살이 떨릴 만큼 두려웠다. 어서 빨
리 결혼을 해야겠다고 생각을 하면서도 한편으론 내가 결혼을 하
고 나면 미련 없이 떠나 버릴 것만 같아서 불안했다.

승언은 마리의 어깨를 가만히 감싸 안았다.

"네 효도에 내가 일조한 거다?"

마리가 웃자 승언도 따라 웃었다.

"모레 엄마 정기 검진일이라 같이 가볼 생각이에요."

"나도 같이 갈까?"

말이라도 고마웠다. 가구 제작 주문이 제법 많이 밀렸다는 걸 알고 있었기에, 마리는 고개를 저었다.

"오빠 내일부터 작업실 나갈 거죠?"

"너랑 더 많이 놀아주고 싶지만, 그래야 할 거 같아."

불현듯 떠오르는 효진의 존재.

마리는 승언에게 물어보려다가, 지금은 입에 그녀의 이름을 올리고 싶지 않아 삼켜 버렸다.

"이거 다 빨 거지? 세탁기 내가 돌릴게. 욕조에 물 다 찼겠다. 가서 씻어."

"고마워요."

마리는 세탁물 바구니를 들고 세탁실로 향하는 그의 뒷모습을 한참 동안 바라보았다.

다음 날 아침.

먼저 잠에서 깬 마리는 까무룩 잠이 든 승언의 얼굴을 가만히 쳐다보고 있었다. 색색 고르게 내쉬는 숨소리가 듣기 좋았다.

이젠 잠든 그의 얼굴을 보는 일이 제법 익숙해졌다. 처음엔 참 많이 낯설었는데. 시간 가는 줄도 모르고 승언이 얼굴을 빤히 보곤 했다.

오늘도 역시 한참을 구경하다가 마지못해 침대를 빠져나온 마리는 머리 위로 두 팔을 길게 늘이며 기지개를 켰다. 결혼 후 신혼집에서 맞이하는 첫 번째 아침이니 특별한 아침 식사를 준비해야겠다고 생각했다.

"오빠."

고개를 숙여 승언의 귓가에 속삭였지만 그는 깨지 않았다. 수염이 푸릇하게 돋아난 턱을 손끝으로 살살 만져보았지만 그래도 요지부동. 아무래도 식사 준비를 다 해두고 다시 깨워야 할 것 같았다.

침실을 빠져나와 주방으로 향한 마리는 냉장고 앞에 서서 고민하기 시작했다. 어제저녁, 씻고 나니 몸이 더 노곤해져서 마트에 시장을 보러 가지 못했다. 먹을 것이 하나도 없어서 하는 수 없이 제과점에 들러 아침에 간단히 먹을 만한 빵과 잼, 우유만 겨우 사다 놓은 참이다. 빵보단 밥을 선호하는 마리지만 어쩔 수가 없었다.

신혼 첫날 아침치고 너무 약소한데. 힘들더라도 어제 마트를 다녀올걸.

후회의 한숨을 내쉬던 마리는 우유를 꺼내 식탁 위에 두고 토스트기에 식빵을 넣었다. 그리고 베이글은 반으로 잘라 미니 오븐에 넣고 발라 먹을 크림치즈와 잼을 냉장고에서 꺼냈다.

"이게 왜 이래."

마리는 잼 뚜껑과 씨름을 시작했다. 입력에 꽉 차 있는 건지, 잼 뚜껑이 도통 열리질 않았다. 과도로 뚜껑에 콕콕 구멍을 내봐도, 뜨거운 물에 뚜껑을 넣었다가 빼봐도, 마른행주로 감싸고 돌려봐도 꼼짝하지 않았다.

"이리 줘봐."

마리의 손에 들린 잼을 쑥 빼앗아 간 승언이 단번에 뽕 하고 따버렸다. 예상치 못했던 '멋짐'이 폭발하는 순간이었다. 산발한 머리를 하고 상의를 탈의한 채 반바지 차림이었지만 그래도 멋있었다.

멋지게 잼 뚜껑을 열어준 그는 멍한 표정으로 집 안 곳곳을 배회하기 시작했다. 뭘 찾는 건가 싶어서 가만히 지켜보고 있던 마리가 승언에게 다가갔다.

"뭐 찾아요?"

"욕실."

잠이 덜 깬 게 분명했다. 그는 한쪽 눈을 감은 채 이마를 잔뜩 구기고 뒷목을 긁적였다.

"요즘 하도 여기저기 집을 바꿔 다니면서 지냈더니 정신이 하나도 없네."

승언의 말이 어느 정도는 이해가 갔다. 작업실 2층 집에서 꽤 오래 지내왔던 그가 신혼여행 때는 호텔에서, 귀국해서는 시댁과 친정을 오가며 지내다가 낯선 새집에서 아침을 맞이했으니 헷갈릴 만도 하지.

마리의 도움으로 무사히 욕실을 찾은 승언은 칫솔을 물고 다시 주방으로 왔다. 마리는 갈 구워진 식빵과 베이글을 접시 위에 보기 좋게 놓고 그가 좋아한다던 사과잼과 크림치즈도 식탁 위에 차렸다.

"아침에 밥해 준다고 큰소리쳐놓고, 토스트가 전부라서 민망하네요."

"어제 나 때문에 마트 못 간 건데 뭐. 내가 미안해. 반성할게."

알긴 아는구나. 승언은 기어이 욕조 안에 밀고 들어와서 남아 있던 기력마저 모두 빼앗은 주범이었다.

양치를 마치고 식탁 앞에 앉은 그가 유리잔에 우유를 가득 따랐다. 마리는 그런 승언의 맞은편에 앉아 스프레드 나이프와 포크를 건넸다.

"잘 먹을게."

베이글 위에 사과잼과 크림치즈를 듬뿍 바른 승언이 한 입 크게 베어 물곤 만족스러운 듯 어깨를 들썩였다.

"오빠 나갈 때 저도 같이 나가요. 아무래도 마트 다녀와야겠어요."

"이따 같이 가자. 저녁에 빨리 들어올게."

"하루 종일 나 쫄쫄 굶고 있으라고요?"

"아. 그렇구나. 그건 안 되지."

"며칠 먹을 거만 장 봐올 거예요. 주말에 같이 가요."

마리의 제안을 받아들이겠다는 듯 승언은 고개를 끄덕였다. 식빵 두 쪽과 베이글 하나를 모두 먹어치운 그는 우유도 단숨에 두 컵이나 들이켰다.

본래 밥을 급하게 먹는 사람이 아닌 실노 이는 네 쇄 께릴까. 배가 많이 고팠나?

"더 줄까요?"

"아니. 너도 빨리 먹어."

"응?"

"빨리."

승언의 재촉에 마리는 영문도 모른 채 입에 빵을 밀어 넣었다. 그는 우유 컵을 들고 대기까지 하고 있었다. 입술을 달싹이며 보채는 통에, 마리는 얼떨결에 우유 한 컵을 한 번에 들이켰다.

"왜 그래요?"

"너무 급해서."

"뭐가요?"

"너. 네가 너무 급해."

그러더니 대뜸 입을 맞췄다. 고소한 우유 맛이 입술 새로 고스란히 전해졌다. 승언은 마리를 의자에서 일으켜 세우곤 허리를 바짝 당겨 앉았다.

"아 진짜……."

어제 본인 때문에 마트에 못 가게 되었다고 반성한다던 그분이 맞나 싶었다. 어떻게 된 반성이 한 시간도 못 갈까.

승언은 마리의 두 팔로 허리를 감싸 안은 채 목덜미에 연신 입을 맞췄다. 나지막한 한숨이 귓가에 닿자 다리에 저절로 힘이 풀리고 몸이 나른해지기 시작했다.

"반성한다더니……."

"미안. 이깟토 끝이 반성할세."

그는 마리를 번쩍 안아 들고 다시 침실로 향했다.

그 순간 마리는 생각했다. 당분간은 그와 눈도 마주치지 말아야겠다고.

원래 신혼 때는 이런 건가?

감당하기가 버거울 지경이었다.

거의 보름 만에 작업실에 나온 승언은 뒤뜰에 매어 둔 오드리부터 살폈다.

"오드리 잘 있었어?"

한껏 신이 나서 꼬리를 힘차게 흔들어대던 오드리가 귀를 뒤로 바짝 넘기며 어쩔 줄을 몰라 했다. 승언은 오드리를 번쩍 안아 들고 엉덩이를 토닥여 주었다.

승언이 작업실을 비운 보름 동안, 결혼식 날 사회를 봐주었던 친구가 오드리와 길냥이들의 밥을 챙겨주고 보살펴 주었다. 간식도 꽤 많이 챙겨준 건지 못 본 사이에 살이 통통하게 올라온 듯 보였다.

오드리와 재회 인사를 나눈 승언은 작업실 전면 폴딩 도어를 활짝 열어젖혔다. 익숙한 나무 향 덕분에 마음이 편안해졌다. 보름 동안 비워 뒀다고 할 수 없을 만큼 여전히 아늑하고 따스했다.

승언은 주문의뢰서와 도면을 쌓아둔 책상으로 걸음을 옮기다가, 비행기 모양으로 접어 둔 종이쪽지를 발견하곤 그것을 조심스레 펼쳐 보았다. 그것은 효신이 넘기고 신 메모였다.

선배.

내가 많이 미안해. 그리고 고마워.

정신 차릴게. 홀로서기 하는 거라고 생각할 거야. 이젠 그럴 때도 됐지.

나 잠시 여행 다녀오려고. 돌아오면 다시 전처럼 선배가 날 보고 웃어 줬으면 좋겠어.

내가 잘못했어. 그러니까 화 풀어.

두 번 다시 불편한 일 안 만들게. 절대 그럴 일 없을 거야. 약속해.

—효진

모호한 내용들로 가득한 메모였다. 두 번, 세 번 반복해서 읽어보던 승언은 메모를 구겨 버린 후 쇼룸에 전화를 걸었다.

[네. 형!]

"정효진 쇼룸에서 자리 확실히 뺀 거 맞지?"

[네. 형 결혼식 다음 날 바로 효진이 자리 정리했어요. 근데 갑자기 무슨 일이에요? 막 울면서 나갔는데…….]

"나중에 설명해 줄게."

하와이에 머무는 동안에도 효진에게서 몇 번이나 전화가 걸려왔지만 한 번도 받지 않았다. 더는 들을 말이 없었기 때문이다. 한데 효진은 여전히 승언에게 하고 싶은 말이 많은 모양이다.

[형. 작업실에는 언제부터 출근하시는 거예요?]

"지금 나와 있어."

[주문 의뢰서 책상 위에 뒀는데 확인하셨어요?]

"어. 이제부터 보려고."

[알겠습니다, 형. 수고하십쇼!]

"그래. 너도 수고해라."

통화를 끝낸 승언은 책상에 걸터앉아 주문의뢰서들을 한 장씩 넘겨보았다.

마음이 좋지 않았다. 나름 확실하게 선을 그었다고 생각했는데, 받아들이는 입장에선 그게 아니었나 보다. 그렇게 보내고 나서 잠시나마 효진에게 너무한 게 아니었나 하고 신경을 썼던 것이 우스워졌다.

일이 이렇게까지 커지기 전에 진작 자신이 확실하게 대처를 했더라면 좋았을 텐데. 일을 이 지경이 되도록 만든 건 승언 자신의 탓이었다. 그래서 마리에게 미안한 마음이 컸다.

무거워진 마음을 정리하기 위해 일에 집중하기로 한 승언은 노래를 크게 틀고 목재 창고로 걸음을 옮겼다.

❉

덕희의 건강 검진에 동행했던 마리는 수시로 딴생각에 잠겼다. 자세한 건 검사 결과가 나와봐야 알겠지만, 별다른 특이 사항이 없다는 주치의의 소견을 듣고 난 후로도 계속되었다.

한 달에 한 번, 정기적으로 주치의를 통해 진료를 받고 있었다. 더 이상의 치료는 불가능하고 무의미하다는 판단 아래, 통증을 완화시키는 정도의 처방과 치료를 수반하고 있다. 그나마 긍정적인 건 더 이상 급격한 속도로 나빠지지 않는다는 것. 아무래도 마음을 편안하게 먹어서 그런 것 같다는 의사의 말에 덕희는 내내 미소를 지었다.

늦은 점심을 함께 먹고 집으로 돌아가기로 한 덕희와 마리는 단골 식당을 찾았다. 덕희가 좋아하는 사찰요리 전문점. 코스 요리가 쉼 없이 나왔지만 덕희는 약간의 죽과 연잎밥만 손을 댔을 뿐이다.

특이 사항이 없다는 진단이 많이 나쁘지 않다는 말일 뿐, 좋아진 건 아님을 알기에 덕희는 몇 번이나 아주 작게 한숨을 내쉬었다. 지금도 아무것도 먹고 싶지 않을 텐데 마리 때문에 억지로 수저를 든 참이다.

"일은 계속할 거니?"

"당분간은 그러려고요."

"네 아빠 너 계속 일 시킬 생각이 없는 거 같던데."

"안 그래도 그 얘기 하셨어요. 이 회사 네 거 안 되니까 김칫국 마시지 말라고."

마리의 말에 덕희가 옅은 미소를 지었다.

마리는 처음부터 회사 운영에 욕심이 없었다. 그저 제게 주어진 자리에서 최선을 다할 뿐. 그것이 부친인 진석에게 도움이 되고 있는지는 모르겠지만 노력하고 있었다.

"회사를 운영할 만한 그릇 아니에요. 경영 수업 같은 것도 받아본 적 없고."

"그건 네가 아기 싫다고 해서 그랬던 거지. 네 할머니가 널 얼마나……."

"엄마 이거 오미자로 만든 거죠?"

박 회장 애기가 나오자 마리는 자연스럽게 말을 끊고 딴소리를 했다. 덕희는 알면서도 모르는 척 웃어넘겼고 마리가 젓가락으로 집어 든 오미자 약밥을 조금 떼어 맛을 보았다.

마리도 알고 있다. 박 회장이 진작부터 후계자로 마리를 점찍어 두었다는 걸.

성질머리는 마음에 안 들지만 배포가 크고 냉정한 것이 마치 자신의 젊은 시절을 보는 것 같다고, 앞으로 크게 될 아이니 잘 보살피라며 경영진에게 말하곤 했었다. 본인의 아들인 진석과 손녀 마리가 앞으로 E미디어 그룹을 이끌어 가게 될 거라고 공공연히 밝히며 힘을 실어주던 때가 있었다.

하지만 이제 모두 지난 이야기일 뿐. 설아가 태어나고, 아들과 연을 끊겠다며 박 회장이 집을 나간 순간부터 마리 역시 E미디어 그룹과는 완전히 연을 끊은 것이나 다름없었다.

"할머니한테 전화는 드렸지?"

"했죠. 안 그럼 또 우리 엄마 들들 볶을 테니까."

제 어미가 제대로 가르치지 않아서 못 배워먹었다는 소리 나올까 봐, 마리는 결혼식 당일과 신혼여행에서 돌아온 그날 박 회장에게 전화를 걸었다. 나중에라도 혹시나 덕희가 박 회장에게 흠 잡힐 일 같은 건 절대로 하지 않아 온 마리였다.

후식으로 나온 민들레차로 입가심을 한 마리는 부른 배를 쓰다듬으며 한숨을 내쉬었다.

"기 서방이랑 사이는 어때? 많이 가까워졌니?"

가까워진 정도가 아닌데.

마리는 뿌듯한 미소를 지었다.

"좋아요. 아주 좋아요."

좋다는 것 말고는 더 이상 설명할 방법이 없었다. 덕희는 그런 마리의 얼굴을 빤히 보며 덩달아 웃었다.

"그렇게나 좋은 거야?"

마리가 고개를 끄덕이자 덕희는 손으로 입을 가리며 소리 내어 크게 웃었다.

딸의 결혼을 누구보다 가장 원했지만, 내심 그건 자신의 욕심이 아닐까 후회가 된다고 마리에게 언젠가 말한 적이 있었다. 그럼에도 마리는 결혼을 선택했고, 그 후로도 종종 덕희는 불안한 마음을 감추지 못했다. 자꾸만 비껴가는 인연에 그만하라고도 했지만 마리는 결혼을 고집했다.

속절없이 흘러가는 시간을 붙잡을 방법만 있었다면, 애초에 결혼은 고려하지 않았을 것이다. 하지만, 덕희에겐 그리 오랜 시간이 허락되지 않았다. 마리는 그 누구보다 마음이 급했고 재고 따지는 과정을 최소화해야만 했다.

그 끝에서 거짓말처럼 승언을 만났다. 그를 만나 결혼을 준비하는 동안 덕희의 불안했던 마음도 점차 해소가 되었다. 그가 자신을 많이 좋아하고 있다는 것도, 많이 아끼고 있다는 것도 덕희 역시 느꼈을 것이다.

마리는 그것이 무척 기뻤다. 덕희에게 그런 모습을 보여줄 수 있음에 너무나 감사했다.

"그러니까 엄만 아무 걱정 말고, 마음 편안하게 먹어요."

마리는 조르고 싶었다. 나 사는 거 오랫동안 지켜봐 주고, 나중에 아이 낳아서 키우는 것까지 보고, 그러고 나서도 한참 후에 머리가 백발이 되면 떠나달라고. 그때까진 우리 가족 곁에 오래도록 머물러 달라고.

어느 날 갑자기, 떠나 버리지 말라고…….

덕희를 본가에 내려주고 신혼집으로 돌아온 마리는 예상치 못했던 승언의 귀가에 혼이 쏙 빠졌다. 밥 먹듯이 작업실에서 밤을 새운다던 사람이 초저녁에 집에 들어온 것이다. 적어도 잠은 집에 와서 자는 것 정도를 기대했을 뿐인데, 신혼에 어떻게 와이프 혼자 저녁을 먹게 할 수 있냐면서 쌀을 씻고 있었다.

말이라도 고마웠다. 그가 일찍 귀가할 거라곤 기대하지 않았고, 워낙 점심을 늦은 시간에 거하게 먹고 돌아와 밥 생각이 없었지만 그를 위해 급히 찌개라도 하나 끓여야 했다.

식사를 마치고 TV 앞에 자리를 잡은 두 사람은 승언이 사 온 아이스크림을 퍼 먹으며 재방송 중인 코미디 프로그램을 보았다. 커다란 아이스크림 통 안에는 마리가 좋아하는 유지방 함량이 많은 바닐라 계열의 아이스크림과 과일 맛을 좋아하는 승언의 취향 아이스크림이 사이좋게 나뉘어져 있어서 각자의 몫을 파먹고 있었다.

정반대의 취향을 배려하는 가장 좋은 방법은 내 취향을 강요하지 않고 상대의 취향을 존중하는 것이었다. 그러면 사소한 말

다툼이 줄고 평화가 유지된다.

"그 모임, 내일이지?"

"네. 그러지 말고 내일 나랑 같이 가요."

마리의 제안에 승언이 단호히 고개를 가로저었다.

"안 맞아."

마리 역시 딱히 참석하고 싶은 생각은 없지만, 결혼식에 와주었고 꾸준히 관계 유지를 해야 하는 무리이기 때문에 좋은 게 좋은 것이라는 차원에서 참석하기로 했다. 어쨌든 감사 인사를 한번은 하고 넘어가야 하니까.

하지만 승언과 그들은 전혀 맞지 않을 것이다. 혹시나 해서 같이 가자고 물어본 것이지, 그를 불편하게 만들고 싶진 않았기에 그의 거절이 다행이라고 생각했다.

"내일 저녁 혼자 먹을 수 있죠?"

승언이 기가 막힌다는 듯 코웃음을 쳤다.

"몇 년째 혼자 먹어 왔거든?"

걱정돼서 한 말인데 뾰족하긴.

마리는 눈썹을 찡그리며 아이스크림을 푹 퍼서 입에 넣었다.

혹시, 내일 저녁엔 작업실에서 정효진과 함께 저녁을 먹고 들어오려나? 그러고 보니, 오늘도 두 사람은 같이 한 작업실에서 일을 했겠구나.

쓸데없는 상상들이 마리의 이성을 툭툭 건드렸다.

"집에 와서 먹어요. 작업실에서 정효진이랑 먹지 말고."

"작업실에 정효진 없어."

"왜요?"

"내보냈거든."

그 후에 부가 설명은 없었다. 아주 칼 같은 대답이었다. 마리는 정확하게 무슨 뜻인지 몰라, 승언을 빤히 보았다.

"나랑 효진이 얘기 하고 싶지 않지?"

"네."

마리의 반 박자 빠른 대답에 그가 설핏 웃었다.

"그래서 내보냈어. 너 신경 쓰니까."

정말? 이렇게 갑자기?

"그럼……."

"쇼룸에서도 내보냈고, 작업실도 나 혼자 쓸 거야. 진작 그랬어야 했는데 내가 너무 안일했어. 이제 신경 쓰지 마."

다른 것들 다 떼어놓고 생각해 보면, 효진 없이는 그가 꽤 불편해질 것 같았다. 그가 만드는 원목 가구들과는 떼려야 뗄 수 없는 패브릭 소재들. 효진에게 많은 도움을 받고 있다고 했었기에, 그녀가 나갔다는 말에 그 생각이 먼저 들었다. 반가운 소식인데도, 괜히 마음 한구석이 불편했다.

"제가 너무 예민하게 군 건 아니죠?"

그가 웃으며 고개를 저었다. 그것이 그의 진심이든 아니든, 일단 마음이 놓였다.

"유마리가 남자 후배랑 단둘이 하루 종일 한 공간에서 일한다고 상상해 보니까, 의외로 답이 간단하게 떨어지더라고."

간단한 일처럼 말했지만, 쉽게 먹을 수 있는 마음이 아니었을 것이다. 그가 가구를 만드는 데 있어서 가장 필요로 한 존재였고, 동시에 가장 아끼는 후배였으니까.

이기적이라고 해도 할 말 없지만, 이 와중에도 마리는 약간 기분이 좋았다. 유치하고 우스워서 차마 솔직하게 승언에게 말할 수도 없었다.

"걱정되서 그런 건 아니고요. 그럼 앞으로 그 여자는……."

"새로 작업실 구하고 쇼룸도 구하겠지. 지금은 여행 중이라고 하더라."

"그럼 오빠는요? 작업할 때 정효진 도움 많이 받았잖아요."

"내가 워낙에 인간관계가 좋아서 말야. 다른 사람 섭외 중이야. 안 되면 내가 바느질하지, 뭐. 아님 마리가 바느질 한번 배워 볼래?"

승언의 미소를 보고 있으면서도, 마리는 어쩐지 마음이 편치 않았다.

"내가 다 감수할 거야. 넌 신경 쓰지 않아도 돼."

마치 마리의 속마음을 읽기라도 한 듯, 승언은 마리의 뺨을 꼬집으며 연신 웃었다. 마리도 승언을 향해 웃어주고 싶었지만, 무거운 마음은 도통 감춰지질 않았다.

10화
고백

　모임이 생각보다 길어졌다. 이 모임에 참석한 누군가의 단골집이라던 파인다이닝 레스토랑에서 거나하게 식사를 한 후 샴페인 파티까지 이어졌다. 그사이 여덟 명의 참석자 중 두 명이 가고 마리를 포함해 여섯 명이 남았다.

　이곳에서 식사를 하는 동안에도, 사방에서 결혼 소감에 대해 질문이 쏟아지는 와중에도, 마리는 승언을 떠올렸다. 그와 처음 만났던 날, 바로 이곳에서 식사를 했었기 때문이다. 지금 앉아 있는 의자와 다이닝 테이블 덕에, 마리는 따분하고 지루하기 짝이 없는 이 자리를 조금이나마 견딜 수 있었다.

　한번 시작된 자랑 배틀은 끝이 날 줄을 몰랐다. 거기에 설상가상으로 정언이 늦고 있다. 일이 늦어져서 방금 출발했다고 연락이 온 참이다. 정언이 이렇게까지 늦어질 줄 알았다면 도중에 빠져나가거나 아예 참석하지 않았을 것이다. 진심 없는 결혼 축하를 받는 것도 지치고, 서로 누가 누가 더 대단한 집안인가 자랑하는 것도 들어주기 힘겨웠다.

"유마리. 너 몇 달 전에 홍준영이랑 만나지 않았어? 결혼한단 얘기 들었던 거 같은데."

만났던 사이라고 하기엔 다소 어폐가 있지만, 그래도 결혼을 전제로 만났으니 충분히 궁금해할 만한 이야기였다.

아무리 그래도, 이런 좋은 날에 굳이 그 얘길 꺼내야 하나?

마리는 표정 관리를 하며 손목에 채워둔 시계를 만지작거렸다.

"그랬었지. 우리 회사 직원이랑 주차장에서 섹스하다가 나한테 걸리기 전까진."

순간 룸 안이 조용해졌다. 모든 시선이 마리에게 집중되었다.

"그래도 전화위복이 된 거네. 유마리한텐 B식품보단 P건설사가 급이 맞잖아."

마치 자신에 대해 잘 안다는 듯 친구 흉내를 내며 알은체를 하는 그들에게 적당한 미소를 지어준 후, 샴페인 한 잔을 더 비웠다.

급이라니. 우습고 한심했다.

물론 홍준영과 기승언은 비교 불가 급이기 하지만.

아나불, 술에 점점 취해 갈수록 말은 더욱더 가벼워졌다. 이성과 돈으로 주제가 흘러들어 가면서부터 원색적이고 노골적인, 듣기 불편한 정도의 이야기들이 오갔다.

마리는 끊임없이 정언에게 어디까지 왔냐고 메시지로 채근을 했고, 정언은 거의 다 왔다는 답만 되풀이했다.

이 자식 오기만 해봐. 도련님이고 나발이고 안 봐줄 거야.

W로펌 대표의 장남이자 방송 출연으로 인기몰이 중인 변호사 희석이 요즘 만나고 있는 여배우 여자친구를 부르겠다며 난리를 부릴 때쯤, 마리는 화장실을 핑계로 잠시 룸을 빠져나왔다.

룸을 나서자 룸 주변에 있던 테이블 손님들의 시선이 마리에게 꽂혔다. 아마도 룸 안에서 떠들던 얘기가 룸 밖에까지 새어 나온 모양이다. 창피함에 머리가 지끈지끈 아파왔다.

"어? 마리 씨."

그때, 귀에 익은 목소리가 등 뒤에서 들렸다. 고개를 돌리니 그곳에 효진이 서 있다.

여행 갔다던 여자가 이곳에 왜 있는지 생각할 겨를도 없이 효진이 밝게 웃으며 손을 내밀었다.

"안녕하세요."

"오랜만이네요."

생각해 보니, 이 레스토랑은 승언에게도 단골집이자 거래처. 효진이 이곳에 있는 것이 아주 이상한 일은 아니었다. 때마침 이곳에서 마주치게 된 게 껄끄럽긴 하지만.

내민 손을 마리가 잡지 않자, 효진은 여전히 웃는 얼굴로 아무렇지 않게 손을 거뒀다.

"여행 가셨다고 들었는데."

"오늘 들어왔어요. 선배가 그래요?"

괜히 말했나.

얼굴 가득 번지는 효진의 미소가 괜히 불쾌했다.

"전 친구랑 밥 먹으러 왔는데. 마리 씨는요?"

"저도 모임이 있어서요. 그럼 즐거운 시간 보내세요."

슬쩍 고개를 끄덕이고 옆으로 지나치려는데, 효진이 비켜서지 않고 길을 막아섰다.

"선배 작업실이랑 쇼룸에서 나 나간 거, 얘기 들었어요?"

"알고 있어요."

"이제 속이 좀 시원하겠네요."

"무슨 말이 듣고 싶은 거예요?"

"아니 그냥. 이렇게 멀쩡한 마리 씨 얼굴 보니까…… 살짝 짜증이 나서."

내가 멀쩡하지 않아야 할 이유라도 있나?

효진의 말에 마리는 기가 막혔다. 마리의 얼굴에선 점점 웃음기가 사라졌다. 더 이상 예의를 차리고 상대할 가치가 없다고 판단했기 때문이다.

"선배가 그 맞선 자리에만 안 나갔어도……."

"그랬어도 정효진 씨랑은 안 됐을 거예요."

효진의 반듯한 눈썹이 살짝 일그러졌다.

"그 사람이 직접 나와의 결혼을 선택한 거니까"

효신은 고요한 얼굴로 가쁜 숨을 몰아쉬었다.

"이 얘길 대체 언제까지 반복해서 설명해 줘야 하나요? 다음에 또 같은 얘길 할 건가요?"

"유마리 씨!"

"그러니 그만합시다. 그나마 선후배 사이라도 유지하고 싶으면 나 자극하지 말아요. 이건 부탁이 아니라 경고예요."

돌아서서 다시 룸으로 들어가려고 문고리를 잡는데.

"그럼 홍준영 차 드라이버로 작살냈다는 게 사실이구나. 유마리답다."

"유마리 꼭지 돌면 아무도 못 말리잖아."

"맞아. 어렸을 때부터 유명했지. 유마리 아킬레스건 건드렸다가 피 본 애들 한둘이 아냐."

"아아. 그 세컨드?"

안에서 떠드는 목소리가 문밖으로 새어 나왔다. 비아냥대는 목소리. 낄낄거리는 목소리. 당장 목을 잡아 비틀어 버리고 싶은 충동이 일 정도로 분노가 차올랐다.

문고리를 쥐고 있는 손에 힘이 들어갔다. 마리는 이를 악다물며 문을 열려는데, 효진의 손이 마리의 손목을 붙잡았다.

"지금은 안 들어가는 게 좋지 않을까요? 한창 유마리 씨 험담 중인 거 같은데."

마치 재미있는 구경이라도 난 듯 웃고 있는 효진을 보면서 마리는 자존심이 바닥에 내팽개쳐진 기분이 들었다.

"상관 마."

다시 문고리를 잡아 여는 순간, 효진이 잡고 있던 손목을 거칠게 잡아당겨 멈춰 세웠다. 반 뼘쯤 벌어진 문틈 사이로 적나라한 이야기들이 들려왔다.

"유 대표 세컨드 마리 결혼식 날 처음 봤는데, 얼굴 반반한 게 유 대표 후릴 만하더라."

"지금도 미모가 여전한데, 옛날엔 오죽했겠냐? 그러니 바로 집으로 불러들였겠지."

"근데 왜 외부 활동을 일절 안 했을까? 우리 부모님도 그날 세 컨드 처음 봤다더라."

"유 대표도 어디 내놓기 부끄러웠던 거 아닐까?"

"시한부라며? 그날 보니까 아픈 사람 같아 보이진 않던데."

"그래서 돈이 좋은 거 아니겠냐?"

주먹을 움켜쥔 손이 바들바들 떨렸다. 턱이 무너질 정도로 어 금니를 꽉 물고 미간을 구겼다.

효진은 마리의 어깨를 두 손으로 꽉 붙잡아 두고 룸 안에서 흘 러나오는 이야기를 들으며 웃고 있었다.

"결혼식 때 피아노 연주하던 여자애가 유마리 동생이라고 했 지? 걔도 인물 좋더라."

"맞아. 떡잎부터 반반하더라고. 커서 여러 남자 눈물 빼겠던 데?"

"당연하지. 세컨드한테 나고 자라서 보고 배운 게 그런 거밖에 더 있겠어?"

"키워서 내가 잡아먹을까? 그 꼬맹이한테 ,화한 세컨드 까디 도 깁지닉시 아니겠냐?"

"어우 미친 새끼! 아직 미성년자야! 이 얘기 유마리가 들으면 드라이버 들고 달려든다! 입 조심해."

"그땐 저 새끼 차 유리가 아니라 대가리가 터지겠지? 크크큭!"

더는 참을 수가 없었다. 마리는 효진을 온 힘을 다해 밀쳐내고 뺨을 때렸다. 그러곤 문을 열고 안으로 들어서는데, 그 짧은 사이에 마리의 앞을 누군가가 가로질렀다.

마리보다 한 걸음 더 빨리 룸 안에 들어간 사람은 다름 아닌 승언이었다. 이내 정언이 마리의 옆으로 다가왔다. 마리는 정신이 없어서 대체 이게 어떻게 된 일인지 빨리 파악할 수가 없었다.

"어⋯⋯?"

"안녕. 니들 나 알지?"

"안녕하세요⋯⋯."

그들은 승언에게 기어들어 가는 목소리로 인사를 건넸다. 나누고 있던 대화가 양심에 찔리긴 했는지, 입구에 선 마리와 승언을 차례로 보며 얼굴을 붉혔다.

"마리가 밖에서 다 듣고 있던데. 차마 입에 담을 수도 없는, 뭐 그런 얘기 나누고 있었던 건 아니지?"

뜨악한 표정이던 그들의 얼굴은 점점 더 얼어붙어 갔고, 슬금슬금 눈치를 보며 허리를 바짝 세우고 반듯하게 앉았다.

"한동네에서 자랐으면 유마리 성격 다 알면서⋯⋯. 왜 그랬어."

승언은 최대한 감정을 억누른 채 타이르듯 말하고 있었다. 화를 내거나 언성을 높이지 않다뿐이지, 그의 눈빛과 표정은 더할나위 없이 싸늘하고 차가웠다. 이제껏 단 한 번도 본 적 없는 모습이었다.

"너희들 후계자 수업이나 가정교육 꽤 많이 공들여서 받지 않나? 받았다고 하기엔 참 예의가 없는 것 같은데."

"그게……."

"부럽다. 시시덕거릴 여유가 있다는 게. 다들 한가한가 봐? 그럴 시간에 신문이라도 한 자 더 보는 건 어때?"

한껏 잘난 척을 해대며 의기양양하던 그들은 동시에 꿀 먹은 벙어리가 되어버렸다.

"이 바닥 생각보다 많이 좁다는 거 다들 알지 않아? 무게중심 맞추려고 머리 달고 다니는 거 아니면 그 정도는 알 텐데."

승언은 그들 중 세컨드를 운운하며 설아의 존재를 희롱하던 남자에게 다가섰다.

"너. 명함 줘봐."

"네, 네. 여기. 여기 있습니다."

떨리는 손으로 주섬주섬 양복 재킷 안주머니에서 명함을 꺼내 승언에게 건네자, 승언은 명함 앞뒷면을 꼼꼼히 읽어보더니 피식 웃었다.

"W로펌 변호사 도희석. 너는 특별히 내가 기억하고 있을게."

"형님……."

"우리 처제를 모욕한 대가, 꼭 배로 돌려줄 거다. 기대하고 있어."

승언은 그의 어깨를 다독여 주고 문 쪽으로 다가왔다. 승언은 내내 태연하게 굴었지만 얼굴은 잔뜩 굳어 있었다. 처음 보는 표정이었다.

"넌 비위도 좋다. 저런 쓰레기들이랑 어떻게 겸상을 하고 있었어?"

"오빠……."

"뭐하고 서 있어. 가자."

방금 전까지 유지하던 차분하게 가라앉은 목소리와는 또 다른, 조금 화가 난 듯한 목소리.

마리는 숨을 참은 채로 승언이 잡아끄는 대로 걸음을 옮겼다.

"정언이는 나중에 나 좀 보자."

"어, 형……."

승언의 시선이 잠시 효진에게도 머물렀지만, 이내 시선을 거두고 앞만 보고 걸었다.

핸들을 움켜쥔 승언의 표정은 여전히 차가웠다. 특유의 유들유들함은 온데간데없고 숨 쉬는 것조차 눈치 보일 만큼 싸늘했다.

승언에게 이런 모습이 있을 거라고 단 한 번도 상상하지 못했다.

"아까 미안. 너한테까지 화낼 생각은 없었는데."

승언의 그 말에 마리는 그제야 숨통이 트였다.

"유마리 성질머리 결혼하고서도 여전하단 소리 나올까 봐 내가 선수 친 거야. 내가 안 나섰으면 너 거기 테이블 다 엎었을 거 아냐."

이러니까 이제야 기승언 같네.

마리는 안도의 한숨을 쉬며 옅게 웃었다.

"그리고 거기에 흉기가 많더라고. 나이프도 있고, 유리 접시도 있고. 네가 그거 집어 들까 봐 얼마나 조마조마했는지 알아?"

"그랬으면 지금쯤 경찰서에 앉아 있겠죠?"

"범죄자 아내를 둘 뻔했네."

승언이 오른손을 내밀었고, 마리는 그 손 위에 제 손을 포개었다. 까슬하고 차가운 손이지만, 마리에겐 더할 나위 없이 완벽한 손이었다.

"고마워요."

"뭐가?"

"사실…… 아까 너무 다리가 떨려서 한 걸음도 못 움직이고 있었거든요. 하마터면 주저앉아서 울 뻔했어요."

치욕스럽고 모욕적이었다. 더구나 효진의 앞에서 그런 얘길 듣고 있자니 자존심이 뭉개질 대로 뭉개져 회복 불능 상태였다. 성질대로 쳐들어가서 몽땅 뒤집어엎고 싶었지만 발이 떨어지질 않았다. 구역질이 날 정도로 화가 치밀어 머릿속이 하얘져 버렸다.

"난 알지. 유마리가 얼마나 착한 사람인지."

"제가요?"

마리가 되묻자 승언이 웃으며 고개를 끄덕였다.

"근데 남들한텐 알려주기 싫어. 나만 알고 있을 거야."

승언은 잡고 있던 마리의 손등 위에 살짝 입을 맞추었다.

"정언이가 가서 시원하게 한턱 쏘라고 사람 못살게 굴잖아, 작업실에 쫓아와서 조르기에 마지못해 간 거였어. 내 돈으로 그 쓰레기들 밥값 냈으면 억울해서 오늘 잠 못 잤을 텐데, 다행이라고 해야 하나?"

갑자기 왜 왔나 싶었더니.

어쩐지 기정언이 심하게 늦더라.

승언과 정언이 그곳으로 오는 내내 투닥거렸을 모습을 상상하니 웃음이 났다.

"오빠."

"응?"

"사랑해요."

그 말을 도저히 참을 수가 없었다. 입안에서만 맴돌던 그 말. 차마 용기가 나지 않아 꺼내지 못했던 그 말. 굳이 말로 꺼내지 않더라도 그도 이미 알고 있을 거라며 넘어가려 했던 그 말. 그 말을 이렇게 대뜸 꺼내고야 말았다.

사랑한다는 말을 꺼내기까지 망설였던 것들이 순간 무색해질 만큼 툭 나와 버렸다. 어찌할 새도 없이, 숨이 뱉어지듯 아주 자연스럽게 말이다.

승언은 놀란 얼굴로 눈만 깜박였다.

혹시, 내 말을 믿지 못하는 걸까? 너무 가벼워 보였을까?

마리는 다시 한 번 말해주기로 결심했다.

"사랑한다고요."

"이렇게…… 갑자기? 지금 이 상황에서?"

"갑자기 아니에요. 말해주고 싶었는데, 도저히 참을 수가 없어서…… 그래서 지금 말하는 거예요."

그는 어안이 벙벙한 얼굴로 급히 차를 몰아 갓길에 세웠다. 비상등을 켜고서 한참을 멍하니 있던 그가 고개를 돌려 마리의 얼굴을 보았다. 일 분도 걸리지 않은 그 짧은 시간 동안 마리는 머릿속으로 오만 가지 생각을 했다. 자신의 고백에 그가 당황한 것 같아서 울고 싶었다.

내가 너무 많이 앞서 나간 걸까. 너무 성급했나?

"조금만 더 참지. 에휴."

짧은 침묵 끝에 그가 꺼낸 말은 타박에 가까웠다. 마리는 그를 원망스럽게 쳐다보았다.

"그게 지금…… 사랑한다고 고백한 여자한테 할 소리예요?"

툭툭 뱉는 그 말이 왠지 모르게 가시 같았다. 가슴 위로 쑥 꽂혀 드는 화살 같은 그 말 때문에 마리는 저도 모르게 눈물이 고였다.

그도 나와 다르지 않을 거라고 자신했다. 아니, 내가 더 많이 좋아하고 내가 먼저 사랑한다 해도 상관없다고 생각했다. 그런데…… 예상치 못했던 반응들을 받아들이기가 어려웠다.

"에이. 한발 늦었네."

"……뭐라고요?"

"내가 한발 늦었다고. 내가 먼저 말하고 싶었는데, 너한테 한발 늦었다고."

승언은 마리를 품 안에 끌어당겨 안고 등을 다독였다. 늘 그랬듯이 따스하고 너른 품. 마리는 승언의 가슴에 얼굴을 묻은 채 그의 허리를 꼭 끌어안았다.

"사랑해. 마리야."

"오빠……."

"전부터 말해주고 싶었는데, 네가 놀라서 도망갈까 봐 못 했어. 그러니까 내가 먼저 말한 걸로 하자."

"나도 전부터 말해주려고 했거든요?"

"아냐. 내가 먼저야. 상황 끝."

그가 웃는가 보다. 큭큭대는 소리가 귀에 닿았다. 마리가 고개를 들어 올려다보자, 씨익 웃던 입매가 느슨해지더니 이내 마리에게 입을 맞췄다. 다정하고 부드러운 입맞춤에 마리의 입가에도 미소가 걸렸다.

그가 내 곁에 있다는 것이 나에게 얼마나 큰 위로가 되는지, 그는 알까?

나 역시 그에게 그런 존재가 되어줄 수 있을까?

승언은 마리가 자신의 아래에서 울 것 같은 얼굴을 하고 있을 때가 가장 좋았다. 잔뜩 구겨진 미간, 살짝 벌어진 입술, 그 사이로 새어 나오는 달뜬 숨소리. 이대로 울려 버리고 싶은 못된 충동이 들 만큼, 마리의 모습은 너무나 사랑스러웠다.

깊이 밀어 넣을 때마다 마리의 가슴이 부풀었다. 더운 숨을 몰아쉬는 마리의 입술을 지분거리던 승언의 입술이 이내 마리의 둥근 가슴에 닿았다. 혀끝으로 중심을 부드럽게 쓸자 마리가 어깨를 강하게 움켜쥐었다. 승언은 살짝 고개를 들어 그런 마리의 얼굴을 비껴보았다.

나만 볼 수 있는 모습이다. 자신의 몸 아래에 짓눌린 채 젖은 눈을 하고 있으면 붕 떠 있는 이성이 쉽게 제어되질 않는다. 더욱 깊숙하게 자신의 분신을 찔러 넣으며 끊임없이 속으로 되뇐다.

내 여자. 내 아내.

날 아주 미치게 만들어 버리는 유마리.

내 앞에서만큼은 한없이 작아지는 마리가 좋다. 내가 비집고 들어갈 수 있는 빈틈을 주는 그녀가 무척이나 사랑스럽다.

승언은 마리의 어깨를 잡아 조심스레 일으켰다. 그러자 기운이 빠져 추욱 늘어진 몸이 천천히 딸려 왔다. 마리의 살갗은 그녀의 안처럼 매우 뜨거웠다.

"올라와."

고분고분 말도 참 잘 듣지.

마리가 싱긋 웃으며 승언의 위로 올라와 앉았다. 승언은 한 팔을 뒤로 뻗어 상체를 지탱하고, 다른 한 손으론 마리의 엉덩이를 붙잡아 자신의 중심으로 바짝 끌어당겼다. 더욱 깊어진 자세에 마리는 동그란 어깨를 떨며 고개를 뒤로 젖혔다. 그러곤 천천히 허리를 흔들었다.

엉덩이를 감싸 쥐고 있던 승언의 손이 길고 가는 다리를 훑었다. 그리고 등을, 어깨를 차례로 쓰다듬으며 고개를 살짝 숙여 탐스러운 가슴 위에 입을 맞추고 욕심껏 베어 물었다. 승언의 어깨를 잡고 버티던 마리의 손에 점점 더 힘이 들어갔다. 빨라지는 움직임에 맞춰 승언도 살짝 엉덩이를 들고 빠르게 밀어 올렸다.

끼칠게 출링이는 가슴이 눈앞을 어지럽힌다. 마리는 흐트러진 머리칼을 한데 모아 머리 위로 틀어 올리며 고개를 뒤로 젖혔다.

뽀얀 목덜미가 지독하게 자극적이었다. 결국 승언은 다시 마리를 눕히고 한쪽 허벅지를 들어 올린 채로 정신없이 찍어 눌렀다.

"하웃…… 오빠……."

발끝까지 저릿해지는 아찔한 순간에 도달한 후, 승언은 땀에 젖은 마리의 이마 위에 입을 맞추고 목덜미와 어깨 사이에 얼굴을 묻었다.

여전히 마리는 제 것을 물고 놓아주지 않았다. 빈틈없이 꽉 옭죄고 있는 그녀의 안에서 빠져나오고 싶지 않았다. 늘 그랬다. 좀처럼 만족이 되질 않는다. 단 한 순간도 떨어지고 싶지 않다. 한번 시작하고 나면 도통 끝이 나질 않는다. 온종일 이 여자 생각뿐인 날이 반복되고 있다. 계속 안고 싶어서 견딜 수가 없다.

"씻을까?"

마리가 물었지만 승언은 단호하게 고개를 저었다. 마리는 체념한 듯 작게 한숨을 내쉬며 웃었고, 승언은 천천히 골반을 움직였다.

잠든 승언을 바라보던 마리가 그의 널찍한 가슴과 단단한 어깨를 손끝으로 쓸어보았다.

"얄미워."

잠도 안 올 만큼 사람 기운을 있는 대로 몽땅 빼놓고, 본인은 저렇게나 평온한 표정으로 잠들어 있다니.

"흐음."

승언이 잠결에 몸을 뒤척이며 마리의 허리를 끌어당겨 안았지만 마리는 조심스레 승언의 손을 떼어낸 후 침대를 빠져나왔다.
샤워 가운을 대충 걸치고 주방으로 향하는데 아무렇게나 바닥에
던져둔 옷가지들과 가방이 눈에 들어왔다. 현관문을 열고 침실
로 향하는 동안 얼마나 다급했는지를 보여주었다. 마리는 옷가
지들과 가방을 들고 드레스룸으로 걸음을 옮겼다.

드르르륵.

그때, 핸드백 안에 들어 있던 휴대폰이 진동했다. 꺼내보니 정
언에게서 걸려온 전화였다.

"어. 정언아."

[왜 이렇게 전화를 안 받아. 둘이 싸웠어?]

그럴 리가.

마리는 어깨와 귀 사이에 휴대폰을 끼고 그의 옷부터 정리했
다.

"아니. 근데 이 시간에 웬일이야?"

[아까 그 난리가 났는데 너 너무 태연한 거 아냐?]

제법 진지한 정언의 목소리에, 마리는 옷가지를 내려두고 휴대
폰을 바로 들었다. 석정이 되어서 연락을 한 모양이다.

지옥과도 같았던 저녁이었는데, 모든 게 아득하게만 느껴졌
다. 아마도 승언 때문일 것이다. 마리는 옅게 웃으며 눈썹을 긁적
였다. 참을 수 없을 만큼 치밀던 분노와 화가 대체 어디로 사라
진 걸까.

"지금이라도 드라이버 들고 갈까?"

[네가 가만히 있으니까 더 무섭잖아. 애들 자꾸 나한테 연락

와. 너한테 무슨 얘기 들은 거 없냐고.]

"웃기고들 있네."

익숙해질 대로 익숙해졌다. 사람들의 수군거림 따위. 물론 아까는 수위 조절에 실패한 그들과 효진까지 화를 돋웠지만 그것도 잠시, 그저 잊고만 싶었다. 아까 전의 그 순간들을 떠올리기 싫었다.

"넌 그냥 모르는 척해. 난 지금…… 아무 생각 없어. 화나고 자존심 상했던 거, 잠깐 잊고 있었거든. 천천히 생각해 볼게."

[생각?]

"그런 애들 별로 상대하고 싶지 않아서."

수화기 너머에서 웃음소리가 들려왔다. 대충 옷 정리를 마친 마리는 다시 주방으로 가 생수 한 병을 꺼내 뚜껑을 열었다.

[결혼이 유마리한테 그렇게 큰 변화를 가져올 수도 있는 건가?]

"엄마랑 설아를 안주 삼아 씹어댄 건 그냥 넘어가 줄 수가 없긴 한데, 뒤집어엎으면 뭐하나 그런 생각도 들더라고. 어차피 계속 뒤에서 씹어댈 테니까. 잠깐 내 기분은 풀리겠지만 근본적인 해결은 아니잖아. 결국 나도 똑같은 인간밖에 안 되는 거고."

단지 내 분을 풀어버리기 위해서라면 지금이라도 불러내서 망신을 톡톡히 준다 해도 그들은 입도 뻥긋 못 할 거다. 지은 죄들이 있으니까.

하지만, 마리는 굳이 그렇게 하고 싶지 않았다. 저렇게 불안에 떨도록 내버려 두고 싶었다. 더 이상 그런 일로 기운을 빼고 싶지 않았다. 상대하고 싶지 않았다.

[유마리 제법 어른 같네. 그래. 네 마음대로 해. 어차피 맘 졸이고 있는 건 개들이니까. 그리고 미안하다. 내가 빨리 갔었어야 했는데…….]

"됐어. 다 지난 일이야. 늘 일어났던 일이고."

이미 오래전부터 수많은 사람들의 가십이 되었던 가정사다. 단지, 마리가 직접 두 귀로 들었다는 게 차이일 뿐. 마리가 그 자리에 있건 없건 늘 나왔던 얘기이고, 앞으로도 나올 이야기이다. 계속해서 반복되겠지. 더는 신경 쓰고 상처받지 않을 것이다.

그렇다고 해서 남의 가족에 대해 함부로 모욕을 한 것까지 이해해 줄 생각은 없었다. 그 정도로 마음이 넓지 못하므로.

나한테만 걸리지 않으면 되는데, 그게 그렇게 어려운 일일까. 어리석다, 정말.

[얼른 자라. 다음에 또 연락하자.]

"그래. 고맙다."

정언과 통화를 끝낸 마리는 물을 들이켜고 병을 내려놓았다. 아까 승언이 나타나지 않았더라면 정말 사고를 쳤을지도 모른다. 치료를 빋을 만큼 심각한 선 아니지만 때때로 불안정해지는 심리 상태 때문에 가끔 상담을 받고 있었다.

마리는 가끔씩 분노 조절이 어려워 애를 먹고 있다. 사람들이 흔히 말하는, 꼭지가 돌아버리는 상태. 사소한 것으로 발끈하는 일은 거의 없지만, 참고 억누르던 것이 한번 폭발하면 걷잡을 수가 없게 되어버린다. 그래도 승언은 만나면서 낳이 좋아졌다. 마음에 여유가 생긴 덕분인지도 모르겠다.

마리는 서둘러 승언의 곁을 찾았다. 그의 품 안에 안겨 마음의 안정을 찾고 싶었다.

✸

승언은 갓 내린 커피 한 잔을 마시며 도면 작업을 시작했다. 어제 6인용 다이닝 테이블을 주문한 고객과 디자인에 대한 상의를 마친 참이다. 연세 지긋한 부모님께 선물하고 싶다며 목재는 국내산 육송으로 결정했는데, 때문에 승언은 살짝 머리가 아팠다. 승언이 주로 다루는 오크나 애쉬, 월넛이 아닌 육송은 자칫 잘못하면 올드해 보이기 때문이다.

승언은 팔짱을 낀 채 스케치해 둔 그림을 빤히 보았다. 그러느라 작업실의 문이 열리는 소리도 듣지 못했다.

"선배."

문 앞에는 효진이 우두커니 서 있었다. 언제부터 서 있었는지 모르겠지만, 그녀는 무척이나 미안한 표정을 하고 있었다. 승언은 그런 효진을 보면서도 별다른 말을 꺼내지 않았다.

"선배."

"무슨 일이야? 놓고 간 거라도 있어?"

승언의 냉정한 그 말에, 효진의 두 눈에는 그렁그렁 눈물이 매달렸다. 자신을 향해 터덜터덜 걸어오는 효진을 바라보던 승언이 깊은 한숨을 내쉬었다.

"나랑 얘기 좀 할 수 있어?"

"바쁜데."

"잠깐이면 돼."

승언은 의자에서 일어나 효진 앞에 다가가 섰다.

"선배……."

"미안한데. 내가 먼저 말해도 될까?"

효진이 고개를 끄덕였다.

"너, 내가 알던 그 정효진 맞아?"

마치 다른 사람 같았다. 그동안 효진이 마리에게 보였던 거슬리는 행동과 언행은 약간의 견제일 거라고 생각했는데, 어제 보았던 효진의 모습은 소름이 끼칠 정도였다. 마리를 움켜쥐고 옴짝달싹 못 하게 하며 그 가시 돋친 말을 기어이 듣게 만드는 모습을 보며, 승언은 믿을 수가 없었다.

내가 그동안 정말로 사람을 잘못 본 건가. 효진이 마리에게 그렇게까지 잔인하게 굴 필요가 있었나. 네가 왜? 대체 왜? 무슨 권한으로?

"생각해 봤는데, 정말 이해가 안 돼서 그래. 네가 마리한테 필요 이상으로 가시를 세우는 이유 말야."

"선배는 정말 그걸 몰라서 묻는 거야?"

"그동안 내가 너한테 오해 살 만한 행동을 했다면 정말 미안한데, 난 선을 지켜왔다고 생각하거든?"

장난으로라도 허투루 손끝 하나 댄 적 없었고, 실없는 농담을 건넨 적도 없었다. 어니까시나 신구의 여자진구로 대해 왔다고 생각했는데, 이런 식으로 되돌아올 줄 알았다면 그마저도 하지 않았을 것이다.

"이야기가 이렇게 될 줄 알았다면 애초에 널 내 곁에 두지 않았을 거야. 난 어디까지나 널 아끼는 후배이자, 내 친한 친구의 여자친구로 여겼으니까."

"선배 알고 있었잖아. 내가…… 좋아한다는 거. 내 마음 몰랐다고 말하지 마, 선배."

"그래서, 내가 너한테 여지를 줬던가?"

애원에 가까운 표정을 하고 있던 효진의 얼굴이 싸늘하게 굳어갔다.

"그건…….”

"나 결혼한 거 잊은 건 아니지?"

말문이 막힌 듯, 한동안 눈만 끔벅였다.

"선배랑 나랑 그 긴 시간 동안 의지하고 지냈잖아. 두 사람 그렇게 사고로 죽고, 우리 정말 많이 힘들었을 때 생각해 봐."

"너 계속 그 시간 속에만 갇혀서 살 거야? 효진아. 이젠 옛날 일 다 내려놓고 현재를 살아야지. 너도 좋은 사람 만나서 사랑받고 살 자격 충분해."

원망이 서린 눈빛.

효진은 인정하고 싶지 않아 하는 것 같았다.

"그리고 그때 일들은 이미 다 지난 일이잖아. 언제까지 붙들고 있을래? 이 얘기 계속 반복해야 하는 거야?"

"그거라도 붙잡고 있어야 선배가 내 옆에 남아 있잖아."

그간 내 곁에 남으려 했던 모든 노력들은 그저 자신의 동정심을 자극해서 어떻게든 버텨보려고 했던 행동이었나 보다.

내가 조금 더 일찍 정리했어야 했는데. 일을 이렇게까지 만든 건 효진만이 아니라 자신에게도 책임이 있었다.

딱딱하게 굳은 승언의 표정에 효진은 망연자실한 듯 고개를 떨구었다.

"그 얘길 듣고 나니까, 이제야 확실해진다. 다신 내 눈앞에 나타나지 마라. 효진아."

"선배!"

"내가 사람을 잘못 봤어. 아주 잘못 봤어. 불편한 일 만들지 않겠다고 네가 먼저 말했던 거 잊었어? 널 계속 내 곁에 두면, 어제 같은 일이 반복될 거야. 넌 또다시 날 기만하고, 내 눈을 가리고 그 사람을 괴롭히겠지. 두 번 다시 그 꼴 못 봐."

바들바들 떨면서 서 있던 효진은 천천히 걸음을 옮기며 멀어졌고, 승언은 다시 책상에 앉았다.

그녀가 좋은 사람 만나 사랑받고 살길 빌어주려 했던 제 자신이 한심스러웠다. 비뚤어진 그녀의 마음을 한땐 안쓰럽게 여겼지만, 이젠 그마저도 생각해주기 싫었다.

마리는 예약한 레스토랑에 앉아 설아를 기다리고 있었다. 오늘 저녁에는 진석과 덕희가 간만에 데이트를 한다기에 마리도 설아와 데이트를 하기로 한 참이다.

"힌니!"

종종걸음으로 뛰듯이 걸어 들어오는 설아가 보였다. 설아를 향해 손짓을 하자 금세 다가와 맞은편에 자리를 잡았다.

"오랜만이다. 그치?"

고개를 끄덕이며 볼을 붉히는 설아가 무척이나 귀여웠다.

"잘 지냈어?"

"응."

"연습은?"

"잘하고 있어. 걱정하지 마."

"하긴. 어련히 알아서 잘할까. 언닌 걱정 하나도 안 해."

조금 더 신경 써주지 못해서, 단지 조금 미안할 뿐.

내년 초에 있을 국제 콩쿠르 준비를 시작했다는 이야기를 듣고 마리는 벌써부터 마음이 쓰였다.

"배고프지?"

"아냐. 괜찮아. 형부는?"

"형부 거의 다 와 간대. 우리 먼저 주문할까?"

"기다리자. 근데…… 어색해서 어쩌지?"

설아가 작게 한숨을 쉬었다. 설아는 아직까지 승언을 어려워했다. 몇 번 만나보질 않았으니 당연한 것이지만, 그래도 가깝게 지내고자 두 사람은 나름의 노력을 하고 있었다. 숨 막히게 어색한 두 사람의 대화를 지켜보고 있으면 어쩐지 자꾸만 웃음이 나고 재미있었다.

"괜찮아. 시간이 다 해결해 줄 거야."

"자꾸 보다 보면 편해지겠지? 형부는 많이 노력하는데, 내가 쑥스러워서……."

"형부도 네 맘 다 알고 있어. 부담 갖지 마."

마리의 다독임에 설아가 고개를 끄덕였다.

"처제 안녕."

그때, 승언이 불쑥 뒤에서 나타났다. 자매가 동시에 놀랐다.

"안녕하세요."

마리가 고개를 꾸벅 숙이며 인사하자 승언은 환히 웃으며 손을 흔들어준 후 마리의 옆에 앉았다.

"빨리 왔네요?"

"우리 처제 기다릴까 봐 얼른 왔지. 먼저 주문하지 그랬어?"

"기승언 씨 처제분이 형부 올 때까지 기다린다고 해서 기다리는 중이었어요."

승언은 역시 우리 처제가 의리가 있다며 혼잣말을 했다. 마리가 손을 들어 서버를 부르고 메뉴판을 받아 설아의 옆자리로 갔다. 그러곤 설아가 좋아할 만한 음식을 찾아보았다.

"오늘 유난히 자매가 똑같이 생긴 것 같아 보여."

승언이 왜 그런 말을 했는지 알 것 같았다. 집에서 나오던 길이 마리는 머리칼을 하나로 묶고 가벼운 화장에 캐주얼한 옷차림을 하고 나온 참인데, 교복을 입고 단정한 모습의 설아와 이미지가 비슷했던 모양이다.

"난 듣기 좋은데, 우리 설아는 아닐걸요?"

"아냐! 나도 좋아! 저도 좋아요, 형부. 언니 닮았다는 말."

그냥 농담처럼 한 말인데도 설아는 깜짝 놀라서 설명을 늘어놓았다. 귀여웠다.

"설아야. 먹고 싶은 거 골라 봐."

메뉴판 하나에 자매는 머리를 모았다. 닭고기라면 자다가도 벌떡 일어나는 설아를 위해 닭으로 만든 요리 위주로 추천을 해주자, 설아는 고민에 빠진 듯 행복한 표정을 지었다.

"비싼 거 먹어. 네 형부 돈 잘 버니까."

"비싼 거보다 맛있는 걸 먹어야지. 안 그래, 처제? 여기 뭐가 맛있어요?"

마리와 승언의 대화에 설아는 연신 웃기만 했다. 그리고 그 곁에서 지켜보고 있던 서버도 웃음을 참지 못했다. 결국, 서버의 도움을 받아 음식을 주문할 수 있었다.

"우리 처제, 아이돌은 안 좋아해?"

"아이돌이요?"

물을 마시려 컵을 입으로 가져가던 설아가 눈을 번쩍 뜨며 목소리를 높였다. 그런 설아의 반응에 마리는 살짝 놀랐다.

"지인 중에 음악 방송 PD가 있어서 방청권 받아다 주려니까, 언니가 우리 처제는 아이돌에 전혀 관심이 없다고 하더라고."

설아는 난감한 듯 눈동자를 굴리며 뺨을 붉혔다.

"설아야. 넌 그런 거에 관심 없지?"

"으……음. 그냥 뭐."

뭐지 이 반응은?

설아의 대답에 승언이 마리를 보며 고개를 절레절레 저었다.

"뭐야, 유마리. 어떻게 동생에 대해서 나보다도 모를 수가 있어?"

"아니……."

"처제. 내가 표 구해줄까? 친구들 것까지 구해줄 수 있는데. 구경하러 가볼래?"

설아가 수줍게 고개를 끄덕였고, 마리는 헛웃음이 났다.

단 한 번도 음악 방송을 틀어놓고 본다거나, 그런 음악을 듣는 걸 본 적이 없었다. 그런데, 우리 설아도 또래 아이들과 크게 다르지 않은 아이였던 모양이다. 주변에서 천재다 뭐다 치켜세워도 설아 역시 TV 속 멋진 아이돌을 좋아하는 소녀였던 것이다.

또래보다 성숙하기만 한 줄 알았던 설아의 아이 같은 모습에, 마리는 오히려 안도감이 들었다.

"고맙습니다."

"나 지금 처제한테 점수 딴 거 맞지?"

"네. 헤헷. 그것도 엄청 큰 점수 따셨어요."

그렇게 좋을까.

함박웃음을 짓고 있는 설아와 승언 때문에 마리도 웃음이 났다.

식사를 마치고 설아가 좋아하는 디저트 카페에 들러 달달한 디저트까지 배불리 먹은 후 설아를 집에 데려다주었다.

집으로 돌아가는 내내 승언은 연신 콧노래를 불렀다. 설아에게 점수를 딴 것이 그렇게나 좋은 모양이다.

오늘도 승언은 오나 처세에게 애성을 살구했나. 신해시려고 노력하는 모습이 가상했고, 그런 승언의 노력에 설아도 맞춰주려고 애썼다.

"그렇게 좋아요?"

"그럼. 처제랑 어서 친해져야지. 가족인데."

가족인데…….

그 말에 마리의 가슴이 뭉클했다. 고개를 돌려 그를 바라보자, 라디오에서 흘러나오는 노래에 맞춰 흥얼거리던 승언이 슬쩍마리를 보았다.

"왜?"

"그냥요."

"그렇게 보고 있으면 내가 설레서 운전을 할 수가 없잖아."

"치."

마리가 손을 내밀자 승언이 냉큼 잡았다.

"확실하게 얘기를 해두자면, 설아는 우리가 책임지고 돌보는 걸로 하자."

"그동안 제가 잘해 왔으니까, 하던 대로 할게요."

"내가 많이 도울게. 부담 가지지 말고, 필요한 거 있으면 언제든지 말해. 알겠지?"

마리는 고개를 끄덕였다.

언제까지 덕희가 곁에 남아줄지 모르는 상황이다. 진석 역시 그런 덕희를 돌보는 것만으로도 벅차고. 만약 덕희가 세상을 떠나게되면, 진석까지도 돌봐야 할 것이다. 아빠는 신경 쓰지 말라고 지금도 한사코 거절하고 계시지만 나중 일은 모르는 거니까.

특히 설아는 진석이 보살피는 데 한계가 있다. 사춘기에 접어

든 여자아이. 그리고 피아노를 전공하는 상황이기에 더 많은 손길이 필요했다. 마리는 이제까지 해왔듯이 설아를 챙기고 돌볼 생각이다. 자신의 가정생활을 하면서도 잘해낼 수 있을지 조금은 걱정이 되지만, 그가 도와준다는 말만으로도 눈물이 핑 돌 만큼 고마웠다.

설아를 생각하면 늘 미안하고 안쓰러웠다. 매니저처럼 밀착해서 도와줘야 할 마당에 상황이 여의치 않으니 말이다. 그래도 마리는 최선을 다해 왔고, 앞으로도 그럴 생각이다.

"냉정하게 들릴지 모르겠지만, 차근차근 준비를 해야 하지 않을까 싶어서. 이런 얘기 해서 마음 상했다면 미안해."

"아니에요. 다 맞는 말인걸요. 저도 그렇게 생각해요."

오히려 너무나 고마웠다. 그가 중심을 단단하게 잡아주고 있는 것 같다고나 할까.

하나둘씩, 이젠 준비를 해야 할 때가 다가오고 있음을 느낀다. 잘해낼 수 있을까, 여전히 두렵지만 담담하려 노력하고 있다.

그래도 어찌 보면 감사한 일일 수도 있다. 어느 날 갑자기 덕희가 떠나시 않고, 이렇게 준비할 수 있는 시간을 가족들에게 준 것은.

"아이를 갖게 되거나, 엄마가…… 돌아가시게 되면 회사를 그만둘까 생각 중이에요. 일하면서 설아도 돌보고 아이까지 키우는 건 힘들 거 같아서."

"그래. 잘 생각했네. 장인어른께도 말씀드려 놨어?"

"이제 하려고요."

"근데 회사에서 장인어른 일은 안 도와드려도 괜찮은 거야? 공백이 크다거나 그런……."

"그런 문제는 전혀 없어요."

마리가 딱 잘라 말하자 승언이 소리 내어 웃었다. 그런 그가 왠지 모르게 얄미웠다.

"왜 그렇게 크게 웃어요? 이상하네."

"경영 승계와는 거리가 아주 멀었나 봐? 내가 상상했던 사주의 딸이랑은 거리가 좀 있네? 내가 드라마를 너무 많이 봤나……."

"참나. 그래서, 뭐! 아쉬워요? 아빠한테 물려받을 거 없어서?"

"누가 그렇대? 그냥 물어본 거야."

마리가 발끈하자 그가 기가 죽어서 기어들어 가는 목소리로 꾸역꾸역 말대답을 했다. 그 순간 마리도 웃음이 터져 버렸다. 그러자 그도 눈치를 살피며 슬쩍 따라 웃었다.

"웃지 마요!"

언제 웃었냐는 듯 입술을 꾹 다무는 모습이 참 귀여웠다. 기승언이 저렇게 귀여워도 되나, 싶을 정도로 말이다.

"우리 마리 일 빨리 그만두게 얼른 임신부터……."

방심한 사이, 그의 못된 손이 허벅지 안으로 파고들어 왔다. 마리가 손등을 탁 쳤지만 그는 빼지 않았다.

11화
꿈

　꿈 같았던 한 달이 어느새 모두 지나가고, 이번 주말을 지내고 나면 다음 주부터 출근을 해야 한다.

　거실 창 앞에 서서 머리 위로 팔을 길게 늘이며 기지개를 켠 마리가 창밖을 내려다보았다. 잔잔하게 흐르는 한강 위에 물비늘이 반짝였다.

　마리는 아직까지 한창 꿈나라인 승언을 깨우러 침실로 향했다. 하반신만 겨우 가린 얇은 이불 위로, 햇살을 받아 눈부시게 빛나고 있는 그의 탄탄한 상반신이 눈에 들어왔다. 마리는 매끈한 그의 어깨를 쓰다듬으며 침대 앞에 무릎을 굽혀 앉았다.

　"일어나요. 아침 먹게."

　한쪽 눈꺼풀을 간신히 밀어 뜬 그가 마지못해 고개를 끄덕였다. 마리가 일어나 두 손을 내밀자, 그가 마리의 손을 붙잡고 상체를 일으켜 앉았다. 간신히 중요 부위만 가린 시트가 아슬아슬하게 걸쳐 있었다.

"빨리 씻고 나와요."

수도 없이 봐온 몸인데도 이렇게 날 밝을 때 보는 건 여전히 부끄럽고 쑥스러웠다. 서둘러 침실을 나가려는데, 그가 손목을 낚아챘다. 이내 힘을 줘 당겼고, 그 바람에 마리의 몸이 자연스레 딸려 갔다. 그는 그런 마리를 뒤에서 꼭 끌어안고 등에 이마를 기댔다.

"오늘 아침은 뭔데?"

"오빠 좋아하는 황태국 끓였어요."

"계란찜은?"

"그것도 했고요."

"난 계란찜이 그렇게 좋더라."

티셔츠 안으로 스멀스멀 기어들어 오는 그의 커다란 손. 손목을 잡고 밀어내 봐도 꾸역꾸역 올라와 기어이 젖가슴을 손안에 가득 움켜쥐었다. 등에 닿는 그의 듣기 좋은 웃음소리. 손등을 때려봤지만 그는 말을 듣지 않았다. 오히려 매우 자연스럽게 바지 안으로 방향을 틀었다.

"아, 진짜. 기승언."

"뭐?"

시치미 뗐던 목소리가 갈라지며 튀어나왔니. 덕분에 잠시 멈춘 그의 손을 틈타 얼른 품을 빠져나올 수 있었다.

"너 지금 기승언이라고 그랬어?"

"왜요! 난 오빠 이름도 못 불러요?"

승언은 어이가 없다는 듯 웃었다.

"그래. 막 불러라. 말 놓자 그냥."

"그래! 빨리 씻고 와서 밥 먹어라, 기승언!"

"너!"

벌떡 일어나 달려오는 승언을 피해, 마리는 서둘러 침실을 빠져나와 문을 닫고 문고리를 꽉 쥐었다. 덜컥덜컥, 그가 문을 열려고 힘을 쓰다가 먼저 씻기로 결정했는지 이내 고요해졌다. 마리는 안도의 한숨을 쉬며 주방으로 돌아갔다.

다이닝 테이블 위에는 밥그릇 두 개, 국그릇 두 개, 수저 두 벌이 사이좋게 마주 보고 놓여 있다. 가운데에는 그가 무척이나 좋아하는 계란찜과 덕희가 담아준 배추김치, 그리고 마리가 좋아하는 호두멸치볶음과 깻잎김치까지 간소한 한 상이 차려졌다.

앉아서 기다리고 있는데, 그가 침실에서 나왔다. 반바지에 하얀색 티셔츠를 입고, 젖은 머리칼을 한 채로 장난기 가득한 얼굴로 달려와 기어이 마리의 입에 입을 맞추고서야 앉았다.

"잘 먹겠습니다."

"맛있게 드세요."

그가 국 한 입을 떠먹은 후 고개를 끄덕이고 나서야 마리도 숟가락을 들었다. 그는 딱히 입맛이 까다롭지 않은 편이었다. 뭐든 맛있게 먹어주니 고맙긴 한데, 진짜로 맛이 있어서 그러는 건지 약간 걱정이 되기도 했다.

"새벽에 자꾸 깨던데. 꿈꿨어?"

간밤에 마리는 꿈 때문에 몇 번이나 잠에서 깼다. 가슴이 두근거려서 쉽게 잠을 이루지 못하고 뒤척이다가 새벽이 되어서야 잠깐 눈을 붙였다.

"귀신 꿈이라도 꿨나?"

"그런 건 아니고. 약간 불쾌한 꿈이었어요."

"꿈일 뿐이야. 신경 쓰지 마."

너무나 생생해서 지금 생각해도 가슴이 뛴다. 차마 꿈 해몽을 검색해 볼 엄두조차 나지 않았다. 혹시나 나쁜 꿈이라고 할까 봐, 그래서 내내 마음 졸이게 될까 봐 그냥 잊으려고 노력했다.

마리는 작게 숨을 내쉬며 고개를 끄덕였다.

"오늘 횡성 다녀온다고 했죠?"

"어. 식탁을 국내산 육송으로 만들어달라고 주문이 들어왔는데, 횡성 목재소에 가서 직접 보고 오려고."

"운전 조심해요."

"걱정 마. 그냥 꿈이라니까."

"그래도……."

"알았어. 조심조심 다녀올게. 휴게소에 들를 때마다 전화할까?"

마리가 고개를 끄덕이자 그도 덩달아 고개를 끄덕였다.

"저녁에는 올 수 있어요?"

"갔다가 바로 올 거야. 서녁 녁기 전에 올게."

"뭐 먹고 싶은 거 있음 말해요."

"음. 내가 먹고 싶은 건……."

승언은 들고 있던 숟가락을 내려두고 마리를 빤히 보았다. 머리끝부터 발끝까지 아주 노골적으로 훑었고, 마리는 기함을 하며 그의 눈을 가렸다. 하지만 그는 그런 마리의 손을 붙잡아 손위에 뽀뽀를 퍼부었다.

이 남자를 누가 말려.

운전 중인 승언은 아침에 기운이 없어 보이던 마리가 못내 신경 쓰였다. 요즘 장모님 건강이 좋지 않아 안 그래도 신경을 많이 쓰는 것 같았는데, 이러다가 본인 건강까지 해칠까 봐 걱정스러웠다.

승언은 블루투스 이어폰을 귀에 꽂고 마리에게 전화를 걸었다.

[여보세요?]

"뭐 하고 있어?"

[잠깐 바람 쐬러 나왔어요. 들어가는 길에 장도 좀 보려구요.]

"잘 생각했네. 나간 김에 쇼핑도 하면서 기분 전환해."

대답과 함께 넘어온 작은 웃음소리에, 승언은 조금이나마 안도할 수 있었다.

[뭐 먹고 싶은지 생각은 해봤어요?]

"뭐든 말하면 만들어주는 건가?"

[음. 힌 뢰닌 새툐 사 블고 넘마한테 가서 가르쳐 달라고 해야죠.]

"또 가서 장모님 귀찮게 하려고?"

[많이 배워둬야 해요.]

풀이 죽어 담담하게 꺼낸 그 말이 승언의 귓가에 맴돌았다. 무엇을 염려하고 있는지, 무엇을 겁내고 있는지 알 것 같아서 승언은 잠시 동안 아무 말도 하지 못했다.

"꽃게탕 어때? 장모님 해산물 좋아한다고 하지 않았어?"

[그거 좋겠다. 우리 집 식구들 다 해산물 좋아하거든요. 그럼 꽃게탕으로 할까요?]

"장모님한테 배워야 돼?"

[할 줄 알긴 아는데, 엄마한테 한 번 더 정확하게 배워올게요. 그 핑계로 엄마 얼굴도 보고요. 집에 일찍 와요.]

"알겠어. 얼큰하고 시원하게 부탁할게."

[넵. 운전 조심히 해요.]

승언의 입가에 걸려 있던 미소가 서서히 사그라졌다. 머릿속엔 온통 어서 다녀와 그녀의 곁에 있어야겠다는 생각뿐.

승언은 혹시나 하는 마음에 덕희에게 전화를 걸었다. 한참이나 신호가 갔지만 덕희는 받지 않았다. 다시 한 번 걸어보지만 이번에도 통화는 연결되지 않았다.

"왜 안 받으시지……."

설마 무슨 일이 있는 건 아니겠지?

승언은 고개를 가로저으며 괜한 생각들을 털어내고 운전에 집중했다.

마리는 마트에서 장을 보고 차에 시장 본 물건들을 싣고 있었다. 마리는 이 재료를 들고 친정집에 가서 덕희에게 제대로 배워 볼 작정이었다.

카트를 제자리에 두고 차로 돌아가는데, 휴대폰이 울렸다.

발신자는 진석.

한창 근무 중일 시간에 어쩐 일인가 싶어서, 차에 오르자마자 전화부터 받았다.

"아빠."

[마리야…….]

기운 없는 목소리.

마리는 순간 심장이 쿵 하고 바닥에 떨어진 것만 같았다. 고작 자신의 이름을 불렀을 뿐인데도, 머릿속이 하얘지고 숨이 멎을 것만 같았다.

불길해.

아냐. 아닐 거야. 그가 단지 꿈일 뿐이라고 했으니까.

[엄마가 위독하다. 병원으로 와봐야겠어.]

"……네. 바로 갈게요."

마리는 전화를 끊고 시동을 걸었다. 손이 부들부들 떨려서 핸들을 쥘 수가 없었다. 금세 차오르기 시작한 눈물이 시야를 가렸고, 이내 후드득 볼을 타고 떨어졌다.

마리는 떨리는 손으로 휴대폰을 집어 들었다. 번호가 제대로 눌러지질 않는다. 이를 악물고 정신을 고쳐 잡은 마리는 승언에게 전화를 걸었다.

[어. 마리야.]

"오빠……."

[목소리가 왜 그래? 무슨 일이야?]

"엄마가, 엄마가……."

순간 훅 하고 차오른 숨. 간신히 내뱉었을 땐 울음도 함께였다. 소리 내어 엉엉 울고 나서야 숨을 쉴 수가 있었다. 그의 목소리를 듣는 순간, 가슴을 틀어막고 있었던 감정 덩어리가 팟 하고 터져 버린 것만 같았다. 제어가 되질 않았다.

[마리야. 진정해. 오빠 말 듣고 있어?]

숨이 넘어가도록 울고 있는 마리를 향해 그는 이내 아이를 다루듯 계속해서 달래주었다. 다정하고 따뜻하게 자신의 이름을 불러주며 '괜찮아, 별일 없을 거야' 하며 다독여 줘도 벌벌 떨리는 가슴은 도무지 다독여지지가 않았다.

[오빠 지금 갈 테니까 정신 똑바로 차리고 있어. 너 지금 어디야? 마트 갔어?]

입이 떨어지질 않는다. 마리는 계속 흐느끼며 휴대폰을 꽉 움켜쥐었다.

[차 두고 나와서 택시 타. 병원에 먼저 가 있으면 오빠가 금방 갈게. 지금 이천쯤이니까 차 돌리면 한 시간 정도 걸릴 거야. 알겠지? 내 말 듣고 있지?]

"응……. 먼저 가 있을게. 조심해서 와요."

[너무 걱정하지 말고. 괜찮으실 거야. 그렇게 마음먹고 믿어. 응?]

통화를 마친 마리는 서둘러 그의 말대로 차에서 내려 핸드백만 들고 주차장을 빠져나갔다. 차분하자고 마음을 다독여 보았다.

괜찮을 거라고, 아무 일 없을 거라고, 주문이라도 걸듯 끊임없이 되뇌었다.

병원에 도착한 마리는 반쯤 혼이 나간 채로 중환자실을 향해 뛰어갔다. 그러다 문득, 처음 이 길을 따라 달리며 소리 내어 엉엉 울었던 기억이 떠올랐다. 그날도 딱 지금 같았다. 엄마를 잃어버린 아이처럼 서럽게 울었다.

마리는 굳게 닫힌 반투명 유리문 앞에 우뚝 서 있는 진석을 마주하는 순간, 하늘이 무너지는 것만 같았다. 순간, 한 걸음도 뗄 수 없을 만큼 걸음이 무겁고 숨이 턱 막혔다. 하지만 마리는 모든 힘을 쥐어짜내며 진석에게 다가갔다.

"아빠……."

마리의 부름에 천천히 뒤로 돌아선 진석의 얼굴은 눈물에 젖어 있었다. 담담한 표정으로 마리를 바라보던 그가 힘겹게 미소를 지으며 마리에게 조금 더 가까이 오라고 손짓했다.

그 순간 마리는 그 자리에 멈춰 서서 얼굴을 두 손으로 감싼 채 눈물을 흘렸다. 아빠 앞에선 무너지고 싶지 않았는데, 힘이 되어주고 싶었는데 그게 되질 않는다. 진석은 그런 마리에게 다가와 품 안에 안아주고 등을 다독여 주었다.

"괜찮을 거야. 울지 마. 엄만 누구보다 강한 사람이니까 이겨낼 수 있어."

그가 꺼낸 말들은 마리에게 건네는 위로임과 동시에, 진석의 바람이기도 했다. 마리는 진석의 가슴에 얼굴을 묻은 채 가슴속에 담아왔던 눈물을 하염없이 쏟아냈다.

마리는 진석에게 약한 모습을 보이고 싶지 않았다. 가족 말곤 기댈 곳이 없는 진석의 마음을 아프게 하고 싶지 않았고, 힘들게 하고 싶지 않아서였다. 나 말고도 그는 지켜야 할 소중한 사람들이 많기에, 부담이 되기 싫었다. 가족들에게 죄책감을 안고 있는 그라서 더더욱 그랬다.

어렸을 적, 동네 아이들이 덕희를 향해 세컨드라고 놀려 집에 돌아와 지금처럼 울었던 적이 있었다. 그날 진석은 미안하단 말과 함께 눈물을 보였다. 난생처음 보았던 아빠의 눈물에 마리는 그 어린 나이에도 적잖은 충격을 받았다. 낯선 모습이었다. 늘 태산처럼 강하고 듬직한 분이라 믿고 있던 마리가 처음으로 본 아빠의 약한 모습은 지금까지도 선명하게 기억하고 있었다.

마리는 진석을 두 팔로 꽉 끌어안았다.

아빠도 누군가에게 위로받고 싶을 것이다. 기대고 싶을 것이다. 울고 싶어도 참아야만 했던 아빠가, 바들바들 떨면서도 꿋꿋하게 서 있던 아빠가 너무 가여워서 마리의 눈물은 도통 멈출 줄을 몰랐다.

중환자실로 달려간 승언은 복도에서 서성이고 있는 마리와 진석을 발견하곤 가쁜 숨을 고르며 천천히 걸었다. 고개를 떨군 채

벽에 기대고 서 있던 마리가 승언을 발견하곤 울먹이며 다가왔다. 승언은 그런 마리를 꼭 끌어안았다.

핏기 하나 없이 하얗게 질린 얼굴, 가슴이 무너지는 것만 같았다. 말없이 등을 다독여 주는데 이내 진석의 까칠한 얼굴도 눈에 들어왔다. 고개를 숙여 인사를 하자, 그가 긴 한숨을 쉬며 희미한 미소를 지어 보였다.

"많이 놀랐겠구만."

"아닙니다."

간신히 울음을 삼킨 마리가 승언의 품에서 얼굴을 떼어냈다. 승언은 고개를 숙여 마리의 젖은 뺨을 닦아주었다.

"장모님은……."

승언의 물음에 진석은 말없이 고개만 끄덕였다.

"고비는 넘겼네만, 하아……. 잘 버텨줘야 할 텐데."

굳게 닫힌 중환자실 문을 멍하니 바라보는 진석의 쓸쓸한 뒷모습에 마음이 아렸다.

"괜찮아?"

마리는 고개를 끄덕였다. 금방이라도 쓰러질 것만 같은 얼굴을 하고서도 말이다.

"마음의 준비를 해야 할 거 같아요. 이미 하고 있었지만요."

마리는 제법 담담하게 그 말을 꺼내곤 잠시 휘청였다. 승언은 그런 마리를 단단히 붙잡은 채 그녀의 손을 힘주어 꼭 잡고 눈을 맞췄다. 내가 네 곁에 있을 테니 힘내란 말을 대신 한 눈 맞춤이었다.

✳

6월.

봄이 지나가는 줄도 몰랐다. 꽃이 피는지, 지는지도 모른 채 시간을 세었다. 유난히 더위를 많이 타는 마리에게 6월은 벌써부터 숨 막히는 여름의 일부. 초여름의 싱그러움을 채 느끼기도 전에 찾아온 더위에 마리는 하루에도 몇 번이나 얼음물을 뒤집어쓰고 싶었다.

펄펄 끓고 있는 죽을 연신 젓고 있던 마리는 자그만 손으로 부채질을 하며 버티는 중이다. 본인이 할 테니 시원한 거실에 나가 있으라며 채근하는 가사도우미의 말에도 마리는 자리를 떠나지 않았다.

지난주부터 마리의 하루 일과에 약간의 변화가 생겼다. 출근한 시간 전, 친정 본가에 들러 덕희를 살피고 있다. 상주 가사도우미분이 계시기에 마리가 할 일이 그다지 많진 않지만, 꼭 아침마다 덕희를 보고 출근했다.

마리는 단호박과 브로콜리로 쑨 죽을 동그란 그릇에 담고, 동치미와 물 한 컵, 수저를 트레이에 담아 발코니로 나갔다. 그곳에 덕희가 있었다. 얇은 담요를 무릎 위에 덮고, 승언이 만들어준 흔들의자에 몸을 기댄 채 하늘을 올려다보고 있었다.

"우리 엄마 얼굴 다 타겠다."

마리의 말에 덕희가 옅게 웃으며 손을 내밀었고, 마리는 들고 온 트레이를 테이블 위에 올려둔 후 덕희의 앙상한 손을 잡았다.

일주일 전, 덕희는 집으로 돌아왔다. 중환자실에서 일주일, 일반 병실에서 한 달간 머물렀던 덕희는 어느 정도 체력을 회복한 상태다.

애초에 의사가 선언했던 '길어야 1년'의 그 달이 바로 지금 6월이다. 그래서 마리는 6월이 다가오는 것이 마냥 두려웠다. 아마, 6월 30일이 지나는 그 날까지도 두려워할지 모른다. 의사의 말대로 딱 1년 버티고 그 다음 날이 되면 세상을 떠나는 것도 아닌데, 시한부 선고라는 것이 사람 마음을 분, 초 단위로 불안하게 만든다. 그녀가 더 오랜 시간 버텨줄 거라는 믿음도 있지만 불안함 마음 또한 함께한다.

덕희는 잘 버텨주고 있었다. 부쩍 야위긴 했지만 그녀는 삶에 대한 강한 의지를 불태우며 죽음을 밀어내는 중이다.

"출근해야지."

"이거 다 드시는 거 보고요."

덕희가 허리를 세워 테이블 앞으로 바짝 다가와 앉으며 숟가락을 집어 들었다. 한 입 조심스레 떠서 입에 넣더니 이내 옅은 미소를 지었다.

"맛있다. 유마리 요리 솜씨가 제법이네?"

"누구 딸인데 그럼."

또 한 입. 그리고 또 한 입.

마리는 꼼싹도 하지 않고 지켜보았다.

"주말에 다 같이 바람이나 쐬고 올까?"

덕희의 제안에 마리의 눈이 동그래졌다. 정작 덕희 본인은 별 의도 없이 꺼낸 듯 태연한 표정을 짓고 있었지만, 마리는 괜스레 심장이 쿵 하고 내려앉는 것만 같았다.

단 한 번도 그런 제안을 먼저 꺼낸 적 없던 덕희였다. 가족끼리 외식하는 것조차 극도로 꺼리던 덕희가, 마리가 억지로 데리고 나가면 마지못해 따라나서던 그녀가 외출을 제안하다니. 놀라지 않을 수가 없었다.

"기 서방 시간 내기 어려우려나?"

"괜찮을 거예요. 어디 가고 싶으신데요?"

"어디든. 병원에 오래 있다가 왔더니 답답해서."

"그럼 아빠랑 기 서방이랑 상의해서 정할게요."

"고맙다. 마리야."

진심으로 고맙다는 듯, 덕희가 환하게 웃었다.

"나 다 먹었어. 얼른 출근해야지. 실장이 지각하면 못 써."

그릇을 깨끗이 비운 걸 확인한 마리는 트레이를 들고 일어섰 다.

"몸 불편하면 바로 전화하시구요."

"응. 알았어."

"뭐 먹고 싶은 거 있으면 아빠한테 말씀하세요."

"그래. 그럴게."

"그럼 저 이만 가요."

덕희가 마리를 향해 손을 흔들어주었고, 그 모습을 한참 동안 바라보고 있던 마리가 아쉬운 발걸음을 옮겼다.

다시 한 번 뒤를 돌아보고 싶었지만 고개를 돌리지 않았다. 눈으로 보지 않더라도, 눈에 그리는 법을 익혀야 할 때가 되었다고 생각했기 때문이다.

덕희가 어느 날 갑자기 떠나 버린다 해도 너무 많이 울지 않도록, 너무 많이 아프지 않도록, 마리는 연습을 하고 싶었다.

점심 식사를 마치고 오후 업무를 시작하기 전, 마리는 사무실 동료들과 커피 한 잔을 나누며 그들의 대화를 듣고 있었다.

오늘의 주제는 임신과 육아. 마리의 관심사 역시 그것들이었기에 마리는 그들의 대화를 귀 기울여 듣는 중이다.

결혼 3개월째.

서두르는 것에 비해 아직까지 소식이 없어서 마리는 내심 조급했다. 다른 기혼자 동료들의 이야기를 듣고 있자니 결혼 3개월차가 나설 군번은 아닌 것 같아 얌전히 듣고 있었지만, 궁금한 것도 많고 묻고 싶은 게 많아 입술이 달싹였다. 덕희에게 많은 시간이 허락된 것이 아니므로, 마음이 급해지는 건 어쩔 수기 없었다.

"인생은 정말, 마음먹은 대로 되질 않는 거 같아. 생각지도 않게 뜬금없이 셋째를 갖게 되다니. 그것도 이 중요한 타이밍에!"

동료들 중 가장 목소리를 높여 이야기하는 사람은, 이미 두 아이의 엄마인 마흔두 살 이현희 실장이었다. 내년이면 임원 진급에 들어살 예정이던 그녀의 갑작스러운 셋째 임신으로 이 실장은 물론, 다른 직원들까지 혼란에 빠진 듯했다.

"그래도 실장님은 능력이 되니까 더 낳으셔도 돼요. 전 모든 준비를 다 해뒀는데 정작 아이가 안 오는 경우라……. 신랑은 마음 편히 갖자고 하긴 하는데, 그게 어디 되나요?"

같은 부서 윤 대리의 한숨에 몇몇 여직원들도 동조하며 따라서 한숨을 쉬었다.

"그럴 땐 옆에서 부추기는 어른들 때문에 가장 힘들지. 결혼한 지가 언젠데 아직 왜 애가 없냐, 왜 안 낳냐, 언제 낳을 거냐. 누군 안 낳고 싶어서 안 낳냐고."

"안 생기는 경우도 있지만, 저흰 가질 계획도 없고 가질 상황도 아닌데 재촉만 하세요. 한 살이라도 젊을 때 낳아야 한다고. 낳기만 하면 저절로 크는 것도 아닌데."

"우리도! 저희 시어머니는 애를 빨리 안 가지면 남자가 겉돌고 바람나기 십상이란 소리까지 하던걸요?"

얘길 듣고 있다 보니, 마리가 받는 스트레스는 스트레스도 아니었다.

"하나 낳으면 둘 낳아라, 딸 낳으면 아들은 낳아야 하지 않겠냐. 어우, 스트레스."

"애 하나 키우기도 얼마나 힘든 세상인데. 그래도 우리 회사가 육아 복지 하나는 끝내주니까 버티는 거죠, 다른 회사 다니는 친구들 얘기 들으면 진짜 눈물 난다니까요."

"임신이 안 돼도 문제, 낳아도 문제, 어떻게 살라는 거야."

그녀들의 푸념에 마리도 조용히 고개를 끄덕였다.

"실장님도 임신 준비하고 계신 거예요?"

"네. 노력은 하고 있는데, 쉽진 않네요."

"조급하게 생각하지 마세요. 실장님. 아직 젊고, 결혼하신 지 얼마 안 됐잖아요."

"그렇겠죠?"

"요즘은 세 쌍 중 한 쌍이 난임이래요. 마음 편하게 먹어요."

그래도, 희한하게 그 말들이 위로가 된다.

"맞아요. 실장님. 저도 노력하다가 안 돼서 거의 포기하고 마음을 비우니까 생기더라고요. 너무 스트레스받지 마세요."

"고마워요."

처음엔 막연하게 그냥 아이가 갖고 싶었다. 덕희가 세상을 떠나기 전, 그녀가 삶을 붙들 수 있는 그 무엇이든 만들고 싶었다.

하지만 이젠 그의 아이가 갖고 싶다. 그를 닮은 아이를 낳으면 얼마나 행복할까. 지나가는 아이만 봐도 예뻐서 어쩔 줄 몰라 하는 그는 또 얼마나 행복해할까. 그리고 나는 또 얼마나 행복할까. 쉽게 상상이 되질 않는다.

Rrrr.

그때, 진석에게서 전화가 걸려왔다. 마리는 무리에서 빠져나와 통화를 연결했다.

"네. 아빠."

[잠깐 올라올 수 있니?]

"지금 바로 갈게요."

마리는 다른 직원들과 가볍게 인사를 나누고 서둘러 사무실을 빠져나갔다.

주말에 다 같이 바람 쐬러 나가고 싶다는 덕희의 말을 아침 일찍 전한 참이다. 아마도 그것 때문에 부르는 건가 싶어 마리의 걸음이 부쩍 빨라졌다.

진석의 사무실 안으로 들어간 마리는 자신이 들어온 줄도 모르고 하염없이 창밖에 시선을 두고 있는 진석의 뒤로 조용히 다가갔다.

"유 대표님."

"어, 마리야. 왔구나."

그제야 진석이 미소를 지으며 마리를 반겼다.

진석은 회사에서나, 집에서나 늘 애쓰고 있었다. 그걸 알기에, 마리는 진석이 걱정스러웠다. 덕희를 보살피는 일만큼이나 본인의 마음을 보살피는 일도 소홀히 할 수 없는데, 진석에게 지금 그럴 여유가 없어 보이기 때문이다.

"점심은 드셨어요?"

"그럼. 네 시아버지랑 석갈비 먹고 왔다."

"그러셨어요? 저도 부르시지."

"안 그래도 그러려고 했더니 벌써 점심 먹으러 나갔다고 하기에 둘이 오붓하게 먹고 왔지. 앉아."

진석과 마주 보고 앉은 마리는 테이블 위에 올려둔 초콜릿 하나를 까서 진석의 입안에 넣어주고 제 입에도 하나 넣었다.

"주말에 어디로 갈지 생각해 보셨어요?"

"그러게. 어디가 좋을까."

"가까운 데로 가요. 엄마 몸도 성치 않은데 괜히 장거리 움직이면 힘들잖아요."

진석이 고개를 끄덕이다가 이내 생각에 잠긴 듯 멍한 눈으로 눈꺼풀을 끔벅였다.

"아빠?"

"네 엄마 좋아하는 수목원 어때? 가평 별장에서 멀지도 않고 딱인 거 같은데."

"그럼 되겠네요. 그럼 별장에 제가 연락해 둘게요."

마리가 자리에서 일어서자, 진석은 마치 뭔가 더 할 말이 있는 듯 손을 들었다.

"왜요, 아빠?"

진석은 크게 숨을 한 번 쉬곤 마리를 올려다보았다.

"곧 너한테도 연락이 갈 거 같아서 미리 말해두려고."

"무슨……."

"네 할머니. 조만간 아예 들어오실 모양인가 보더라."

"뭐 때문에요?"

진석이 희미하게 웃었고, 마리는 그것만으로도 진석의 말이 무엇을 뜻하는지 이해할 수 있었다.

박 회장이 덕희의 상태가 나빠졌다는 것을 어디선가 들은 모양이다. 마치 기다렸다는 듯, 본색을 드러내며 진석에게 연락을 한 것이다.

"어떻게 할 생각이신데요?"

"내 입상은 그대로야. E미디어 내 손 떠난 지 오래고, 네 엄마가…… 세상을 떠난다고 해도 아무것도 변하지 않을 거다. 아무

것도."

단호한 진석의 말에, 마리도 고개를 끄덕였다.

"엄마가 아빠에게 유일한 아내이듯이, 엄만 죽어서도 내 엄마니까."

마리는 다시 소파에 앉아 진석의 커다란 손 위에 제 손을 포갰다.

"저도 엄마 때문에 참고 있는 거예요. 저 잘못 키웠단 소리 듣게 할 수 없으니까, 엄마한테 흠이 되고 싶지 않으니까 이만큼 참고 있던 것뿐이죠. 엄마 떠나고 나면…… 저도 더 이상 참고 있을 이유 없어요. 그러니까 아빤 모른 척해줘요. 죄송해요."

"네가 죄송할 게 뭐가 있니."

"제가 미리 선수 치는 거예요. 저 나중에 혼내지 마시라고."

진석이 어이가 없다는 듯 웃었다. 아마 진석도 마리의 의중을 알아차렸을 것이다. 자신의 딸이 저렇게까지 말을 하는 거면, 박회장에게 어떤 액션을 취할지를 말이다.

"미안하다. 마리야. 나 때문에……."

"정확히 짚고 넘어가죠. 아빠 때문 아니잖아요. 엄마 때문도 아니고요. 그러니까 두 번 다시 그런 말씀은 하지 마세요."

"네 엄마가 너무나 가엽다."

"엄마한테 사과해야 할 사람은 아빠가 아니란 거 아시잖아요. 뭐, 진대료 사과할 분은 아니지만."

마리는 포개고 있던 진석의 손을 꽉 움켜잡았다. 지금부터, 우리 둘이 더욱더 힘을 내야 하니까.

"다른 거 생각하지 말고, 엄마만 생각해요, 우리. 엄마…… 행복하게 눈 감을 수 있게. 안 그러면 평생 후회하는 건 아빠랑 저잖아요."

진석의 눈시울이 붉어졌다. 늘 마리에겐 크고 든든한 태산 같기만 하던 진석의 약한 모습에 마리도 코끝이 찡했지만 마음을 단단히 바로잡았다. 후회가 남지 않도록, 모든 걸 다 해보겠노라고.

⁂

승언의 작업실을 찾은 마리는 조심스레 대문을 열고 안으로 들어섰다. 밥그릇에 코를 박고 정신없이 사료를 먹던 오드리가 인기척을 확인하고 정신없이 달려오고 있었지만, 마리는 전처럼 크게 당황하지 않고 대신 팔을 앞으로 뻗으며 진정하라고 손짓했다. 그러자 오드리가 달리던 속도를 점차 줄이고 귀를 뒤로 바짝 넘기며 엉덩이를 좌우로 흔들더니, 마리의 손바닥을 석석 핥았다. 미끄럽고 축축한 감촉에 마리의 얼굴이 잔뜩 일그러졌다.

"으으. 그래. 나도 반가워, 오드리."

마리의 말을 알아들은 건지, 오드리는 그대로 바닥에 벌렁 드러누워 뒹굴뒹굴 뒹굴었다. 이제 인사는 그만하고 비켜줬으면 좋으련만, 녀석은 마리의 발등을 깔고 누워서 여전히 뒹굴거렸다. 마리가 뒷걸음질을 치자 포기하지 않고 따라붙었다.

"그래. 착하다. 아휴. 귀엽네."

마리가 마지못해 녀석의 콧등을 살살 만져주자 신이 나서 다시 밥그릇을 향해 달려갔다. 안도의 한숨을 내쉬며 다시 걸음을 옮기던 마리는 또 한 번 흠칫했다.

"엄마야!"

이번엔 고양이 가족 네 마리가 느물느물거리며 마리를 향해 걸어왔다. 눈을 게슴츠레하게 뜬 고양이들은 꼬리를 하늘로 바짝 세우고 다가왔다. 이내 네 마리의 고양이들이 마리의 종아리에 마킹을 해댔고, 그게 또 샘이 났는지 밥을 먹고 있던 오드리가 미친놈처럼 전력 질주를 하며 달려왔다. 두 다리가 덜덜 떨리기 시작하는데, 다행히 오드리의 목표물이 자신이 아닌 고양이들이었는지 그들에게 장난을 걸었다.

그의 작업실을 찾을 때마다 벌어지는 이 야단법석은 어느새 통과의례처럼 당연해졌다. 그래도 전에 비하면 많이 친해진 편이었다.

동물들로부터 간신히 벗어난 마리는 작업실 안으로 들어갔다. 바깥의 소란에도 그는 어쩐 일인지 기척이 없었다. 혹시나 해서 작업실 안쪽 구석에 놓아둔 소파로 가보니 그곳에서 승언이 긴 몸을 한껏 웅크린 채 쪽잠을 자고 있었다.

팔걸이에 머리를 기대고 팔짱을 낀 채 잠이 든 그의 모습은 묘하게 섹시했다. 잔뜩 구겨진 셔츠와 무표정한 얼굴이 그런 기분이 들도록 만들었을 것이다. 자신을 볼 때면 늘 지어 보이는 미소가 사라진 얼굴은 다른 여자에게 보여주기 싫을 만큼 매력적이었다.

마리는 고개를 숙여 승언의 얼굴을 가까이에서 살펴보다가 살짝 뺨에 입을 맞추었다. 그런데 그 순간, 그가 눈을 번쩍 뜨는 것이 아닌가.

　마리는 그대로 얼어붙어 버렸다. 부부 사이에 도둑 입맞춤 정도는 충분히 할 수 있는 일인데도 왜 이렇게 긴장이 되는 건지 알다가도 모를 일이다. 한번 두근대기 시작한 심장은 도무지 멈출 줄을 몰랐다.

　"왜 이렇게 늦었어."

　낮게 잠긴 그의 목소리가 가슴을 울렸다. 나른하게 뻗어 올린 그의 커다란 손이 마리의 목덜미를 감쌌다. 그의 길고 곧은 손가락이 부드럽게 움직일 때마다 닿은 살결이 뜨겁게 달아올랐다.

　퇴근길에 들러 함께 저녁을 먹고 영화를 보러 가기로 했었다. 일 처리가 늦어 약속 시간이 한 시간 정도 지체되었는데, 그사이에 기다리다 지쳐 그가 잠들었을 거라 생각하니 너무나 미안했다.

　"일이 늦게 끝나서……."

　말이 끝나기도 전에 두 입술이 맞닿았다. 방금 전까지 자던 사람이 맞나 싶을 정도로 매우 또렷한 입맞춤이었다. 벌어진 입술 새로 집요하게 비집고 들어오는 그의 혀끝이 무척이나 달았다.

　"배고파."

　"맛있는 거 먹으러 가요."

　그가 고개를 끄덕이며 일어나 앉았다. 그러더니 마리가 손에 들고 있던 가방을 소파 위에 내려두었다. 왜 그러나 싶어 의아한 눈으로 보는데, 승언은 장난 끼 다분한 눈으로 마리를 노골적으로 바라보고 있었다.

설마.

이제 이 정도의 신호는 딱 보면 척 하고 알아차릴 수가 있다. 짙고 까만 그의 눈동자 속에 어떤 생각들로 가득한지, 물을 것도 없다.

소파에서 일어선 승언이 마리의 손을 잡아끌었다.

"어디 가는데요?"

승언은 아무 말 없이 2층에 위치한 집으로 걸음을 옮겼다. 마리가 힘을 주어 당겨봐도 그를 이길 순 없었다.

"변태야 진짜. 잠잘 때 빼고 항상 그 생각만 하죠?"

"아니."

제법 진지한 표정으로 마리를 뚫어져라 보았다.

"꿈속에서도 하는데?"

승언은 노골적으로 마리의 허리를 바짝 당겨 안았다. 이미 딱딱하게 굳은 그의 것이 아랫배에 닿자 마리는 숨이 턱 하고 막혔다. 어쩜 이렇게 멀쩡한 얼굴을 하고서 야한 말을 할까.

"이 남자가 지금 뭐라는 거야."

"당연한 거 아냐? 난 하루 종일도 할 수 있어."

그건 이미 알고 있었다. 그런 날을 몇 번 보낸 적이 있으니까.

마리는 마른침을 삼켰다. 2층의 집 현관문이 열림과 동시에, 그의 커다란 손이 기어이 원피스 자락을 늘추고 늘어왔나.

승언의 작업실 2층에 위치한 집은 결혼 전과 크게 달라진 것이 없었다. 달라진 것이라곤, 더 이상 이곳에서 밤에 잠을 자지 않는다는 것 정도. 무슨 일이 있어도 잠은 집에서, 마리의 곁에서 잔다.

승언은 잠들어 있는 마리를 바라보았다. 혹시나 추울까 싶어 얇은 이불로 둘둘 말아놨는데, 더위를 많이 타는 마리는 그것을 훌훌 걷어차 버렸다. 사람 미치게 하려고 작정을 했나 보다.

마리의 잠든 모습을 볼 수 있는 날이 많지 않았다. 마리는 항상 승언보다 늦게 잠이 들었고, 먼저 일어났다. 오늘도 승언이 못 살게 굴지 않았더라면 이 귀한 모습을 볼 수 없었을 것이다.

승언은 고개를 숙여 마리의 뽀얗고 둥근 어깨 위에 입을 맞췄다. 깔끔하게 자란 수염이 닿아서인지, 마리가 어깨를 흠칫 떨었다. 승언은 숨을 죽인 채로 마리의 머리칼을 매만졌다.

마리는 요즘 안쓰러울 정도로 최선을 다하고 있었다. 좋은 딸, 좋은 아내, 좋은 언니가 되기 위해서 말이다. 승언은 그런 마리가 무척 신경 쓰였다.

덕희가 큰 고비를 넘기고 난 후 그녀는 더욱더 바빠졌다. 안아 보면 살도 조금 빠진 듯했다. 그래서 웬만하면 피곤하게 굴지 않으려고 최선을 다하는데, 그게 매번 쉽지가 않다. 참고 억누르다가 한 번씩 욕구가 터져 버리면 걷잡을 수가 없다. 몇 번이고 안고 싶다.

임신이 간절한 그녀는 미련스럽게도 피하질 않는다. 승언 역시 아이를 간절히 기다리고 있기에 노력을 멈추지 않는다. 덕희가 떠나기 전, 꼭 마리와 꼭 닮은 아이를 갖고 싶었다.

"흐음."

마리가 느리게 눈을 떴다. 승언은 그런 마리의 뺨을 손끝으로 만지작거리며 귓불을 입술로 깨물며 지분거렸다.

"좀 더 자."

"오빠 배 안 고파요? 저녁 먹어야죠."

"다른 거 든든히 먹어서 안 고파."

마리의 자그만 손바닥이 승언의 맨가슴을 탁 하고 쳤다.

"배고파?"

마리가 고개를 작게 끄덕였다.

"배는 고픈데, 힘이 없어서 꼼짝도 못 하겠어."

어쩜 투정부리는 것도 이렇게 귀여운지.

"라면이라도 끓여줄까?"

"아주 맵게요."

"알았어. 성질나도록 맵게 끓여줄게."

침대에서 내려온 승언은 소파에 걸어둔 블랙 로브를 걸치고 주방으로 향했다. 냄비에 물을 얹고 라면 두 봉지와 언젠가 마리가 요리를 해주고 남아 냉동실에 얼려두었던 청양고추를 꺼내 가위로 툭툭 잘라 넣었다.

마리는 매운 걸 참 좋아한다. 그것도 정신이 쏙 빠질 정도로 매운 음식. 스트레스를 받거나 피곤할 때 가끔씩 그걸 찾곤 하는데, 먹고 나면 그렇게 기운해 보일 수가 없다. 반면에 승언은 빠져나간 정신을 되찾아 오지 못해 한참 동안 눈시울이 젖어 있곤 한다.

끓기만 했는데도 벌써부터 매운 냄새가 진동했다. 그 냄새가 만족스러웠는지, 마리가 얇은 이불을 몸에 둘둘 만 채로 주방으로 와 만족스러운 듯 웃었다.

"그러고 먹게?"

"제 옷이 안 보여요."

두리번거리며 옷을 찾던 마리가 현관 근처에서 옷을 발견하곤 키득거리며 웃었다.

"우리 언제쯤이면 현관에서 옷을 안 벗을까요?"

"확답을 해줄 수 없어서 미안하네."

마리가 노려보았지만 승언은 모른 척했다. 그사이, 다 끓은 라면 냄비를 식탁 위에 올려두고 작은 앞접시와 젓가락, 그리고 그녀가 가져다 놓은 김치를 꺼내어 놓았다. 마리가 욕실에서 승언과 같은 블랙 로브를 꺼내 입고 나왔다.

"음. 맛있겠다."

"엄청 매울 거 같은데."

향을 음미하던 마리는 단호하게 고개를 서었다.

"그 정돈 아니에요."

마리는 승언의 앞접시에 먼저 라면과 국물을 담아주었다. 늘 자신의 몫부터 챙겨주는 그녀가 참 고맙고 사랑스러웠다.

"잘 먹을게요."

먼저 국물부터 한 입 먹은 마리가 만족스러운 듯 미소를 지었다. 그 모습을 지켜보던 승언도 조심스레 한 입 삼켰다. 일 초.

이 초. 채 셋을 세기도 전에 이마를 강하게 탁 때리는 듯한 매콤함에 눈이 절로 질끈 감겼다. 반면, 그녀는 눈도 깜짝하지 않고 잘도 먹었다.

"나중에 아이 낳으면 새빨간 아이 나올 거 같아."

입안 가득 면을 넣고 있던 그녀가 품 하고 웃으며 입술을 틀어막더니 발끝으로 승언의 정강이를 툭툭 찼다.

이거, 묘하게 자극적인 스킨십인데 정작 그녀는 모르는 듯했다.

"그게 무슨 소리에요, 진짜."

"그냥 그렇단 소리지 뭐."

발갛게 달아오른 마리의 얼굴이 무척이나 귀여웠다.

마리를 닮은 아이면, 대체 얼마나 사랑스럽고 예쁠까.

"이게 부탁한다고 해서 될 일은 아니겠지만……."

김치 한 조각을 입에 넣던 마리가 눈썹을 치켜세우며 승언을 보았다.

"너를 꼭 닮은 아이였으면 좋겠다."

얼굴뿐 아니라 목덜미까지 발그레해졌다. 매워서인지, 아니면 더워서인지 모르겠지만 점점 더 빨개지고 있었다.

다리를 꼬고 앉아 있던 마리가 자꾸만 승언의 정강이를 툭툭 건드렸다. 승언은 그런 마리의 작은 발을 낚아챘고, 마리는 놀란 토끼 눈을 하고 승언을 보았다.

"알았으니까 그만 자극해. 이것만 먹고 다시 할 거니까."

대체 어떻게 모든 이야기의 결론이 '그걸'로 귀결이 되냐며 따져 물었지만 승언은 태연하게 라면을 먹었다.

욕실 거울 앞에 나란히 서서 이를 닦던 마리는 승언이 물을 손으로 툭툭 튕기며 장난을 걸어도 끝까지 받아주지 않았다. 여기서 넘어가면 두 발로 이 욕실에서 빠져나갈 수 없다는 걸 잘 알고 있기 때문이다.

마리는 아무 일 없다는 듯 입안을 물로 헹궜다. 고개를 숙인 채 물을 마시고 뱉길 반복하던 마리는, 순간 티셔츠 안으로 기어이 밀고 들어온 그의 손에 바짝 허리를 세우고 말았다.

"앗 차거!"

욕심껏 가슴을 움켜쥔 그는 만족스러운 듯 웃고 있었다. 마리가 미간을 찡그리며 노려보았지만 전혀 주눅 들지 않고 다른 한 손마저 티셔츠 안으로 밀어 넣었다.

하얀색 얇은 티셔츠는 그의 노골적인 손길이 고스란히 비치고 있었다. 눈 밑 인디언 보조개가 푹 들어갈 만큼 환하게 웃고 있는 그가 우스워서 마리는 고개를 가로저었다.

그걸 허락이라고 여긴 건지, 승언이 고개를 숙여 마리의 목덜미에 입술을 묻었다. 귀밑부터 어깨까지 몇 번이고 오르락내리락하며 입을 맞추던 그가 슬쩍 속옷을 아래로 끌어 내리곤 뒤에 바짝 붙어 섰다. 커다랗게 부푼 그의 분신이 엉덩이 위에 그대로 와 닿았다.

익숙한 긴장감에 마른침을 삼킨 마리는 기울에 비친 그의 얼굴을 빤히 보며 그의 행동 하나하나 유심히 지켜보았다. 마리가 손을 뒤로 뻗어 그의 부푼 남성을 움켜쥐자 그의 이마가 보기 좋게 구겨졌고, 반대로 입술은 곡선을 그리며 휘어졌다. 묘한 표정. 사람 미치게 만드는 그 표정이다.

마리가 속옷 안에 손을 넣어 그의 것을 만지려는데, 그가 마리의 등을 앞으로 꾹 누르며 골반을 움켜쥐었다. 그러곤 아무런 예고도 없이 쑤욱 깊숙하게 그대로 밀고 들어왔다. 빈틈없이 가득 찬 좁은 길이 타들어가듯이 뜨겁게 달아올랐다.

"하앗!"

마리는 발꿈치를 살짝 들어 세웠고, 좀 더 깊숙한 결합이 이뤄졌다. 느릿하게 허리를 튕기는 것과는 반대로, 마리의 골반을 움켜쥔 그의 손엔 힘이 들어가고 있었다.

그가 치받을 때마다 격렬하게 흔들거리는 자신의 가슴이 여전히 낯설었다. 살과 살이 부딪치며 만들어내는 소리가 유난히 크게 들렸고 가쁘게 뱉어내는 그의 숨소리도 귓가를 어지럽혔다. 마리는 손을 앞으로 뻗어 거울을 짚은 채로 낮은 신음을 흘렸다.

"오빠……."

승언이 상체를 숙이고 있던 마리의 어깨를 잡아당기며 턱을 잡아 고개를 돌려 입을 맞췄다. 그러곤 다시 티셔츠 안으로 손을 넣어 가슴을 손안에 터질 듯이 움켜쥔 채 조금 더 빠르게 허리를 흔들었다. 마리가 어깨를 틀며 엎어지려고 할 때마다 승언은 마리의 가는 팔을 붙잡아 뒤로 당겼다. 아래로 무언가가 몽땅 쏟아져 버릴 것만 같아 자꾸만 다리에 힘이 풀리려고 하는데도 그는 놓아주지 않았다.

"으읏!"

마리는 손을 뻗어 손에 잡히는 대로 아무거나 움켜쥐었다. 움켜쥔 손이 파르르 떨리며 기운이 흩어지는 와중에도 그는 움직임을 멈추지 않았다. 끝까지 밀어붙이며 사정없이 찔러 넣고 난 후에야 마리의 등에 얼굴을 묻은 채 뜨거운 숨을 토해냈다.

"하아……."

승언이 마리를 두 팔로 꽉 끌어안았다. 여전히 그곳은 하나인 채로. 마리는 나른하게 젖은 그의 얼굴과 제 얼굴을 차례로 보다가 설핏 웃어버렸다.

이 정도 노력이면 하늘도 감복할 만한데.

……라고 생각하면서.

※

"하!"

눈을 번쩍 뜬 마리는 땀에 축축이 젖은 서늘한 목을 손으로 감쌌다. 싸늘하게 식어버린 자신의 살갗이 지독하게 낯설었다.

꿈을 꿨다. 너무나도 이상한 꿈을.

자신의 팔뚝보다 더 굵은 뱀이 몸을 타고 올라와 목을 사정없이 조였다. 발버둥을 치면 칠수록 더욱더 거센 힘으로 목을 조였고, 숨이 깔딱 넘어가려던 그 순간 눈이 번쩍 떠진 것이다.

기운이 뚝 빠서 버렸다. 아직도 뱀이 목을 휘어 감고 있는 듯한 착각에 등골이 서늘하고 가슴이 뛰었다.

간신히 고개를 돌려 시계를 보니 새벽 5시를 막 지나고 있었다. 일어나 앉아 놀란 마음을 진정시키려는데 한 몸처럼 얽힌 그가 도무지 놓아주질 않았다.

마리는 긴 한숨을 쉬며 팔을 뻗어 사이드 테이블 위에 올려둔 휴대폰을 집어 들었다.

꿈에서 깨자마자 가장 먼저 든 생각은 엄마, 덕희였다. 하루에도 수십 번씩 날 불안하게 만드는 건 덕희뿐이니까. 마리는 떨리는 손끝으로 덕희에게 전화를 걸었다.

[마리니?]

혹시나 받지 않으면 어떡하나 가슴 졸이던 마리는 안도의 한숨을 내쉬었다.

"엄마."

[새벽부터 어쩐 일이야? 왜 그래? 무슨 일 있어?]

"아니에요. 아무것도."

꿈이 너무 무서워서 전화를 걸었다고 말할 수 없었다.

고작 꿈일 뿐인데 난 왜 이렇게 두려웠을까. 왜 이렇게 무서웠을까.

[악몽이라도 꾼 거야?]

몇 마디의 말만으로도 덕희는 마리의 기분을 알아챘다. 숨이 막히던 그 순간이 떠올라, 마리는 눈을 질끈 감고 손바닥으로 눈을 가렸다.

"어. 조금, 조금 무서웠어요."

앞으로 덕희에게 어리광부릴 날도 얼마 남지 않았다고 생각하니, 괜히 눈물이 날 것만 같았다. 좀 더 살가운 딸이지 못했던 게 후회스럽고 죄송스러웠다.

[무슨 꿈이었는데 그래? 엄마한테 말해줄 수 있어?]

덕희의 다정한 음성에 마리가 옅게 웃었다. 덕희에게 모두 털어놓고 나면 아무것도 아니라고 말해줄 것만 같아서 잔뜩 집어먹었던 겁을 조금 내려놓을 수 있었다.

"내 팔뚝만 한 뱀이 내 목을 콱 조르는 꿈. 죽을 뻔했어요."

[아이구. 지렁이만 봐도 자지러지는 애가 꿈에 뱀이 나왔으니 얼마나 놀랐을까.]

엄만 참 나에 대해 많은 걸 알고 있다. 어쩌면 나보다도 더 나에 대해 많이 아는 존재일지도 모른다.

[뱀이 나온 거 보면, 태몽일 수도 있는데.]

마리는 웃으며 고개 저었다.

"아닐 거예요, 엄마. 얄밉게도 내 자궁은 매달 열심히 자기 일을 하더라고요. 목 졸린 게 찝찝해서……."

[그냥 단순한 꿈일 뿐이야. 네가 엄마 때문에 요즘 신경을 많이 써서…….]

"엄마. 컨디션은 어때요?"

덕희가 죄책감을 느끼는 것이 싫었던 마리는 대뜸 말을 잘랐다. 마리는 덕희가 자신의 기분까지 헤아리는 걸 원치 않았다. 본인의 몸만 신경 쓰기에도 버거울 테니까.

[좋아. 너랄 나위 없이 아주 좋아. 그러니까 엄마 걱정 말고 조금 더 자.]

"그래야겠어요. 엄마도 좀 더 주무세요. 새벽부터 깨워서 죄송해요."

[아니야. 엄마가 당장 가서 꼭 안아주고 싶은데, 그럴 수가 없어서 미안해.]

마리가 악몽을 꾸는 날이면 덕희는 늘 마리를 꼭 안아주었다. 잠결에 눈을 떴을 때, 자신의 곁에 그녀가 잠들어 있는 게 마리는 무척이나 좋았다. 그래서 꾸지도 않은 악몽을 꾸었다며 그녀의 품을 파고들기도 했다.

간혹 박 회장에게 들키면 마리에게 나쁜 버릇을 들인다며 덕희가 야단을 맞곤 했는데, 아마 그때부터 마리는 박 회장이 싫었던 것 같다. 어리고 철없는 마음에, 엄마와 나의 사이를 질투하는 못된 마녀라고 생각했다.

"이따가 들를게요."

[그래. 이따 보자.]

덕희와 통화를 마친 마리는 긴 한숨을 내쉬었다.

지난주, 식구들끼리 다 함께 수목원에 나들이를 다녀온 이후로 덕희의 기분이 무척이나 좋아 보였다. 하지만 불안한 마음은 도통 잦아들지 않는다. 표면적으로나마 호전된 모습을 보여주니 안도감이 드는 것도 사실이지만, 이상하게도 그럴수록 마리는 더욱더 불안해져만 간다.

마리는 자신의 납작한 배를 내려다보았다. 마음을 편하게 가져야 한다는 사람들의 조언에도 불구하고 조바심이 드는 선 어쩔 수가 없는 모양이다.

넌 대체 언제 와줄 거니?

마리는 씁쓸한 미소를 지으며 다시 승언의 품 안을 파고들었
다.

12화
따뜻하게 안아줘

출근길, 엘리베이터에 진석과 마리가 동시에 오르자 직원들의 몸이 굳는 것이 눈에 보였다. 진석은 권위적인 대표가 아니지만 그의 자리가 주는 무게감은 어쩔 수가 없었나 보다.

마리는 직원들과 가볍게 눈인사를 나눈 후, 진석의 소매 끝을 잡아당겨 맨 안쪽으로 슬금슬금 물러섰다.

"올라가서 차 한잔 할래?"

진석의 작은 속삼임에 마리가 고개를 끄덕였다. 그사이 매 층에서 엘리베이터 문이 열렸고 내리는 직원들을 향해 진석은 상냥한 미소로 응했다. 대표이사실이 위치한 9층이 목적지인 두 사람을 제외하고 모든 인원이 엘리베이터에서 빠져나가사 ᅮ 사람의 얼굴도 조금 편안해졌다.

"아무래도 대표님이랑 같이 출근하는 건 안 되겠어요. 다른 직원들 숨도 못 쉬잖아요."

"그러게 말이다. 후훗."

9층에 도착해서 내린 두 사람은 진석의 사무실을 향해 걸었다. 유리문을 열고 안으로 들어서는데, 대표이사실 밖에 위치한 비서실 프런트에서 직원들이 서성이고 있었다.

어딘가 불안해 보이는 표정.

무슨 일인가 싶어서 저절로 걸음이 느려졌다.

"좋은 아침!"

"대표님……."

그들 중 가장 난처한 표정을 짓고 있는 사람은 비서실장이었다.

"왜들 그래? 무슨 일 있어?"

"지금 안에……."

진석이 대표이사실 문을 활짝 열고 들어가다가, 이내 걸음을 멈췄다. 뒤따르던 마리 역시 그 자리에 우뚝 멈춰 서야만 했다.

박 회장이었다. 상석에 앉아 팔짱을 낀 채 눈을 감고 있었다. 고고하게 틀어 올린 은발 머리, 윤이 나도록 반짝이는 피부. 벌써부터 숨이 막혔다.

"비서실장님. 비서실 자리 좀 비워주실 수 있을까요? 얘기가 길어질 거예요. 차도 필요 없습니다."

"네. 실상님."

마리의 부탁에 비서실장 이하 모든 비서실 직원들이 자리를 비웠다. 마리는 대표이사실 문을 꼭 닫고 안으로 들어갔다.

늘 마음의 준비는 되어 있다고 생각했다. 언제 어느 순간 박 회장이 날 선 말로 상처를 그어도 눈 하나 깜짝하지 않을 준비 정도는 눈을 깜박이는 것만큼이나 당연하고 쉬운 것이라고.

하지만, 호흡이 떨릴 만큼 긴장되는 건 어쩔 수가 없었다. 최대한 태연하려고 애를 쓰는 것밖에는 방법이 없다.

느릿하게 눈꺼풀을 밀어 올린 박 회장이 턱짓을 하며 앉길 권유했다. 진석은 박 회장으로부터 대각선 방향에, 마리는 맞은편 끝자리에 자리를 잡고 앉았다.

"어떻게 된 비서실이 제대로 된 차 한 잔을 못 내와?"

이미 제공받았던 차를 손가락으로 툭툭 치더니, 기어이 컵을 깨버리고 말았다. 바닥에 떨어진 찻잔의 유리가 사방으로 흩어졌고, 가득 담겨 있던 차 역시 바닥을 흥건하게 적셨다.

"집안이 그 꼴이니 회사도 같은 짝인 게지. 아무리 수익이 좋고 평판이 좋으면 뭘 해? 기본도 안 되어 있는 걸."

누굴 지칭하는 건지 알고 있다. 무슨 말을 하고 싶어서 그러는 건지도 안다. 끊임없이 짓밟고 괴롭혀야만 직성이 풀리는 그녀의 말은 늘 덕희를 향해 겨누고 있는 칼과 같았다.

"할머니께서 가장 싫어하시는 게 시간 낭비잖아요. 돌려 말하지 마시고 바로 본론 꺼내세요."

마리의 말에 박 회장이 희미한 미소를 지어 보였다. 마치 말이 잘 통하는 상대라도 만난 양 반가운 기색도 스쳤다. 반면에 신석의 얼굴을 무표정했다.

"이제 제자리로 돌아올 때가 된 거 같은데. 어떻게 생각하나?"

특별히 생각해서 기회라도 주는 척.

너무나 태연한 얼굴로 말을 꺼내, 하마터면 웃음이 터질 뻔했다. 끝까지 저 자존심은 버리지 못하고, 제발 돌아와 달라고 구걸하는 말에 치장이 과했다.

"이미 말씀드렸습니다. E미디어는 제 자리가 아닙니다."

진석의 단호한 답변에도 박 회장은 표정에 변화가 없었다.

"흐음. 그렇다면 마리 네가 와서 한번 맡아보겠니?"

박 회장은 마리의 속을 꿰뚫어 보기라도 하려는 듯 빤히 쳐다보았다. 그렇다고 해서 피할 마리가 아니었다.

"회사가 많이 힘든가 봐요?"

"뭐?"

"제가 가서 할 수 있는 일이 뭐가 있겠어요. 할머니 입맛에 맞게 대충 사인이나 해줄 대표가 필요하신 거라면, 그런 일 해줄 사람들은 할머니 집안에도 많잖아요. 전 관심 없어요."

"마리야. E미디어는 어차피 유 씨 집안의 가업이다. 네 아빠가 잠시 여자에 미쳐 정신이 어떻게 돼버리는 통에 정신 차리라고 잠깐 내보낸 거지, 결국은 네 아빠와 네가 이끌어 가야 할 기업이야. 이 할미가 너 어렸을 때부터 누누이 말하지 않았니?"

어린아이를 타이르는 듯한 소름 끼치도록 나긋나긋한 음성. 덕희를 사지로 몰아세울 때와는 정반대의 목소리였다.

"악착같이 다 빼앗아 가신 게 불과 몇 년 전 일이에요. 벌써 다 잊으셨어요?"

"말했잖아. 네 아버지 정신 차리게 하려고……."

"할머니 마음대로 조종하게 하려고, 겠죠. 아빠 늘 멀쩡하셨어요."

"유마리. 계속 그렇게 할미 말에 토를 달면 대화를 진행할 수가 없다."

박 회장의 부드러운 협박에 마리도 생긋 미소를 지었다.

"차라리 회사가 많이 힘들다고 솔직히 말씀하셨다면, 생각해 봤을 거예요. 그런데 또 기어이…… 엄마 이야길 꺼내시네요."

늘 그래 왔다. 박 회장에겐 모든 것이 다 덕희의 탓이었다.

저것이 우리 집안에 들어오고 나서부터, 저게 내 아들을 후리고 나서부터…….

말버릇처럼 뒤에 따라붙는 그 말이 지긋지긋했다. 어떻게 저런 편협한 사고방식으로 그 큰 기업을 운영했는지 믿기 어려울 정도다. 그러니 지금 이 모양 이 꼴이 나서 자신의 앞에 앉아 있는 거겠지.

"사람들 눈이 걱정이라면, 그래. 그 여자 죽고 나면 순차적으로 진행하도록 하자. 내가 그 정도는 기다릴 수 있다."

"안 죽을 거예요. 그러니까 기다리실 필요 없어요."

박 회장의 반듯한 눈썹이 보기 좋게 일그러졌다.

"안 죽을 거라고요. 우리 엄마."

주먹을 움켜쥔 박 회장의 가냘픈 손이 파르르 떨렸다. 그리고 악다문 턱이 크게 움찔거렸다.

"유마리. 내 앞에선 그 여자 엄마라 부르지 말라고……."

"이 얘기 계속 반복해야 돼요?"

마리가 말을 탁 끊자, 움켜쥐고 있던 손이 눈에 띄게 바들거렸다. 진석은 눈을 질끈 감았다.

"본인이 생각해 봐도 너무한다는 생각 안 드세요? 언제까지 그렇게 고집 피우실 건데요?"

"나랑 너! 나랑 니 애비! 이렇게 된 게 다 누구 때문이냐? 다 누구 때문이야!"

"할머니 때문이죠!"

늘 차분하게 살살 약을 올리기만 하던 마리가 큰 소리로 대꾸하자 박 회장이 제법 놀란 듯했다. 붉은 입술이 슬쩍 벌어졌다.

"뭐가 그렇게 못마땅하셔서 사람을 그렇게까지 괴롭히는 거예요? 대체 우리 엄마가 뭘 얼마나 잘못했다고! 왜 우리 엄마가 평생 할머니한테 그런 대접받고 살아야 했냐고요, 왜!"

단지 자신이 원하던 며느릿감이 아니라서?

자신의 사업에는 도움이 되지 못하는 며느리라서?

그간 덕희가 받아왔던 설움이 히나 둘 머릿속에 떠오르자 마리의 가슴이 바짝바짝 타들어갔다. 모질기만 했던 핍박과 부당했던 구박. 그 긴 시간 동안 얼마나 괴로워했는지를 알기에 마리는 목소리를 낮출 수가 없었다.

"엄마가 죽으면 다 할머니 때문이에요! 할머니가 죽인 거라고요!"

도무지 이성을 붙잡을 수가 없다. 덕희와 박 회장의 관계에 있어서는 최대한 냉정함을 유지하고자 했던 마리지만, 가슴속에서 치솟는 불길을 막을 수가 없었다.

챙!

박 회장이 집어 던진 컵 받침이 마리의 등 뒤에 놓인 진열장 유리를 맞고 바닥에 나뒹굴었다.

"내가 널 너무 오냐오냐 키웠지. 어디 할미 앞에서 감히 니가 목소리를 높여!"

"저 다 듣고 자랐어요. 할머니가…… 엄마한테 어떤 모욕을 줬는지, 다 안다고요."

가슴이 갈기갈기 찢기는 것만 같이 고통스러웠다. 가슴을 꽉 채우고 있던 분노와 울분이 뜨겁게 들끓었다.

동생을 갖고 싶다고 보채던 어린 마리에게 덕희가 마지못해 고개를 끄덕이자, 박 회장은 덕희의 머리채를 휘어잡으며 이렇게 말했다.

"너 같이 없는 집에서 가정교육도 제대로 못 배우고 자란 것들은 아이도 낳아선 안 돼. 그 구질구질한 인생을 누구한테 감히 덮어씌우려고? 넌 양심도 없니?"

온몸이 땀으로 흠뻑 젖을 만큼 악몽을 꾸고 덕희의 품을 찾았던 밤, 소파에 날 안고 잠이 든 덕희를 향해 이렇게 말했다.

"어린애가 뭣도 모르고 엄마, 엄마 소리 하니까 네가 진짜 엄마라도 된다고 착각하는 모양인데. 정신 차려. 저 아이가 자라서도 널 엄마라고 불러줄 것 같으냐? 마리한텐 엄마는 단 한 사람 뿐이야. 낳아준 엄마. 주제를 알아야지, 어디 건방지게."

가볍게 탈이 났던 박 회장이 덕희가 음식에 독을 타서 자길 죽이려 들었다며 악다구니를 쓰다가, 사람들이 없을 때 덕희를 불러 이런 말을 했다.

"넌 어쩜 그렇게 뻔뻔하니? 그 정도 했으면 네 발로 걸어서 이집은 나가야 하는 게 정상 아니냐? 친자식도 아닌 마리가 뭐 그리 눈에 밟힌다고 버티는 거야? 돈 준다잖아. 제발 좀 먹고 떨어져, 기생충만도 못한 것아!"

마리가 초등학교에 입학하던 날. 교문 밖 멀찍이 서서 지켜보던 덕희에게 마리가 시선을 떼지 못하자, 그걸 지켜보던 박 회장이 마리에게 말했다.

"마리야. 사람들 앞에서 저 여자를 절대로 엄마라고 불러선 안된다. 네가 저 여자를 엄마라고 부르는 순간, 할미가 두 번 다신 못 보도록 아주 멀리 보내 버릴 거야."

그 말을 듣고, 그날 밤 마리는 두려움에 몸을 떨며 잠도 이루지 못했나. 그래서 사람들이 없는 곳에선 덕희에게 더 매달렸는지도 모른다.

정말 떠나 버릴까 봐. 날 버릴까 봐. 날 포기할까 봐.

그 어린 나이에도 그것들이 두려웠다.

박 회장이 덕희에게 건넨 말 한 마디 한 마디가 모두 귓가에 생생하다. 도무지 잊혀지질 않는다. 그 말들은 마리를 불행하게 만들진 않았지만, 많이 아프게 만들었다.

하물며 자신도 이런데, 덕희는 오죽했을까.

"다 들었어요. 다 지켜봤어요. 그건…… 사람이 할 짓이 아니에요. 할머니."

마리는 부들부들 떨며 눈물을 떨궜다. 진석은 두 손으로 얼굴을 가린 채 침묵했다.

기억을 못 할 거라 생각했을까. 아니면 너 따위가 기억한다 해도 상관없다 여긴 걸까.

기함한 박 회장의 표정이 가관이었다.

미안하지만, 할머니. 그때 그 분노가 고스란히 내 가슴 안에다 남아버렸어.

나였다면 과연 버틸 수 있었을까? 단지 한 남자를 사랑한다는 이유로 그런 고통을 받아내고 견딜 수 있었을까?

난 절대 못 해. 그래서…… 엄만 못 해도, 난 할머니한테 다 이야기할 수 있는 거야.

"할머니가 엄마 앞에 무릎 꿇고 사과를 한다 해도 제가 용서 못 해요. 이렇게 얼굴 보고 얘기하는 것도 오늘이 마지막인 줄 아세요."

"마리야!"

"더 험한 꼴 보고 싶지 않으시면 이만 가세요. 엄마 진짜 죽고 나면, 저도 제가 어떻게 나올지 모르니까 건들지 마시라고요. 안간힘을 쓰고 참고 있는 중이니까 제발 나타나지 마세요. 손녀 못 배워 처먹은 성질머리 누구보다 잘 아시죠?"

한 음절 한 음절 독하게 씹어 뱉었다. 하얗게 질린 박 회장의 얼굴을 똑똑히 바라보면서.

"그대로 다 되돌려 드릴까, 생각 안 했던 거 아니에요. 제가 마지막으로 한 번 더 참는 이유는…… 엄마 때문이에요. 감사히 생각하세요."

마리가 거친 숨을 몰아쉬며 박 회장 앞에 가까이 다가섰다. 사색이 되어버린 박 회장에게 고개를 숙여 인사했다.

"전 여기까집니다."

마리는 진석에게도 가볍게 눈인사를 하고 돌아섰다. 얼음물을 뒤집어쓴 듯 온몸이 바들바들 떨렸다. 걸음을 내딛는 것도 쉽지 않았지만 마리는 흐트러진 정신을 붙잡고 죽을힘을 다해 걸었다. 미처 다 쏟아내지 못한 희야 분노가 가슴 아래에서 들끓지만, 애써 다독인다.

대표실을 빠져나오자, 이내 진석과 박 회장의 대화가 시작되었으나 더는 모르겠다. 생각하고 싶지 않았다. 이렇게까지 판을 깐 이상 진석 역시 적당히 물러서진 않을 것이다. 진석 또한 완전히 끝낼 각오를 하고 있었으니까

마리는 엘리베이터 앞에 멈춰 섰다. 눈물범벅이 된 얼굴이 그제야 눈에 들어왔다. 언제부터 이렇게 울고 있었는지 기억조차

나질 않는다.

헛웃음이 나서 피식 웃는데, 또 한 번 왈칵 눈물이 쏟아졌다.

승언은 작업실에 오자마자 오드리와 고양이 가족들의 아침을 챙겨주고 작업실로 향했다. 어제 목재 재단까지 마쳐둬, 오늘은 연마 작업을 해야 했다. 마스크를 꺼내 귀에 걸고 양손에 목장갑을 낀 승언은 편편한 테이블 위에 작업할 애쉬 원목을 올려두었다.

지잉.

그때, 바지 뒷주머니에 넣어 두었던 휴대폰이 진동했다. 발신자는 할아버지.

"네. 할아버지."

[그래. 승언아. 어디냐? 집이여, 작업실이여?]

"작업실이에요. 근데 어쩐 일이세요?"

[세상에, 내가 간밤에 강낭콩을 한 자루나 땄어.]

"네? 그게 무슨……."

승언은 할아버지의 말을 이해하지 못하고 미간을 구기며 의자에 걸터앉았다.

[꿈을 꿨는디, 니들이 지난봄에 심고 간 강낭콩이 주렁주렁 열린겨! 그래서 내가 소쿠리를 큰 걸 들고 가서 땄거든? 아이구야, 근데 그것이 따도 따도 계속 열리는 거여.]

생생한 할아버지의 설명에 승언이 웃고 말았다.

"그래서요?"

[그래 가지고 그냥 니 할미한티 빨리 포대 가져오라고 소리를 질렀지? 그래서 포대에 꽉 차도록 강낭콩을 따고 또 땄어. 할애비가 밤새도록 땄어.]

"할아버지 꿈에서도 일하셔서 피곤하시겠다. 후훗."

[근데 신기한 게 뭔 줄 알어? 하나도 안 피곤햐. 꿈속이라 그런가 몰라도, 따는데 그냥 막 신나더라니께?]

"그게 무슨 꿈일까요."

승언은 고개를 갸웃거리다가 문득 든 생각에 멈칫하고 말았다.

설마…….

[내 생각은 태몽인 거 같은디……, 여즉 좋은 소식 없는겨?]

"네. 아직요."

[그렇구만……. 니 할미도 틀림없는 태몽이라고 했는디.]

아쉬움이 묻어나는 할아버지의 작은 목소리와 애들 괜히 부담 주지 말라고 할아버지를 타박하는 할머니의 목소리에, 승언은 애꿎은 바닥을 발끝으로 툭툭 찼다.

"조금만 기다려 보세요. 곧 와주겠죠."

[그려. 너무 부담 갖지 말어. 새아가 잘 챙겨 먹이구.]

"네. 할아버지."

[수고해라.]

"들어가세요."

통화를 마친 승언은 새어 나오는 웃음을 손등으로 꾹 누르며 다시 테이블 앞에 섰다. 혹시라도 마리가 부담을 갖고 스트레스를 받을까 봐 언급 자체를 하진 않지만, 마리의 임신을 양가 어른들이 기다리고 있는 건 사실이다.

그러나 2세를 가장 원하고 기다리고 있는 사람은 마리. 승언역시 마리에게 마음 편하게 먹자고 말을 하긴 했지만, 자신의 말이 전혀 위로가 되지 않을 것이다. 조급한 그녀의 마음과 그 이유를 너무도 잘 알고 있기에, 승언도 내색하지 않고 있는 중이다.

이렇게 간절히 원할 때 와주면 좋겠는데…….

한숨을 한 번 크게 몰아쉰 승언은 다시 마스크를 착용하고 연마기를 집어 들었다.

뽀얀 나무 가루를 폭삭 뒤집어쓴 채 묵직한 연마기를 들고 재단한 애쉬 원목과 씨름하던 승언은 어디선가 희미하게 들려오는 노크 소리에 기계를 멈췄다.

똑똑똑.

잘못 들었나 싶어 다시 기계를 켜려다가, 혹시나 하고 바깥을 빼꼼 내다보니 그곳에 덕희와 설아가 서 있었다. 승언은 작업 테이블 위에 연마기를 내려두고 마스크와 고글을 벗은 후 출입구로 향했다.

"어! 장모님! 처제!"

문을 열자, 작업실 안에 가득하던 나무 먼지가 훅 바깥으로 빠져나갔다. 그러는 바람에 덕희와 설아가 작게 기침을 했고, 승언은 얼른 문을 닫고 밖으로 나갔다.

"기 서방. 연락도 없이 와서 미안해."

"아닙니다. 근데 장모님 잠시만요. 나무 먼지가 많아서."

당장 안으로 편하게 모시고 싶었지만 작업실 안은 마땅치 않았다. 승언은 제 몸에 붙은 나무 먼지를 손으로 툭툭 털며 2층으로 향하는 계단을 가리켰다.

"아무래도 작업실은 안 되겠어요. 2층으로 올라가시죠."

"그럴까?"

"처제도 올라가자."

덕희의 뒤에 서 있던 설아에게 손짓하자, 이미 오드리에게 시선을 빼앗긴 설아가 수줍게 웃으며 고개를 가로저었다.

"전 애들이랑 놀고 있을게요."

"그럴래?"

승언은 수납장에 숨겨두었던 오드리와 고양이 가족의 간식을 챙겨 설아에게 건넸다.

"이거 조금씩 주면 금방 친해질 수 있을 거야."

"감사합니다."

"놀다가 올라와."

고개를 끄덕이는 게 귀여워서, 승언은 설아의 단정한 머리칼을 장난스럽게 흐트러뜨렸다.

"이쪽입니다."

승언은 덕희를 부축해서 천천히 계단을 올랐다.

"처제는 동물을 좋아하나 봐요. 마리는 안 친하던데."

"마리도 좋아했는데, 어렸을 때 크게 놀란 적이 있어서."

"얘기 들었어요. 물렸었다고."

"걔가 세상에 무서울 게 없는 앤데, 그 후로 큰 개는 유독 겁을 내."

"그러고 보니까 정말 그러네요. 큰 개 말고는 무서워하는 걸 못 본 거 같아요."

승언의 말에 덕희가 미소를 지었다.

2층 집 안으로 들어간 승언은 어질러진 집을 발과 손으로 툭툭 치우며 애써 변명했다.

"총각 때는 여기서 살았구요, 지금은 작업하다가 잠깐씩 올라와서 쉬는 곳이에요. 누추하지만 들어오세요."

"아유, 깔끔하니 좋은데 뭘. 남자가 이 정도 해놓고 살면 대단한 거지."

덕희를 거실 소파 쪽으로 안내하고, 승언은 주방으로 향했다.

"차 드릴까요?"

"내가 할게."

"아닙니다, 장모님. 이럴 때 사위한테 왕비 대접받고 그런 거죠."

승언은 주전자에 물을 담아 가스레인지에 올리고, 마리가 사다 둔 루이보스 티백 두 개를 꺼내 컵에 담았다.

"어쩐 일로 나오셨어요? 처제랑 데이트 나오신 건가?"

"겸사겸사. 사위 얼굴도 좀 보고, 작업실 구경도 하고 싶고 해서."

"저보고 나오라고 하시지 볼 건 쇼룸이 훨씬 많은데."

적당히 끓은 물을 컵에 담아 들고, 승언은 덕희의 옆에 자리를 잡고 앉았다.

"마리 방에 제 가구가 제법 되던데. 다 장모님이 고르신 거죠?"

"어. 내가 우리 기 서방 가구를 참 좋아했거든. 예전부터."

"감사합니다."

"이런 따뜻한 가구를 만드는 사람은 어떤 사람일까, 참 많이 궁금했었어. 분명 군더더기 없이 깔끔한 성격에, 나무처럼 반듯하고 따뜻한 사람이겠구나, 상상해 보곤 했지."

아스라해진 덕희의 눈동자가, 마치 눈물이 서려 있는 것 같아서 승언은 마음이 쓰였다.

"맨 처음에 저 직접 보시곤 어떠셨어요?"

"역시 내 안목이 탁월하구나."

기분 좋은 말이었다. 너무나 듣기 좋은 말이었다.

승언이 환히 웃자, 덕희가 승언의 까칠한 손 위에 자신의 작고 고운 손을 포개었다.

"실은…… 기 서방한테 하고 싶은 말이 있어서 왔어."

"말씀하세요. 뭐든지 말씀하세요."

승언의 얼굴을 한참 동안 빤히 바라보던 덕희가 메마른 입술을 꾹 다물었다. 숨을 고르듯 몇 번이나 망설이는 모습에 승언은 왠지 모르게 가슴이 저렸다. 본인 사위가 뭐가 그렇게 어려우실까. 그냥 아무 말이나 해도 괜찮은데. 수십 번 고민하고, 지우고 반복하고…….

"내가 이런 말 할 자격이 있는진 모르겠는데……."

"장모님."

"……응?"

"장모님은 마리 어머니기도 하시지만 제게도 어머니세요. 사위도 자식이잖아요. 뭐든 말씀하세요."

그 말에 조금이나마 용기를 얻은 걸까?

덕희는 그제야 마음을 정한 듯, 옅은 미소를 띠며 조심스럽게 입술을 열었다.

"사실 내가 하고 싶은 말은 결국 단 하나야. 우리 마리 많이 사랑해 주는 거."

미련스러울 만큼 딸을 사랑하는 사람이다. 적어도 내가 아는 심덕희 여사는 그렇다. 다른 건 모르겠다. 관심도 없다. 그녀가 어떤 삶을 살았고, 어떻게 마리의 엄마가 된 건지는 중요하지 않다. 그녀는 그저, 딸을 무척이나 아끼고 걱정하는 보통의 엄마일 뿐이다.

"겉은 멀쩡하지만 속은 새까매. 내가 알아. 마리가…… 못난 엄마 때문에 참 많이 힘들었어. 그 녀석이 조그마할 때부터 제 엄마 방패 노릇 하느라고, 참 많이 다치고…… 상처도 많아. 그래서 조금은 뾰족했었지. 그런데 기 서방 만나고 마음이 많이 편해진 것 같아서 얼마나 다행인지."

승언은 마리를 처음 만났던 그날을 떠올렸다. 정언이 수시로 말했던 성질머리나 까칠함이 믿겨지지 않을 만큼, 마리는 사랑스럽고 귀여운 여자였다. 처음부터 그랬다.

"그 아인 늘 당당했거든? 그러니까 가엾다 생각하지 말고, 불쌍하다 여기지 말고, 그냥 사랑해 줘."

유마리에게 어설픈 동정 같은 건 절대 어울리지 않는다. 덕희의 말대로, 그녀는 늘 당당했을 테니까. 내가 되도 않는 위로를 하거나 가엽게 여긴다면, 그녀의 자부심에 먹칠을 하는 짓이다.

"제가 늘 곁에 있을 겁니다. 걱정하지 마세요."

승언의 말에 덕희가 웃으며 고개를 끄덕였다.

덕희를 위해 결혼을 서둘러야 했던 마리. 그때 마리의 심정이 어땠을지, 가족이 되고 나니 이해할 수가 있었다. 그리고 이 결혼이 얼마나 큰 행운이었는지도, 승언은 알아가고 있었다.

"당부해 두고 싶은 거 있으시면 생각날 때마다 말씀해 주세요. 기억하고 있을게요."

"마리에 관한 당부는 우리 기 서방한테 일임을 해야겠구나. 하핫."

소리 내어 환히 웃는 덕희의 모습은 마리와 많이 닮아 있었다. 분위기도 많이 닮았는데, 이렇게 웃는 모습까지 똑같은 걸 보면 부모와 자식 간은 생물학적 유전자의 공유가 전부가 아님을 깨닫게 된다.

"마리는 여름만 되면 꼭 한 번씩 크게 앓아. 그럴 때마다 백도 통조림을 찾거든? 집에 몇 개 정도 미리 사두는 게 좋을 거야. 그리고……."

그 후로도 덕희는 엄마만이 알고 있는 딸의 이야기를 들려주었다. 어렸을 때 인형 옷 만드는 걸 좋아했더랬시, 발볼이 작아서 구두 신는 걸 힘들어하지 않는다든지, 고개를 숙이고 머리 감는 걸 무서워한다든지. 그런 시시콜콜한 것들이 모여 유마리라는 하나의 존재가 완성되었다.

그 이야기를 듣고 있는 동안, 승언은 또 한 번 느꼈다. 덕희가 마리를 얼마나 많이 사랑하고 있는지를. 그리고 마리가 얼마나 행복한 사람인지를.

✻

이사를 했다. 마리의 결혼으로 잠시나마 2층 전부를 가졌던 설아는, 아쉽게도 1층으로 방을 아예 옮겨야만 했다. 2층은 큰 변화 없이 마리와 승언의 임시 신혼집으로 바뀌었다.

이사를 한 이유는 덕희와의 이별이 점점 다가오고 있음을 깨달은 승언의 제안과 마리의 선택이었다. 앞으로 사는 동안 함께 지낼 수 있는 마지막 기회. 마리는 그의 배려가 진심으로 고마웠다. 고맙다는 말로는 모두 표현이 되지 않을 만큼 고마웠다.

진석과 승언이 출근을 하고, 설아가 학교를 간 후 마리와 덕희도 외출을 서둘렀다.

오늘은 덕희의 정기 검진이 있는 날. 마리가 직접 병원에 모시고 가려고 회사에 출근을 하지 않은 참이다.

전신 거울 앞에 서서 옷매무새를 확인한 마리는 1층으로 내려갔다. 덕희는 아직 준비가 끝나지 않았는지 보이지 않았고, 마리는 주방으로 가 따뜻한 물 한 잔을 마셨다.

감기 기운이 드는 것 같았다. 여름만 되면 된통 아프곤 했는데, 아마 이번에도 그럴 모양인가 보다. 다른 건 걱정이 안 되는데 면

역력이 떨어진 덕희에게 혹시라도 감기가 옮을까 걱정이었다.

종합 감기약을 한 알 먹을까, 말까 망설이고 있는데 덕희가 다가와 마리의 뺨을 만지작거렸다.

"열이 있는 거 같은데. 아까 아침 먹는 것도 시원치 않드만."

"가까이 오지 마요. 옮아."

덕희가 고개를 뒤로 빼더니 생긋 미소를 지었다.

"너 혹시⋯⋯."

마리는 고개를 저으며 작게 한숨을 내쉬었다.

"아닐 거야."

덕희는 최대한 내색하지 않으려 하지만, 마리는 알고 있다. 그녀가 얼마나 자신의 임신을 기다리고 있는지. 괜한 기대를 했다가 실망하게 하고 싶지 않아서, 마리는 급한 마음을 감추려 애를 쓰고 있었다.

"늦겠다. 어서 가요."

마리는 덕희와 손을 잡고 주방을 나섰다.

검사 결과는 나쁘지 않았다. 그동안 잘 관리했다며 약간의 칭찬을 듣긴 했지만, 그 이상으로 듣기 안 좋은 이야기도 많이 들었기에 기분이 좋진 않았다.

그래. 이만큼이라도 버텨준 게 어디야. 뭘 얼마나 더 욕심을 낼 거니.

사실, 깨끗하게 씻은 듯이 완치가 됐다는 그런 거짓말을 기대한 건 아니지만 희망을 보고 싶었다. 잘 버텨주고 있다는 힘겨운

말 말고 점점 좋아지고 있다는 희망적인 말.

약을 받기 위해 약국에서 기다리고 있던 마리의 눈에, 자그만 꼬마들이 들어왔다. 약사가 쥐여준 비타민 젤리를 들고 예쁘게 웃고 있는 아이들. 그 작은 입술로 뭐라고 연신 종알종알거리는지, 마치 병아리가 삐약거리는 것 같아서 덩달아 웃음이 났다.

마리는 문득 혹시나, 하는 마음이 들었다. 아직 생리를 하지 않았다. 예정일 날 살짝 피가 비치고 미약한 생리통이 있긴 했지만, 요즘 워낙 신경 쓰는 일이 많고 몸이 피곤해서 그냥 넘어가는 건가 싶었는데. 혹시⋯⋯.

"심덕희 님."

"네!"

약사의 부름에 마리가 다가갔다.

"약사님. 임신 테스트기도 같이 주세요."

덕희의 약 복용 방법을 설명하려던 약사가, 미소를 지으며 임신 테스트기를 건넸다.

"물 많이 드시지 말고, 아침 첫 소변으로 검사하시는 게 좋아요."

늘 들어왔던 간단한 설명에 괜히 가슴이 뛰었다. 왠지 예감이 좋았다.

"제발⋯⋯. 제발⋯⋯."

욕실 거울 앞에 선 마리는 눈을 질끈 감은 채 기도하는 중이다.

이번에는 제발.

밤새, 아침이 오길 얼마나 기다렸는지 모른다. 거의 뜬눈으로 밤을 새웠는데, 승언은 그런 마리의 속도 모르고 자꾸 안으려고 들어 단칼에 거부했다. 상처받은 눈으로 등을 돌리고 잠든 승언이 너무나 안쓰러웠지만, 마리는 어쩔 수가 없었다.

새벽에 눈을 뜨자마자 욕실로 달려온 마리는 임신 테스트기 앞에서 깊게 심호흡을 했다.

짧으면 몇 초. 길면 3분.

이쯤이면 5분 정도는 흘렀을 것이다. 천천히 눈을 뜬 마리는 조심스레 임신 테스트기를 확인했다.

"예쓰!"

두 줄이다. 너무나도 선명한 두 줄이 맞다.

혹시나 해서 하나 더 했는데 그것에도 역시 두 줄이다!

마리는 주먹을 불끈 쥐고 입술을 깨물었다. 아직 속단하긴 이르지만 1차 관문을 통과한 기분이랄까? 조금이나마 기뻐하고 싶었다.

지금부터 병원 문이 열릴 때까지 또 한 번의 지루한 기다림이 시작되었다.

"축하드려요. 임신입니다."

0구라고 했다. 초음파에 잡힌 영상으론 온통 까맣게 보였지만 분명 존재한다고 했다. 대답도 제대로 하지 못하고 입만 벌린 채

영상을 보았다. 그리고 이내 듣게 된 심장 소리. 도저히 믿을 수가 없었다. 새까만 아기집에, 우리의 아이가 있다.

기특한 녀석. 등장부터 사람을 이렇게 감동시켜도 되는 거야?

한때는 원망했다. 대체 왜 이렇게 오지 않는 거냐고. 이 정도면 와줘야 되는 거 아니냐고.

병원을 나선 마리는 웃음을 참을 수가 없었다. 병원 주차장에 주차해 둔 차에 올라 시트 깊숙이 몸을 묻은 채 긴 숨을 토해냈다.

그의 반응이 어떨지 궁금했다. 그리고 양가 가족들의 반응 또한 너무나 궁금하다. 심장 소리를 듣고 왔다고 하면 아마 온 집안 식구들이 다음 검사 때 총출동할지도 모른다. 상상할수록 자꾸만 웃음이 새어 나왔다.

마리는 제 손에 쥐어진 산모 수첩을 빤히 바라보았다. 그간의 마음고생이 눈처럼 싹 녹아내리는 순간이었다.

마리는 산모 수첩을 휴대폰 사진으로 찍어 덕희에게 메시지를 보냈다. 채 1분도 지나지 않아서 그녀에게 전화가 걸려왔다.

[유마리!]

"엄마. 하하. 축하해요. 엄마 이제 할머니 됐어."

[아이구, 장해라! 아이구 세상에나. 이렇게 감사한 일이. 아휴 어쩜 좋아!]

기쁨에 젖어 울먹이는 덕희의 목소리에 마리도 코끝이 찡했다.

[기 서방은 알아?]

"아직 연락 안 했어요. 이따 놀라게 해주려고요."

[네 아빠한텐 내가 얘기할까?]

"깜짝 발표하는 기쁨 엄마한테도 나눠줄게요."

[축하한다 마리야. 정말 축하해! 이따 저녁에 보자.]

"네. 엄마."

한껏 들뜬 덕희의 목소리에 마리도 덩달아 신이 났다. 아깐 어안이 벙벙하고, 믿어지질 않았는데 이젠 정말인가 싶어서 자꾸 뺨을 만져보게 된다.

꿈 아니지? 지금 이거 진짜 꿈 아니지?

살짝 고개를 숙인 마리가 자신의 납작한 배를 바라보았다. 새삼스럽게도 이상했다. 배 위에 손을 얹어보려는데 괜히 쑥스러웠다. 내 배를 내가 만지는 데도 뭔가 기분이 묘했다.

너, 정말 거기 있는 거야?

아까 듣긴 들었는데…… 진짜지? 너 진짜 거기 있는 거 맞지?

마리는 뺨을 타고 흐르는 눈물을 손바닥으로 닦아내며 깊은 숨을 몰아쉬었다.

작업실 앞마당에 놓아둔 벤치에 걸터앉은 승언이 작은 협탁을 만들고 있었다. 작업실 안에는 어제부터 도장 작업 후 건조 중인 테이블과 책장이 점령을 해서 공간이 비좁기도 했고, 가만히 앉아서 디자인을 하고 있자니 답답해서 나온 참이다. 웅크리고 앉아 손잡이를 깎던 승언은 대문을 열고 들어온 마리를 발견하고 눈이 휘둥그레졌다.

"어? 아직 출근 안 했어?"

마리는 대꾸 없이 웃으며 다가왔다.

"하루 쨌어요."

진심으로 놀란 승언이 눈썹을 찌푸렸지만, 마리는 별다른 설명이 없었다.

"뭐 만들어요?"

"작은 협탁. 머리 식힐 겸. 여기 앉아."

마리가 승언의 옆에 앉았다. 간밤에 자신의 손길을 냉정하게 거절한 것이 약간 마음에 남아 있었지만, 그 얘길 꺼내면 속 좁다고 놀릴 것 같아서 승언은 아무 말도 하지 않았다.

"나도 가구 주문할 거 있는데."

"선물하려고?"

마리가 고개를 끄덕였다. 승언은 손에 쥐고 있던 나무와 끌을 내려놓았다.

"뭐가 필요한데?"

"이것저것 여러 개가 필요한데, 시간 많이 걸리겠죠?"

"어떤 게 여러 개냐에 따라 다르겠지? 급한 거야?"

"그런 건 아니에요. 한 30주쯤?"

삼십 주라면, 약 8개월.

보통 그 정도의 시간 안에 서너 개 정도의 제품은 만들 수 있으니 여유가 있다고 생각됐다.

"뭔지 모르겠지만 그 정도면 충분……."

"아. 생각해 보니까 그 후로도 계속 만들어줘야 할 거 같아요. 필요한 게 계속 생길 거 같네요."

"그게 대체 뭔데?"

마리는 자꾸 수수께끼 같은 말만 늘어놓았다.

대체 하고 싶은 이야기가 뭐지?

그때, 마리가 씨익 웃으며 가방 안에서 뭔가를 꺼내 내밀었다. 손바닥만 한 종이 수첩이었다.

"오빠가 다 만들어줘요."

앙증맞은 그 수첩 위에는 산모 수첩이라고 적혀 있었다. 그리고⋯⋯.

산모 이름: 유마리 님.

"이게⋯⋯."

"애기 침대도 만들어주고, 의자도 만들어주고, 책장이랑 책상도 만들어주고, 그리고 또⋯⋯."

승언은 마리를 품 안에 당겨 와락 끌어안았다.

"고맙다 마리야. 정말, 너무 고마워."

"내가 더 고마워요. 오빠."

우는 건지, 가늘게 떨리는 숨소리가 귀에 닿았다. 승언은 마리의 작은 등을 연신 다독였다.

혼자서 실망하고, 아파하고, 속상해하던 모습들이 하나둘 떠올라 승언도 눈시울이 붉어졌다. 얼마나 애타게 기다려 있는지 누구보다 잘 알기에 임신 소식이 너무나 반갑고 행복했다.

"나랑 같이 가지."

"아닐까 봐……."

"아니면 어때서. 다음엔 같이 가자."

마리가 고개를 끄덕였다. 승언은 마리를 품에서 떼어내고 얼굴을 바로 보았다. 눈물로 얼룩진 말간 얼굴이 너무나 사랑스러웠다.

기특하다, 유마리.

"나 심장 소리도 들었어요."

"지금 나 약 올리지?"

생긋 웃는데, 마치 햇살 같았다. 어쩜 이토록 아름다울 수가 있을까.

그가 진심으로 기뻐해 줘서 마리는 너무나 행복했다. 마리는 승언의 어깨 위에 이마를 기댄 채 나지막이 웃었다.

내게 늘 큰 힘이 되어주는 사람.

이 사람이 없었을 땐 어떻게 혼자 버텨왔는지, 이젠 기억조차 나질 않는다.

그의 입술이 머리 위에 닿았다. 그는 연신 '고맙다, 너무 좋다'는 말을 계속 되풀이했다. 어찌할 바를 모르고 있는 것 같았다.

그도, 나도 처음으로 겪어보는 이 감정.

다른 사람이 아닌, 그와 함께라서 기뻤다.

마리는 고개를 들어 승언을 바라보았다. 그리고 그의 뺨을 두 손으로 감싸며 천천히 다가가 입을 맞추었다. 수도 없이 맞추었던 입술이지만, 여전히 가슴이 설렌다. 심장이 뛰어 자꾸만 호흡이 흐트러진다. 그가 살짝 열어주는 틈으로 숨을 들이켜고 다시 그의 입술을 탐했다. 따뜻하고 부드러운 그의 숨을 빼앗듯이 가져와도 그는 다음 숨을 어김없이 내어준다.

기승언.

이 사람이 내 사람이라서, 믿을 수 없을 만큼 좋다.

내 아이의 아빠라서, 너무나…… 좋다.

에필로그

12월.

온수 매트를 사자던 그의 말은 농담이 아니었던 모양이다. 승언은 지난주에 정말로 온수 매트를 사 들고 집에 왔다.

"아! 따뜻하다!"

샤워를 하고 나오자마자 침대 속에 쏙 파고든 그는 이불을 돌돌 말아 안고 배시시 웃었다. 그 모습을 지켜보던 마리도 어이가 없어서 웃어버렸다.

"그렇게 좋아요?"

승언이 고개를 끄덕이며 이불을 살짝 들쳐 공간을 만들어주었다. 들어오란 소리였다.

"됐거든요? 가서 만두 빚어야 해요."

오늘 아침 승언이 지나가는 말로 뜨끈한 만둣국이 먹고 싶다고 한 바람에, 덕희가 만두를 빚어야겠다고 선언했다. 저녁 내내 만두소를 만들었는데, 만두로 잔치라도 할 생각인지 그 양이 실로 어마어마했다.

"내가 도와줄게."

"당연하죠. 오빠 때문에 이 사달이 난 건데."

"아니 난 그냥 지나가는 말로 한 건데, 우리 장모님께서 이렇게 손이 크실 줄 누가 알았나?"

미안함에 말끝을 흐리던 그가 침대에서 빠져나와 옷을 챙겨 입었다. 그러곤 마리의 허리를 팔로 두르며 걸음을 옮겼다.

"아마 쭉쭉이도 먹고 싶었을 거야."

"아닐걸요."

"아냐. 쭉쭉이는 날 닮아서 나랑 입맛도 비슷하거든."

"쭉쭉이가 오빠 닮았는지 날 닮았는지 어떻게 알아요?"

"사람들이 그랬어. 딸은 아빠 닮는다고."

의기양양한 표정으로 어깨를 으쓱이는 승언의 모습에 마리는 헛웃음을 터뜨렸다.

"기대해. 굉장한 미인이 탄생할 거라고."

"어이구."

벌써부터 딸 바보라니.

밑도 끝도 없는 딸 자부심에 마리는 웃지 않을 수가 없었다.

"쭉쭉이 아빠 만두 빚으러 왔습니다!"

주방에 들어선 승언이 싱크대에서 손을 씻으며 능청을 떨었다.

그러자 이미 만두 빚기에 돌입한 설아와 진석, 덕희가 흐뭇한 얼굴로 그를 바라봐 주었다.

"어디 쭉쭉이 아빠 솜씨 좀 보자."

"에이, 장인어른. 저 가구장이입니다. 장모님은 제 손재주 아시죠?"

덕희의 옆자리를 꿰찬 승언은 만들어진 만두를 쓰윽 훑어보더니 덕희의 손을 집중해서 바라보았다. 어떻게 만드는 건지 눈으로 익히는 모양이다.

마리도 설아의 옆에 앉아 만두피를 집어 들고 숟가락으로 만두소를 듬뿍 떠 담아 예쁘게 빚었다.

"이렇게 하면 되는 거예요?"

승언의 첫 만두는 의외로 훌륭했다. 한 번도 빚어본 적 없다던 말이 무색할 정도로. 정말 손재주라는 건 따로 있는 건가 싶었다.

"우리 기 서방은 손으로 하는 건 다 잘하는구나? 진짜 예쁜 딸 낳겠네."

"애 엄마가 예쁘게 빚어야 되는 거 아냐? 그게 애 아빠한테도 해당이 되나?"

"그럼요. 당신이 만두를 예쁘게 만드니까 우리 두 딸도 이렇게 예쁘잖아요."

"아, 그렇구먼! 내 작품들이 여기 이렇게 있었는데 깜빡했네. 하하하."

덕희의 말처럼, 진석의 만두도 아주 반듯하고 예쁘상했다. 승언도 진석의 만두를 확인하곤 자극을 받았는지 조금 더 집중해서 빚기 시작했다.

"엄마, 몇 개는 먼저 쪄볼까요?"

"그래. 그러자."

마리는 미리 닦아둔 찜기에 종이 호일을 얹고 예쁘게 빚은 만두를 담았다.

"그런데 왜 이렇게 많이 만들어두세요?"

"기 서방 먹고 싶을 때마다 먹으라고."

순간, 아주 잠시 동안 주방 안에 침묵이 감돌았다. 덕희는 애써 웃고 있었지만 나머지 사람들은 웃을 수가 없었다. 무슨 뜻으로 꺼낸 말인지 너무나도 정확하게 알아들었기 때문일 것이다.

"내일 여행 가니까, 당분간 내가 집에 없잖아. 그래서 그런 거야."

"아 참! 장모님 짐은 다 챙기셨어요?"

"그럼. 벌써부터 다 싸놨지. 간만에 둘이서 오붓하게 지내고 있어. 싸우지 말고."

설아의 국제 콩쿠르 일정을 앞두고 덕희와 진석, 선이 세 사람이 가평 별장으로 잠시 떠나게 되었다. 지난주에 방학을 맞이한 설아가 먼저 조용한 곳에서 연습에만 집중할 수 있도록 그곳에 가 있겠다고 했고, 덕희가 동행을 결정한 후 진석 역시 한 달간 회사를 비우고 함께하기로 한 것이다.

사실 마리도 함께 가고 싶었지만, 나서지 않았다. 설아에게 엄마의 품을 완전히 양보한 것이라고도 볼 수 있다. 어쩌면 마지막이 될 수도 있는 그 시간 동안 세 사람 모두에게 선물 같은 한 달이 될 수 있길 빌면서 말이다.

"제일 예쁘게 빚은 거 골라서 시댁에도 좀 가져다 드려라. 사돈어른도 만두 좋아하시지?"

"그럼요. 없어서 못 드시죠."

덕희는 큼지막한 밀폐 용기 세 개를 들고 와 그 안에 잘 빚은 만두를 신경 써서 담았다. 커다란 보자기에 그것을 담아 곱게 매듭을 지어 승언의 손에 쥐여주었다.

"마리랑 기 서방, 둘이 사이좋게 손잡고서 배달하고 와."

"이거마저 다 찌고요."

"그건 엄마가 보고 있을게. 얼른."

마리는 마지못해 찜기 앞에서 물러섰다. 승언은 한 손으론 만두가 든 보자기를 들고, 다른 한 손으론 마리의 손을 꼭 잡았다.

"다녀오겠습니다."

걸어서 5분도 채 떨어지지 않은 시댁. 친정에 들어와서 살게 된 후로 본의 아니게 시댁 또한 가까워져, 자연스레 시댁을 방문하는 횟수가 늘었다. 워낙에 각자 바쁘게 생활하시는 분들이라 집에 찾아간다 해도 만나 뵙기가 어려울 정도였다.

"오늘은 집에 다들 계시려나?"

맞잡은 손을 앞뒤로 힘차게 휘두르던 마리는 승언의 혼잣말에 작게 웃었다.

"안 추워?"

"안 추워요."

마리의 빠른 대답에 그가 심드렁한 표정을 지으며 걸음을 늦췄다.

"이럴 땐 춥다고 해야지."

"진짜 안 추운데……."

"난 추워."

그렇게 억지를 부리더니, 기어이 마리를 뒤에서 포옥 감싸 안았다. 동그랗게 부른 배 위를 두 손으로 부드럽게 감싼 채, 마리의 걸음에 맞춰 천천히 따라 걸었다.

가로등 불빛 아래를 지나갈 때마다 길고 나른한 그림자가 두 사람의 발아래 보기 좋게 늘어졌다.

한 걸음, 한 걸음.

승언과 마리는 그렇게 발을 맞춰 걸었다.

커다란 집에 세 사람이나 자리를 비우니 집안은 지나치게 고요하고 휑했다. 나른한 일요일 오전. 느지막이 아침을 먹고 뒹굴거리다가 귤을 까먹으며 노닥거리는 이 사소한 행복이 두 사람을 연신 웃게 만들었다.

승언의 허벅지를 베고 소파에 길게 누워 TV에서 나오는 영화를 보고 있던 마리는 배를 살살 쓰다듬어 주던 승언의 손이 점점 위로 기어 올라오자 승언의 허벅지를 앙 깨물어 버렸다.

"아얏!"

"영화 좀 봅시다."

임신 6개월 차에 접어든 마리의 몸매는 눈으로만 보고 있기 힘겨울 만큼 아름다웠다. 만지지 않을 수가 없다. 옆으로 비스듬히 누운 탓에 가슴골이 훤히 보이는 와중에도 참으라니. 승언은 어금니를 꾹 다물었다.

내 건데 내가 만질 수가 없다.

임신 초반에는 태아를 위해 자제해야 한다는 설명에 그럭저럭 잘 견뎌왔던 승언이다. 태아와 산모 모두 건강하고 안정적이라는 주치의의 말에 조금씩 시도를 해볼까 싶었는데 마리는 그럴 마음이 전혀 없는 모양이다.

차라리 눈을 감자.

승언은 마리의 어깨 위에 얇은 담요를 덮어 유혹을 차단했다. 부드럽게 어깨를 쓰다듬으며 흐트러진 머리칼을 쓰다듬어 주는데, 마리가 아주 작은 신음을 흘렸다.

"응?"

"기분이 좋아서요."

잠이 오는지, 마리는 눈꺼풀을 느리게 끔벅이며 말했다. 살짝 벌어진 입술 새로 가는 숨이 새어 나왔다. 잠이 들락 말락 한 이 순간을 놓칠 수 없었던 승언이 다시 한 번 마리의 보드라운 가슴을 슬며시 그러쥐었다.

"흐음."

승언은 고개를 숙여 마리의 입술에 입을 맞췄다. 무거운 눈꺼풀을 간신히 밀어 올리며 새치름하게 바라보던 마리가 씨익 웃었다.

"나만 미치는 거 아니지?"

승언의 말에, 마리가 아주 작게 키득거렸다. 일어나 승언의 허벅지 위로 올라와 앉은 마리는 제법 적극적으로 입을 맞춰왔다. 그녀의 손길에 점점 제 분신이 부풀어 오르는 게 느껴져 목에서부터 열이 오르기 시작했다. 마리의 자그만 손이 바지 안으로 들어와 이내 그녀의 손에 잡히고 말았을 땐, 오랜만의 느껴보는 부드러운 손길에 눈앞이 아찔해졌다.

"하아."

승언은 마리의 목을 지나 쇄골까지 연신 입을 맞추었다. 그러곤 얇은 티셔츠를 머리 위로 벗겨냈다. 브래지어 안에 가득 담긴 풍만한 가슴을 확인하자 절로 마른침이 넘어간다. 볼 때마다 사람 미치게 만드는 가슴 위에 입술을 내리고 손으론 브래지어 후크를 풀어버렸다. 손안에 가득 담긴 말랑한 가슴 감촉이 발끝을 저릿하게 만들었다. 손바닥 아래에서 요리조리 구르고 있는 정점이 너무나 귀여웠다.

사실 승언은 여유를 부릴 정신이 하나도 없었다. 지금 당장에라도 그녀의 안으로 들어가고 싶어서 잔뜩 성이 난 분신이 승언을 재촉하고 있었다. 마리의 손에 의해 드디어 밖으로 삐져나온 남성은 승언의 의지와는 상관없이 부풀 대로 부풀어 있었다. 그것을 확인한 마리가 조심스레 허리를 일으켜 반듯하게 세우곤, 엉덩이를 들어 그의 중심을 붙잡고 서서히 안으로 밀어 넣었다.

"으읍."

"하아."

충분하지 않았던 전희에도 이미 젖어 있는 그녀의 안으로 들어가자마자, 두 사람의 입술에서 누구의 것인지 모를 감탄이 터져

나왔다. 승언은 한 손으로 마리의 엉덩이를 감싼 후, 허리를 앞뒤로 움직이는 타이밍에 맞춰 끌어당겼다. 빈틈 하나 없이 맞물린 그곳이 빠듯하게 차올라 아랫도리가 뻐근했지만 움직이지 않을 수가 없었다. 더 깊은 곳을 갈구하는 애처로운 몸짓이 반복될수록 마리의 뺨이 붉게 물들고 있었다.

깊숙한 결합에 마리는 미간을 좁히며 가쁜 숨을 내쉬었고, 승언은 마리의 입술을 집어삼키듯이 뒤덮으며 나머지 한 손으로 가슴을 욕심껏 움켜쥐었다.

그녀가 엉덩이를 살짝 밀듯이 들어 올릴 때마다 아래서 쳐올리는 움직임은 거칠어졌다. 머릿속으론 조심해야 한다는 경고등이 끊임없이 울렸지만 제어하는 건 쉽지 않은 일이었다. 마리가 허리를 앞뒤로 흔들어 당길 때마다 덩달아 눈앞을 어지럽게 만드는 그녀의 가슴을 입안 가득 베어 물었다. 그러자 승언의 어깨를 움켜쥔 마리의 손아귀에 힘이 들어갔고, 승언은 마리의 등을 바짝 끌어안으며 그녀의 가슴에 얼굴을 파묻고 혀끝을 세워 정점을 유린하고 빨아 당겼다. 그럴 때마다 마리의 허리 근육이 팽팽하게 당겨지며 어깨를 바르작거렸다.

"하웃. 오빠."

처음부터 속도를 내고 싶지 않았지만, 일단 삽입하고 나니 그건 자신이 컨트롤 할 수 있는 부분이 아니었다. 승언은 마리의 엉덩이를 두 손으로 잡아당기며 그 어느 때보다도 깊숙하게 밀어 넣었다.

일정치 못한 숨을 내뱉으며 승언의 목덜미를 강하게 끌어당기던 마리가 승언의 어깨 위에 얼굴을 묻었다. 그래도 승언은 멈추지 못했다. 한참 동안 정신없이 내달리던 승언이 파정을 맞이한 그 순간, 여전히 좁고 뜨거운 그곳에 갇힌 채로 헉 하며 거친 숨을 마리의 가슴 위에 쏟아냈다.

가까스로 이성을 되찾은 승언이 마리의 둥근 배 위에 손을 올렸다. 갑작스러운 움직임에 혹시라도 놀라지 않았을까 싶어서 보드랍게 쓰다듬어 주는데, 다행히 움직임은 없었다. 마리는 승언의 팔을 베고 누워 천천히 숨을 고르고 있었다.

"거의 다 이뤘다. 그치?"

무사히 결혼도 했고, 아이도 가졌다. 결과적으로 보면 그것이 전부지만, 그 과정에서 얻은 것들이 너무나 많았다. 사랑하는 사람을 얻었고, 행복한 가정을 갖게 되었으니까. 이것까진 내 계획에 없었던 부분인데, 그가 있었기에 가능했던 것들이다.

지금 내 곁에 있는 이 사람이 아니었다면, 가질 수 없었을 지금의 행복.

눈물겹도록 따스하게 안아주는 그가 있어서 마리는 세상 모든 것들에게 감사했다.

"생각해 보니까…… 그 이상을 얻은 것 같아요."

자신의 뺨을 어루만지는 그의 따스한 손길을 느끼며 승언의 눈을 바라보았다.

"고마워. 그렇게 말해줘서."

"내가 더 고마워요."

그 날, 다시 날 찾아와주면서부터 시작된 우리의 지금. 그때 그 선택이 아니었다면 우린 지금쯤 어떤 모습이었을지, 상상조차 되지 않았다.

"그럼 우리 이제 이다음 목표를 또 세워볼까?"

"다음 목표요?"

"우린 약간…… 생각하고 계획한 대로 잘 이뤄지는 것 같아서. 결혼도 그렇고, 아이도 그렇고, 장모님 건강도 그렇고."

"음. 어떤 목표를 세울까요?"

그는 이미 생각해 둔 것이 있는지, 인디언 보조개가 쏙 들어가도록 환히 웃었다.

"내 오랜 꿈은, 우리 가족이 살 집을 내가 직접 짓는 거였어. 난 그걸 꼭 이루고 싶어. 그게 내 목표야."

"멋지다."

마리가 엄지를 치켜세우자 승언이 어깨를 으쓱였다.

"넌?"

"나는…… 우리 쭉쭉이 건강하게 낳아서 잘 키우고, 설아도 잘 돌보고, 오빠한테 늘 예쁨받고 사랑받는 아내가 되고 싶어요. 그리고 이건 꿈이라기보단 제 욕심인데요. 엄마가 조금만 더 곁에 머물러 줬으면 좋겠어요."

승언은 마리를 품 안에 조심스레 끌어안으며 등을 다독여 주었다.

"이뤄질 거야. 내가 촉이 굉장히 좋은 편인데, 느낌이 아주 좋아."

그의 말만 들어도 반드시 이루어질 것만 같은 기분 좋은 예감
이 들었다. 마리는 살짝 고개를 들어 승언의 입술에 입을 맞추었
다. 그의 허리를 안고 있던 두 팔로 그의 목을 끌어안고, 살며시
벌어진 입술 사이로 전해오는 부드러운 숨결을 느끼며 지그시 눈
을 감았다.

〈The End〉

작가 후기

따뜻한 사람들의 따뜻한 이야기를 좋아합니다. 세상의 모든 사람들이 그러하듯, 상처는 조금씩 안고 있을지언정 가슴 한구석에 따뜻함만은 잃지 않은 사람들을요.

이 글의 시작도 그러했습니다. 따뜻한 맞선 결혼 이야기를 만들어보자.

조금은 뾰족하고 날이 서 있어 보이지만 내면은 그 누구보다 여리고 가족을 진심으로 사랑하는 마리와, 그런 그녀를 마음껏 사랑해 주고 따뜻하게 안아줄 수 있는 승언. 그 둘의 사랑을 응원하는 가족들까지, 이야기를 짓는 내내 그들을 머릿속으로 상상하면서 내내 행복했습니다.

연재하는 내내 함께 호흡해 주셨던 〈스무디놀이터〉 가족님들과 땅굴

파고 들어갈 때마다 잘하고 있다고 어깨를 다독여 준 작가님들, 정말 고
맙습니다.

　지난겨울에 연재를 마치고 출간하게 되기까지, 함께 고생해 주신 조
윤희 님을 비롯한 청어람 관계자분들께도 진심으로 감사의 인사를 전합
니다.

　그리고 가장 가까운 곳에서 응원해 주는 친구들과 가족들에게도 늘
고맙다고 인사를 전하고 싶습니다.

　마지막으로, 이 글의 시작부터 마지막까지 함께해 주신 독자님들께
감사드립니다.

　늘 행복하셨으면 좋겠습니다.

　그리고, 당신의 사랑을 응원합니다.

2016년 8월

김선민 드림.